【臺灣現當代作家
研究資料彙編】63

羅　蘭

國立台灣文學館
出版

部長序

　　時光的腳步飛快，還記得去年「臺灣現當代作家研究資料彙編第三階段」成果發表會當天，眾多作家、文友，以及參與計畫的學者專家齊聚一堂，將小小的紀州庵擠得水洩不通，窗外是陰雨綿綿的冬日，但溫潤燦麗的文學燭光，卻點燃了滿室熱情與溫馨。當天出席的貴賓，除了表達對資料彙編成書的欣喜之情，多半不忘殷殷提醒，切莫中斷這場艱鉅卻充滿能量的文學馬拉松，一定要再接再厲深入梳理更多資深作家的創作與研究成果，將其文學身影烙下鮮明的印記。

　　就在眾人引頸期盼與祝福聲中，國立臺灣文學館以前此豐碩成果為基礎，於 2014 年持續推動「臺灣現當代作家研究資料彙編計畫」第四階段，出版刻正呈現於讀者眼前的蘇雪林、張深切、劉吶鷗、謝冰瑩、吳新榮、郭水潭、陳紀瀅、巫永福、王昶雄、無名氏、吳魯芹、鹿橋、羅蘭、鍾梅音共 14 位前輩作家的研究資料專書。看到這份名單，想必召喚出許多人腦海中悠遠而美好的閱讀記憶：蘇雪林的《綠天》、《棘心》，謝冰瑩的《從軍日記》、《女兵自傳》，為我們勾勒了 20 世紀初現代女性的新形象；臺灣最早的「電影人」黑色青年張深切、上海名士派劉吶鷗的風采；人人都能琅琅上口的王昶雄《阮若打開心內的門窗》；無名氏純情而又淒美的《塔裡的女人》；鹿橋對抗戰時期西南聯大青年學子生活和理想的詠歎《未央歌》、鍾梅音最早的女性旅遊書寫《海天遊蹤》……。每一部作品，都是一幅時代風景，是臺灣人共同走過的生命絮語，也是涓滴不息的臺灣文學細流。只是，隨著光陰流轉，許多資深前輩作家逐漸滑進歷史的夾縫，淡出了文學的舞臺。

　　而「臺灣現當代作家研究資料彙編」叢書的出版,無疑正是重現
這些文學巨星光芒的一面明鏡,透過相關資料的蒐集、梳理、彙整,
映現作家的生命軌跡、文學路徑;評論者巧眼慧心的析論,則為讀者
展開廣闊的閱讀視野,讓文本解讀的面向更加豐富多元。這不僅是對
近百年來臺灣新文學的驗收或檢視,同時也是擴展並深化臺灣文學研
究的嶄新契機。在此特別感謝承辦單位台灣文學發展基金會所組成的
工作團隊,以及參與其事的專家、學者,當然更要謝謝長期以來始終
孜孜不倦、埋首於文學創作的前輩作家們,因為有您們,才讓我們收
穫了今日這一片臺灣文學的繁花似錦。

　　　　　　　　　　文化部部長　　龍應台

館長序

　　作家站在文學與時代的樞紐，在時代風潮、社會脈動中，用文字鋪展出獨具個人風格的作品。透過心與筆，引領讀者進入真與美的世界，與充滿無限可能的人生百態。而作家到底是什麼樣的一群人？他們寫什麼？如何寫？又為何寫？始終是文學天地裡相當引人入勝的問題之一。此所以包括學院裡的文學研究者和文壇書市中的讀者書迷，莫不對「作家」充滿好奇與興趣，想要一窺其人生之路的曲折、梳理其心靈感知的走向、甚至是挖掘、比較其與不同世代乃至同輩寫作者的風格異同。這些面向，不僅關乎作家自身的創作經歷和文學表現，更與文學史的演進有密不可分的關係。

　　作為一所國家級的文學博物館，國立臺灣文學館除了致力於臺灣文學的教育、推廣，舉辦各項展覽，另一項責無旁貸的使命即是文學史料的蒐集、整理、研究，並將這些資源和成果與社會大眾分享，以促進臺灣文學的活絡與發展。懷抱著這樣的初衷，本館成立11 年以來，已陸續出版數套規模可觀的文學史料圖書，其中，以作家為主體，全面觀照其文學樣貌與歷史地位的「臺灣現當代作家研究資料彙編」系列叢書，可說是完整而貼切地回答了上述問題，向讀者提出對作家及其作品的理解與詮釋。

　　「臺灣現當代作家研究資料彙編計畫」啟動於 2010 年，先後分三階段纂輯、彙編、出版賴和等 50 位臺灣重要現當代作家研究專書，每冊皆涵蓋作家影像、生平小傳、作品目錄及提要、文學年表以及具代表性的評論文章和研究目錄。由於內容翔實嚴謹，一致獲得文學界人士高度肯定，並期許持續推展，以使臺灣作家研究累積

更為深化而厚實的基礎。職是之故，臺文館於 2014 年展開第四階段計畫，承續以往，以經年的時間完成蘇雪林、張深切、劉吶鷗、謝冰瑩、吳新榮、郭水潭、陳紀瀅、巫永福、王昶雄、無名氏、吳魯芹、鹿橋、羅蘭、鍾梅音共 14 位資深前輩作家研究資料彙編。本計畫工程浩大而瑣碎，幸賴承辦單位秉持一貫敬謹任事的精神，組成經驗豐富的編輯團隊，以嫻熟縝密的工作流程，順利將成果呈現於讀者眼前；在此也同時感謝長期支持參與本計畫的專家學者，齊為這棵結實纍纍的文學大樹澆灌滋養。

國立臺灣文學館館長　翁誌聰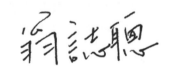

編序

緣起

　　1995 年 10 月 25 日，在臺灣師範大學教育大樓的 201 室，一場以「面對臺灣文學」為題的座談會，在座諸位學者分別就臺灣文學的定義、發展、研究，以及文學史的寫法等，提出宏文高論，而時任國家圖書館編纂張錦郎的「臺灣文學需要什麼樣的工具書」，輕鬆幽默的言詞，鞭辟入裡的思維，更贏得在座者的共鳴。

　　張先生以一個圖書館工作人員自謙，認真專業地為臺灣這幾十年來究竟出版了多少有關臺灣文學的工具書，做地毯式的調查和多方面的訪問。同時條理分明地針對研究者、學生，列出了十項工具書的類型，哪些是現在亟需的，哪些是現在就可以做的，哪些是未來一步一步累積可以達成的，分別做了專業的建議及討論。

　　當時的文建會二處科長游淑靜，參與了整個座談會，會後她劍及履及的開始了文學工具書的委託工作，從 1996 年的《臺灣文學年鑑》起始，一年一本的編下去，一直到現在，保存延續了臺灣文學發展的基本樣貌。接著是《中華民國作家作品目錄》的新編，《臺灣文壇大事紀要》的續編，補助國家圖書館「當代文學史料影像全文系統」的建置，這些工具書、資料庫的接續完成，至少在當時對臺灣文學的研究，做到一些輔助的功能。

　　2003 年 10 月，籌備多年的「臺灣文學館」正式開幕運轉。同年五月《文訊》改隸「財團法人台灣文學發展基金會」，為了發揮更大的動能，開

始更積極、更有效率地將過去累積至今持續在做的文學史料整理出來，讓豐厚的文藝資源與更多人共享。

於是再次的請教張錦郎先生，張先生認為文學書目、作家作品目錄、文學年鑑、文學辭典皆已完成或正在進行，現在重點應該放在有關「臺灣現當代作家評論資料目錄」的編輯工作上。

很幸運的，這個計畫的發想得到當時臺灣文學館林瑞明館長的支持，於是緊鑼密鼓的展開一切準備工作：籌組編輯團隊、召開顧問會議、擬定工作手冊、撰寫計畫書等等。

張錦郎先生花了許多時間編訂工作手冊，每一位作家的評論資料目錄分為：

（一）生平資料：可分作者自述，旁人論述及訪談，文學獎的紀錄。

（二）作品評論資料：可分作品綜論，單行本作品評論，其他作品（包括單篇作品）評論，與其他作家比較等。

此外，對重要評論加以摘要解說，譬如專書、專輯、學術會議論文集或學位論文等，凡臺灣以外地區之報刊及出版社，於書名或報刊後加註，如中國大陸、香港、新加坡等。此外，資料蒐集範圍除臺灣外，也兼及中國大陸、香港、新加坡、日本、韓國及歐美等地資料，除利用國內蒐集管道外，同時委託當地學者或研究者，擔任資料蒐集工作。

清楚記得，時任顧問的學者專家們，都十分高興這個專案的啟動，但確定收錄哪些作家名單時，也有不同的思考及看法。經過充分的討論後，終於取得基本的共識：除以一般的「文學成就」為觀察及考量作家的標準外，並以研究的迫切性與資料獲得之難易度為綜合考量。譬如說，在第一階段時，作家的選擇除文學成就外，先考量迫切性及研究性，迫切性是指已故又是日治時期臺籍作家為優先，研究性是指作品已出土或已譯成中文為優先。若是作品不少而評論少，或作品評論皆少，可暫時不考慮。此外，還要稍微顧及文類的均衡等等。基本的共識達成後，顧問群共同挑選出 310 位作家，從鄭坤五、賴和、陳虛谷以降，一直到吳錦發、陳黎、蘇

偉貞，共分三個階段進行。

　　「臺灣現當代作家評論資料目錄」專案計畫，自 2004 年 4 月開始，至 2009 年 10 月結束，分三個階段歷時五年六個月，共發現、搜尋、記錄了十餘萬筆作家評論資料。共經歷了三位專職研究助理，近三十位兼任研究助理。這些研究助理從開始熟悉體例，到學習如何尋找資料，是一條漫長卻實用的學習過程。

接續

　　「臺灣現當代作家評論資料目錄」的專案完成，當代重要作家的研究，更可以在這個基礎上，開出亮麗的花朵。於是就有了「臺灣現當代作家研究資料彙編暨資料庫建置計畫」的誕生。為了便於查詢與應用，資料庫的完成勢在必行，而除了資料庫的建置外，這個計畫再從 310 位作家中精選 50 位，每人彙編一本研究資料，內容有作家圖片集，包括生平重要影像、文學活動照片、手稿及文物，小傳、作品目錄及提要、文學年表。另外每本書分別聘請一位最適當的學者或研究者負責編選，除了負責撰寫八千至一萬字的作家研究綜述外，再從龐雜的評論資料中挑選具有代表性的評論文章，平均 12～14 萬字，最後再附該作家的評論資料目錄，以期完整呈現該作家的生平、創作、研究概況，其歷史地位與影響。

　　第一部分除資料庫的建置外，50 位作家 50 本資料彙編（平均頁數 400～500 頁），分三個階段完成，自 2010 年 3 月開始至 2013 年 12 月，共費時 3 年 9 個月。因為內容充實，體例完整，各界反應俱佳，第二部分的 50 位作家，接著在 2014 年元月展開，第一階段計畫出版 14 本，預計在 2015 年元月完成。超量的出版工程，放諸許多臺灣民間的出版公司，都是不可能的任務。

　　首先，工作小組必須掌握每位編選者進度這件事，就是極大的挑戰。於是編輯小組在等待編選者閱讀選文的同時，開始蒐集整理作家生平照片、手稿，重編作家年表，重寫作家小傳，尋找作家出版品的正確版本、

版次,重新撰寫提要。這是一個極其複雜的工程。還好有宇霈帶領認真負責的工作同仁,以及編輯老手秀卿幫忙,才讓整個專案延續了一貫的品質及進度。

成果

　　雖然過程是如此艱辛,如此一言難盡,可是終究看到豐美的成果。每位編選者雖然忙碌,但面對自己負責的作家資料彙編,卻是一貫地認真堅持。他們每人必須面對上千或數百筆作家評論資料,挑選重要或關鍵性的評論文章,全面閱讀,然後依照編選原則,挑選評論文章。助理們此時不僅提供老師們所需要的支援,統計字數,最重要的是得找到各篇選文作者,取得同意轉載的授權。在起初進度流程初估時,我們錯估了此項工作的難度,因為許多評論文章,發表至今已有數十年的光景,部分作者行蹤難查,還得輾轉透過出版社、學校、服務單位,尋得蛛絲馬跡,再鍥而不捨地追蹤。有了前面的血淚教訓,日後關於授權方面,我們更是如臨深淵、如履薄冰,希望不要重蹈覆轍,在面對授權作業時更是戰戰兢兢,不敢懈怠。

　　除了挑選評論文章煞費苦心外,每個作家生平重要照片,我們也是採高標準的方式去蒐集,過世作家家屬、友人、研究者或是當初出版著作的出版社,都是我們徵詢的對象。認真誠懇而禮貌的態度,讓我們獲得許多從未出土的資料及照片,也贏得了許多珍貴的友誼。許多作家都協助提供照片手稿等相關資料,已不在世的作家,其家屬及友人在編輯過程中,也給予我們許多協助及鼓勵,藉由這個機會,與他們一起回憶、欣賞他們親人或父祖、前輩,可敬可愛的文學人生。此外,還有許多作家及研究者,熱心地幫忙我們尋找難以聯繫的授權者,辨識因年代久遠而難以記錄年代、地點、事件的作家照片,釐清文學年表資料及作家作品的版本問題,我們從他們身上學習到更多史料研究可貴的精神及經驗。

　　但如何在規定的時間內,完成每個階段資料彙編的編輯出版工作,對

工作小組來說，確實是一大考驗。每一冊的主編老師，都是目前國內現當代臺灣文學教學及研究的重要人物，因此都十分忙碌。每一本的責任編輯，必須在這一年多的時間內，與他們所負責資料彙編的主角——傳主及主編老師，共生共榮。從作家作品的收集及整理開始，必須要掌握該作家所有出版的作品，以及盡量收集不同出版社的版本；整理作家年表，除了作家、研究者已撰述好的年表外，也必須再從訪談、自傳、評論目錄，從作品出版等線索，再作比對及增刪。再來就是緊盯每位把「研究綜述」放在所有進度最後一關的主編們，每隔一段時間提醒他們，或順便把新增的評論目錄寄給他們（每隔一段時間就有新的相關論文或學位論文出現），讓他們隨時與他們所主編的這本書，產生聯想，希望有助於「研究綜述」撰寫的進度。

在每個艱辛漫長的歲月中，因等待、因其他人力無法抗拒的因素，衍伸出來的問題，層出不窮，更有許多是始料未及的。譬如，每本書的選文，主編老師本來已經選好了，也經過授權了，為了抓緊時間，負責編輯的助理們甚至連順序、頁碼都排好了，就等主編老師的大作了，這時主編突然發現有新的文章、新的資料產生：再增加兩三篇選文吧！為了達到更好更完備的目標，工作小組當然全力以赴，聯絡，授權，打字，校對，重編順序等等工作，再度展開。

此次第二部分第一階段共需完成的 14 位作家研究資料彙編，年齡層較上兩個階段已年輕許多，因此到最後的疑難雜症，還有連主編或研究者都不太清楚的部分，譬如年表中的某一件事、某一個年代、某一篇文章、某一個得獎記錄，作家本人絕對是一個最好的諮詢對象，對解決某些問題來說，這是一個好的線索，但既然看了，關心了，參與了，就可能有不同的看法，選文、年表、照片，甚至是我們整本書的體例，於是又是一場翻天覆地的大更動，對整本書的品質來說，應該是好的，但對經過多次琢磨、修改已進入完稿階段的編輯團隊來說，這不啻是一大挑戰。

1990 年開始，各地縣市文化中心（文化局），對在地作家作品集的整

理出版，以及臺灣文學館成立後對日治時期作家以迄當代重要作家全集的編纂，對臺灣文學之作家研究，也有了很好的促進作用。如《楊逵全集》、《林亨泰全集》、《鍾肇政全集》、《張文環全集》、《呂赫若日記》、《張秀亞全集》、《葉石濤全集》、《龍瑛宗全集》、《葉笛全集》、《鍾理和全集》、《錦連全集》、《楊雲萍全集》、《鍾鐵民全集》等，如雨後春筍般持續展開。

經過近二十年的努力，臺灣文學的研究與出版，也到了可以驗收或檢討成果的階段。這個說法，當然不是要停下腳步，而是可以從「臺灣現當代作家評論資料目錄」所呈現的 310 位作家、10 萬筆資料中去檢視。檢視的標的，除了從作家作品的質量、時代意義及代表性去衡量外、也可以從作家的世代、性別、文類中，去挖掘還有待開墾及努力之處。因此在這樣的堅實基礎上，這套「臺灣現當代作家研究資料彙編」，每位編選者除了概述作家的研究面向外，均有些觀察與建議。希望就已然的研究成果中，去發現不足與缺憾，研究者可以在這些不足與缺憾之處下功夫，而盡量避免在相同議題上重複。當然這都需要經過一段時間去發現、去彌補、去重建，因此，有關臺灣文學的調查與研究，就格外顯得重要了。

期待

感謝臺灣文學館持續支持推動這兩個專案的進行。「臺灣現當代作家評論資料目錄」的完成，呈現的是臺灣文學研究的總體成果；「臺灣現當代作家研究資料彙編」套書的出版，則是呈現成果中最精華最優質的一面，同時對未來臺灣文學的研究面向與路徑，作最好的建議。我們可以很清楚的體會，這是一條綿長優美的臺灣文學接力賽，我們十分榮幸能參與其中，更珍惜在傳承接力的過程，與我們相遇的每一個人，每一件讓我們真心感動的事。我們更期待這個接力賽，能有更多人加入。誠如張恆豪所說「從高音獨唱到多元交響」，這是每一個人所期待的。

編輯體例

一、本書編選之目的，爲呈現羅蘭生平、著作及研究成果，以作爲臺灣文學相關研究、教學之參考資料。

二、全書共五輯，各輯內容及體例說明如下：

輯一：圖片集。選刊作家各個時期的生活或參與文學活動的照片、著作書影、手稿（包括創作、日記、書信）、文物。

輯二：生平及作品，包括三部分：

1.小傳：主要內容包括作家本名、重要筆名，生卒年月日，籍貫，及創作風格、文學成就等。

2.作品目錄及提要：依照作品文類（論述、詩、散文、小說、劇本、報導文學、傳記、日記、書信、兒童文學、合集）及出版順序，並撰寫提要。不收錄作家翻譯或編選之作品。

3.文學年表：考訂作家生平所進行的文學創作、文學活動相關之記要，依年月順序繫之。

輯三：研究綜述。綜論作家作品研究的概況，並展現研究成果與價值的論文。

輯四：重要文章選刊。選收國內外具代表性的相關研究論文及報導。

輯五：研究評論資料目錄。收錄至 2014 年 11 月底止，有關研究、論述臺灣現當代作家生平和作品評論文獻。語文以中文爲主，兼及日文和英文資料。所收文獻資料，以臺灣出版爲主，酌收中國大陸、香港、日本和歐美國家的出版品。內容包含三部分：

1.「作家生平、作品評論專書與學位論文」下分爲專書與學位論文。

2.「作家生平資料篇目」下分爲「自述」、「他述」、「訪談」、「年表」、「其他」。

3.「作品評論篇目」下分爲「綜論」、「分論」、「作品評論目錄、索引」、「其他」。

目次

輯一◎圖片集

影像◎手稿◎文物

1931年春，時年12歲的羅蘭，為投考天津市河北省立第一女子師範學校（以下簡稱為河北女師）春季始業班而攝。（羅蘭提供）

1935年，與弟妹們合影。左起：羅蘭、大妹靳芳、大弟靳祖培、二弟靳祖澤、二妹靳佩芝、三妹靳佩華、小弟靳祖耀。（羅蘭提供）

1930年代中期，就讀河北女師期間的羅蘭。（羅蘭提供）

1948年春，攝於北京小學同學家門前。（羅蘭提供）

1948年8月8日,羅蘭與朱永丹於臺北結婚。(羅蘭提供)

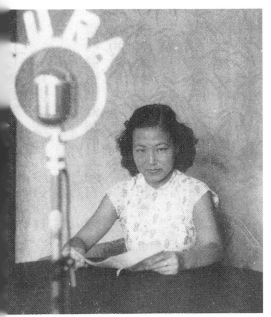

1948年，羅蘭攝於臺灣廣播電臺。（羅蘭提供）

1950年代，專事家務的羅蘭攝於買菜途中。（羅蘭提供）

1950年代的羅蘭。（羅蘭提供）

1950年代末，羅蘭與長子朱旭（右）合影於赴關子嶺
度假途中。（羅蘭提供）

1950年代末，全家福。前排右起：長女朱麗、次
女朱華、長子朱旭；後排右起：羅蘭、夫婿朱永
丹。（羅蘭提供）

1960年代，羅蘭（左）與女兒朱麗攝於大貝湖。（羅蘭提供）

1962年的羅蘭。（羅蘭提供）

1960年代的羅蘭。（文訊文藝資料中心）

1970年9月，羅蘭攝於應美國國務院邀請的訪美途中。
（文訊文藝資料中心）

1970年代，羅蘭與夫婿朱永丹（右）合影。
（文訊文藝資料中心）

1970年代，羅蘭攝於警察廣播電臺。（文訊文藝資料中心）

1970年代，羅蘭（左一）與趙琴（左二）、呂青（左三）、彭歌（右一）合影。（文訊文藝資料中心）

1970年代，與文友合影。前排左起：徐鍾珮、羅蘭、張明；後排左起：邱七七、林海音、孟瑤。（文訊文藝資料中心）

1970年代,與文友合影於林海音家中。前排左起:楊牧、林懷民、陳之藩、
齊邦媛、徐訏;中排左起:羅蘭、羅體謨夫婦;後排左起:何凡、殷允
芃、琦君、林海音、季季、心岱、七等生。(文訊文藝資料中心)

1970年代，全家福，攝於
敦化南路舊居。左起：長
女朱麗、夫朱永丹、羅
蘭、次女朱華、長子朱旭。
（羅蘭提供）

1970年代，與文友合影。
左起：王明書、羅蘭、小
民。（文訊文藝資料中心）

1981年2月9日，與文友攝於警察廣播電臺舉辦的「『你怎麼辦』有獎徵答播放一千次紀念酒
會」。左起：唐潤鈿、佚名、羅蘭、丹扉、林海音、鮑曉暉、鄭羽書。（文訊文藝資料中
心）

1981年10月16日，與文友合影於連續劇試片會。右起：羅蘭、孟瑤、鮑曉暉、吳風。（文訊
文藝資料中心）

1981年12月29日，羅蘭與余光中（左）合影於「七十年金鼎獎」頒獎會場。（文訊文藝資料中心）

1982年11月，與邱七七負責的「女作家著作展」開幕，於中央日報社五樓中正廳展場與文友合影。右起：羅蘭、佚名、趙文藝、重提、張秀亞、呂青、郭良蕙、王文漪、小民、張漱菡、趙淑敏、鍾麗珠、徐蕙藍、鮑曉暉。（文訊文藝資料中心）

1980年代的羅蘭。（文訊文藝資料中心）

1980年代，與文友合影。右起：鮑曉暉、羅蘭、小
民、徐薏藍、徐令儀。（文訊文藝資料中心）

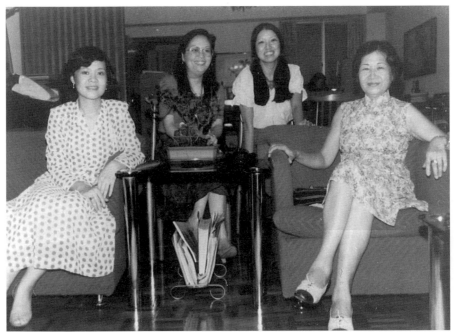

1980年代，與文友合影。右起：羅蘭、三毛、桂文亞、夏祖麗。（文訊文藝資料中心）

1991年9月，羅蘭應中華航空邀請前往南非，攝於「沙比沙比」野生動物保護區。（羅蘭提供）

1992年11月，出席世界華文作家協會在臺北舉辦的「世界華文作家協會第一屆大會」，與臺灣代表作家合影。右起：鍾雷、羅蘭、邱七七、吳若、郭嗣汾。（文訊文藝資料中心）

1997年11月11日，羅蘭與趙淑敏（右）合影於中國社科院文學所在北京舉辦的「第九屆世界華文文學研討會」。（文訊文藝資料中心）

1998年10月27日，攝於文訊雜誌社主辦的「民國八十七年文藝界重陽敬老聯誼活動」現場。（文訊文藝資料中心）

1999年11月15日，與文友合影於臺北亞太會館舉辦的「世界女記者與作家協會」
會議。右起：羅蘭、唐潤鈿、李宗慈、匡若霞。（文訊文藝資料中心）

1990年代，與文友餐聚後合影。前排左起：鍾麗珠、羅蘭、邱七七；後排左
起：鮑曉暉、匡若霞。（文訊文藝資料中心）

1990年代，與文友合影。前排左起：羅蘭、匡若霞、馮季眉；後排
左起：蔣竹君、蘇國書、鮑曉暉。（文訊文藝資料中心）

「地理」是家業，「歷史」是祖先　　羅蘭

一九八九年春天，我們這裡的少年棒球隊赴大陸參加比賽，抵達之後，有記者請其中一位隊員談談他的感想了，這位才思敏捷的團員回答說：

「來到了大陸，我們腳下踩的是地理，眼睛看的是歷史。」

真是一語道出了中國人對自己的國家的山川文物，發自內心的感情。

中國人可能是世界上最熱愛自己與「地理」與「歷史」的看法，和其他國族，也和其他國家有所不同。簡單說來，它們所居住的土地才是真正歸屬之地的感情。

西洋稱「感情」。在我們的心深處，「地理」是我們的「家業」，歷史是我們的「祖先」。這種把「國」看得像「家」一樣，中國人的一種愛國的愛國包含了先的情意愛。我們愛我們的國家，並不是排外，而是中國人的愛國包含了更多的親情與倫理，它是更完天然更貞純的特色。

至今，我們敬慕文天祥一國公、更崇愛堯舜、黃帝、黃帝、炎帝、孔孟、歷代君王將士英雄，黃帝黃堯舜，無論那是父母、黃帝祖先，我們稱自己為黃帝子孫。

至今，我們仍有多遠，我們數慕文、孔一國公，更崇愛堯、黃帝、炎帝、孔孟、歷代君王將士英雄。

誰肯我們有多遠，又不辭辛苦歷史人物、山川壯麗、物產豐隆、蘇軾、

曾東坡蘇軾碟「與「堯舜禹湯久烈孔孟」、歷代君王將士英雄

1989年，羅蘭〈「地理」是家業，「歷史」是祖先〉手稿，發表於《文訊》第47期。（文訊文藝資料中心）

1995年，羅蘭〈抵臺——青翠基隆港〉手稿，後收錄於回憶錄《蒼茫雲海——歲月沉沙第二部》。（文訊文藝資料中心）

2003年2月27日，羅蘭〈三寸氣在千般用〉手稿，連載於2003年3月17～18日的《聯合報》。（文訊文藝資料中心）

2003年5月31日，羅蘭〈一哩高城——丹佛行〉手稿。（國立臺灣文學館提供）

羅蘭〈八月十五月正明〉手稿。（國立臺灣文學館提供）

輯二◎生平及作品
小傳◎作品◎年表

小傳

羅蘭，女，本名靳佩芬，籍貫河北寧河，1919 年 10 月 10 日生，1948年 4 月來臺迄今。

天津市河北省立第一女子師範學校畢業、音樂系肄業。曾任河北寧河寨上女校、河北女師附小教師，天津廣播電臺音樂、教育節目製作人、編輯，1948 年來臺後曾任職於臺灣廣播電臺（中國廣播公司前身），1959 年進入警察廣播電臺節目製作兼主持人，現已退休。曾長期參與中國文藝協會及中國婦女寫作協會。曾獲中山文藝獎、金鐘獎、教育部社會教育獎、國家文藝獎、世界華文作家協會終身成就獎、亞洲作家終身成就獎。

羅蘭創作文類有論述、小說、散文、劇本和傳記。評論集有《詩人之國》，遴選具隱士心態的中國古典詩詞，分析詩人的生活態度。在小說創作方面，羅蘭常將中國時期遭逢戰亂的經驗融入故事，此類作品以長篇小說《飄雪的春天》為代表，書寫戰爭對人造成的隱性影響。生逢戰亂，其回憶傳記「歲月沉沙三部曲」既可視為個人的生命史，同時更具有文學與歷史的雙重價值。羅蘭的散文著作則多為廣播稿結集的小品，風格白話、哲理簡明、平和樂觀，尤其在廣播電臺向廣大青少年進行教誨、交流心得及談心的對話紀錄，內容充滿對少年讀者的關愛及對人生哲理的思索和概括，廣受讀者喜愛。張瑞芬曾評其散文：「文字白話風格、哲理簡明，在靜夜中寫給寂寞的人們、尋夢的孩子，展現出一種通情達禮的教育者／母性

的風範與氣度。」

　　以溫潤真摯的筆觸享譽文壇，王鼎鈞曾評羅蘭：「她是一位平和開朗的
作家，其散文很少傷感，更不憤激，坦坦蕩蕩，風和日麗，而情趣盎然，
此一風格，似無第二人。」羅蘭大半生涯做為廣播名人，雖至 1960 年代才
以《羅蘭小語》、《羅蘭散文》系列正式進入臺灣文學的散文版圖，但由於
寫作生命的遒勁綿健與對音樂的深厚素養，無論在描繪人物、刻畫心理，
落筆之間皆蘊含音樂妙理，文筆流暢風趣、典雅自然，因而使羅蘭在來臺
第一代女作家及臺灣女性散文中具備舉足輕重的地位。

作品目錄及提要

【論述】

自印 1976（線裝）

現代關係 1976

自印 1987

海天出版社 1998

詩人之國
臺北：自印
1976 年 11 月，25 開，118 頁
臺北：現代關係出版社
1976 年 12 月，32 開，242 頁
臺北：自印
1987 年 11 月，32 開，242 頁
深圳：海天出版社
1998 年 8 月，新 25 開，248 頁

本書內容為作者論述中國的詩人哲學，並於各主題後搭配對應旨趣的古典詩作。全書收錄〈我國的詩人哲學與現代人生〉、〈超然物外的禪境與幽隱〉、〈道家情調的漁父與江海〉等八篇。正文前有羅蘭〈前言〉。正文後有羅蘭〈選詩的話（代後記）〉、羅蘭「參考書目」。
1976 年現代關係版：內容與 1976 年自印版同。
1987 年自印版：內容與 1976 年自印版同。
1998 年海天版：更名為《詩人之國——羅蘭隨筆》。正文前新增〈編者的話〉。正文後刪去 1976 年自印版「參考書目」，新增〈羅蘭著作年表〉。

【散文】

羅蘭小語

臺北：文化圖書公司
1963 年 6 月，32 開，209 頁

臺北：文化圖書公司
1963 年 12 月，32 開，209 頁

本書內容爲作者廣播稿結集。全書分「給寂寞的人們」、「給尋夢的孩子」、「處世交友」、「愛情」四部分，收錄〈談談寂寞〉、〈面對現實〉、〈快樂的種子〉、〈生活情趣〉、〈隨遇而安〉等 54 篇。正文後有羅蘭〈後記〉。
1963 年 12 月文化圖書版：正文與 1963 年 6 月文化圖書版同。正文前新增羅蘭〈再版序言——獻給讀者〉。

文化圖書公司 1964　　文化圖書公司 1965

羅蘭答問

臺北：文化圖書公司
1964 年 1 月，32 開，208 頁

臺北：文化圖書公司
1965 年 4 月，32 開，208 頁

本書內容爲電臺聽眾關於男女情感疑惑的來信及作者回覆，全書分「窈窕淑女」、「君子好逑」、「愛與罪」三部分，收錄〈閃爍的愛情〉、〈我愛他〉、〈執迷難醒〉、〈過去的，算了吧！〉、〈爲婚事卜吉兇〉等 80 篇。
1965 年文化圖書版：更名爲《給青年們》。內容與 1964 年文化圖書版同。

文化圖書公司 1965　　文化圖書公司 1986

生活漫談

臺北：文化圖書公司
1964 年 1 月，32 開，209 頁

臺北：文化圖書公司
1965 年 9 月，32 開，209 頁

臺北：文化圖書公司
1986 年 4 月，32 開，252 頁

深圳：海天出版社
1998 年 8 月，新 25 開，224 頁

本書內容爲電臺聽衆對生活百態的苦惱來信及作者回覆。全書分「生活」、「倫理」、「事業」、「教育」四部分，收錄〈野草般的堅強——答葉星小姐〉、〈露水般的晶瑩——答林露小姐〉、〈青春的煩惱〉、〈上帝待我不公〉、〈拘謹的少女〉等 66 篇。正文後有羅蘭〈懦弱的我——作者自白〉。

1965 年文化圖書版：正文後刪去羅蘭〈懦弱的我——作者自白〉。

1986 年文化圖書版：爲 1965 年文化圖書版改版重排。

1998 年海天版：更名爲《生活漫談——羅蘭隨筆》。正文刪去〈兒童節感言〉。正文後羅蘭〈懦弱的我——作者自白〉挪至正文「教育」一輯，新增〈羅蘭著作年表〉。

海天出版社 1998

羅蘭小語第二輯

臺北：文化圖書公司
1966 年 1 月，32 開，204 頁

本書爲作者廣播稿結集。全書分「勵志與教育」、「人我之間」、「人生短語」三部分，收錄〈推動自己〉、〈克服惰性〉、〈火種〉、〈對的起點〉等 49 篇。

羅蘭散文

臺北：文化圖書公司
1966 年 8 月，32 開，219 頁

深圳：海天出版社
1990 年 12 月，32 開，175 頁

本書分「往事如煙」、「生活點滴」、「心情的刹那」三部分，收錄〈廟裡的日子〉、〈黃金時代〉、〈吉人天相〉、〈迷人的四月〉等 39 篇。

文化圖書公司 1966

1990 年海天版：更名爲《寂寞的感覺》。輯名更換順序爲「心情的刹那」、「生活點滴」、「往事如煙」，正文與 1966 年文化圖書版同。

海天出版社 1990

羅蘭散文第二輯

臺北：文化圖書公司
1968 年 12 月，32 開，221 頁

本書內容為作者回憶過往及日常生活的隨筆。全書分「紀念曲」、「生活散曲」、「隨想曲」、「心曲」、「青春組曲」五部分，收錄〈那豈是鄉愁〉、〈我結婚的時候〉、〈生活的滋味〉、〈由冷說起〉等 30 篇。

羅蘭散文第三輯

臺北：現代關係出版社
1972 年 1 月，32 開，210 頁
羅蘭文叢 11

本書分「抒懷」、「隨筆」、「偶感」、「遙寄」四部分，收錄〈海濱三題〉、〈寄給夢想〉、〈當陽光照臨〉、〈多色的燈海〉等 33 篇。

訪美散記

臺北：現代關係出版社
1972 年 1 月，32 開，227 頁
羅蘭文叢 12

本書內容為作者接受美國國務院邀請，於為期三個月的國際訪問旅途中所記錄的所見所思。全書分「訪美散記」、「美國的婦女與家庭」兩部分，收錄〈華府風貌〉、〈天涯若比鄰〉、〈從清早到夜深〉等 24 篇。正文前有羅蘭〈前言〉。正文後附錄「歐洲掠影」：〈我在巴黎〉、〈難忘的科隆〉等七篇及「歸國後記」：〈我乘雲朵歸來〉。

現代天倫——羅蘭散文第四輯

臺北：現代關係出版社
1973 年 6 月，32 開，206 頁

本書分七輯，收錄〈現代天倫〉、〈孩子的畫與文〉、〈我的小朋友〉等 28 篇。正文前有羅蘭〈自己的話（前言）〉。正文後有羅蘭〈後記〉。

羅蘭小語第三輯（成功的兩翼）
臺北：自印
1974 年 10 月，32 開，221 頁
羅蘭文叢 15

本書內容為作者廣播稿結集。全書分四部分，收錄〈為了快樂——答某青年〉、〈我們的路——答某青年〉、〈戰勝自己〉、〈目的要純正〉、〈想到就做〉等 56 篇。正文前有羅蘭〈前言〉。

羅蘭散文第五輯（夏天組曲）
臺北：現代關係出版社
1975 年 9 月，32 開，206 頁

本書收錄作者以「夏的繁榮」為題及關於現代人生、討論中國傳統思想方式的短文。全書分「夏天組曲」、「沉思的時刻」、「現代人生」、「詩情畫境」四部分，收錄〈夏天組曲 1：序曲〉、〈夏天組曲 2：植物的世界〉、〈夏天組曲 3：夏晨〉、〈夏天組曲 4：蟬聲〉等 36 篇。正文前有羅蘭〈前言〉。正文後有羅蘭〈我的讀與寫——代後記〉，附錄羅蘭〈金劍已沉埋——哀溫莎公爵〉、羅蘭〈觀光客與紀念品〉、羅蘭〈現代旅遊〉。

羅蘭散文第六輯（淡煙疏雨）
臺北：現代關係出版社
1978 年 4 月，32 開，205 頁

本書內容為抒情小品、作者對現代世界的感言及對文學、藝術活動的論評。全書分「淡煙疏雨」、「日子的素描」、「吾廬」、「萍踪」、「如是我思」五部分，收錄〈菩提樹〉、〈林中〉、〈芊芊青草〉、〈人家〉等 37 篇。正文前有羅蘭〈小序〉。正文後附錄佐伯彰一作；羅蘭翻譯〈西方文學與日本的現代化〉。

羅蘭散文第七輯（入世生涯）
臺北：現代關係出版社
1978 年 4 月，32 開，213 頁
羅蘭文叢 19

本書內容為作者《婦女雜誌》「現代生活」專欄文章結集。全書分「失樂園」、「外遇界限」、「身外浮雲」、「空中樓閣」、「回顧與前瞻」五部分，收錄〈當婦女都走出家庭〉、〈失樂園〉、〈聚散無常〉、〈平等與棄權〉等 32 篇。正文前有羅蘭〈前言〉。

「歌」與「春及花」

臺北：自印
1980 年 8 月，32 開，181 頁
羅蘭文叢 20

本書內容為作者遴選歌唱曲譜，並針對歌曲所撰寫的文章結集，全書收錄〈「歌」與「春及花」題序〉、〈前奏曲〉、〈雲葉弄輕蔭〉等 27 篇。正文前有羅蘭〈《「歌」與「春」及「花」》——代序〉。

一千個「你怎麼辦？」——萬象人間

臺北：現代關係出版社
1980 年 12 月，32 開，402 頁
羅蘭文叢 21

本書為作者製作、主持廣播節目「安全島」所舉辦的「『你怎麼辦？』有獎徵答」單元內容，以短劇中固定主角「白友誠」的經歷見聞而衍生，自討論、處理社會治安及社會百態出發，兼及提醒社會大眾知禮守法、敦品勵行。全書收錄〈捉賊〉、〈創業〉、〈初出茅廬〉、〈同流合汙〉、〈交通工具〉等 100 篇。正文前有段承愈〈《一千個「你怎麼辦？」》序〉、羅蘭〈前言〉。

獨遊小記

臺北：九歌出版社
1981 年 3 月，32 開，195 頁
九歌文庫 66

本書為作者第二本旅遊小記，全書收錄〈從金蘭星到驛馬星〉、〈一樣交通・兩種境界〉、〈香江海外有仙山〉、〈旅行的心情〉等 30 篇。正文前有羅蘭〈前言〉。

世界文物 1981　　海天出版社 1991

早起看人間

臺北：世界文物出版社
1981 年 4 月，32 開，235 頁

深圳：海天出版社
1991 年 8 月，32 開，149 頁

本書內容為作者對日常生活的感觸與想法。全書分「早起看人間」、「機器時代」、「歸宿、歸宿」、「撫今追昔」四部分，收錄〈早

起看人間〉、〈後巷看品德〉、〈喜憂參半談觀光〉、〈裝潢的迷宮〉等 36 篇。正文前有羅蘭〈前言〉。
1991 年海天版：內容與 1981 年世界文物版同。

羅蘭小語第四輯（為了欣賞為了愛）

臺北：自印
1983 年 1 月，32 開，222 頁
羅蘭文叢 25

本書內容為作者廣播稿集結，以「關心」和「愛」作為生活的出發點。全書分「人生篇」、「美育篇」、「文化篇」三部分，收錄〈勇往直前談人生〉、〈豪邁豁達的胸襟〉、〈談快樂〉等 27 篇。正文前有羅蘭〈前言〉。

生命之歌

臺北：洪範書店
1985 年 9 月，32 開，223 頁
洪範文學叢書 142

深圳：海天出版社
1991 年 8 月，32 開，143 頁

洪範書店 1985　　海天出版社 1991

本書筆調透露作者對整個生命的感懷，與種種的無奈。全書分「雨的樂章」、「人間漫步」、「生命之歌」、「燈的隨想」、「詩思」五部分，收錄〈為了這春天〉、〈春在〉、〈雨的樂章〉、〈沐雨〉等 33 篇。正文前有羅蘭〈小序〉。
1991 年海天版：內容與 1985 年洪範版同。

羅蘭小語第五輯（從小橋流水到經濟起飛）

臺北：自印
1987 年 11 月，32 開，289 頁
羅蘭文叢 27

本書內容為作者替《天下雜誌》撰寫的專欄文章結集。全書分「從小橋流水到經濟起飛」、「重點看中國」、「寓言二則」三部分，收錄〈從不屑言利到不「恥」言利〉、〈從「忠於一主」到

跳槽爲榮〉、〈從「三顧茅廬」到自我推銷〉、〈直線最短，事緩則圓〉等 35 篇。正文前有羅蘭〈前言〉。正文後有〈著作年表〉。

羅蘭小語賞析（學問・事業篇）／陶濤選編
深圳：海天出版社
1991 年 12 月，32 開，206 頁

本書內容遴選自各冊《羅蘭小語》中與求學、職業相關的文章，並於各專題後附有張木榮評析小文。全書分「讀書之樂」、「成功之路」、「尋找你自己」、「謀事在人」、「職業選擇」、「不以成敗論英雄」、「人事關係」七部分，收錄〈讀書之樂〉、〈行行出狀元——給不想讀書的朋友〉、〈學習〉、〈應該死用功嗎〉、〈怎樣讀書〉等 54 篇。正文前有陶濤〈編者的話〉。

羅蘭小語賞析（愛情・婚姻篇）／陶濤選編
深圳：海天出版社
1991 年 12 月，32 開，225 頁

本書內容遴選自各冊《羅蘭小語》中與愛情、婚姻相關的文章，並於各專題後附有何志平、陶濤、李鳳琴評析小文。全書分「追求之道」、「給失戀的朋友」、「說擇偶」、「自我與理智」、「迷津」、「夫婦之間」、「愛與罪」、「說女性」八部分，收錄〈談「追」〉、〈婚姻與「緣分」〉、〈愛的微語〉、〈慎之於始〉、〈初步印象〉等 61 篇。正文前有陶濤〈編者的話〉、〈序〉。

羅蘭小語賞析（人生・修養篇）／陶濤選編
深圳：海天出版社
1992 年 2 月，32 開，245 頁

本書內容遴選自各冊《羅蘭小語》中與人生的追求、人生的態度和種種修養相關的文章，並於各專題後附有編者評析小文。全書分「人生之謎」、「不要放棄你的夢想」、「快樂地活著」、「說修養」、「超然與豁達」、「性格・性向・氣質」、「在逆境裡」、「金錢」八部分，收錄〈我們的來處與去處〉、〈人生三大問題〉、〈盡力而爲〉、〈不要放棄你的夢想〉、〈理想〉等 52 篇。正文前有〈序〉。

羅蘭小語賞析（處世・交友篇）／陶濤選編

深圳：海天出版社
1992 年 2 月，32 開，240 頁

本書內容遴選自各冊《羅蘭小語》中與人生處世、交際相關的
文章，並於各專題後附有編者評析小文。全書分「重在了解」、
「寬以待人」、「在家庭裡」、「朋友之間」、「不要倚賴朋友」、
「處世之道」六部分，收錄〈慷慨的友情〉、〈由林海峰談起——
——世事如棋局〉、〈好人與壞人〉、〈鼓勵〉、〈化敵為友克己恕
人〉等 60 篇。正文前有陶濤〈編者的話〉、〈序〉。

財富與人生

北京：中國婦女出版社
1993 年 9 月，32 開，260 頁
臺灣女作家散文作品選

本書分三輯，收錄〈一樣金錢，兩種境界〉、〈減少一點點〉、
〈人要衣裝〉、〈時裝流行，變動不居〉、〈你知不知道「吃」也
有流行〉等 51 篇。正文後附錄羅蘭〈金劍已沉埋——哀溫莎公
爵〉。

羅蘭小語

深圳：海天出版社
1995 年 9 月，25 開，853 頁
全編珍藏本

本書內容遴選自各冊《羅蘭小語》。全書分「給寂寞的人們」、
「給尋夢的孩子」、「處世交友」、「愛情」、「勵志與教育」、「人
我之間」、「人生短語」、「成功的兩翼」、「忙碌與進取」、「快樂
的共鳴」、「開朗、豁達、灑脫」、「人生篇」、「美育篇」、「文化
篇」、「從小橋流水到經濟起飛」、「重點看中國」、「寓言兩則」
17 部分，收錄〈談談寂寞〉、〈面對現實〉、〈快樂的種子〉、〈生
活情趣〉、〈隨遇而安〉等 217 篇。正文前有〈編者的話〉。

羅蘭信箱

深圳：海天出版社
1995 年 12 月，25 開，648 頁
全編珍藏本

本書內容為作者答覆電臺聽眾文章。全書分「生活」、「倫理」、
「事業」、「教育」、「窈窕淑女」、「君子好逑」、「愛與罪」、「一
千個你怎麼辦」八部分，收錄〈野草般的堅強〉、〈露水般的晶

瑩〉、〈青春的煩惱〉、〈上帝待我不公〉、〈拘謹的少女〉等 240
篇。正文前有〈編者的話〉。

上冊

下冊

羅蘭散文
深圳：海天出版社
1996 年 5 月，25 開，1231 頁
全編珍藏本

本部書共兩冊，分「往事如煙」、「生活點滴」、「心情的刹那」、
「紀念曲」、「生活散曲」、「隨想曲」、「心曲」、「青春組曲」、
「抒懷」、「隨筆」、「偶感」、「遙寄」、「現代天倫」、「夏天組
曲」、「沉思的時刻」、「現代人生」、「詩情畫境」、「金劍已沉
埋」、「現代旅遊」、「早起看人間」、「現代生活」、「有家可歸」、
「撫今追昔」、「雨的樂章」、「人間漫步」、「生命之歌」、「燈的
隨想」、「詩思」、「詩人之國」29 部分，收錄〈廟裡的日子〉、
〈黃金時代〉、〈吉人天相〉、〈迷人的四月〉、〈夢〉等 254 篇。
正文前有〈編者的話〉。

飄飛的愛，如此飄飛──音樂隨想集
臺中：臺灣交響樂團
2000 年 2 月，21×29.7 公分，50 頁

本書內容爲作者替《省交樂訊》（今《樂覽》月刊）撰寫的專欄
文章結集。（今查無傳本）

彩繪日記
臺北：天下遠見出版公司
2001 年 1 月，25 開，306 頁
文學人生 41

本書內容爲作者 1990 年後發表於報刊的小文結集。全書分「簾
外」、「生途」、「飄瀟」、「風霜」四部分，收錄〈我看人生〉、
〈千里快哉風〉、〈另一種寂寞的感覺〉、〈走過未知〉、〈聽說生
涯能規畫〉等 57 篇。正文前有羅蘭手稿〈「小小記事」三則〉、
羅蘭〈羅蘭小序〉。正文後附錄羅蘭〈科幻千禧〉、羅蘭〈人間
展望──我們是人，我們不是神〉。

羅蘭小語

北京：當代世界出版社
2012 年 6 月，16 開，545 頁

本部書共兩冊，分「人生小語」、「勵志小語」、「情感小語」、「美德小語」四輯，收錄〈睡眠・營養——好吃懶作的哲學〉、〈想〉、〈敝屨〉、〈貓科〉、〈老人〉等 218 篇。

羅蘭經典散文

北京：當代世界出版社
2013 年 6 月，16 開，467 頁

本部書共兩冊，收錄〈寂寞的感覺〉、〈窗的情調〉、〈給「那雲」〉、〈雨絲・綠海〉、〈小畫〉等 59 篇。

【小說】

現代關係 1965

皇冠出版社 1966

花晨集

臺北：現代關係出版社
1965 年 2 月，32 開，216 頁
羅蘭文叢 4

臺北：皇冠出版社
1966 年 4 月，32 開，216 頁
皇冠叢書第 114 種

臺北：中國文選社
1969 年，32 開，216 頁

短篇小說集。全書收錄〈春曉〉、〈夜闌人靜〉、〈陌生的愛情〉、〈也是愛情〉、〈風外杏林香〉、〈在夕陽裡〉、〈盼〉、〈變〉、〈戀愛的結果〉、〈沒有根的人〉、〈多暖〉、〈葉濘〉共 12 篇。正文前有羅蘭〈小序〉。
1966 年皇冠版：內容與 1965 年現代關係版同。
1969 年中國文選版：內容與 1965 年現代關係版同。

羅蘭小說

臺北：文化圖書公司
1967 年 11 月，32 開，217 頁

短篇小說集。本書內容以未曾被耐心傾聽心事的孩子們為故事
主軸。全書收錄〈聽啊！聽啊！聽！〉、〈蟬聲，寂靜的世界〉、
〈畫馬的孩子〉、〈孩子、母雞、冬日〉、〈二弟〉、〈天倫夢迴〉、
〈彩兒〉、〈嗚咽的河〉共八篇。正文前有羅蘭〈小序〉。

純文學出版社 1968

現代關係 1969

自印 1985

Chinese Materials
Center 1989

海天出版社 1998

綠色小屋

臺北：純文學出版社
1968 年 3 月，32 開，221 頁

臺北：現代關係出版社
1969 年 3 月，32 開，219 頁
羅蘭文叢 9

臺北：自印
1985 年 9 月，32 開，220 頁

San Francisco : Chinese Materials Center
1989 年，25 開，167 頁
Asian library series; no. 38
Penny A. Herbert 譯

深圳：海天出版社
1998 年 7 月，25 開，133 頁

長篇小說。本書內容藉由父親再婚的女兒敘
述繼母姪子紀憲綱由自由奔放到向現實妥協
的人生與愛情。面對剛正嚴厲的父親與冷漠
端莊的妻子，憲綱僅能從心靈伴侶綠芬與兩
人共築的「綠色小屋」獲取慰藉。但迫於父
權與現實，憲綱最終走上所謂的「正軌」，就
此埋葬真性真情。正文後有羅蘭〈後記〉。
1968 年現代關係版：內容與 1969 年純文學版
同。
1985 年自印版：內容與 1969 年純文學版同。
1989 年 Chinese Materials Center 版：由 Penny
A. Herbert 譯為 *The little green cabin*。正文後
有羅蘭 "Author's Original postface"、"The
Author"、"The Translator"。
1998 年海天版：內容與 1969 年純文學版同。

現代關係 1970

純文學出版社 1970

自印 1993

海天出版社 1998

天下遠見出版公司
2000

飄雪的春天

臺北：現代關係出版社
1970 年 4 月，32 開，678 頁
羅蘭文叢 10

臺北：純文學出版社
1970 年 4 月，32 開，678 頁

臺北：自印
1993 年 4 月，32 開，678 頁
羅蘭文叢 10

深圳：海天出版社
1998 年 7 月，25 開，478 頁

臺北：天下遠見出版公司
2000 年 6 月，25 開，590 頁
文學人生 34

長篇小說。全書分兩部，自傳性質濃厚。故事敘述 18 歲的主人翁安詠絮生逢中國抗日戰爭，導致學業、愛情等所有夢想皆在連年戰火中逐漸化爲烏有。然而詠絮並未就此絕望，在戰爭結束後，她毅然決定前往臺灣開展另一段人生，正文前有羅蘭〈前言〉。
1970 年純文學版：內容與 1970 年現代關係版同。
1993 年自印版：內容與 1970 年現代關係版同。
1998 年海天版：內容與 1970 年現代關係版同。
2000 年天下遠見版：內容與 1970 年現代關係版同。正文前新增羅蘭〈《飄雪的春天》重印（十八版）小序〉手稿。

自印 1973

西風古道斜陽

臺北：自印
1973 年 3 月，32 開，215 頁
羅蘭文叢 14

深圳：海天出版社
1998 年 7 月，25 開，144 頁

長篇小說。全書共 23 節，以「靳老師」的視角敘述何家在爺爺納 17 歲女子小七爲妾後，所引起的一連串風波。唱大鼓書的小

七因爲出身以及和爺爺的年齡差距在何家飽受歧視,唯有受新式教育的何家二孫允明真心鼓勵她脫離舊傳統的枷鎖,兩人因此互有好感。何老病逝後,小七以其生前餽贈的珠寶做爲陪葬,感謝何老名爲納妾,實爲將其視爲孫女疼惜的恩情。故事最後,拒絕了允明示愛的小七,在「靳老師」的注視下在古道斜陽裡離去。正文前有羅蘭〈前言〉。

1998 年海天版:內容與 1973 年自印版同。

海天出版社 1998

花晨集

深圳:海天出版社
1998 年 7 月,25 開,300 頁

短篇小說集。本書爲《羅蘭小說》與 1965 年現代關係版《花晨集》合併,全書分「花晨集」、「短篇集」兩部分,收錄〈春曉〉、〈夜闌人靜〉、〈陌生的愛情〉、〈也是愛情〉、〈風外杏林香〉、〈在夕陽裡〉、〈盼〉、〈變〉、〈戀愛的結果〉、〈沒有根的人〉、〈冬暖〉、〈葉湮〉、〈聽啊!聽啊!聽!〉、〈蟬聲,寂靜的世界〉、〈畫馬的孩子〉、〈孩子、母雞、冬日〉、〈二弟〉、〈天倫夢回〉、〈彩兒〉、〈嗚咽的河〉共 20 篇。正文前有羅蘭〈小序〉。

【劇本】

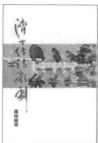

現代關係 1982　　自印 2001

濟公傳詩歌劇

臺北:現代關係出版社
1982 年 8 月,32 開,187 頁
羅蘭文叢 24

臺北:自印
2001 年,25 開,187 頁
羅蘭文叢 24

本書內容爲作者將《濟公傳》編寫爲劇本形式,將富於戲劇性與幽默感的人物,以詩歌及戲劇的形式呈現,藉此表達濟公的宗教觀與趣味性。全書共五幕。正文前有羅蘭〈前言〉。

2001 年自印版:內容與 1982 年現代關係版同。

【傳記】

聯經出版公司
1995

海天出版社　1998

薊運河畔──歲月沉沙第一部

臺北：聯經出版公司
1995 年 6 月，25 開，303 頁

深圳：海天出版社
1998 年 9 月，25 開，277 頁

本書為作者對生命長程所作的一次感性回顧，回憶自出生至對日抗戰期間的人生過往。全書計有：1.大宅巡禮；2.我是誰？；3.皇上的家當；4.「皇上家當」的下場；5.羅漢會與赤兔馬；6.白馬傳奇；7.花園、童年與狐仙；8.五大仙等 51 章。正文前有羅蘭〈前言──獻給讀者〉。正文後附錄〈著作年表〉。
1998 年海天版：內容與 1995 年聯經版同。正文後刪去〈著作年表〉。

聯經出版公司
1995

海天出版社　1998

蒼茫雲海──歲月沉沙第二部

臺北：聯經出版公司
1995 年 6 月，25 開，239 頁

深圳：海天出版社
1998 年 9 月，25 開，226 頁

本書為作者回憶錄第二部，記述抗戰勝利後的來臺生活。全書計有：1.是前生注定事；2.海行；3.唯一的上海；4.抵臺──青翠基隆港；5.「你什麼都會」？；6.學臺語；7.旅人的心情；8.睡也安然，走也方便等 37 章。正文前有羅蘭〈前言──獻給讀者〉。正文後附錄〈著作年表〉。
1998 年海天版：內容與 1995 年聯經版同。

聯經出版公司
1995

海天出版社　1998

風雨歸舟——歲月沉沙第三部

臺北：聯經出版公司
1995 年 6 月，25 開，259 頁

深圳：海天出版社
1998 年 9 月，25 開，249 頁

本書為作者回憶錄第三部，自 1987 年政府開
放大陸探親說起。全書分「序曲」、「一九八
八風貌」、「我是歸人」、「我是過客」、「溯
源」五部分，計有：1.感情化冰先是痛；2.問
君能有幾多愁；3.天才中國；4.寧要安定不要
錢；5.大陸的「熱門話題」；6.咬「文」嚼
「字」看大陸；7.四十年來家國；8.故土夢重
歸等 34 章。正文前有羅蘭〈前言——獻給讀
者〉。正文後附錄〈著作年表〉。
1998 年海天版：內容與 1995 年聯經版同。

【合集】

羅蘭小語

深圳：海天出版社
1998 年 4 月，新 25 開

本系列收錄作者歷年廣播稿，共五冊。各冊正文前有海天出版社〈編者的話〉。

羅蘭小語第一輯・給寂寞的人們

深圳：海天出版社
1998 年 4 月，新 25 開，217 頁

本書收錄《羅蘭小語》第一輯。正文後刪去羅蘭〈後記〉。

羅蘭小語第二輯・衝破苦悶

深圳：海天出版社
1998 年 4 月，新 25 開，213 頁

本書收錄《羅蘭小語第二輯》。

羅蘭小語第三輯・成功的兩翼

深圳：海天出版社
1998 年 4 月，新 25 開，224 頁

本書收錄《羅蘭小語第三輯（成功的兩翼）》。原分輯增補輯名
「成功的兩翼」、「忙碌與進取」、「快樂的共鳴」、「開朗、豁
達、灑脫」。正文前刪去羅蘭〈前言〉。

羅蘭小語第四輯・為了欣賞為了愛

深圳：海天出版社
1998 年 4 月，新 25 開，189 頁

本書收錄《羅蘭小語第四輯（為了欣賞為了愛）》。正文前刪去
羅蘭〈前言〉。

羅蘭小語第五輯・從小橋流水到經濟起飛

深圳：海天出版社
1998 年 4 月，32 開，216 頁

本書收錄《羅蘭小語第五輯（從小橋流水到經濟起飛）》。正文
前刪去羅蘭〈前言〉。

羅蘭散文
深圳：海天出版社
1998 年 8 月，新 25 開

本系列收錄作者歷年散文作品，共七冊。各冊正文前有海天出版社〈編者的話〉。

心情的剎那——羅蘭散文第一輯
深圳：海天出版社
1998 年 8 月，新 25 開，216 頁

本書收錄《羅蘭散文》第一輯。

生活的滋味——羅蘭散文第二輯
深圳：海天出版社
1998 年 8 月，新 25 開，222 頁

本書收錄《羅蘭散文第二輯》。原「紀念曲」輯中〈屬於我的晚上〉、〈秋園即事〉二篇移至「生活散曲」一輯。

寄給夢想——羅蘭散文第三輯
深圳：海天出版社
1998 年 8 月，新 25 開，194 頁

本書收錄《羅蘭散文第三輯》。

現代天倫──羅蘭散文第四輯

深圳：海天出版社
1998 年 8 月，新 25 開，168 頁

本書收錄《羅蘭散文第四輯》。正文刪去分輯。正文前刪去 1973
年現代關係版〈自己的話（前言）〉。正文後刪去羅蘭〈後記〉，
新增〈羅蘭著作年表〉。

夏天組曲──羅蘭散文第五輯

深圳：海天出版社
1998 年 8 月，新 25 開，196 頁

本書收錄《羅蘭散文第五輯（夏天組曲）》。原正文後附錄文
章：羅蘭〈金劍已沉埋──哀溫莎公爵〉、羅蘭〈觀光客與紀念
品〉、羅蘭〈現代旅遊〉挪至正文，以輯名「金劍已沉埋」收
錄。正文前刪去〈前言〉。正文後新增〈羅蘭著作年表〉。

早起看人間──羅蘭散文第六輯

深圳：海天出版社
1998 年 8 月，新 25 開，188 頁

本書收錄《早起看人間》。輯名「機器時代」更名為「現代生
活」、「歸宿、歸宿」更名為「有家可歸」。正文〈撫今追昔話親
情〉更名為〈撫今追昔〉。正文前刪除羅蘭〈前言〉。正文後新
增〈羅蘭著作年表〉。

生命之歌──羅蘭散文第七輯

深圳：海天出版社
1998 年 8 月，新 25 開，172 頁

本書收錄《生命之歌》。正文前刪去羅蘭〈小序〉。正文後新增
〈羅蘭著作年表〉。

羅蘭小語全本
北京：人民文學出版社
2005 年 5 月，14×18.5 公分

本系列爲「羅蘭小語」改版重排，共六冊。各冊正文前有羅蘭〈《羅蘭小語全本》總序〉。

給寂寞的人們
北京：人民文學出版社
2005 年 5 月，14×18.5 公分，186 頁
羅蘭小語全本

本書收錄《羅蘭小語》第一輯。輯名「給寂寞的人們」更名爲「談談寂寞」、「給尋夢的孩子」更名爲「給尋夢者」。正文刪去〈談過年之樂──答吳松鎮同學〉、〈談談友情〉、〈姻緣前定〉、〈給失戀的朋友〉、〈看來沒有希望的愛情──答石容聽友〉五篇，新增〈談「追」〉、〈失戀〉、〈有時輸也是贏〉、〈愛情形而上〉四篇，〈夫妻之間怎樣才能和平相處〉更名爲〈夫妻相處「差不多」就好〉。正文前有羅蘭〈重印序〉。原 1963 年文化圖書版羅蘭〈後記〉，略做刪修挪至正文前，更名爲〈初版前言〉。

推動自己
北京：人民文學出版社
2005 年 5 月，14×18.5 公分，176 頁
羅蘭小語全本

本書收錄《羅蘭小語第二輯》。原正文〈由林海峰談起〉、〈親戚遠來香〉分別更名爲〈由圍棋名人談起〉、〈親戚之間〉。

成功的兩翼
北京：人民文學出版社
2005 年 5 月，14×18.5 公分，195 頁
羅蘭小語全本

本書收錄《羅蘭小語第三輯（成功的兩翼）》。原分輯增補輯名「爲了快樂」、「快樂的來源」、「得失之間」、「膽識與胸襟」。

為了欣賞為了愛

北京：人民文學出版社
2005 年 5 月，14×18.5 公分，167 頁
羅蘭小語全本

本書收錄《羅蘭小語第四輯（為了欣賞為了愛）》。原分輯更名為「高尚與低俗」、「有錢難買欣賞力」、「博大久遠的中華文化」。

從小橋流水說起

北京：人民文學出版社
2005 年 5 月，14×18.5 公分，220 頁
羅蘭小語全本

本書收錄《羅蘭小語第五輯（從小橋流水到經濟起飛）》。正文刪去〈胡娜來訪的深思〉。正文後刪去〈著作年表〉。

留住你的春天

北京：人民文學出版社
2005 年 5 月，14×18.5 公分，364 頁
羅蘭小語全本

本書分「彩色人間」、「現代男女」、「婚姻道上」三部分，收錄〈留住你的春天〉、〈又是一年春草綠〉、〈你還在原地踏步嗎？〉、〈你忙嗎？你寂寞嗎？〉、〈當你恐懼，當你寒冷〉等 74 篇。正文前有羅蘭〈留住你的春天——摘錄代序〉。

文學年表

1919 年　10 月　10 日，生於河北省寧河縣蘆臺鎮。本名靳佩芬。父靳東山。
　　　　　　　　母李金彥（後改名蘭蓀）。爲家中長女。

1925 年　本年　就讀塘沽「久大精鹽」附屬員工子弟學校「塘沽明星小學」。
　　　　　　　　在學期間受教於來自北京師範大學的英文老師椿子霑、國文
　　　　　　　　老師張健庭，於學業及思想見識上獲得啓發。

1931 年　本年　畢業於塘沽明星小學。
　　　　　　　　考入天津市的河北省立第一女子師範學校（簡稱河北女師）。

1935 年　5 月　母親李蘭蓀病逝。

1937 年　7 月　3 日，畢業於河北省立第一女子師範學校。
　　　　　　　　欲報考母校音樂系，因「七七事變」戰火波及而被迫放棄。

1938 年　春　　於寧河縣漢沽鎮寨上庄的「寨卜女子完全小學」擔任教員，
　　　　　　　　至 1940 年夏。

1940 年　本年　於河北女師附小（今天津市第五十一小學）任職音樂教師，
　　　　　　　　組織兒童合唱團，成立「女師附小合唱團」。

1945 年　本年　抗戰勝利，任職於天津廣播電臺，管理唱片並主持「音樂時
　　　　　　　　間」、「唱歌指導」節目，管理唱片；結識當時平津一帶知名
　　　　　　　　音樂人士，並邀請天津交響樂指揮張肖虎固定至節目中播出
　　　　　　　　「音樂欣賞」專題。

1946 年　夏　　考入天津市河北省立第一女子師範學校學院部音樂系。

1947 年　本年　就讀音樂系一學期後，因有感年齡與現實差距，決定放棄學
　　　　　　　　業。

1948 年	4 月	隻身離津，於 29 日搭乘和順輪抵臺。
	5 月	1 日，開始於臺北市新公園的臺灣廣播電臺（中國廣播公司前身）工作。
	8 月	8 日，與臺灣廣播電臺的新聞組長朱永丹結婚，於臺北市仁愛路國民黨中央黨部「凱歌歸」餐廳宴客。
1950 年	6 月	24 日，長子朱旭出生。
	本年	決定專事家務，自臺灣廣播電臺離職。
		開始為「臺灣電臺」大陸部寫稿，撰寫臺灣民生的戲劇廣播稿，至 1952 年止。
1952 年	4 月	7 日，長女朱麗出生。
1953 年	12 月	4 日，次女朱華出生。
1955 年	本年	加入臺灣省婦女寫作協會（今中國婦女寫作協會），而後長年參與會中事務。
1956 年	2 月	〈父親二三事〉、〈夜吟〉發表於《幼獅文藝》第 19 期。
1957 年	本年	經前河北女師同學介紹，入臺北女子師範學校附屬小學（今臺北市立大學附設實驗國民小學），擔任二年級級任老師，一學期後停職。
1958 年	8 月	任職於警察廣播電臺，主持教育及音樂性節目「安全島」。
	9 月	27 日，〈鬥雞在英國〉發表於《徵信新聞》第 6 版。
1960 年	9 月	12 日，〈從最前線到大後方〉發表於《中國一周》第 542 期。
	12 月	15 日，〈踏出校門〉發表於《徵信新聞報》第 8 版。
1962 年	3 月	27 日，〈良心的監獄〉發表於《徵信新聞報》第 7 版。
	4 月	17 日，〈蒙托凡尼和他的唱片〉發表於《聯合報》第 8 版。
	11 月	17 日，〈時間的去處——介紹徐訏的詩〉發表於《中央日報》第 6 版。
1963 年	6 月	《羅蘭小語》由臺北文化圖書公司出版。

9 月　24 日，〈煙和煙囪〉發表於《中央日報》第 6 版。

10 月　6 日，〈黃金時代〉發表於《中央日報》第 6 版。

8～11 日，短篇小說〈夜闌人靜〉連載於《聯合報》第 7、9 版。

16 日，〈陰溝裡的病貓〉發表於《中央日報》第 6 版。

23 日，〈寂寞的感覺〉發表於《中央日報》第 6 版。

12 月　《羅蘭小語》由臺北文化圖書公司再版。

1964 年　1 月　20 日，〈超然的境界——給澄明女士〉發表於《中央日報》第 6 版。

《生活漫談》、《羅蘭答問》由臺北文化圖書公司出版。

3 月　16 日，〈琴韻、笑語、寂寞的歎息——與林橋教授一夕談〉發表於《中國一周》第 725 期。

4 月　8 日，〈迷人的四月〉發表於《中央日報》第 6 版。

15 日，〈帶點笑容〉發表於《中央日報》第 6 版。

27 日，〈畫家和他的成功與努力——訪廖未林先生〉發表於《中國一周》第 731 期。

5 月　13 日，〈夢〉發表於《中央日報》第 6 版。

21 日，〈約〉發表於《中央日報》第 6 版。

6 月　3 日，〈想寫的東西〉發表於《中央日報》第 6 版。

7 月　3 日，〈雨絲綠海〉發表於《中央日報》第 6 版。

27 日，〈沙漠中的牧人——訪詩人沙牧〉發表於《中國一周》第 744 期。

8 月　9 日，〈倦旅〉發表於《中央日報》第 6 版。

9 月　13 日，短篇小說〈春曉〉發表於《聯合報》第 7 版。

18 日，〈寫給秋天〉發表於《中央日報》第 6 版。

27 日，〈霧濛濛的松山〉發表於《中央日報》第 6 版。

10 月　11 日，〈歌〉發表於《中央日報》第 10 版。

26 日,〈小畫〉發表於《聯合報》第 7 版。

12 月　13 日,短篇小說〈風外杏林香〉發表於《聯合報》第 7 版。

23 日,〈手術前後〉發表於《中央日報》第 6 版。

1965 年　2 月　15 日,〈父親的照片〉發表於《中央日報》第 6 版。

20 日,〈雨伴〉發表於《徵信新聞報》第 7 版。

短篇小說集《花晨集》由臺北現代關係出版社出版。

3 月　9 日,〈戀愛的結果〉發表於《徵信新聞報》第 7 版。

15 日,〈推動自己〉發表於《中央日報》第 6 版。

20 日,〈為了寂寞〉發表於《徵信新聞報》第 6 版。

24 日,〈累贅〉發表於《徵信新聞報》第 7 版。

〈童年偶憶〉發表於《幼獅文藝》第 135 期。

4 月　14 日,〈虛空〉發表於《聯合報》第 7 版。

16 日,〈盼〉發表於《徵信新聞報》第 7 版。

22 日,短篇小說〈變〉發表於《聯合報》第 7 版。

《給青年們》(原《羅蘭答問》)由臺北文化圖書公司出版。

5 月　6 日,〈火車〉發表於《中央日報》第 6 版。

7 日,〈畫馬的孩子〉發表於《徵信新聞報》第 7 版。

19 日,〈廟裡的日子〉發表於《中央日報》第 6 版。

24 日,短篇小說〈沒有根的人〉發表於《聯合報》第 7 版。

〈〈風外杏林香〉的人物和背景〉發表於《中國語文》第 16 卷第 5 期。

6 月　9 日,〈夏午〉發表於《中央日報》第 6 版。

7 月　10 日,〈寫作的動機——捕捉心情的剎那〉發表於《中央日報》第 6 版。

27 日,長篇小說〈綠色小屋〉連載於《徵信新聞報》「人間副刊」,至 8 月 13 日止。

短篇小說〈嗚咽的河〉發表於《幼獅文藝》第 139 期。

8 月	18 日，〈夜的嘶喊〉發表於《聯合報》第 7 版。
	22 日，〈暑假生活〉發表於《中央日報》第 6 版。
9 月	6 日，〈孩子的祈禱〉發表於《徵信新聞報》第 6 版。
	27 日，〈青蔬滋味長〉發表於《中央日報》第 6 版。
	《生活漫談》由臺北文化圖書公司出版。
10 月	2 日，〈賞心樂事漫步〉發表於《徵信新聞報》第 7 版。
	9 日，〈彩色的聯想〉發表於《聯合報》第 7 版。
	26 日，〈談朋友〉發表於《徵信新聞報》第 9 版。
	27 日，〈書與我〉發表於《徵信新聞報》第 9 版。
	28 日，〈情書〉發表於《徵信新聞報》第 9 版
	29 日，〈成績單〉發表於《徵信新聞報》第 9 版。
	30 日，〈時代的歌〉發表於《徵信新聞報》第 9 版。
11 月	14 日，〈樂觀的我〉發表於《徵信新聞報》第 7 版。
12 月	16 日，〈扔掉了彩卷〉發表於《自由青年》第 34 卷第 12 期。
1966 年　1 月	26～27 日，〈創業的人〉連載於《徵信新聞報》第 7 版。
	《羅蘭小語第二輯》由臺北文化圖書公司出版。
3 月	2 日，〈談零食〉發表於《聯合報》第 7 版。
4 月	10～11 日，短篇小說〈二弟〉連載於《中央日報》第 6 版。
	29 日，〈吉人天相〉發表於《中央日報》第 6 版。
	短篇小說集《花晨集》由臺北皇冠出版社出版。
	短篇小說〈上山的路〉發表於《幼獅文藝》第 148 期。
5 月	5 日，〈聲音的聯想〉發表於《中央日報》第 6 版。
8 月	1 日，〈略談新歌的推廣〉發表於《自由青年》36 卷第 3 期。
	短篇小說〈來自夢幻的〉發表於《幼獅文藝》第 152 期。
	《羅蘭散文》由臺北文化圖書公司出版。
10 月	29 日、11 月 1 日，〈秋園即事〉連載於《徵信新聞報》第

9、6 版。

11 月　6 日，〈上帝的窗子〉發表於《徵信新聞報》第 6 版。

14 日，〈天上人間〉發表於《徵信新聞報》第 6 版。

19 日，〈寄給飄落〉發表於《聯合報》第 7 版。

12 月　13～15 日，〈一億字的心願〉連載於《徵信新聞報》第 9 版。

本年　〈雨中的紫丁香〉發表於《聯合報》副刊。

1967 年　1 月　6～7 日，〈是不為也，非不能也〉連載於《徵信新聞報》第 6 版。

12 日，〈談談「經驗」〉發表於《徵信新聞報》第 6 版。

15 日，〈那豈是鄉愁〉發表於《中央日報》第 6 版。

4 月　7 日，〈欲說還休——覆好友〉發表於《徵信新聞報》第 6 版。

5 月　28 日，〈燭光‧夜話〉發表於《徵信新聞報》第 9 版。

6 月　5 日，〈碧天依偎著海洋〉發表於《聯合報》第 9 版。

7 日，〈坐林一夜雨〉發表於《聯合報》第 9 版。

9 日，〈那南風吹來清涼〉發表於《聯合報》第 9 版。

10 日，〈兜雨〉發表於《中央日報》第 10 版。

19 日，〈淺談寫作〉發表於《大華晚報》第 5 版。

10 月　6 日，〈智者樂水〉發表於《徵信新聞報》第 9 版。

8 日，〈眠〉發表於《徵信新聞報》第 9 版。

10 日，〈山上去來〉發表於《中央日報》第 12 版。

26 日，〈生活的滋味〉發表於《中央日報》第 9 版。

16 日，〈沉櫻的手帕〉發表於《自由青年》第 38 卷第 8 期。

11 月　11 日，〈我讀褚格威的作品〉發表於《中央日報》第 9 版。

25 日，〈散步隨想曲〉發表於《徵信新聞報》第 9 版。

26 日，〈無私的情誼〉發表於《中央日報》第 9 版。

短篇小說集《羅蘭小說》由臺北文化圖書公司出版。

12 月　17 日，〈我的書桌〉發表於《中央日報》第 9 版。

19 日，〈枕下的零食〉發表於《徵信新聞報》第 9 版。

20 日，〈「談」戀愛──談談看，走著瞧〉發表於《徵信新聞報》第 9 版。

1968 年　1 月　22 日，〈屬於我的晚上〉發表於《徵信新聞報》第 9 版。

2 月　9 日，〈我愧悔的良心〉發表於《中央日報》第 9 版。

13 日，〈男女之間〉發表於《聯合報》第 9 版。

3 月　8 日，〈婦女節零感〉發表於《徵信新聞報》第 9 版。

9 日，〈阿美走後〉發表於《徵信新聞報》第 9 版。

11 日，〈春節小集追記〉發表於《徵信新聞報》第 9 版。

13 日，〈風之戀〉發表於《中央日報》第 9 版。

30 日，〈主婦的星期天〉發表於《徵信新聞報》第 9 版。

長篇小說《綠色小屋》由臺北純文學出版社出版。

4 月　4 日，〈鹽〉發表於《中央日報》第 9 版。

〈速成的青葉〉發表於《中華文化復興月刊》第 1 卷第 2 期。

5 月　17 日，〈何人不起故園情〉發表於《中央日報》第 9 版。

7 月　14 日，〈花如繡‧草如茵〉發表於《徵信新聞報》第 10 版。

24 日，〈春夜聞笛〉發表於《聯合報》第 9 版。

〈數字遊戲〉發表於《幼獅文藝》第 175 期。

8 月　27 日，〈寄給夢想〉發表於《中央日報》第 9 版。

9 月　27 日，〈飄飛的雲〉發表於《中央日報》第 9 版。

10 月　13 日，〈海濱三題〉發表於《中央日報》第 12 版。

短篇小說〈潭邊之夜〉發表於《婦女雜誌》第 1 期。

12 月　《羅蘭散文第二輯》由臺北文化圖書公司出版。

1969 年　1 月　短篇小說〈冬暖〉改編的同名電影上映,由歸亞蕾主演;李
　　　　　　　翰祥導演。

　　　　2 月　17 日,〈喜事重重〉發表於《中國時報》第 3 版。

　　　　3 月　10 日,〈讀張起鈞著《老子哲學》與《老子》後〉發表於中
　　　　　　　央日報》第 9 版。

　　　　　　　長篇小說《綠色小屋》由臺北現代關係出版社出版。

　　　　4 月　1 日,〈巷口的班頭車〉發表於《中央日報》第 11 版。

　　　　　　　17 日,〈當陽光照臨〉發表於《中國時報》第 10 版。

　　　　5 月　14 日,〈現代的圖騰〉發表於《中國時報》第 10 版。

　　　　6 月　4 日,〈「克姑媽」為什麼可愛〉發表於《中央日報》第 9
　　　　　　　版。

　　　　7 月　3 日,〈性情相投?〉發表於《中國時報》第 10 版。

　　　　　　　18 日,長篇小說〈飄雪的春天〉連載於《中國時報》第 10
　　　　　　　版,至 8 月 19 日止。

　　　　　　　〈善惡隨想曲〉發表於《文藝月刊》第 1 期。

　　　　11 月　以《羅蘭散文第二輯》獲第四屆「中山文藝獎」散文創作
　　　　　　　獎。

　　　　12 月　16 日,〈人生能得幾回聞——看中視《少年音樂會》〉發表於
　　　　　　　《中央日報》第 9 版。

　　　　本年　短篇小說集《花晨集》由臺北中國文選社出版。

1970 年　1 月　〈逍遙的年齡〉發表於《中央月刊》第 2 卷第 3 期。

　　　　3 月　〈心靈上的舒展〉發表於《中央月刊》第 2 卷第 5 期。

　　　　4 月　29 日,〈時代的節奏〉發表於《中央日報》第 9 版。

　　　　　　　長篇小說《飄雪的春天》分別由臺北現代關係出版社、純文
　　　　　　　學出版社出版。

　　　　　　　長篇小說〈西風古道斜陽〉連載於《文壇》第 118～121 期,
　　　　　　　至 7 月止。

5 月　18、25 日,〈我對寫作的認識〉連載於《大華晚報》第 8版。

6 月　〈我們對文學的意見——文化趨向〉發表於《文壇》第 120期。

9 月　15 日,應美國國務院邀請赴美訪問,考察廣播、電視音樂製作及學生教育與輔導問題。期間沿途撰寫「訪美散記」系列文章,並遊歷歐洲及亞洲等 11 國,共 100 天整。

1971 年　2 月　〈記憶中春節的溫馨〉發表於《自由談》第 22 卷第 2 期。

3 月　〈四海爲家談旅館——我在巴黎〉發表於《自由談》第 22 卷第 3 期。

4 月　〈四海爲家談旅館——難忘的科隆〉發表於《自由談》第 22卷第 4 期。

5 月　〈四海爲家談旅館——雙重性格的維也納〉發表於《自由談》第 22 卷第 5 期。

6 月　〈四海爲家談旅館——苦樂參半羅馬行〉發表於《自由談》第 22 卷第 6 期。

7 月　〈四海爲家談旅館——名城雅典綠如藍〉發表於《自由談》第 22 卷第 7 期。

〈小路〉發表於《文壇》第 133 期。

8 月　〈山谷燈光〉發表於《文壇》第 134 期。

9 月　〈生活的腳步〉發表於《文壇》第 135 期。

12 月　〈江山代有才人出〉發表於《中央月刊》第 4 卷第 2 期。

1972 年　1 月　《訪美散記》、《羅蘭散文第三輯》由臺北現代關係出版社出版。

2 月　18 日,〈年的情調〉發表於《中國時報》第 4 版。

6 月　12〜13 日,〈金劍已沉埋——哀溫莎公爵〉連載於《中央日報》第 9 版。

〈美好的日子〉發表於《文壇》第 144 期。

12 月　〈買賣哲學〉發表於《中央月刊》第 5 卷第 2 期。

本年　父親靳東山過世。

1973 年　3 月　長篇小說《西風古道斜陽》由作者自行出版。

4 月　〈失去的冬天〉發表於《文壇》第 154 期。

5 月　〈生命的重量〉發表於《文壇》第 155 期。

6 月　《現代天倫——羅蘭散文第四輯》由臺北現代關係出版社出版。

7 月　14 日,〈無爲與不爭〉發表於《中華日報》第 9 版。

17～18 日,〈中國詩畫中的老人與童子〉連載於《中國時報》第 19 版。

9 月　〈有甘無苦談廣播〉發表於《廣播與電視》第 24 期。

〈哲理如詩〉發表於《中央月刊》第 5 卷第 11 期。

1974 年　1 月　27 日,〈能源聲中冷眼觀〉發表於《中央日報》第 5 版。

3 月　〈答海斐〉發表於《中央月刊》第 6 卷第 5 期。

〈拓展與圓滿〉發表於《文壇》第 165 期。

4 月　〈我的讀與寫〉發表於《書評書目》第 12 期。

〈男女有別〉發表於《婦女雜誌》第 67 期。爲「現代生活專欄」第一篇文章,該專欄至 1994 年 11 月止。

5 月　23 日,〈覓樹、覓樹〉發表於《中央日報》第 10 版。

〈由《功夫》影集看美國人眼中的中國人〉發表於《婦女雜誌》第 68 期。

6 月　25 日,〈似忙碌,也悠閒〉發表於《中國時報》第 9 版。

〈戀舊之情〉發表於《婦女雜誌》第 69 期。

7 月　〈美國人的子孫崇拜〉發表於《婦女雜誌》第 70 期。

8 月　〈善終〉發表於《婦女雜誌》第 71 期。

9 月　〈當婦女都走出了家庭〉發表於《婦女雜誌》第 72 期。

10 月　《羅蘭小語第三輯（成功的兩翼）》由作者自行出版。

〈女人的皮包〉發表於《婦女雜誌》第 73 期。

11 月　〈大富翁〉發表於《婦女雜誌》第 74 期。

12 月　〈女人的衣服〉發表於《婦女雜誌》第 75 期。

1975 年　1 月　28 日，〈購物中心所見〉發表於《中央日報》第 10 版。

〈小嬌妻〉發表於《婦女雜誌》第 76 期。

2 月　〈大眾生活〉發表於《中央月刊》第 7 卷第 4 期。

〈身外浮雲〉發表於《婦女雜誌》第 77 期。

3 月　26 日，擔任主持的廣播節目「安全島」獲第 11 屆金鐘獎社
會建設服務獎。

〈我乘雲朵歸來〉發表於《中國語文》第 63 卷第 3 期。

〈失樂園〉發表於《婦女雜誌》第 78 期。

4 月　〈平等與棄權〉發表於《婦女雜誌》第 79 期。

5 月　〈良警與良醫〉發表於《警光》第 225 期。

〈如花美眷〉發表於《婦女雜誌》第 80 期。

6 月　16 日，出席由《婦女雜誌》主辦的「讀者午餐會」，於新光
百貨萬福樓以「寫作與生涯」為題進行演講。

〈介紹一所適合少女的學校——私立臺南家政專科〉發表於
《婦女雜誌》第 81 期。

7 月　〈老人與貓〉發表於《文壇》第 181 期。

〈新娘化妝〉發表於《婦女雜誌》第 82 期。

8 月　30 日～9 月 2 日，〈夏天組曲〉連載於《中央日報》第 10
版。

〈一種嚮往〉發表於《文壇》第 182 期。

〈女人與愛情〉發表於《婦女雜誌》第 83 期。

9 月　《羅蘭散文第五輯（夏天組曲）》由臺北現代關係出版社出
版。

〈半盤西化〉發表於《婦女雜誌》第 84 期。

〈任性自如談「擁有」〉發表於《文壇》第 183 期。

10 月　〈玩具世界〉發表於《文壇》第 184 期。

〈別具一格的臺灣計程車〉發表於《婦女雜誌》第 85 期。

11 月　〈Family in Law〉發表於《婦女雜誌》第 86 期。

12 月　10 日,〈散步最樂〉發表於《中央日報》第 10 版。

11 日,〈現代人生〉發表於《中央日報》第 10 版。

13 日,〈偷閒且看書〉發表於《中央日報》第 10 版。

14 日,〈意「內」事件〉發表於《中央日報》第 10 版。

21 日,〈美式慰問〉發表於《中央日報》第 10 版。

29 日,〈「今朝有酒」新詮〉發表於《中央日報》第 10 版。

30 日,〈孩子的太陽〉發表於《中央日報》第 10 版。

31 日,〈讀秒生涯〉發表於《中央日報》第 10 版。

1976 年　1 月　〈詩國與詩教〉發表於《中央月刊》第 8 卷第 3 期。

〈平心論電視〉發表於《婦女雜誌》第 88 期。

2 月　9 日,〈讀林佛兒的《腳印》〉發表於《中華日報》第 9 版。

〈現代春節——與其懷舊,不如創新〉發表於《婦女雜誌》第 89 期。

3 月　14 日,〈傳統・現代・與完成——聽美國現代室內樂團演奏之後〉發表於《中央日報》第 10 版。

24 日,〈峰迴路轉看雲門〉發表於《中央日報》第 10 版。

〈群唱〉發表於《明道文藝》第 1 期。

〈對話〉發表於《婦女雜誌》第 90 期。

4 月　〈婚禮話滄桑〉發表於《婦女雜誌》第 91 期。

5 月　14~16 日,翻譯佐伯彰一〈西方文學與日本的現代化〉於《中央日報》第 10 版。

〈旅行的心情〉發表於《文壇》第 191 期。

〈清官難斷家務事〉發表於《婦女雜誌》第 92 期。

6 月　10 日,〈市民三願〉發表於《中央日報》第 10 版。

14 日,〈東瀛來客有古風〉發表於《中央日報》第 10 版。

〈美與真理〉發表於《婦女雜誌》第 93 期。

7 月　9～10 日,〈美利堅「企業公司」〉連載於《中央日報》第 10 版。

12 日,〈看《八百壯士》——觀《八百壯士》預演有感〉發表於《中央日報》第 10 版。

〈商品世界〉發表於《文壇》第 193 期。

〈就業新觀念〉發表於《婦女雜誌》第 94 期。

8 月　11 日,〈大地沉埋〉發表於《中央日報》第 10 版。

〈廣告世界〉發表於《中央月刊》第 8 卷第 10 期。

〈消遣〉發表於《文壇》第 194 期。

〈U 型迴轉〉發表於《婦女雜誌》第 95 期。

9 月　〈感情的話〉發表於《文壇》第 195 期。

〈外遇界線〉發表於《婦女雜誌》第 96 期。

10 月　〈空中樓閣〉發表於《婦女雜誌》第 97 期。

11 月　10 日,〈詩人之國〉發表於《中央日報》第 10 版。為「詩人之國」系列文章,該系列連載至該月 19 日止。

11 日,〈我國的詩人哲學與現代人生〉發表於《中央日報》第 10 版。

12 日,〈超然物外的禪境與幽隱〉發表於《中央日報》第 10 版。

13 日,〈道家情調的漁父與江海〉發表於《中央日報》第 10 版。

14～15 日,〈我國詩人的飄逸與豁達〉發表於《中央日報》第 10 版。

16 日，〈悠閒的晚年〉發表於《中央日報》第 10 版。

17 日，〈我國的詩人與田園〉發表於《中央日報》第 10 版。

18 日，〈詩人之國：詩酒樂天真〉發表於《中央日報》第 10 版。

19 日，〈選詩的話〉發表於《中央日報》第 10 版。

〈聚散無常〉發表於《婦女雜誌》第 98 期。

《詩人之國》線裝版由作者自印出版。

12 月　〈無涯的歲月〉發表於《幼獅文藝》第 276 期。

《詩人之國》由臺北現代關係出版社出版。

〈逆耳忠言〉發表於《婦女雜誌》第 99 期。

本年　參加中國民國筆會主辦的「第四次亞洲作家會議」。

赴日，參觀日本詩社之活動情形。

1977 年　1 月　14 日，〈買魚生怕近城門〉發表於《中央日報》第 10 版。

28～29 日，〈中國詩與夏目漱石〉連載於《中央日報》第 10 版。

〈先哲的智慧〉發表於《中華國學》第 1 期。

〈過新年‧等舊年〉發表於《家庭月刊》第 4 期。

〈東瀛掠影〉發表於《婦女雜誌》第 100 期。

2 月　9 日，〈千里故園〉發表於《中央日報》第 10 版。

〈現代旅遊〉發表於《婦女雜誌》第 101 期。

3 月　〈談瑣事〉發表於《婦女雜誌》第 102 期。

4 月　24 日，〈從奧斯卡說起〉發表於《中央日報》第 10 版。

〈盡信醫不如無醫〉發表於《婦女雜誌》第 103 期。

5 月　〈求美反醜〉發表於《婦女雜誌》第 104 期。

6 月　8～9 日，〈大唐雅樂伴新聲〉連載於《中央日報》第 10 版。

〈「新夫人」與「新氣象」〉發表於《婦女雜誌》第 105 期。

7 月　8 日，〈從《筧橋英烈傳》看國片的進步〉發表於《中央日

報》第 10 版。

15 日，〈小語慰考生〉發表於《中央日報》第 10 版。

〈男人的真心話〉發表於《婦女雜誌》第 106 期。

8 月　30 日，〈有聲的散文——我如何做廣播節目「安全島」〉發表於《中華日報》第 11 版。

〈苦樂相抵談婚姻〉發表於《婦女雜誌》第 107 期。

9 月　〈人生如戲〉發表於《婦女雜誌》第 108 期。

10 月　〈新女性與新男性〉發表於《婦女雜誌》第 109 期。

11 月　〈現代人的「生命線」〉發表於《婦女雜誌》第 110 期。

12 月　11 日，〈宋晶宜《那一陣雨》簡介〉發表於《大華晚報》第 7 版。

〈酒與玫瑰〉發表於《婦女雜誌》第 111 期。

本年　〈神仙訣〉、〈秒讀生涯〉、〈曇花模式〉發表於《中華日報》副刊。

1978 年　1 月　3 日，〈花木蔥籠歌聲揚〉發表於《臺灣新生報》第 11 版。

〈書中名士與英豪〉發表於《幼獅少年》第 15 期。

〈性、愛與婚姻〉發表於《婦女雜誌》第 112 期。

2 月　〈豈止是幸福〉發表於《婦女雜誌》第 113 期。

3 月　8 日，〈春在〉發表於《聯合報》第 12 版。

30 日，〈哥哥爸爸真偉大〉發表於《民生報》第 7 版。

〈後巷看品德〉發表於《婦女雜誌》第 114 期。

4 月　6 日，〈遊覽車上的噪音〉發表於《民生報》第 7 版。

13 日，〈音樂不是冠冕〉發表於《民生報》第 6 版。

《羅蘭散文第六輯（淡煙疏雨）》、《羅蘭散文第七輯（入世生涯）》由臺北現代關係出版社出版。

〈「性」那麼值得強調嗎〉發表於《婦女雜誌》第 115 期。

5 月　〈應酬是一種困擾嗎〉發表於《婦女雜誌》第 116 期。

6 月　〈我看婚前難題〉發表於《婦女雜誌》第 117 期

7 月　3 日,〈古今歌樂貴一堂〉發表於《中央日報》第 10 版。

　　　9 日,〈美化環境貴天然〉發表於《中央日報》第 10 版。

　　　〈夫妻個性不同就不能白首偕老?〉、〈機器能助人,也能傷人〉發表於《婦女雜誌》第 118 期。

8 月　〈由節育談起〉發表於《婦女雜誌》第 119 期。

9 月　15 日,〈「聽」雲門〉發表於《民生報》第 7 版。

　　　23 日,〈扭轉乾坤的一步——我與廣播的再生緣〉發表於《中國時報》第 12 版。

　　　28 日,〈孔夫子在臺北〉發表於《聯合報》第 12 版。

　　　〈最新又最好的「美容術」〉發表於《婦女雜誌》第 120 期。

10 月　《婦女雜誌》成就輝煌〉發表於《婦女雜誌》第 121 期。

11 月　〈裝潢的迷宮〉發表於《婦女雜誌》第 122 期。

12 月　20 日,〈我讀徐鍾珮《餘音》〉發表於《中央日報》第 11 版。

　　　〈往日情懷〉發表於《婦友月刊》第 291 期。

　　　〈返老還童〉發表於《婦女雜誌》第 123 期。

1979 年　1 月　〈勇往直前談人生——寫給成長中的年輕人〉發表於《幼獅文藝》第 301 期。

　　　　　〈喜憂參半談觀光〉發表於《婦女雜誌》第 124 期。

　　　2 月　〈新春心願〉發表於《中央月刊》第 11 卷第 4 期。

　　　　　〈商品也是文化〉發表於《婦女雜誌》第 125 期。

　　　3 月　〈前廂有耳〉發表於《婦女雜誌》第 126 期。

　　　4 月　25 日,〈平劇的午夜與清晨〉發表於《中央日報》第 10 版。

　　　　　28 日,〈林懷民‧文化苦行僧——寫在《廖添丁》演出之前〉發表於《聯合報》第 12 版。

　　　　　〈取悅父母也要新觀念〉發表於《婦女雜誌》第 127 期。

5 月		1 日，〈國語歌曲深慶得人〉發表於《中央日報》第 10 版。
		〈羅蘭談寫作——答通訊訪問〉發表於《明道文藝》第 38 期。
		〈羅蘭散文——我國詩人的飄逸與豁達〉發表於《婦友月刊》第 296 期。
		〈領悟已遲念慈恩〉發表於《婦女雜誌》第 128 期。
6 月		15 日，〈值得懷念的人格教育〉發表於《中央日報》第 10 版。
		〈房屋外觀的整體美〉發表於《婦女雜誌》第 129 期。
7 月		8 日，〈身在福中話當年〉發表於《中央日報》第 11 版。
		12 日，〈桃源依舊在〉發表於《中央日報》第 10 版。
		〈一段婚姻，兩個故事〉發表於《婦女雜誌》第 130 期。
8 月		〈初日照高林〉發表於《中央月刊》第 11 卷第 10 期。
		〈用什麼招待朋友〉發表於《婦女雜誌》第 131 期。
9 月		〈早起看人間〉發表於《婦女雜誌》第 132 期。
10 月		〈歌劇《白蛇傳》的奇蹟〉發表於《幼獅文藝》第 310 期。
		〈月是故鄉明〉發表於《婦女雜誌》第 133 期。
11 月		〈從金蘭星到驛馬星〉發表於《婦女雜誌》第 134 期。
12 月		〈美式喬遷〉發表於《婦女雜誌》第 135 期。
本年		獲教育部頒發社會教育獎。
		再度赴美遊覽訪問，歸國後發表〈獨遊小記〉於《中華日報》副刊。
1980 年	1 月	〈紐約市‧滄海桑田〉發表於《婦女雜誌》第 136 期。
	2 月	〈廚房變客廳〉發表於《婦女雜誌》第 137 期。
	3 月	〈臺灣造〉發表於《婦女雜誌》第 138 期。
	4 月	4 日，〈「歌」與「春及花」〉發表於《聯合報》第 8 版。
		〈攜眷參加與單獨行動〉發表於《婦女雜誌》第 139 期。

5月	19日，〈莊周夢「錢」〉發表於《聯合報》第8版。
	〈離婚——感情的處決〉發表於《婦女雜誌》第140期。
6月	〈家，一個可以去的地方〉發表於《婦女雜誌》第141期。
7月	18日，〈勇氣是道德，怯弱是錯誤〉發表於《中央日報》第14版。
	〈日子的素描〉發表於《婦女雜誌》第142期。
8月	《「歌」與「春及花」》由作者自行出版。
	〈「新產品」與「舊產品」〉發表於《婦女雜誌》第143期。
9月	7日，〈文學家之筆，畫家之眼〉發表於《聯合報》第8版。
	10日，〈頻回首，難忘維也納〉發表於《聯合報》第8版。
	〈談談兒童節目〉發表於《廣播與電視》第38期。
	〈一樣金錢‧兩樣境界〉發表於《婦女雜誌》第144期。
10月	〈為什麼要結婚？〉發表於《婦女雜誌》第145期。
11月	〈重起爐灶〉發表於《婦女雜誌》第146期。
12月	《一千個「你怎麼辦？」——萬象人間》由臺北現代關係出社出版。
	〈寫信最樂〉發表於《婦女雜誌》第147期。

1981年　1月　5日，〈記最近一次的中廣音樂周〉發表於《民生報》第7版。

22日，〈我看《皇天后土》——「不演戲」而「全身是戲」〉發表於《民生報》第10版。

〈新男性，美如鬱金香〉發表於《婦女雜誌》第148期。

2月　9日，〈歸僑的讚歎〉發表於《中央日報》第6版。

19日，「一千個『你怎麼辦？』」播出第1,000次，出席於警察廣播電臺舉辦的紀念酒會。

22日，〈這個舞團是音樂的化身——觀洛杉磯芭蕾舞團後〉發表於《民生報》第10版。

〈答問（談入世與超隱）〉發表於《中央月刊》第 13 卷第 4
期。

出席《婦女雜誌》於三普飯店舉辦的「更上層樓」讀者午餐
會，與吳娟瑜、曾周旭、趙寧共同與讀者座談。

〈資訊時代的小孩〉發表於《婦女雜誌》第 149 期。

3 月　3 日，〈寫作投稿話從頭〉發表於《中央日報》第 12 版。

13 日，〈通過了一道輪迴——《獨遊小記》前言〉發表於
《中央日報》第 12 版。

〈已而不知其然謂之道〉發表於《中央月刊》第 13 卷第 5
期。

《獨遊小記》由臺北九歌出版社出版。

〈歸僑眼中的臺灣〉發表於《自由談》第 32 卷第 3 期。

〈美國式的無事忙〉發表於《婦女雜誌》第 150 期。

4 月　〈取捨之間是學問？〉發表於《幼獅文藝》第 328 期。

《早起看人間》由臺北世界文物出版社出版。

〈吵架不吉——我提倡一種迷信〉發表於《婦女雜誌》第
151 期。

5 月　〈新鮮蔬菜是春天的使者〉發表於《婦女雜誌》第 152 期。

6 月　〈左右逢源忙中有樂〉發表於《婦女雜誌》第 153 期。

《天下雜誌》創刊，應邀撰寫有關傳統文化與經濟社會之矛
盾與調適之專欄。

7 月　5 日，〈感情的瞬間〉發表於《中央日報》第 10 版。

〈不能光是「大處著眼」〉發表於《婦女雜誌》第 154 期。

8 月　〈親愛的芳鄰〉發表於《婦女雜誌》第 155 期。

9 月　1 日，〈請讀《千家詩》〉發表於《中央日報》第 10 版。

〈替女人算算離婚這筆帳〉發表於《婦女雜誌》第 156 期。

10 月　〈如何處理你的憂鬱〉發表於《婦女雜誌》第 157 期。

〈中國文化的更新與復興〉發表於《幼獅少年》第 60 期。

11 月　3 日,〈古式線裝〉發表於《中央日報》第 10 版。

〈別讓「髒亂」成了我們的標誌〉發表於《婦女雜誌》第
158 期。

12 月　19 日,〈我們共同努力的方向〉發表於《中央日報》第 10
版。

29 日,出席「七十年金鼎獎」頒獎典禮,擔任頒獎人。

〈美式倫常的新起點——岳母節〉發表於《婦女雜誌》第
159 期。

1982 年　1 月　11 日,〈綠夢湖畔——試寫流行歌〉發表於《中央日報》第
10 版。

〈家書——寄海外〉發表於《婦友月刊》第 328 期。

〈生活品質「頌」〉發表於《婦女雜誌》第 160 期。

2 月　7 日,〈「中國傳統之後」觀後〉發表於《民生報》第 10 版。

13 日,〈新象——曾經滄海難為水〉發表於《民生報》第 10
版。

18 日,〈從暴發戶心態談起〉發表於《民生報》第 10 版。

24 日,〈給音樂——試寫流行歌之二〉發表於《中央日報》
第 10 版。

〈把握忙碌之間的空隙〉發表於《婦女雜誌》第 161 期。

3 月　4 日,〈巴赫的音樂告訴我們〉發表於《民生報》第 10 版。

15 日,〈記憶——試寫流行歌之三〉發表於《中央日報》第
10 版。

〈減少一點點〉發表於《婦女雜誌》第 162 期。

4 月　12 日,〈給一個聰明的女孩——試寫流行歌之四〉發表於
《中央日報》第 10 版。

〈你知不知道「吃」也有流行〉發表於《婦女雜誌》第 163

期。

5 月　25 日,〈中國人的婉約與空靈——聽傅聰〉發表於《聯合報》第 8 版。

〈新時代的老年人〉發表於《婦女雜誌》第 164 期。

6 月　4 日,〈聽者的話〉發表於《中央日報》第 10 版。

詩作〈時代與年輕人——我們的對話〉發表於《中央月刊》第 14 卷第 8 期。

〈當先生有外遇時,救救他〉發表於《婦女雜誌》第 165 期。

7 月　〈現代禮,該怎麼送〉發表於《婦女雜誌》第 166 期。

8 月　劇本《濟公傳詩歌劇》由臺北現代關係出版社出版。

〈勇敢的男士們〉發表於《婦女雜誌》第 167 期。

9 月　出席於臺灣大學校友聯誼社舉辦的「讀者午餐會」演講,以「現代婦女最關心的話題」發表演說。

〈快快樂樂談音樂〉發表於《婦女雜誌》第 168 期。

10 月　26 日,〈索忍尼辛〉發表於《聯合報》第 8 版。

28 日,〈我看「女子學校」〉發表於《民生報》第 10 版。

〈五民之末〉發表於《婦女雜誌》第 169 期。

11 月　14 日,〈習作偶得〉發表於《中央日報》第 12 版。

〈你一定會羨慕這對夫妻〉發表於《婦女雜誌》第 170 期。

與邱七七負責「女作家著作展」,於中央日報社五樓中正廳展出張秀亞、林海音、琦君、丹扉、蓉子等一百多位女作家著作。

12 月　15 日,〈序《海上大學一百天》〉(周密著)發表於《中央日報》第 10 版。

〈錢的用途〉發表於《婦女雜誌》第 171 期。

1983 年　1 月　〈自信與超然——面對不如意的良方〉發表於《漢家雜誌》

第 1 期。

《羅蘭小語第四輯（爲了欣賞爲了愛）》由作者自行出版。

〈煩惱嗎？生氣嗎？〉發表於《婦女雜誌》第 172 期。

2 月　〈小成功也很快樂〉發表於《婦女雜誌》第 173 期。

3 月　17 日,〈重相逢,猶如在夢中〉發表於《臺灣新生報》第 14 版。

26 日,〈假如教室像音樂會一樣〉發表於《中央日報》第 10 版。

〈美式養鳥和中式野味〉發表於《婦女雜誌》第 174 期。

4 月　〈財富的故事〉發表於《中央月刊》第 15 卷第 6 期。

〈能欣賞就能快樂〉發表於《漢家雜誌》第 2 期。

〈中國式度假〉發表於《婦女雜誌》第 175 期。

5 月　22 日,〈音樂的「取經者」〉發表於《聯合報》第 8 版。

〈爲什麼不表達感情〉發表於《婦女雜誌》第 176 期。

6 月　13 日,〈雲的歌？鷹的歌〉發表於《中央日報》第 10 版。

26 日,〈揮手自茲去——悼張任飛先生〉發表於《聯合報》第 8 版。

〈如果你是快樂〉發表於《婦女雜誌》第 177 期。

7 月　〈參不透的親情〉發表於《婦女雜誌》第 178 期。

8 月　〈霜天征雁・昨夜寒星——惜別張任飛先生〉發表於《婦女雜誌》第 179 期。

9 月　〈說與君知只是「玩」〉發表於《婦女雜誌》第 180 期。

10 月　〈我家阿玉〉發表於《婦女雜誌》第 181 期。

11 月　2 日,〈印度行〉發表於《聯合報》第 8 版。

24 日,〈印度卡片〉發表於《聯合報》第 12 版。

30 日,〈音樂劇——變態者的同居〉發表於《聯合報》第 8 版。

〈女兒的家〉發表於《婦女雜誌》第 182 期。

12 月　20 日，〈印度「一弦琴」〉發表於《聯合報》第 8 版。

〈「拉古那」新城〉發表於《婦女雜誌》第 183 期。

1984 年　1 月　9 日，〈雨的樂章〉發表於《聯合報》第 8 版。

〈半功半「玩」〉發表於《婦女雜誌》第 184 期。

2 月　14 日，〈散文的話〉發表於《中央日報》第 10 版。

〈忙中之閒與閒中之忙〉發表於《婦女雜誌》第 185 期。

3 月　1 日，〈光輝卓越的警廣──寫在警廣成三十周年臺慶〉發表於《中央日報》第 12 版。

〈婚姻的主觀與客觀〉發表於《婦女雜誌》第 186 期。

4 月　〈天花板還在不在〉發表於《婦女雜誌》第 187 期。

5 月　〈閒話夢境〉發表於《婦女雜誌》第 188 期。

6 月　〈算算看，一個人需要多少東西〉發表於《婦女雜誌》第 189 期。

7 月　〈旅行者的心情〉發表於《婦女雜誌》第 190 期。

8 月　〈值得一看的好書〉發表於《文藝月刊》第 182 期。

〈「文學」是什麼？〉發表於《文訊》第 13 期。

〈美國式殺夫〉發表於《婦女雜誌》第 191 期。

9 月　〈外國月亮〉發表於《婦女雜誌》第 192 期。

10 月　2 日，〈我看日本式接觸〉發表於《中央日報》第 10 版。

〈相見時難別「更」難〉發表於《婦女雜誌》第 193 期

11 月　〈「特別報導」一場虛驚〉發表於《婦女雜誌》第 194 期。

12 月　〈愛的禪境〉發表於《婦女雜誌》第 195 期。

1985 年　1 月　28 日，〈遠方的來書〉發表於《中央日報》第 11 版。

〈願者上鉤的現代父母〉發表於《婦女雜誌》第 196 期。

2 月　12 日，〈陳舊布新──我最喜歡過年〉發表於《中央日報》第 10 版。

〈我的書房〉發表於《婦女雜誌》第 197 期。

3 月　2 日,〈風雨歸舟〉發表於《聯合報》第 8 版。

　　　26 日,〈斗室裡海闊天空〉、〈人要衣裝〉分別發表於《中央日報》第 10、12 版。

　　　〈「市聲」的今天與往日〉發表於《婦女雜誌》第 198 期。

4 月　〈現代人的感情〉發表於《婦女雜誌》第 199 期。

5 月　〈婚姻問題有沒有答案?〉發表於《婦女雜誌》第 200 期。

6 月　〈看看大海〉發表於《學前教育》第 8 卷第 3 期。

　　　〈女人不那麼想〉發表於《婦女雜誌》第 201 期。

7 月　〈想起天津廣播電臺〉發表於《幼獅文藝》第 379 期。

　　　〈美麗的星期天〉發表於《婦女雜誌》第 202 期。

8 月　3 日,〈有了錢以後〉發表於《中央日報》第 10 版。

　　　5 日,〈我看《阿瑪迪斯》〉發表於《聯合報》第 8 版。

　　　14 日,〈最美的剎那〉發表於《聯合報》第 8 版。

　　　〈家庭事業兩頭忙的婦女〉發表於《婦女雜誌》第 203 期。

9 月　15 日,〈看火車呀?真好!〉發表於《聯合報》第 8 版。

　　　27 日,〈多少興廢事,盡在管弦中——聽大阪愛樂〉發表於《聯合報》第 8 版。

　　　〈中式醫療進入美國〉發表於《婦女雜誌》第 204 期。

　　　《生命之歌》由臺北洪範書店出版。

　　　長篇小說《綠色小屋》由作者自行出版。

10 月　16 日,〈頌歌〉發表於《民生報》第 9 版。

　　　26 日,〈中國式女權〉發表於《中央日報》第 9 版。

　　　〈樹的預言〉發表於《文學家》第 1 期。

　　　〈成毀得失「通為一」〉發表於《婦女雜誌》第 205 期。

11 月　〈埋沒了另一個「本色」〉發表於《幼獅文藝》第 383 期。

　　　〈事情的「另一面」〉發表於《婦女雜誌》第 206 期。

12 月　〈有一種痛苦〉發表於《婦女雜誌》第 207 期。

本年　「燈的隨想」系列文章發表於《聯合文學》。

1986 年　1 月　24 日，〈鑰匙〉發表於《聯合報》第 8 版。

〈簽名事小，大意不得〉發表於《婦女雜誌》第 208 期。

2 月　28 日，〈中國氣質與形象〉發表於《聯合報》第 8 版。

〈婚姻的話〉發表於《婦女雜誌》第 209 期。

3 月　〈婦女的形象代表國家〉發表於《婦女雜誌》第 210 期。

發表〈縱使相逢應不識〉於《聯合文學》第 17 期。

4 月　〈傷痕〉發表於《牛頓雜誌》第 36 期。

〈龍發堂的啓示〉發表於《婦女雜誌》第 211 期。

《生活漫談》由臺北文化圖書公司出版。

5 月　〈「東方瑞士」的深思〉發表於《婦女雜誌》第 212 期。

6 月　1 日，〈歎爲觀止〉發表於《臺灣立報》。

7 月　〈也來談談「面相」〉發表於《婦女雜誌》第 213 期。

8 月　18 日，〈斜風、細雨、核塵〉發表於《聯合報》第 8 版。

〈苦樂成敗，有待深思〉發表於《婦女雜誌》第 214 期。

9 月　11 日，〈包裝？〉發表於《民生報》第 9 版。爲「指南針」專欄首篇文章，專欄至 1987 年 11 月 30 日止。

16 日，〈成本？〉發表於《民生報》第 9 版。

14 日，〈我的動物園〉發表於《中國時報》第 8 版。

24 日，〈十字街頭〉發表於《民生報》第 9 版。

〈今年的旅遊〉發表於《婦女雜誌》第 215 期。

10 月　1 日，〈我爲什麼要寫作〉發表於《聯合報》第 8 版。

〈不同的人生戰場〉發表於《婦女雜誌》第 216 期。

11 月　13 日，〈爲教育部正確方向喝采〉發表於《民生報》第 3 版。

〈想起家庭醫生〉發表於《婦女雜誌》第 217 期。

12 月　8 日,〈向平劇界建言〉發表於《民生報》第 3 版。

〈愛情悲喜劇,人生大舞臺〉發表於《婦女雜誌》第 218 期。

1987 年　1 月　7 日,〈也談雕像〉發表於《民生報》第 9 版。

18 日,〈吉凶禍福〉發表於《民生報》第 4 版。

26 日,〈公共場所的音樂〉發表於《民生報》第 4 版。

27 日,〈都還健在〉發表於《聯合報》第 8 版。

〈「安和樂利」之外〉發表於《婦女雜誌》第 220 期。

2 月　〈快樂的素質〉發表於《婦女雜誌》第 221 期。

3 月　9 日,〈是否互蒙其利〉發表於《民生報》第 9 版。

13 日,〈誰是吳延玫?〉發表於《民生報》第 9 版。

〈時裝流行,變動不居〉發表於《婦女雜誌》第 222 期。

4 月　與張拓蕪合著〈電影與我〉發表於《幼獅少年》第 126 期。

〈中學髮型話當年〉發表於《婦女雜誌》第 223 期。

5 月　13 日,〈歸零〉發表於《聯合報》第 8 版。

〈是旅行?還是探親〉發表於《婦女雜誌》第 224 期。

6 月　26 日,〈時間流過的聲音〉發表於《中央日報》。

〈眷屬何必神仙?〉發表於《婦女雜誌》第 225 期。

7 月　5 日,〈有聲的史詩〉發表於《中央日報》第 10 版。

〈色情與金錢——雙重誘惑下的現代社會〉發表於《婦女雜誌》第 226 期。

8 月　14 日,〈外國月亮〉發表於《民生報》第 10 版。

〈美國比我們「窮」〉發表於《婦女雜誌》第 227 期。

9 月　〈一念之間〉發表於《講義》第 6 期。

〈歐洲行〉發表於《婦女雜誌》第 228 期。

10 月　13 日,〈我見我思,無米之炊〉發表於《民生報》第 9 版。

21 日,〈小廳的溫馨〉發表於《民生報》第 9 版。

〈一個成功者背後的女人〉發表於《婦女雜誌》第 229 期。

11 月　6 日，〈飛機上〉發表於《聯合報》第 8 版。

9 日，〈另一種汙染〉發表於《民生報》第 9 版。

27 日，〈讀什麼書？〉發表於《民生報》第 4 版。

30 日，〈沉穩的氣氛〉發表於《民生報》第 9 版。

《羅蘭小語第五輯（從小橋流水到經濟起飛）》、《詩人之國》由作者自行出版。

〈中國人平常心〉發表於《婦女雜誌》第 230 期。

12 月　17 日，〈問君能有幾多愁〉發表於《聯合報》第 8 版。

〈向「社會」尋求答案的時代〉發表於《婦女雜誌》第 231 期。

1988 年　1 月　3 日，〈我屬於哪一版？〉發表於《民生報》第 9 版。

〈容納感情的空間〉發表於《婦女雜誌》第 232 期。

2 月　出席「為歌詞把脈座談會」，與會者有杜文靖、小軒、林文義、潘皇龍。

〈怕聽車聲，怕聞油煙〉發表於《婦女雜誌》第 233 期。

3 月　〈婚姻成敗現代觀〉發表於《婦友》第 402 期。

〈「財主國」，請別再落後！〉發表於《婦女雜誌》第 234 期。

4 月　〈做個「逍遙」的有錢人〉發表於《婦女雜誌》第 235 期。

5 月　10 日，〈美容院與石英錶〉發表於《中央日報》第 16 版。

〈當你恐懼，當你寒冷——寫在母親節〉發表於《婦女雜誌》第 236 期。

6 月　〈人生另一站〉發表於《婦女雜誌》第 237 期。

8 月　〈大陸婦女印象〉發表於《婦女雜誌》第 239 期。

9 月　〈探親——幾大件？幾小件？〉發表於《婦女雜誌》第 240 期。

10 月　〈暴發戶與老舊家〉發表於《婦女雜誌》第 241 期。

11 月　〈從「全盤西化」到求「明牌」〉發表於《婦女雜誌》第 242
　　　期。

12 月　〈我結婚的時候〉發表於《文訊》第 39 期。

　　　〈行囊〉發表於《婦女雜誌》第 243 期。

1989 年　1 月　〈停停走走看大陸〉發表於《婦友》第 412 期。

　　　〈不藉鉛華的大陸婦女〉發表於《婦女雜誌》第 244 期。

2 月　〈另一種「投資」〉發表於《婦女雜誌》第 245 期。

3 月　28 日,〈如此溫柔〉發表於《世界日報》第 66 版。

　　　〈臺灣錢,有沒有「淹」到你的「腳目」?〉發表於《婦女
　　　雜誌》第 246 期。

4 月　〈不能只是掩鼻而過〉發表於《婦女雜誌》第 247 期。

5 月　3 日,〈遊戲的趣味〉發表於《中央日報》第 20 版。

　　　14 日,〈學生的媽媽,孩子的老師〉發表於《中央日報》第 9
　　　版。

　　　31 日,〈天才中國〉發表於《聯合報》第 27 版。

　　　〈五四,創世紀的列車〉發表於《文訊》第 43 期。

　　　〈請問誰去做輸家〉發表於《婦女雜誌》第 248 期。

6 月　〈如果有一天,你要做你自己〉發表於《婦女雜誌》第 249
　　　期。

7 月　〈沒發財,真可惜!〉發表於《婦女雜誌》第 250 期。

8 月　〈你忙嗎?你寂寞嗎?〉發表於《婦女雜誌》第 251 期。

9 月　〈「地理」是家業,「歷史」是祖先——讀《吳姊姊講歷史故
　　　事》〉發表於《文訊》第 47 期。

　　　〈這些事,你我都有責任〉發表於《婦女雜誌》第 252 期。

10 月　〈你們中國人〉發表於《婦女雜誌》第 253 期。

11 月　〈生命的第四樂章〉發表於《婦女雜誌》第 254 期。

12 月　〈我的朋友真落後〉發表於《婦女雜誌》第 255 期。

本年　赴美旅行洛磯山十州，歸後有〈旅行筆記〉發表於《中華日報》副刊。

　　　長篇小說《綠色小屋》英文版（*The little green cabin*）由 San Francisco Chinese Materials Center 出版。（Penny A. Herbert 譯）

1990 年　1 月　〈幾頁民族滄桑史──是誰奮鬥誰犧牲〉發表於《歷史月刊》第 24 期。

　　　　　　〈等待一九九〇〉發表於《婦女雜誌》第 256 期。

　　　2 月　〈過年季，怡紅快綠〉發表於《婦女雜誌》第 257 期。

　　　3 月　〈人生如寄，四海為家〉發表於《婦女雜誌》第 258 期。

　　　4 月　16 日，〈思與感〉發表於《民生報》第 14 版。

　　　　　　〈投奔人生另一悟境〉發表於《婦女雜誌》第 259 期。

　　　5 月　〈心靈世界傳真──希望你能發明〉發表於《婦女雜誌》第 260 期。

　　　6 月　〈人在天堂〉發表於《婦女雜誌》第 261 期。

　　　7 月　14 日，〈人在天堂〉發表於《世界日報》第 74 版。

　　　　　　〈這樣一種擺脫〉發表於《婦女雜誌》第 262 期。

　　　　　　於中央圖書館申請研究小間，開始撰寫自傳「歲月沉沙」，憶其生涯回顧。

　　　8 月　〈不嫌過時的「阿 Q 精神」〉發表於《婦女雜誌》第 263 期。

　　　9 月　〈奇怪的現象〉發表於《婦女雜誌》第 264 期。

　　10 月　〈婚姻是窗前的一盞燈〉發表於《婦女雜誌》第 265 期。

　　11 月　〈洗淨鉛華，恢復本色〉發表於《婦女雜誌》第 266 期。

　　12 月　《寂寞的感覺》（原《羅蘭散文》）由深圳海天出版社出版。

　　　　　　〈錢的邪惡本質〉發表於《婦女雜誌》第 267 期。

1991 年　　1 月　　〈吸引力與擁有欲〉發表於《婦女雜誌》第 268 期。

　　　　　　2 月　　〈單身貴族,有「何」不可?〉發表於《婦女雜誌》第 269 期。

　　　　　　3 月　　4 日,〈花的來信〉發表於《世界日報》第 66 版。

　　　　　　　　　　8 日,〈人生是啥?〉發表於《聯合報》第 25 版。

　　　　　　　　　　13 日,〈愛玩的與愛讀書的〉發表於《中央日報》第 16 版。

　　　　　　　　　　18 日,〈天津夜,好風似水〉發表於《聯合報》第 25 版。

　　　　　　　　　　29 日,〈為聯合管弦樂團喝采〉發表於《民生報》第 14 版。

　　　　　　　　　　〈別有天地非人間——我的廣播生涯〉發表於《文訊》第 65 期。

　　　　　　　　　　〈「愛」是什麼?〉發表於《婦女雜誌》第 270 期。

　　　　　　4 月　　〈誰能「占有」誰?〉發表於《婦女雜誌》第 271 期。

　　　　　　5 月　　4 日,〈流淌藝術乳蜜的勝地〉發表於《民生報》第 34 版。

　　　　　　　　　　〈婚姻——天賜〉發表於《婦女雜誌》第 272 期。

　　　　　　6 月　　〈你是強者,但你很溫柔〉發表於《婦女雜誌》第 273 期。

　　　　　　7 月　　29 日,〈咦?這是哪裡呀?〉發表於《聯合報》第 25 版。

　　　　　　　　　　〈有錢難買欣賞力〉發表於《婦女雜誌》第 274 期。

　　　　　　8 月　　〈離婚是痛苦終結嗎?——給婦女〉發表於《婦女雜誌》第 275 期。

　　　　　　　　　　《早起看人間》、《生命之歌》由深圳海天出版社出版。

　　　　　　9 月　　應中華航空公司邀請,進行華航南非首航旅行,後發表旅遊觀感於《聯合報》副刊、《中華日報》副刊及《聯合文學》。

　　　　　　　　　　〈透視日本朋友〉發表於《婦女雜誌》第 276 期。

　　　　　　10 月　　11 日,〈秋天裡的春天——南非行〉發表於《聯合報》第 39 版。

　　　　　　　　　　〈是私祕,何必公開〉發表於《婦女雜誌》第 277 期。

　　　　　　11 月　　7 日,〈從書店街走向《羅蘭小語》〉發表於《中華日報》第

11 版。

18 日,〈彩色絢麗的南非人〉發表於《聯合報》第 25 版。

〈剪一頁舊時日記——獻給青少年〉發表於《幼獅文藝》第
455 期。

〈鐘鼎山林南非行〉發表於《婦女雜誌》第 278 期。

應邀出席於北京人民大會堂舉辦的「第一屆海峽兩岸婦女讀
物和婦女形象研討會」。

12 月　15 日,〈遠藤印象〉發表於《民生報》第 14 版。

〈男人式的關心〉發表於《婦女雜誌》第 279 期。

陶濤選編《羅蘭小語賞析(學問・事業篇)》、《羅蘭小語賞析
(愛情・婚姻篇)》,由深圳海天出版社出版。

本年　自工作 32 年的警察廣播電臺退休。

1992 年　1 月　9 日,〈華人?華人!〉發表於《中國時報》第 27 版。

27 日,〈巧遇〉發表於《聯合報》第 25 版。

〈萬物之一「抓緊時間」!〉發表於《婦女雜誌》第 280
期。

2 月　10 日,〈文化的容量與根基〉發表於《民生報》第 14 版。為
「文化特餐」專欄首篇文章,專欄至 1993 年 1 月 6 日止。

18 日,〈毛筆升級——該從守舊走向現代了吧〉發表於《民
生報》第 14 版。

〈羅蘭的南非見聞〉發表於《講義》第 59 期。

陶濤選編《羅蘭小語賞析(人生・修養篇)》、《羅蘭小語賞析
(處世・交友篇)》,由深圳海天出版社出版。

〈如果你真的要愛〉發表於《婦女雜誌》第 281 期。

3 月　18 日,〈速簡文化——文化茁長滿地小草,卻長不出一棵大
樹〉發表於《民生報》第 14 版。

〈風水輪流轉〉發表於《婦女雜誌》第 282 期。

4 月　3 日，〈掌聲鼓勵，中國的音樂家真是既不幸又辛苦〉發表於
　　　　《民生報》第 14 版。

　　　　7 日，〈每人都是一本書〉發表於《聯合報》第 25 版。

　　　　13 日，〈官大錢多心轉憂〉發表於《榮光周刊》第 1365 號。

　　　　〈留住你的春天〉發表於《婦女雜誌》第 283 期。

5 月　5 日，〈文化象牙塔之外〉發表於《民生報》第 14 版。

　　　　8 日，〈不會？學呀！〉發表於《中央日報》第 16 版。

　　　　29 日，〈文化角度與政治角度〉發表於《民生報》第 14 版。

　　　　〈感情獨立，早爲之計〉發表於《婦女雜誌》第 284 期。

　　　　應深圳海天出版社邀請，赴深圳參觀，並舉辦座談會。

6 月　18 日，〈曾經〉發表於《聯合報》第 39 版。

　　　　22 日，〈看來名利不如閒〉發表於《榮光周刊》第 1375 號。

　　　　〈是「借」錢？還是「要」錢？〉發表於《婦女雜誌》第
　　　　285 期。

7 月　1 日，〈聲音，也是文化〉發表於《民生報》第 14 版。

　　　　〈新潮？還是路柳牆花？〉發表於《婦女雜誌》第 286 期。

8 月　3 日，〈睡也安然，走也方便〉發表於《榮光周刊》第 1381
　　　　號。

　　　　5 日，〈不會有人陣亡，雖然愛拚才會贏，勿忘其爭也君子〉
　　　　發表於《民生報》第 18 版。

　　　　〈茅屋青山綠水邊〉發表於《幼獅文藝》第 464 期。

　　　　〈是在「辦升學」還是「辦教育」？〉發表於《婦女雜誌》
　　　　第 287 期。

　　　　應深圳海天出版社邀請，赴大連、長春、哈爾濱、瀋陽進行
　　　　簽書會。此行後開始爲《天津日報》不定期撰寫「羅蘭時
　　　　間」專欄。

9 月　6 日，〈客觀的肯定，有面子〉發表於《民生報》第 14 版。

〈另一種「寂寞的感覺」〉發表於《幼獅少年》第 191 期。

〈離婚奈何「小蒼生」〉發表於《婦女雜誌》第 288 期。

10 月　〈寫在秋收的季節〉發表於《婦女雜誌》第 289 期。

11 月　6 日,〈你的心丟在哪裡?〉發表於《中央日報》第 18 版。

〈咦!這是哪裡呀?〉發表於《講義》第 68 期。

〈祝望新女性,飄逸又端莊〉發表於《婦女雜誌》第 290 期。

出席世界華文作家協會於臺北舉辦的「世界華文作家協會第一屆大會」。

12 月　〈預告與祝福——一九九三〉發表於《婦女雜誌》第 291 期。

1993 年　1 月　6 日,〈從奉獻全心到世界潮流〉發表於《民生報》第 14 版。

7 日,〈富無立錐之地〉發表於《聯合報》第 18 版。

25 日,〈人間煙火過新年〉發表於《中央日報》第 3 版。

〈不甘認輸〉發表於《幼獅文藝》第 469 期。

〈寒冬裡的「第二春」〉發表於《婦女雜誌》第 292 期。

2 月　1 日,〈逃〉發表於《新生報》第 14 版。

〈萬物與我為一〉發表於《婦女雜誌》第 293 期。

3 月　〈又是一年春草綠〉發表於《婦女雜誌》第 294 期。

4 月　25 日,〈髒的現代化〉發表於《聯合報》第 37 版。

〈你還在原地踏步嗎?〉發表於《婦女雜誌》第 295 期。

長篇小說《飄雪的春天》由作者自行出版。

5 月　25~27 日,〈我家雪莉〉連載於《聯合報》第 35、37 版。

〈物極必反與美國「糧票」〉發表於《婦女雜誌》第 296 期。

6 月　13 日,〈時光隧道「小時候」〉發表於《中國時報》第 27 版。

19 日,〈地球還在轉〉發表於《中央日報》第 16 版。

〈「行李」再見,得失之間〉發表於《婦女雜誌》第 297 期。

7 月　26 日,〈抑塞磊落之奇才——鹿港詩人許劍漁先生〉發表於《聯合報》第 35 版。

〈是瀟灑?還是粗野不文〉發表於《婦女雜誌》第 298 期。

8 月　〈只要你喜歡,它就屬於你——給現代人〉發表於《婦女雜誌》第 299 期。

9 月　1 日,〈旅人的心情〉發表於《中央日報》第 16 版。

2 日,〈我的舅父〉發表於《聯合報》第 35 版。

13 日,〈機場即景〉發表於《中國時報》第 27 版。

22 日,〈人間小景〉發表於《新生報》第 14 版。

《財富與人生》由北京中國婦女出版社出版。

〈從寵愛到買賣〉發表於《婦女雜誌》第 300 期。

10 月　〈良心的象徵——我讀《張長小說選》〉發表於《文訊》第 96 期。

〈「單身」勿忘貴族——環境的重要〉發表於《婦女雜誌》第 301 期。

11 月　〈幸運的一分鐘〉發表於《講義》第 80 期。

〈「天」會發怒嗎?〉發表於《婦女雜誌》第 302 期。

12 月　〈感情的參悟〉發表於《婦女雜誌》第 303 期。

1994 年　1 月　10 日,〈從「文學民族」到「商業民族」〉發表於《聯合報》第 37 版。

〈修不完的房子〉發表於《婦友雙月刊》第 86 期。

〈飲食男女〉發表於《婦女雜誌》第 304 期。

2 月　〈飛過了什麼樣的風霜〉發表於《婦女雜誌》第 305 期。

3 月　26 日,獲第 29 屆廣播金鐘獎特別獎。

〈選工作但求適意不為錢——自食其力展開快樂工作的第一

頁〉發表於《婦友雙月刊》第 87 期。

〈時裝的迷思〉發表於《婦女雜誌》第 306 期。

4 月　19 日,〈結婚紀念「地」〉發表於《聯合報》第 37 版。

〈「特色」就是美〉發表於《婦女雜誌》第 307 期。

5 月　〈異色觀點〉發表於《婦女雜誌》第 308 期。

6 月　3 日,〈我所愛,我所愛的大自然〉發表於《中央日報》第 16
版。

25 日,〈從小學教員到播音員〉發表於《中央日報》第 16
版。

〈進路與退路〉發表於《婦女雜誌》第 309 期。

7 月　20～21 日,〈追求一份海闊天空的自由——臺灣是我的新起
跑點〉連載於《中央日報》第 16 版。

31 日,〈有了一小塊綠地〉發表於《中央日報》第 9 版。

〈大廈裡,噪音中〉發表於《婦女雜誌》第 310 期。

8 月　〈受傷住院光明面〉發表於《婦女雜誌》第 311 期。

9 月　〈紅包陰影下的——醫生朋友,人間上帝〉發表於《婦女雜
誌》第 312 期。

10 月　〈富裕的結果〉發表於《婦女雜誌》第 313 期。

11 月　7 日,〈從書店街走到《羅蘭小語》〉發表於《中華日報》第
11 版。

〈我看「飆車族」〉發表於《婦女雜誌》第 314 期。

12 月　28 日,〈書籍與印刷品,郵資應不同〉發表於《聯合報》第
11 版。

本年　傳記〈歲月沉沙〉分別發表於《中華日報》、《臺灣新生報》、
《青年日報》及美國《世界日報》副刊。

《早起看人間》由深圳海天出版社出版。

1995 年　2 月　16 日,〈為什麼一定要是政治人物,何不懸掛文藝哲人畫

像〉發表於《聯合報》第 11 版。

3 月　　30 日,〈廣播者的幻想曲〉發表於《民生報》第 36 版。

6 月　　傳記「歲月沉沙三部曲」由臺北聯經出版公司出版。

7 月　　應邀赴美國休士頓參加「第三屆華文作家會議」,並發表演
　　　　講。

9 月　　〈夏午〉發表於《小作家月刊》第 17 期。

　　　　《羅蘭小語(全編珍藏本)》由深圳海天出版社出版。

12 月　　《羅蘭信箱(全編珍藏本)》由深圳海天出版社出版。

1996 年　1 月　　〈《羅蘭小語》的始末因由〉發表於《廣播月刊》第 167 期。

2 月　　〈其實每一個人都很孤獨〉發表於《廣播月刊》第 167 期。

3 月　　〈把音樂「追到手」〉發表於《廣播月刊》第 168 期。

4 月　　23～26 日,應邀出席於南京舉辦的「世紀之交──第八屆華
　　　　文文學國際研討會」,並發表〈華文文學的成就與使命〉。

　　　　〈金鐘獎,大家一起得〉發表於《廣播月刊》第 169 期。

5 月　　〈河水呀!我託付你〉、〈快樂的工作〉發表於《廣播月刊》
　　　　第 170 期。

　　　　〈沒有目的,只有動力──我的寫作生涯〉發表於《精湛》
　　　　第 28 期。

　　　　《羅蘭散文(全編珍藏本)》(共兩冊)由深圳海天出版社出
　　　　版。

6 月　　〈上山下海訪專校〉發表於《廣播月刊》第 171 期。

　　　　天津社會科學院主辦「羅蘭作品研討會」,會議論文後結集為
　　　　《解讀羅蘭》,由深圳海天出版社出版。

　　　　以傳記「歲月沉沙三部曲」獲第 21 屆「國家文藝獎」傳記文
　　　　學類獎。

7 月　　〈詩與音樂來加盟〉發表於《廣播月刊》第 172 期。

9 月　　〈廣播生涯回顧:「梁兄哥」的黃梅調〉發表於《廣播月刊》

第 174 期。爲「羅蘭話從前」專欄文章，該專欄至 1998 年 9 月止。

10 月　〈廣播生涯回顧：「抽獎」小插曲〉發表於《廣播月刊》第 175 期。

〈天涼好個秋〉發表於《中央月刊》第 29 卷第 10 期。

11 月　〈我不認識環境〉發表於《廣播月刊》第 176 期。

12 月　〈國樂研究者的熱情〉發表於《廣播月刊》第 177 期。

1997 年　1 月　〈峰迴路轉的舞者——林懷民〉發表於《廣播月刊》第 178 期。

2 月　19 日，〈史學大師的另一種才情〉發表於《中國時報》第 31 版。

〈故土依然是？〉發表於《廣播月刊》第 179 期。

3 月　〈樂壇才子許常惠〉發表於《廣播月刊》第 180 期。

〈春在〉發表於《小作家月刊》第 35 期。

4 月　9 日，〈花雨〉發表於《中央日報》第 18 版。

21 日，〈飛奔〉發表於《中國時報》第 27 版。

〈難忘的音樂片〉發表於《廣播月刊》第 181 期。

應邀出席由華盛頓時報基金會於美國華視頓主辦的「亞洲文學會議」，歸國後完成〈新世界的跫音〉。

5 月　〈當潮退的時候〉發表於《廣播月刊》第 182 期。

6 月　23 日，〈不屑維修〉發表於《中華日報》第 16 版。

〈游昌發與《南國玫瑰》——給中國人一點機會〉發表於《廣播月刊》第 183 期。

7 月　6 日，〈回顧「七七」……寫在一九九七……〉發表於《中華日報》第 16 版。

〈感情像河水，理智是兩岸〉發表於《廣播月刊》第 184 期。

8月　1日，〈新世紀的跫音〉發表於《中國時報》第 27 版。

25 日，〈搖籃邊的低語〉發表於《聯合報》第 41 版。

〈訪問過，就不會失去了〉發表於《廣播月刊》第 185 期。

9月　5日，〈我的日子飛著過〉發表於《中央日報》第 18 版。

14 日，〈跑壘生涯〉發表於《中華日報》第 16 版。

〈一個中國人在彈琴——傅聰與《牧童短笛》〉發表於《廣播月刊》第 186 期。

10月　13日，〈時光，太匆匆〉發表於《中央日報》第 18 版。

19 日，〈臺北呀！我祝福你〉發表於《民生報》第 19 版。

〈新時代的困擾——著作權與中國人〉發表於《廣播月刊》第 187 期。

〈生命頌：當陽光降臨〉發表於《講義》第 127 期。

11月　5日，〈秋雨夜，載歌歸〉發表於《聯合報》第 41 版。

〈另一種採訪——畫家與畫〉發表於《廣播月刊》第 188 期。

11 日，應邀出席中國社科院文學所於北京舉辦的「第九屆華文文學國際研討會」，並發表論文〈兩岸文學同步同源的感情啟示〉。

〈前途不一定在「前面」〉發表於《講義》第 128 期。

12月　7日，〈明暗〉發表於《中國時報》第 27 版。

10 日，〈千里快哉風〉發表於《中華日報》第 16 版。

〈傳統不「舊」，古典不「古」〉發表於《廣播月刊》第 189 期。

〈我心感恩〉發表於《中央綜合月刊》第 30 卷第 12 期。

1998 年　1月　20日，〈聽說生涯能規劃〉發表於《聯合報》第 41 版。

27 日，〈依舊似隔關山〉發表於《中華日報》第 16 版。

〈灞陵詩意〉發表於《廣播月刊》第 190 期。

〈讀書小語〉發表於《小作家月刊》第 45 期。

2 月　17 日,〈閒逸和煦書香世家——我所認識的許常惠〉發表於
《中央日報》第 22 版。

21 日,〈花開花落風兼雨〉發表於《中國時報》第 27 版。

23 日,〈從中國看西方〉發表於《民生報》第 19 版。

〈著迷〉發表於《廣播月刊》第 191 期。

3 月　6 日,〈紅塵今古話讀書〉發表於《中華日報》第 16 版。

25 日,〈迷路迷到桃花源〉發表於《中國時報》第 36 版。

〈同步走過這歷程〉發表於《廣播月刊》第 192 期。

4 月　8 日,〈愛情形而上〉發表於《聯合報》第 41 版。

20 日,〈彈詞伴奏的記憶〉發表於《中國時報》第 37 版。

21 日,〈無名歲月〉發表於《中國時報》第 37 版。

〈解讀「現代」〉發表於《廣播月刊》第 193 期。

「羅蘭小語」系列書籍《羅蘭小語第一輯・給寂寞的人們》、
《羅蘭小語第二輯・衝破苦悶》、《羅蘭小語第三輯・成功的
兩翼》、《羅蘭小語第四輯・爲了欣賞爲了愛》、《羅蘭小語第
五輯・從小橋流水到經濟起飛》由深圳海天出版社出版。

5 月　8 日,〈讓孩子在遊戲中接觸音樂〉發表於《中國時報》第 33
版。

12 日,〈看濟公,真輕鬆〉發表於《民生報》第 15 版。

22 日,〈生命的華彩〉發表於《中國時報》第 37 版。

〈畫壇「響馬」劉國松〉發表於《廣播月刊》第 194 期。

6 月　11 日,〈陽光下〉發表於《中央日報》第 22 版。

12 日,〈世紀新男性,美如鬱金香〉發表於《聯合報》第 37
版。

28 日,〈多少樓臺煙雨中〉發表於《中國時報》第 37 版。

〈中國人的掌聲〉發表於《廣播月刊》第 195 期。

7 月　　9 日,〈行囊〉發表於《中華日報》第 16 版。

〈行到水窮處,坐看雲起時〉發表於《廣播月刊》第 196 期。

短篇小說集《花晨集》、長篇小說《西風古道斜陽》、《飄雪的春天》、《綠色小屋》由深圳海天出版社出版。

8 月　　26 日,〈散沙浩歌〉發表於《中國時報》第 37 版。

29 日,〈軌道之外〉發表於《中央日報》第 22 版。

〈來臺第一站——廣播電臺〉發表於《廣播月刊》第 197 期。

《詩人之國》、《生活漫談——羅蘭隨筆》(原《生活漫談》)及「羅蘭散文」系列書籍《心情的剎那——羅蘭散文第一輯》、《生活的滋味——羅蘭散文第二輯》、《寄給夢想——羅蘭散文第三輯》、《現代天倫——羅蘭散文第四輯》、《夏天組曲——羅蘭散文第五輯》、《早起看人間——羅蘭散文第六輯》、《生命之歌——羅蘭散文第七輯》由深圳海天出版社出版。

9 月　　6 日,〈走走停停看風景〉發表於《中華日報》第 16 版。

〈知人善任老臺長〉發表於《廣播月刊》第 198 期。

傳記「歲月沉沙三部曲」由深圳海天出版社出版。

11 月　　6 日,〈雨中隨筆〉發表於《中央日報》第 22 版。

12 月　　3 日,〈這些路,我們走過〉發表於《中央日報》第 22 版。

4 日,〈人生小唱〉發表於《世界日報》G8 版。

5 日,〈南窗外的哨子風——記一、兩個現代人之死〉發表於《聯合報》第 37 版。

1999 年　　1 月　　17 日,〈傾聽 1999〉發表於《聯合報》第 37 版。

23 日,〈彩繪日記〉發表於《中央日報》第 22 版。

〈大老闆不大,小市民不小〉發表於《中央綜合月刊》第 32

卷第 1 期。

2 月　14 日,〈這樣一個除夕夜〉發表於《中央日報》第 18 版。

21 日,〈一生的故事〉發表於《中國時報》第 37 版。

4 月　5 日,〈人間這一扇門〉發表於《中國時報》第 36 版。

23 日,〈人生就是一段旅遊〉發表於《中國時報》第 36 版。

5 月　1 日,〈人生基本面〉發表於《中華日報》第 16 版。

6 月　28 日,〈尖峰時間——現代人生的拋物線〉發表於《中華日報》第 16 版。

7 月　2 日,〈愛美重要,健康更重要〉發表於《民生報》第 5 版。

8 月　16 日,〈橫看成嶺側成峰的今日上海〉發表於《聯合報》第 37 版。

31 日,〈都市之聲〉發表於《中華日報》第 16 版。

9 月　28 日,〈孩子們,你們還冷嗎?〉發表於《中國時報》第 36 版。

29 日,〈仙鄉何處〉發表於《中華日報》第 16 版。

10 月　8 日,〈面對深沉的人間苦〉發表於《中國時報》第 37 版。

11 日,〈我們是人,應該愛人〉發表於《中國時報》第 36 版。

11 月　15 日,出席於臺北亞太會館舉辦的「世界女記者與女作家協會會議」。

2000 年　2 月　〈艱苦彩繪青春〉發表於《講義》第 155 期。

《飄飛的愛,如此飄飛——音樂隨想集》由臺中臺灣交響樂團出版。

3 月　10 日,〈新創意,真正然〉發表於《中華日報》第 19 版。

4 月　10 日,〈它是一種感動——我看宗教〉發表於《人間福報》第 11 版。

6 月　長篇小說《飄雪的春天》由臺北天下遠見出版公司出版。

8 月	11 日,〈天地逆旅,隨遇而安〉發表於《中華日報》第 19 版。	
10 月	9 日,〈請聽我來哈日〉發表於《中央日報》第 20 版。	
12 月	25 日,〈一樣與不一樣的恭賀新禧〉發表於《中華日報》第 19 版。	
本年	應邀赴北京,參與北京中央電視臺拍攝《歲月羅蘭》前半部。	

2001 年　1 月　《彩繪日記》由臺北天下遠見出版公司出版。

3 月　8〜10 日,〈殘局〉發表於《中華日報》第 19 版。

4 月　〈費文書房〉發表於《講義》第 169 期。

本年　北京中央電視臺來臺拍攝《歲月羅蘭》後半部。

劇本《濟公傳詩歌劇》由作者自行出版。

2002 年　1 月　25 日,〈陌生新世紀〉發表於《中華日報》第 19 版。

3 月　28 日,〈文學啓蒙——我和濟公做朋友〉發表於《中華日報》第 19 版。

4 月　17〜18 日,〈彩繪日記〉英譯版連載於《中央日報》第 16 版。(吳敏嘉譯)

24〜26 日,〈由新舊小說看男作家筆下的女性〉連載於《中華日報》第 19 版。

5 月　20 日,〈悠悠一夢連千載——「現代」終於追上了「傳統」〉發表於《中華日報》第 19 版。

7 月　7 日,〈四季小語〉發表於《人間福報》第 9 版。

8 月　2〜3 日,〈兩岸文學同源同步的感情啓示〉連載於《中華日報》第 19 版。

21 日,〈因爲擁有〉發表於《中華日報》第 21 版。

10 月　21 日,〈假如苦惱,你就向前跑〉發表於《中央日報》第 14 版。

2003 年	1 月	7 日，〈時間的密度〉發表於《中華日報》第 19 版。
		27 日，〈林語堂博士印象〉發表於《聯合報》第 39 版。
	3 月	17 日，於臺北故宮博物院舉辦的世界華文作家協會第五屆會員代表大會中，與鄭清文同獲總統頒贈「終身成就獎」；17～18 日，〈三寸氣在千般用〉連載於《聯合報》第 39 版。
		30 日，〈聲音的聯想〉、〈寫給秋天〉發表於《人間福報》第 11 版。
	4 月	3 日，〈啊啊！這樣一個好世界〉發表於《聯合報》第 E7 版。
	6 月	10 日，〈我夢見 SARS 來入夢〉發表於《中華日報》第 19 版。
	7 月	7 日，〈日暮鄉關何處是〉發表於《中華日報》第 19 版。
	10 月	10 日，〈好個現代化〉發表於《中國時報》第 E6 版。
2004 年	7 月	22 日，〈看《茶館》，與老舍對話〉發表於《中國時報》第 E7 版。
		〈自行其是到如今〉發表於《文訊》第 225 期。
	10 月	〈寫給天涯海角〉發表於《聯合文學》第 240 期。
2005 年	5 月	「羅蘭小語」改版重排為系列叢書（共六冊）：《給寂寞的人們》、《推動自己》、《成功的兩翼》、《為了欣賞為了愛》、《從小橋流水說起》、《留住你的春天》由北京人民文學出版社出版。
		〈美好世界，快樂人間〉發表於《文訊》第 235 期。
2006 年	5 月	〈塑造人物的重要性與樂趣〉發表於《文訊》第 247 期。
	7 月	30 日，〈《獨遊小記》——前言〉發表於《人間福報》第 14 版。
2012 年	1 月	17 日，獲亞洲華文作家文藝基金會頒發「亞洲作家終身成就獎」。

　　　　　　6 月　　《羅蘭小語》（共二冊）由北京當代世界出版社出版。

2013 年　　6 月　　《羅蘭經典散文》（共二冊）由北京當代世界出版社出版。

參考資料：

・羅蘭，「歲月沉沙三部曲」（全三冊），臺北：聯經出版公司，1995 年 6 月。

・余恆慧，「羅蘭著作年表」，〈羅蘭散文研究〉，臺北市立教育大學中國語文學系碩士論
　文，2008 年，頁 174～180。

輯三◎
研究綜述

在春天裡
羅蘭研究綜述

◎張瑞芬

　　2014 年深秋，爲了給《羅蘭研究資料彙編》寫個研究綜述，評論文章外，又把羅蘭的全部著作再讀了一遍。當下驚駭的發現，《羅蘭小說》這本 1967 年出版的短篇小說集，竟是我少年時在臺南就熟讀了的。我讀羅蘭竟一直沒注意到此書。十年前編麥田版臺灣女性散文選集，千挑萬選選了她兩篇散文〈彩色的聯想〉（1966 年）、〈燈的隨想〉（1985 年），自詡讀得滴水不漏，事實上還是從眾的。像所有讀者一樣，注意的永遠是《羅蘭小語》、《羅蘭散文》、《飄雪的春天》，以及「歲月沉沙三部曲」。

　　曾經我反覆讀到可以背了的這本《羅蘭小說》，許是苦悶課餘去金萬字舊書店撿來的。對一個數學挫敗的無救小鬼來說，自己的前途都茫茫渺渺了，誰去注意什麼一本書的作者。身爲南部升學體制下第二志願高中生，我沒聽過警廣「安全島」，不知道文學是什麼，可那些簡單乾淨的文字，恰恰是一個孩子可以理解的。

　　我迷迷濛濛看著書裡一個個被教育體制毀了的孩子。〈聽啊！聽啊！聽！〉裡頑劣的石唯猛被一個音樂女老師救了，成爲名揚國際的歌唱家（《放牛班的春天》也不過如此）；〈蟬聲，寂靜的世界〉裡，惡補拷打孩子們考初中的數學老師，聯考後一夕被全世界捨棄，重新思索起教育的真義（叫我想起張經宏小說〈座標〉[1]）；〈孩子、母雞、冬日〉裡有一個被老闆娘虐打的孤苦童工，作者的悲憫存心，簡直可與陳映真小說〈麵攤〉匹敵

---

[1]張經宏，〈座標〉，《雲想衣裳》（臺北：九歌出版社，2012 年 11 月），頁 80。

了。《羅蘭小說》中其他篇什如〈嗚咽的河〉、〈畫馬的孩子〉、〈二弟〉，也都是師者情懷，教育的警鐘。

我模模糊糊的知道文學或許可以這樣寫，而我從頭到尾不知道羅蘭是誰。

《羅蘭小說》這書名，太容易令人想到一些花花草草羅曼史，而不是教育或成長這樣特殊的主題。甚至容易和約同時期羅蘭另一短篇小說《花晨集》（1965 年）裡的離散愛情、人間悲喜混淆。那些亂離中女性心理的曲折，和聶華苓、艾雯、張秀亞筆下所寫，看起來是很像的。《花晨集》我只記住了一篇〈冬暖〉很動人，[2]賣饅頭的外省光棍老吳，戀上善良的本省女傭阿端，最後共結連理。多像林海音短篇小說〈蟹殼黃〉[3]本省外省一家親啊！

於是在這多年後的微涼秋夜中，我想起這樣一個作家，以及沒多久前今年初還在《文訊》看到她的報導。劉靜娟〈仿如一首牧歌〉說羅蘭已 95 歲，住臺北鬧區，坐輪椅，受訪時還不忘擦封德屏總編細心準備的口紅哩！[4]讀者在作家真實生活之外生生死死，一路惦記著她，儘管作者早忘了寫過什麼。這才是作家一輩子也無法知道的真實情況吧！

在 1950 年代遷臺女作家中，羅蘭（靳佩芬，1919～）的年紀正好落在對文壇影響力最大的一個區塊上。與她年紀相仿的是琦君、徐鍾珮、林海音、繁露、劉枋、孟瑤、潘人木、張秀亞、鍾梅音、胡品清、艾雯這群女中豪傑。1948 年羅蘭隻身來臺，為的是開創前程，找尋新生活，並非 1949 年隨軍撤退的落難軍眷們，這一點羅蘭和齊邦媛（1924～）近似。也同樣巧合的，兩人晚年都寫出長篇回憶錄，羅蘭「歲月沉沙三部曲」（1995 年）還比齊邦媛《巨流河》（2009 年）體製更全面，且早了好些年。「歲月

<hr>

[2] 據鍾麗慧〈教育家的作家——羅蘭〉一文（收入《織錦的手》，臺北：九歌出版社，1987 年 1 月）稱，〈冬暖〉曾改編成電影。
[3] 林海音，〈蟹殼黃〉，《燭芯》（臺北：文星書店，1965 年 4 月），頁 129。
[4] 劉靜娟，〈仿如一首牧歌〉，《文訊》第 339 期（2014 年 1 月），頁 189。

沉沙三部曲」、《巨流河》與聶華苓稍晚的《三輩子》（2011 年）[5]，大概可
稱為近年的女性 1949 三稜鏡了。[6]

　　羅蘭生於河北寧河縣蘆臺鎮，中學就讀河北女師，幼習音樂，七七抗
戰爆發使她無法順利就讀音樂系，於是開始任教小學，後入女師附小教音
樂。來臺後主持警廣「安全島」廣播節目三十餘年，將音樂與教學結合，
而後於 1960 年代延伸至寫作上。中山文藝獎、廣播金鐘獎，在在證明了她
多方面的專長與實力。

　　羅蘭在臺灣文壇的起步是晚的，以約同年齡的林海音相較，同樣 1948
年來臺，林海音次年即開始投稿《公論報》、《自由中國》、《中華日報》、
《中央日報》，至 1952 年間，發表雜文近三百篇。這些文章，包括〈臺灣
人怎麼取名〉、〈學臺灣話的歪路〉。林林總總。林海音早期散文十足「主婦
型」文學，相當典型的散文小說合集《冬青樹》（1955 年，重光文藝出版
社），就充滿家庭瑣事的溫馨氣氛。1950 年代，林海音集編寫於一身，還
寫了小說《綠藻與鹹蛋》（1957 年），《曉雲》（1959 年）、《城南舊事》
（1960 年）等。

　　然而羅蘭和胡品清一樣，整個 1950 年代幾乎未曾參與寫作，大致崛起
時間是 1960 年代中期。羅蘭散文、小說兼擅，1970 年代聲名極盛，還出
版了比較特別的一本詩論《詩人之國》（1976 年），抗戰校園歌曲《「歌」
與「春及花」》（1980 年），遊記《訪美散記》（1972 年）、《獨遊小記》
（1981 年）。[7]羅蘭在 1980 年代晚期散文《生命之歌》（1985 年）出版後，
聲勢稍歇。

　　1990 年代，羅蘭與琦君接續了三毛熱、瓊瑤熱，在大陸掀起一陣熱

---

[5] 聶華苓（1925～）比齊邦媛小一歲，自傳《三輩子》（臺北：聯經出版公司，2011 年 5 月）圖文
並茂，厚達 630 頁，是由《三生三世》（臺北：皇冠出版社，2004 年 2 月）增補而成。

[6] 王鼎鈞，〈再回首 1949——1949 三稜鏡〉，《聯合報》，2009 年 12 月 27～28 日，D4 版。指《大江
大海一九四九》、《巨流河》、《文學江湖》。

[7] 陳昱蓉曾針對羅蘭的兩度歐美旅行立論，見〈遷臺女作家域外遊記研究（1949～1979）〉第四章第
二節，中央大學中國文學系碩士論文，2013 年。

潮，[8]再次引發讀者注意。1991 年 10 月，羅蘭赴北京參加「海峽兩岸婦女讀物和婦女形象研討會」，並前後多次參訪大陸，與讀者見面。1995 年的長篇傳記「歲月沉沙三部曲」，將兩岸情感與個人身世結合，將羅蘭的個人魅力與文學成就推到更高的頂峰。次年，羅蘭曾到南京參加第八屆「世界華文文學國際研討會」，在大陸的影響力逐漸超過了臺灣。

　　「歲月沉沙三部曲」，這部還鄉多次，遍閱史料，歷時五年才寫成的回憶錄，可貴處如齊邦媛所言，正是「不言悲情，卻處處淚痕」。[9]第一部《薊運河畔》歷數兒時回憶，第二部《蒼茫雲海》記述初履臺灣，第三部《風雨歸舟》是開放探親後的遊子返鄉，風格明顯沉鬱蒼涼，如同一個無言的句點。三部曲橫跨三個時空，層次分明，條理細密，既是女性流亡生命史，也見證了大時代史詩，不但引發極大回響，也為她獲得 1996 年國家文藝傳記文學獎的殊榮。「歲月沉沙三部曲」著眼於歷史的真實，與早期小說《飄雪的春天》（1970 年）的虛構化、戲劇化不盡相同，成為理性與感性敘述相對互補的兩個角度。張永東、尚瑩〈文學與歷史的契合——論羅蘭自傳《歲月沉沙》三部曲〉對此也有深入詮釋。[10]

　　「歲月沉沙三部曲」出版並獲獎後，1996 年在天津社科院舉辦的「羅蘭作品研討會」，來自學界與文壇的各方，總計 23 篇討論，與次年於深圳海天出版社總集成的《解讀羅蘭——羅蘭作品研討會論文集》，堪稱這一波「羅蘭熱」的頂峰，也開啓了有系統研究羅蘭作品的先河。之後兩岸陸續開始有學位論文出現，包括 2005 年大陸學者華僑大學張永東〈羅蘭文學研究〉，2008 年市北教大余恆慧〈羅蘭散文研究〉、2008 年銘傳大學楊舒婷〈羅蘭抒情七輯散文研究〉等等。

---

[8]1990 年代，羅蘭將作品版權交由深圳海天出版社，出版多部簡體字重印本，《羅蘭小語》、《羅蘭散文》廣受大陸讀者喜愛。2001 年琦君中篇小說〈橘子紅了〉被改編爲 20 集電視連續劇，在兩岸熱播，作品被選入大陸國中小課本，也引發大陸一陣琦君熱。

[9]齊邦媛，〈「歲月沉沙」——羅蘭還鄉三部曲〉，《聯合報》，1995 年 7 月 6 日，第 33 版（讀書人版），收入齊邦媛，《霧漸漸散的時候》（臺北：九歌出版社，1998 年 10 月）。

[10]張永東、尚瑩一文，收入《延安大學學報》第 30 卷第 5 期（2008 年 10 月）。

　　綜觀羅蘭出版第一本散文集《羅蘭小語》第一輯（1963 年）至今，寫作近一甲子，散文、小說、劇本，總計三十幾本作品，質量十分可觀。自敘與訪談稿不少，本書（《羅蘭研究資料彙編》）收錄的〈有聲的散文——我如何做廣播節目「安全島」〉（1977 年）與〈扭轉乾坤的一步——我與廣播的再生緣〉（1978 年）是較早的自敘，娓娓道來當年在天津電臺接收日本人留下的唱片，開啓了她廣播生涯第一步。〈世紀滄桑——一生瑣憶〉（1997 年）則發表於天津舉辦的羅蘭作品研討會上，可與之前後對應，是最爲完整的羅蘭一生自敘。南川〈豁達開朗‧樂享人生——女作家羅蘭訪問記〉、夏祖麗〈追求理想的羅蘭〉、陳銘磻〈不再飄雪的春天——我知道的羅蘭〉、鐘麗慧〈教育家的作家——羅蘭〉、楊錦郁〈心靈不曾間歇地感動——專訪羅蘭女士〉、宋雅姿〈歲月沉沙 90 年——專訪羅蘭女士〉，則是1980 年代至 1990 年代幾篇重要訪問，對於理解羅蘭的生活與創作也有許多第一手陳述，可供研究者參考。

　　羅蘭一般被認爲散文成就較高，數量也多，歷來評論多聚焦於其散文。黃武忠〈有個性而不要個性——羅蘭的散文風貌〉、張素琴〈鄉情、親情與詩情——讀羅蘭作品隨筆〉、王淑秧〈人生美麗的箴言——讀《羅蘭小語》和《羅蘭信箱》〉、張瑞芬〈蒼茫雲海，歲月沉沙——論羅蘭散文〉都是比較典型的散文單篇討論。程國君〈「用哲學的態度面對人生」——論羅蘭散文的哲思品格〉從小語與哲思的角度看羅蘭散文，並讚許她獨特的藝術魅力。[11]張永東〈羅蘭創作藝術風格探析〉則強調羅蘭無論散文或小說，都成功的通過音樂、繪畫、詩歌，增強了抒情表意的藝術性，[12]這些說法都是很對的。臺灣的學位論文，有楊舒婷〈羅蘭抒情七輯散文研究〉與余恆慧〈羅蘭散文研究〉，本彙編收錄的是余恆慧碩論談羅蘭散文節奏韻律與音樂性的部分內容。

　　論羅蘭散文，比較特別的是姚同發〈「跳出三界外，不在五行中」——

---

[11]程國君一文，發表於《世界華文文學論壇》2005 年第 4 期（2005 年 12 月）。
[12]張永東，〈羅蘭創作藝術風格探析〉，《延安大學學報》第 28 卷第 5 期（2006 年 10 月）。

讀羅蘭《訪美散記》、《獨遊小記》〉一文。姚同發論述羅蘭隻身應美國國務
院之邀訪美，兼具冷靜的旁觀者、深刻的思想者與熱情的生活者三種角
度，參透中西，見聞寫生，魅力獨具。其實這種觀點，更早見於林海音散
文《作客美國》（1966 年）。《作客美國》同是林海音隻身應美國國務院邀
訪，與鍾梅音《海天遊蹤》文字的典麗晶瑩不同，林海音《作客美國》發
揮了一個新聞記者（甚且是女性）的快筆捷才，並且對婦女生活、兒童教
育與旅美作家投注了較多關懷。

　　在編選這本《羅蘭研究資料彙編》時，很明顯感受小說評論難尋的窘
境。不禁令我想起自己 2005 年〈張秀亞、艾雯的抒情美文及其文學史意
義〉一文中說過的話：

> 張秀亞、艾雯、沉櫻、琦君、羅蘭這些後來以散文馳名的女作家，都有
> 一個共同的特點，五○年代初她們多半是小說、散文並行的，最晚至六
> ○年代中期左右，即都放下小說創作轉向散文，最終多以散文建立較高
> 的文學地位。她們曾經努力寫過的那些反映時代亂離情緣的早期小說，
> 帶著她們未稱成熟的技巧，大眾化通俗屬性，與那初初萌芽的女性意
> 識，和孟瑤、華嚴、張漱菡、徐薏藍小說一樣，湮沒於文學長河之中，
> 絕少再被提及。主要是女性散文的懷鄉憶舊，委婉抒情，基本上是採不
> 甚反動的保守姿態，在國族和性別的認同上接近官方意識，至少是不牴
> 觸主流國家機制的。[13]

這話如今看來，似乎也還成立。

　　不挑戰，也不牴觸。羅蘭的中廣、警廣播音工作看來十分官方，然而
白色恐怖如影隨形，正如王鼎鈞一樣。只能用消極捍衛著尊嚴，小心翼翼
護衛著平衡。《羅蘭小語》的母性溫婉，正如王鼎鈞《人生三書》的平和中

---

[13]張瑞芬，《臺灣當代女性散文史論》（臺北：麥田出版公司，2007 年 4 月），頁 203。

道，暢銷通俗，健康勵志，是極佳的保護傘。《羅蘭小語》堪稱羅蘭最受歡迎的書，據稱總共賣了一百萬本（盜版更不知如何計數），當年卻只以一萬元賣斷，白白便宜了出版商，她自己卻不甚計較，也不以為忤。[14]

我曾在〈徐鍾珮、鍾梅音及其同輩女作家〉一文中，說張秀亞《少女的書》和羅蘭《給青年們》相對當時的葉曼、丹扉和曹又方是保守的。[15]此一論點，目前看來頗待商榷。

羅蘭 1960 年代《生活漫談》、《給青年們》，以電臺回答聽眾來信的模式，收錄許多短文。例如〈性的防線〉一文，對女孩子的戀愛交友有這樣的指導：

> 對不相干的異性，要慎重的保持一定的距離……對異性訪客，如非必要，不必叫成年的女孩子出面招待。即使招待，也只可限於極普通的倒茶、敬煙，然後最好借故叫她迴避……。[16]

這些電臺答客問，比起通俗的《婦女雜誌》或《皇冠》，顯然相當官方、老派且跟不上時代。

然而距離我自己這篇論文十年了，我再讀羅蘭約同時期寫的小說《綠色小屋》（1968 年）與《西風古道斜陽》（1972 年），感到十分驚異。1994年秦家琪〈多彩人生多樣情——羅蘭長篇小說巡禮〉注意到了這兩部小說的重要性，此篇論文雖未論及羅蘭短篇小說集，卻對羅蘭三部長篇小說（《綠色小屋》、《飄雪的春天》、《西風古道斜陽》）有深入詮釋。

《綠色小屋》女主角陳綠芬追求真愛的干犯禁忌，挑戰世俗，與《西

---

[14] 南川，〈豁達開朗・樂享人生——女作家羅蘭訪問記〉，《今日生活》第 207 期（1983 年 12 月）。
[15] 1956 年美國歸來的葉曼在鍾梅音主編的《大華晚報》「甜蜜的家庭」版寫作專欄，結集《葉曼隨筆》，發抒對家庭婚姻的意見。此一系列可稱 1968 年後《婦女雜誌》「葉曼信箱」的前身。往下銜接 1970 年代受到第一波婦女運動影響的曹又方「開河篇」（結集《愛的妙方》）或「薇薇夫人信箱」專欄。見張瑞芬，《臺灣當代女性散文史論》，頁 100～101。
[16] 收入羅蘭《生活漫談》（臺北：文化圖書公司，1964 年 1 月）、《給青年們》（臺北：文化圖書公司，1965 年 4 月）。

風古道斜陽》裡何爺與小七名爲納妾實如疼惜孫女的老少戀，都是離經叛道的愛情。其間《西風古道斜陽》裡曾淪落風塵唱大鼓的小七，還愛上了何爺年輕的孫子允明，何爺也贊同他們才是一對，這簡直挑戰倫常，有違情理，頗有琦君〈橘子紅了〉裡小妾秀芬的影子。這前衛的姿態，可完全不是羅蘭廣播節目裡的談心論情的模樣。

盛英〈「屬於秋天」的作家——羅蘭〉一文認爲，羅蘭觀念中「存有某些守舊成分，在同性潮抗衡中顯得力不從心」。其論《西風古道斜陽》裡何爺與小七，所謂：「羅蘭以貞操爲測量人的品性的準繩，似乎略帶封建色彩」。此一說法，容或有誤。但盛英此文談到羅蘭是回歸古典的，與現代派無緣。她的作品雅致而富古典情趣，同時又有激情和理想，倒是很對的。

在《綠色小屋》裡，紀憲剛與陳綠芬兩人曾背叛了家庭與婚姻同居，最終仍選擇了一條「對的路」，「不再侵犯別人，不再妨害別人」。「而人，是要活在現實裡的」。[17]這句話，約莫說明了小說裡寄寓了較多作者真實心情的微妙處境。在 1974 年〈我的讀與寫〉一文中，羅蘭就明說了，《給青年們》和《生活漫談》（1964 年）這兩本答電臺聽眾來信，且大受歡迎的書信體散文，[18]「我並不很喜歡它們」。「我較喜歡那些散文和幾篇小說，因爲它們是在我真正想寫的時候寫的，而且也不是爲了發表而寫的。」[19]

同在〈我的讀與寫〉一文中，羅蘭也說：「我不喜歡爲了發表而寫文章，因爲那會使我失去了想要談心的心情。……談心不必什麼章法，誠心誠意的用感情把心事談出來而已。所以它們實在不是文『章』而只是『文』」。

或許也因爲如此（《花晨集》描述社會中的流離孤寡，《綠色小屋》挑戰社會倫理，《羅蘭小說》抨擊教育爲禍），加上不以技巧取勝（如前述所說，文字乾淨簡單)，以致三本寫於 1960 年代的小說，作者雖私心偏愛，

---

[17]羅蘭，《綠色小屋》，（臺北：純文學出版社，1968 年 3 月），頁 204。
[18]桑品載稱《給青年們》和《生活漫談》「有不少人像讀聖經一樣的百看不厭著」。桑品載，〈羅蘭的世界〉，《作家群像》（臺北：大江出版社，1968 年 10 月）。
[19]羅蘭，〈我的讀與寫〉，《書評書目》第 12 期（1974 年 4 月）。

銷量也極爲可觀，仍然評者寥寥。[20]唯一例外的是曾於《中國時報》轟動連載，之後自行出版，暢銷 17 版的 40 萬字長篇小說《飄雪的春天》（1970年）。

關於《飄雪的春天》，羅蘭自己有一個很動人的說法：「這不是一個抗戰的故事。這只是一個淪陷的故事。淒厲的災難震撼一時，平靜的災難震撼永遠」。換言之，這是一部說明戰爭如何侵擾、剝奪、消蝕一個青年青春和靈魂的自傳體小說。

女作家這種寫法，並非獨創。蘇雪林《棘心》、徐鍾珮《餘音》、林海音《城南舊事》，同樣用了虛構的小說主角來投射自己，包括蕭紅的《呼蘭河傳》和丁玲的《莎菲女士的日記》亦屬此類作品。

蘇雪林、徐鍾珮用的是長篇小說的體裁，林海音則是介於小說和散文之間。在蘇雪林、徐鍾珮、林海音的「擬自傳型」小說中，[21]女性意識其實尙未啓蒙。《棘心》、《餘音》和《城南舊事》，不過是三個女兒在不同的時代動盪中對父親（或母親）的孺慕情結。既不談情愛體認，更少著墨於情慾自省，比較像是大時代中一個小人物的奮鬥史，從《餘音》一書屢被歸入抗戰三大小說之一，即可見出。在這三本文學評價頗高的早期女性自傳小說中，我們可以看到傳統而保守的男性視野，女性在強調「不讓鬚眉」的同時，也在複製父權文化下的「被觀看」分身。然而《飄雪的春天》雖然強調大姊安詠絮對家庭的責任與忍讓，主軸卻是亂世中情愛的淬鍊，明顯與上述小說不同。

---

[20] 《花晨》僅思悠，〈詩情、樂感、人性美──簡論羅蘭小說《花晨集》〉，《臺港與海外華文文學評論和研究》1993 年第 1 期（1993 年 3 月）；《羅蘭小說》僅有李恕，〈一本好書──《羅蘭小說》〉，《文壇》第 150 期（1972 年 12 月）一篇評論。《綠色小屋》相當暢銷，發行達 25 版，卻查無單書評論，僅秦家琪〈多彩人生多樣情──羅蘭長篇小說巡禮〉一文論及，收入《臺港與海外華文文學評論和研究》1993 年第 1 期（1993 年 3 月）。

[21] 這三本小說皆有虛構成分，不能以自傳視之。然作者和傳記中的主角人物仍是種互動、互見的關係。據海登・懷特（Hayden White，1928～）《史元》（*Metahistory*）歷史的「詮釋」意涵，自傳文本是「敘述」加「論述」，是「現在之我」看「過去之我」。羅蘭・巴特（Roland Barthes，1915～1980）亦稱：「當一個敘述者重述發生在他身上的事時，重述的那個我早已不再是被重述的那個我了」，此處姑且名之「擬自傳型」小說。

《飄雪的春天》裡的安詠絮，《綠色小屋》裡的陳綠芬，甚至《西風古道斜陽》裡旁觀一切的靳老師，分明都有作者羅蘭自我性格的投射，或者一部分的投射。故事或有虛構，情感卻是真實的。

就小說技巧而言，《飄雪的春天》雖被學者秦家琪譽爲堪與英國小說家夏綠蒂‧伯朗特的《簡愛》相比並，[22]可稱女性成長小說的羅蘭代表作，嚴格說來並非完美。如林清玄〈一條清澄的小溪流──讀羅蘭《飄雪的春天》有感〉言，人物單純，情節直敘，結構鬆散。然而不完美中「別有一番清澄的韻味，像看膩了波譎雲詭的波浪忽然看到一條清澈的小溪河」。[23]牛玉秋〈關於青春歲月的回憶──評長篇小說《飄雪的春天》〉認爲，《飄雪的春天》與抗戰小說老舍《四世同堂》截然不同。《飄雪的春天》凸顯了大姊堅韌的形象，除了成功表現出人生的滄桑感，經過了 30 年時光的沉澱才動筆，也使得這部小說在眾多抗戰小說中顯得卓爾不群，更具動人的魅力。

由於愛情元素催淚，安詠絮的個性鮮明，敢愛能捨，猶如王藍《藍與黑》裡的苦命女唐琪，時代與愛情經緯交織，感人至深，《飄雪的春天》大受讀者與評論青睞，2000 年天下遠見出版公司猶再版未歇。和《藍與黑》多次拍成電視劇與電影一樣，一直有人想改拍《飄雪的春天》這部以抗戰爲背景的小說，卻被羅蘭多次拒絕，「因爲不願有人對號入座將她與書中的女主角作聯想」。[24]

因爲暢銷通俗，反而不入評論者法眼。和羅蘭相同情況而被遺忘的女性小說，其實不少。

1950～1960 年代女性小說因爲時代因素與亂離背景的消失，被歸類爲「通俗」、「言情」或「大眾」小說，相對於後來 1980 年代女性意識的成熟與技巧的翻新，逐漸失去了典律化的可能。孟瑤、郭良蕙、繁露、童真、

[22]秦家琪，〈多彩人生多樣情──羅蘭長篇小說巡禮〉，《臺港與海外華文文學評論和研究》1993 年第 1 期。
[23]收入林清玄，《讀書筆記》（臺北：出版家文化公司，1978 年 2 月）。
[24]陳素芳，〈羅蘭：把一切歸零〉，《文訊》第 209 期（2003 年 3 月）。

張漱菡、徐薏藍、瓊瑤、吳崇蘭、華嚴、康芸薇小說，與蘇雪林、張秀亞、艾雯、沉櫻、琦君、羅蘭、鍾梅音、徐鍾珮散文，所代表的典範意義與文學位階（literary hierarchy）顯然不同。1950～1960 年代女性小說在文學評論者「反經濟操作」（anti-economic economy）原則之下，被質疑「寫得不夠好」、「通俗」、「大眾品味」，之後逐漸消失在文學史板塊之中。如今看來，唯一小說與散文同等被重視的例外，大概只有林海音一人。

「溫暖光明」、「水淨沙明」、「平和樂觀」、「心靈綠洲」的正面評價，[25]成為羅蘭文學的標記時，一個創作者內在的叛逆性與對社會的質疑，也就逐漸隱沒不彰了。張秀亞與艾雯，也是如此。但羅蘭深明大眾傳播是負有社會教育使命的。民國 35 年就進入天津電臺，來臺後陸續在中廣及警廣擔任播音、撰稿與主持的她，在 1977 年〈有聲的散文——我如何做廣播節目「安全島」〉[26]一文中，自認為音樂是廣播的靈魂，「在音樂聲中寄託思想。……使人恢復良知，回到單純，充滿美感，且不帶一絲說教」。

做廣播節目，對羅蘭而言無異於寫一篇有聲的散文。羅蘭對自己的散文也有清楚理念與自己的堅持，1980 年代她受訪時說，「一篇散文，最好是千秋萬世之後還有人讀，不受時空限制」。散文不像雜文急需反映時事性，「四十年前的往事，現在才來寫，還是有人看」。[27]

大陸學者談羅蘭及其文學，喜歡定位羅蘭的憶舊與鄉情，回歸故國，如何以儒道互補之道弘揚祖國文化。不能說有錯，但我總覺得把羅蘭的境界說低了。從藝術的高角度俯瞰，才能見出羅蘭筆下的仁厚存心，生命中的優雅素馨。昔日王謝堂前的燕子，飛入尋常百姓人家，她一逕是這樣不卑不亢。處處逸興遄飛。她曾說她對廣播發表速度與自由的要求，沒有一

[25]季薇，〈水淨沙明——《羅蘭散文》的人情味〉，《徵信新聞報》，1966 年 9 月 1 日，第 6 版；黃武忠，〈有個性而不要個性——羅蘭的散文風貌〉，《散文季刊》第 2 期（1984 年 4 月）；沈謙，〈灌溉心靈的綠洲——評羅蘭〈綠色仙園〉〉，《幼獅少年》第 82 期（1973 年 8 月）。
[26]羅蘭，〈有聲的散文——我如何做廣播節目「安全島」〉，《中華日報》，1977 年 8 月 30 日，第 11 版。
[27]南川，〈豁達開朗・樂享人生——女作家羅蘭訪問記〉，《今日生活》第 207 期。

種媒體可以滿足。自由！自由！自由！對於羅蘭而言，這一份水流深靜，落花水面的「深夜電臺」，就是她與深夜的聽眾共享的幸福。

多年前，文評家沈謙曾以「灌溉心靈的綠洲」來形容羅蘭雅好綠色，連《綠色小屋》、《「歌」與「春及花」》都用了淡綠色封面。[28]淒厲的災難震撼一時，平靜的災難震撼永遠。即使正值人生的深秋，羅蘭的文字在讀者心裡，卻永遠像艾略特（T. S. Eliot）的詩，這是一個殘忍的季節，回憶和欲望摻雜在一起，荒地上長著丁香。但春雨滋潤著大地，在生氣勃發，柔馨滿眼的春天裡。

---

[28]沈謙，〈灌溉心靈的綠洲——評羅蘭〈綠色仙園〉〉，《幼獅少年》第 82 期。

輯四◎
重要評論文章選刊

有聲的散文
我如何做廣播節目「安全島」

◎羅蘭

　　我中學讀的是師範，大學讀的是師院，初入社會就是教書，一教教了八年。雖然所教的是音樂，還算接近我的志願，但總以為教育工作不是我的性之所近。覺得這只是因為當年遵從父命，進了師範，所以才不得不教書。事實上，以我貪玩和一向不守常規的個性，也只能教教音樂。如果做導師的話，豈不是會「天下大亂」？

　　後來有機會轉入了廣播界，心想，這回可脫離教育界了吧？

　　直到幾年之前，有學生訪問我，問到「你怎樣製作你的節目呢？」我答說：「這啊！就像師範生畢業實習的時候作教案一樣。每個節目先要『引起動機』，然後『決定目的』，然後『討論』，然後『結論』。時間要算得準，這個節目才算達成了它的使命。」

　　話才出口，卻驀然憬悟，我這竟然還是師範所學的那一套理論的實踐。

　　當然，做節目不是教學。但既然它是一種大眾傳播，就直接間接的負有社會教育的使命。只是以前在師範學校未曾學到這樣的一種社教課程，做的時候，也從未直接意識到自己仍然站在教育的崗位，在做著與社教有關的工作。這不但說明了「改行」之難，而且也說明了自己先天應當屬於這一界。一切自然而然，並未受到任何人的強迫。

　　我發現，做廣播節目如果不單以提供娛樂為目的，而希望這節目能發揮較積極的意義的話，它的作法也應該如同上一堂課。每一次的節目自成一個單元，有它的主題及宗旨。只是它的方式不是「教學」，而是「在音樂

聲中用用思想」。它的對象不僅是聽眾，而同時也包括了我自己。我把它做為一種特殊形式的「人生研討課」。以信手擷拾的一些生活內容及人生苦樂做為當天談話的經線，再選適當的音樂為烘托氣氛的緯線，來編織這一小時的「課」。開始時，先不著痕跡的談一些與本單元有關的話題，引起大家收聽的動機。這話題，有時關於天氣，有時關於時事，有時關於音樂，有時是日常大家所關心的人間苦樂悲歡。通常在一首音樂之中，給聽眾一個略微沉思的時間（引起動機），就可在第二段談話中決定今天所談的主題（決定目的），接著是在音樂中穿插一些感興與對問題的看法。雖然廣播節目是單方面的傳播，但靠了音樂的感動力，卻可以達成雙方面感情的交流。到最後，節目即將結束時的結論，已經不是我單方面的結論，而是經過了與聽眾越過空間的討論而得到的共同結論了。

在日常生活中，人們之所以徬徨困擾，緊張迷惑，多半不是因為他們不知道最本源的是非正誤，而是因為受了太多複雜紛紜的雜念的干擾，而忘記了本源。因此，只要能找回心境的澄明，擺脫私欲與妄念，推開後天人為的功利與虛榮的誘惑，每個人都會恢復智慧，重新用最單純的心情來看世界。這最「單純」的心情也就是最接近良知的心情，這時，自然而然就會知道對紛紜萬事該怎樣去判斷，如何去取捨。是應該面對？還是應該擺脫。

而音樂，是達成這目的的最有效的助力。它是廣播的靈魂。不但去掉了音樂，廣播將會變得支離破碎，不堪一聽；即連在播出的時間和節目的性質上，選錯了音樂，也會使所播出的內容變為一無是處。因為這個緣故，我很重視每天在節目中所選用的音樂。這些音樂不專是為給人欣賞的，也不是為介紹音樂而介紹音樂的。它們是用來清除心上塵沙，找回自我的；是用來幫助當日談話的內容，使它更能進入人們內心，引起情感共鳴的。它們不限定是那一種音樂，而只要是與當時所談內容適合的。

幾年以前，曾有很多氣氛極美的管弦樂，或帶有敘述的合唱，如「當潮退的時候」，「多變的、低語的沙漠」，「海風」，經過改編而成為合唱曲的

蕭邦鋼琴即興曲,「我常追慕彩虹」的合唱……都是好得不得了的動人的音樂,由高水準的樂隊與合唱團演奏錄音,真能直接打動人的感情。近年來,由於熱門音樂受年輕人歡迎,這些樂團也相繼變質,逐漸把重點放在強烈的節奏及立體的音響效果上。娛樂的成分高了,感情的成分卻急遽的降低。它們的目的似乎也就在於使人無暇去動用思想與感情,而只顧跟著它們的強烈節奏去「動」。

　　在新的唱片不足致用,舊的唱片已失效的情形之下,我只好回頭去找古典音樂。結果我發現,如果我肯大膽的除去古典音樂的「道貌」,不受習慣與觀念的約束,用在恰當的時刻,它們會是第一流的引人深思而且親切平易的音樂,一向大家欣賞古典音樂都是用嚴肅的態度、虔誠的敬意去恭聆的;而且認為如果不把幾個樂章一起播完,對音樂家是不敬的。其實,以一首交響樂來說,每個樂章的氣氛不同,給每個人的感受也會因時因地而不同。例如:在悶熱的時候,聽聽行板或慢板的第二樂章是可喜的;但在已經相當沉悶的心情之下再聽慢板,說不定會覺得它冗長而令人不耐。因此,如果在適當的情形之下,把整首的交響樂分開播出,反而會幫助這位音樂家,使他的音樂更容易感動聽眾,受到更多人的歡迎。也才更能使人認識他的真性情。於是,我開始把古典音樂也當作氣氛音樂來用。不拘於幾個樂章,也不限定要在同一天的節目之中全部播放古典音樂。而全看談話內容的需要,來決定選用什麼樣的音樂。我會在一首「引起動機」的管弦樂或合唱之類的音樂之後,選用幾首能烘托氣氛的電影音樂(不是歌曲,而是管弦樂曲),再選用某一交響樂或協奏曲中的某一樂章來加強主題。海頓的一首題名「早晨」的第六號交響樂,生動的道出了早晨之美。但有時我會先播它的第二樂章,來表現清晨那「將醒未醒的朦朧」,再用它第一樂章的明快來播出清晨花香鳥鳴的爽朗。我也常選用維瓦爾地的一首雙簧管協奏曲來表現未受物質文明干擾之前的清曠的原野之美。我常把田園交響樂的第一、二樂章用來加強大自然的氣氛,而不必再解釋為什麼要播這幾個片段。斯密塔那的〈莫爾島河〉常常和夏威夷音樂放在一個節目

裡。以前幸福男聲合唱團所唱的〈河水〉，和古箏獨奏的〈高山流水〉，雖然是絕不相同的音樂，但把它們放在同一時間來談流水之美，而使人得到夏日的清涼與心情上的寧靜，是非常之諧和的。我用柴可夫斯基舞劇中的豎琴來談編織幻想，卻用莫札特協奏曲中的豎琴來談快樂。因為同樣豎琴，在不同性格的音樂家處理之下，韻味是全然不同的。

　　偶爾也發現歐洲有新的流行音樂家改編的古曲，我們稱之為「古典新奏」的，倒也別有風味。可以做為一種新的「氣氛音樂」來選用。

　　這種在音樂上取材範圍的改變與適應，也正好配合了電臺調頻播出的需要。用調頻播出的節目，如果捨棄高水準的音樂，那是太可惜了。

　　我不太喜歡獨唱曲，除非它適合我當天所談的主題。所以我雖然會為了要談親情與家的溫暖而選播埃迪費雪的 "Oh! My Papa" 和 "My Blue Heaven" 也用桃樂絲黛所唱的 "Over the Rainbow" 來談幻想等等，但通常情形之下，我總覺得獨唱曲會驚擾了正在沉思的聽眾。所以，如果我事先忘記了告訴聽眾，這是一首獨唱曲，結果忽然出現了歌聲的時候，我會立刻覺得對聽眾十分抱歉，而很想說一聲「對不起，吵到你了。」奇怪的是，合唱很少有此突兀吵雜的感覺。

　　流行歌亦屬於我節目的範圍，但我一直懷念幸福男聲合唱團所灌的幾張唱片。他們那幾位受過訓練的歌手，用柔和的聲音，簡單的伴奏，唱的幾首經過改編的流行歌，音色之美，無以復加。那時，我幾乎每隔一段時間，就要用他們唱的那首〈把我們的悲哀送走〉，做我節目的開場白，來引起聽眾收聽的動機。這首歌的曲名本是〈我在你左右〉，我覺得遠不如它的頭一句歌詞「把我們的悲哀送走」來得深沉動人。因此在播放的時候就索性把這句歌詞作了曲名，請大家聽〈把我們的悲哀送走〉。我說：「在現實的風沙中奔波了一天，說不定我們會有些不如意事，有些失落的感覺，因而覺得有些悲哀。那麼該聽聽這首歌吧！它會幫你把悲哀送走」。由於合唱團唱出了這首歌的感情，所以它總是首先會很有效的把我個人的一些「悲哀」送走，那麼，人同此心，勞碌的人們在這樣的歌聲中，多少也會感到

了一些寬解。

麥克阿瑟將軍去世的那一天，世界為這位大戰期間叱吒風雲的將領而悼念，身受戰禍，至今未曾復元的我們，尤其感慨萬端。那天，我選用的音樂是我手邊珍存的一張大戰期間流行在美軍中的歌。由男聲合唱，雄渾無比，其中一首最為意味深長的是"PRAISE THE LORD AND PASS THE AMMUNITION"。對戰爭充滿著令人感傷的無奈。卻也流露出美國軍人的天真與直率。在那樣的歌聲中談我國與國家、與世界、以及美軍，相信每個人都會產生「人同此心」的共鳴。

我自己對音樂有一份執著的喜愛。我深信，音樂是使人恢復良知，回到單純，發現愛心與仁慈的最佳途徑。而它們是如此的細緻，如此的安閒，如此的充滿了天上人間全部的美感，如此的不帶一絲說教。在我的廣播節目裡，我和聽眾同樣是在奔忙了一天之後，卸下風塵，靜下來，從旋轉中把自己拉住、拍醒，問著自己：「你在奔忙些什麼呀？」

然後，我心上的塵沙在音樂聲中慢慢沉澱，我慢慢可以對自己、也對聽眾說：

「你又幾乎迷失了嗎？」

「功名利祿重要嗎？」

「爭奪傾軋必需嗎？」

「煩惱真個那麼嚴重嗎？」

「感情真個那麼無處寄放嗎？」

「天地宇宙如此寬朗，難道真的沒有可走之路嗎？」

「風聲、雨聲、泉聲、花香鳥鳴，不就在你的周圍嗎？」

「抬頭看看夏夜繁星如何？」

「……」

我常對訪問我的年輕人們說：「我愛這個工作。因為它對我個人是甘泉，因此我相信，它對聽眾也有同樣的效果。」

它不是個收入很好的工作。但它是個美好、清爽、單純、快樂、令人

永不厭倦的工作。

在大家盡量「多算算術少唱歌」的生活中，有這個時間來接近一下音樂的滋潤，我覺得，對己對人都是一種幸運。何況，我常為用紙和筆所寫成的散文裡，不能任性自如的加入我心中的音樂之聲而覺遺憾，剛好，在這每晚一小時的節目裡，我可以一面寫下並播出我的廣播稿，一面在這廣播稿的段落之間加入我所希望加入的音樂。於是，當節目結束之後，我常會覺得自己所完成的不僅是一個廣播節目，而是一篇「有聲的散文」。

——選自《中華日報》，1977 年 8 月 30 日，第 11 版

扭轉乾坤的一步
我與廣播的再生緣

◎羅蘭

一、與夜間廣播的前世因緣

多年來，我的廣播節目時間，一直是在晚上九點左右，現在在警察電臺是如此，在中廣公司的時候，也是這個時間爲重（那時臺灣剛光復不久，大陸尚未淪陷。每晚九點的全國聯播新聞由我播報）。來臺以前，在天津電臺時，每晚九點半的音樂欣賞，也是我的工作時間。

說來，這個時間和我，真像是有一點前生註定的緣分了。而我當初在戰亂與戰亂的夾縫裡，憑著一份追求音樂的熱忱，忽然踏入了這一行，使我這一生都能徜徉在音樂與夢想所渲染成的空中園林，也似乎是出於天意。

二、耕耘在鐵蹄之下

抗戰勝利那一年，我在天津市立第五十一小學，已經教了六年的音樂。那所小學原來是河北省立女師附小，在淪陷以後，僞教育局把它遷到舊德租界去「復校」的。原來的校址已被日軍占用。

在敵人的鐵蹄之下，我們默默的承擔起教育下一代的責任。校長姓鄭，是位資深的教育工作者，原來在師範學校教「教育心理」。因爲他留日的資歷而被聘爲校長。他的宗旨是：無論戰局會拖多久，教育下一代的工作還是得我們中國人自己來做，否則民族命脈就完了。事實上，大家也都有此默契，只是他比較積極。他深知，強國必先強種，教育的第一件任務

是讓孩子們鍛鍊強健的體魄，在惡劣的環境中，強調刻苦耐勞，不怕風霜的精神。

在僞教育局，他有強項敢言的作風，由於他學校辦得好，大家也都畏他幾分。他聯絡學生家長，要求捐助冬季禦寒的設備，卻絕不是爲了讓學生養尊處優，而是不肯讓學生在北方零下嚴寒的天氣讀書寫字，影響學習的效率和發育期間的健康，但他嚴格執行無論寒暑，全校師生每日清晨的越野跑步，說運動才是鍛鍊。他讓勞作課是真正的「勞作」，老師既教種菜，又教築屋，所有校具、校舍的修理保養，全是勞作課的教材。

每周一次的教務會議，是校長給我們全體老師上的兩堂教育課。在各科教學上，適當的獎勵與修正之外，就是新的教學方法的研擬與討論，及爲老師們打氣，讓我們在貧乏的條件中，能堅定對國家和對自己工作的信念。

三、跳躍的音符

在這樣的學校裡教書，使我們覺得，儘管環境是風欺雪虐，我們卻能有信心，堅強勇敢，積極進取，把自己所擔任的課程教好，而不放棄找機會自我進修。

我所教的音樂課，受到校長百分之百的支持，儘管因爲借用的校舍只是一棟西式民房，談不到設備，音樂教室是樓梯下的一小方空間，放了一架鋼琴，學生要站著上課。大家卻覺得這是最快樂的音樂課。而就在這樣的「音樂教室」裡，我們的合唱團成爲全天津市小學合唱團中最好的一個。被邀請爲代表天津市的「兒童廣播合唱團」。每月到廣播電臺去播半小時的節目，用短波送全華北。

我教學生，是爲了我愛音樂，帶她們去參加廣播，也是爲了我愛音樂，希望學生們分享所有我能教她們的東西，只因戰爭阻擋了我已經近在手邊的，考入音樂系的機會，我不得不從周圍可能有的條件中，取得我所要的，在爲了家庭生計，而不得不在淪陷的泥淖裡討生活的情形之下，我

覺得自己雖然在不幸之中，卻比其他的人們幸運——我沒有妥協，也沒有放棄自己對前途的夢想。

這夢想，如今說來，似乎無足輕重，當時卻是萬分的認真——我要在戰爭結束之後，重續未完的學業。

於是，真的勝利了，在淪陷區熬了八年的我們，終於呼吸到自由的空氣了。

四、勝利的喜悅

對那時的我來說，勝利的歡樂，使那黯淡的八年迅速的縮短，變成了一瞬而逝的一個過渡，真的只像從一個噩夢連連的暗夜中醒來一般，眼前是今天的黎明，銜接著昨天的白日。

於是我決心要改變自己的生活環境，不想繼續教書了。

至於如何去改變？在剛剛勝利，一切復員工作尚在千頭萬緒的時候，淪陷了八年的我們，實在沒有辦法為自己的前途做肯定的安排。我唯一的希望就是要考大學，而我所要讀的那所大學還沒有復校。我也不知道即使能夠考取，又如何來使自己找到適當的工作去支付自己的學費及生活費。

徬徨中，那勝利後立即由中央派員接收的天津廣播電臺，卻先有人來和我聯絡，問我要不要來負責管理唱片及主持一個音樂節目。

同時也有些同學，要我準備去南開大學附設的教授子弟學校教書，順便接近一下劫後的名勝——八里臺，還可以就近聽聽課。

也另有一些朋友，從後方歸來，問我要不要加入他們的行列，到報館去做一點編編寫寫的工作。

這些建議，對我各有不同的吸力。只是，既然有好幾條路，總得做個選擇，而對其他工作缺少經驗的我，卻有點舉棋不定。

剛剛由日本人手中接收過來的廣播電臺，正處於青黃不接、缺少人手的情況。敵偽時期的工作人員走了；新的而又有經驗的廣播工作者實在難求。而我卻剛好和電臺有過這一點廣播合唱團的淵源。於是，節目主動不

問情由，主任替我安排了面試的時間，要我去見臺長。

　　通常，任何機關招考職員的面試，總一定是在白天，而這次卻是在晚上，使我首先就體會到了這一行工作的特色。

　　天津電臺，我並不陌生，只是這次在夜色中來面試，使我覺得連那熟悉的鐵門，都變得格外寬闊，而辦公大樓卻顯得燈光輝煌。

　　節目主任先帶我到大發音室，給了我一張歌譜，讓我試彈伴奏，他和另一位工作人員一同聽了一遍，就帶我上樓去見臺長。

　　臺長姓孫，一張圓圓的娃娃臉，長得很有神采。穿著一套深藍色的中山裝，很悅目的襯出他白皙的膚色。見我進來，站起身，表示禮貌，使人感到他的坦誠與自信。後來我知道他只有 29 歲，冀東人，師範畢業。身兼教育廳督學和廣播電臺臺長二要職，是很有才幹的人。（可惜聽說後來未及撤出而遇害）。

　　他簡單的問了問我的略歷及志願，就立刻表示歡迎，讓我次日來上班，一切密鑼緊鼓，使我沒有再去猶豫的時間。

五、從音樂中挖掘寶藏

　　第二天，我依照幾年來，做教員的習慣，不管有課沒課，早上八點以前就到了，以為要簽到和參加升旗。其實，電臺並沒有這項規定，他們的工作是早、午、晚、夜，各自上各自的班。我雖然要上「事務班」，管理唱片，但也只要九點鐘到就行了。因此，上早班的同事對我的「勤勞」既好奇，又可笑。告訴我，不必如此趕時間，我卻覺得，整理唱片的工作，等於是教書時的給學生批改作業或準備教材，而只有到了晚上，有我的節目播出的時間，才算是「上課」。因此，心理上萬分輕鬆。好像每天只有一堂課，其餘的時間，在我看來，都是在「沒課」狀態，而不覺得那是在工作。

　　當然，事實上，管理唱片可不是一件簡單的事。日本人留下來的各類唱片，有上萬張之多。那時的唱片都是 78 轉，一套交響樂，至少是兩張。

除了西樂唱片之外，還有不計其數的平劇、雜曲、流行歌、國樂等等，也都由我經管。而天津電臺共有四個廣播部分，第一廣播全部是寓教育於娛樂的「純正」廣播節目，第二廣播是教學節目，第三、四兩個廣播是廣告臺，全是娛樂節目，有大量的廣告收入，不但自給自足，同仁的福利優厚，而且分擔北平電臺的一部分開支。這許多節目所需的唱片，都由我和另外一位同事經管。而我不但不以為苦，反而如入寶山，天天埋頭在那琳瑯滿目的各類唱片之中，一面整理，一面抄寫編排，一面暗自慶幸，世上有哪一個學校的音樂系，能有如此豐富的資料，供你參考、學習呢？

於是，為了工作，也為了自修，我一面查卡片，一面找遍了可能找到的音樂參考書，中文的、英文的，甚至只能憑漢字及假名拼音去「猜」的日文的，先把那些依照音樂史排下來的音樂家傳記及重要作品弄清楚，然後一面查書，一面聽唱片，去了解他們樂曲的內容和特色，一面做下筆記。這一陣埋頭工作，實在等於上了無數小時的音樂理論及欣賞課。令我獲益匪淺。而那些一直為「自命維新」的我們這一代人所不屑理會的本國地方雜曲，在我一面工作，一面領會之中，才知道，它們是何等的豐富瑰麗，而且源遠流長。當親見廣告臺的大牌藝人們，播唱京韻大鼓、梅花調，以及拉單弦、說評書的時候，才知道，那為什麼是自己的國粹，使我深愧過去自己見識之膚淺。這許許多多，古今中外的音樂菁華，在我周圍，排山倒海而來，那一段日子，真是忙碌而興奮，顧此又怕失彼，一天恨不能有 48 小時給我運用才好。

六、無價的犧牲與奉獻

為了做好音樂欣賞節目，我聯絡到天津市交響樂團的指揮，向他說明我對這個節目的構想，立刻就得到他充分的支持，認為這是他嚮往已久的一個音樂家與聽眾之間的橋樑。於是，他一力承擔，免費替我負起了這個節目一切的聯絡與安排，使我這毫無經驗的新手大為放心。於是，這個節目中，不但有了有系統的音樂介紹，而且更請到了平津一帶所有名家經常

的現場播出。他自己更不辭辛苦的擔任了每周一次的，真正學術性的音樂講座。只見他每星期六晚上，不論晴雨，自己騎著腳踏車，自備唱片，到電臺來現場播講，完全不要酬勞，那精神，如今想來，實在令我欽佩。後來移居美國的鋼琴家劉金定女士和她燕京大學的同學，幾位有名的音樂界人士，以及當地教會的聖樂團，和從北平來的大學合唱團，都在我節目中經常播出，他們那完全爲音樂而音樂，不計名利的態度，深深令我感動。在音樂節的時候，我們在維斯理教堂現場播出盛大的音樂會，名家雲集之下，竟沒有一個人爭過排名先後，或節目時間的遲早，全憑我們主動安排，我深知，他們這份熱忱是由於大家在敵人的鐵蹄下，淪陷了八年，音樂家埋頭蟄居，不求表現，渴望自由的空氣已久，如今有了屬於他們自己的機會，他們真是迫不及待的要來提供自己的所長，把才華盡量給社會分享。也從那個時候，使我深深了解到音樂家是如此的熱情而真純。

七、「再生」　後任重道遠

不久，我考取了女師學院音樂系，實現了我那不切實際的「夢想」，開始了半工半讀的快樂生涯。事實上，我的「工」比我的「讀」，使我在音樂上更有收穫，連系裡那幾位歷盡艱辛的教授們，都對我的工作環境羨慕不已。

只可惜，好景不長，勝利的快樂並未維持多久，緊跟著就又開始風雨飄搖，天地變色。這些衷心想爲國家和個人前途多發揮一點力量的人們，只得再一次風流雲散，南下的南下，出國的出國。不再爲家庭所需的我，也決心開始過自己所嚮往的飄泊生涯。於是，拋開一切，隻身一人乘孤舟，渡海東來。在這人間仙島，重新起步，下船後，舉目無親，卻憑著我隨身攜帶的一張天津電臺的服務證，進入了位於新公園的臺灣廣播電臺。從頭適應陌生的環境，與廣播工作重續「再生」之緣。走上了我今生由這工作安身、立命、成家、創業……的一條前所未料的道路。這前後截然不同的兩種工作與生活方式的轉捩點，卻只決定在那戰亂與戰亂的夾縫間，

稍縱即逝的一線機緣。

　　如今回想那全世界動盪不安，國家局勢瞬息萬變的民國 35 年，「颱風眼」般的短暫的平靜之中，自己所踩上去的那一步改換工作的踏腳石，是何等重要的，扭轉乾坤的一步啊！

──選自《中國時報》，1978 年 9 月 23 日，第 12 版

世紀滄桑
一生瑣憶

◎羅蘭

一、從農業社會到工業起飛

羅蘭是我的筆名。我的本名是靳佩芬。民國八年（1919 年）生於河北省寧河縣蘆臺鎮（今屬天津市）。祖籍是浙江紹興。

高祖父兄弟二人，以經營糧店「聚泰號」興家立業，在蘆臺落戶。除糧店之外，也經營木廠、首飾樓、藥鋪、黃酒廠等等，都以「聚」字排名。同時也陸續置了許多產業，包括十幾所瓦房及本縣和外縣的莊園土地、蘆葦地等，成為當地的首富。

五代同堂的老家位於蘆臺北街。我是第五代的第一個。儘管我出生時家道已經中落，「聚泰號」糧店也早已不存在，但當地人至今仍然稱我們家為「聚泰號」，而不太知道我家的堂名「靳嚮善堂」。1992 年我自臺灣返鄉時，老家這所房屋已在地震中全毀，剩下一大片空地，家中長幼都已遷往其他城市，但鄉人見到我這陌生鄉親，津津樂道的仍然是「聚泰號」當年的種種傳說和這保守大家庭嚴守舊禮的家風。

我沒有趕上老家的全盛時期，聽長輩們說，是高祖父兄弟二人創業，曾祖父的時代過得最好。祖父及四位伯叔祖的年代已是富裕的尾聲。到了父親這一代，家中日常生活已是捉襟見肘，但為了維持先人的榮譽，他們堂兄弟六位都是奮發有為，克勤克儉，堅持要振興家業。所以在蘆臺當年幾家富戶之中，算是延續最久的一家。

我非常喜歡那建於薊運河畔的老家。漂亮典雅的四進大四合院，兩旁是靜沉沉的跨所。最後第五進是花園，打開花園後門，就是薊運河。偶

然，我央求家中工人在挑水的時候，允許我出去眺望河水與對岸的田野，使我自幼小的年紀，就彷彿熟悉那「天與一輪釣線，領煙波千億」的道家畫面。平時我在後花園玩，和園中各種花木昆蟲都很熟悉，這培養了我日後喜好大自然、不怕獨處的個性，對我的思想與寫作方向有著深遠的影響。

父親生於 1894 年。是年 6 月，中日戰起，次年，臺灣淪陷。

祖父思想開朗，勇於擺脫約束。在祖父的引導之下，父親擺脫了保守大家庭不肯鼓勵子弟外出創業的阻力，在天津讀完高中之後，考進當時的「高等工業學校」（後改爲「工業學院」），專習化工，奠定了日後進入塘沽久大精鹽工廠，走向工業世界的基礎，也因此給了我最好的機會認識老家以外的廣大世界。更由於「久大精鹽」及後來的「永利純鹼」兩廠，在創辦人總經理范旭東先生領導之下的嶄新作風，使我在民國十幾年代就順利地接近了一切的現代化，包括新式的員工宿舍、現代化的水電及衛生設備。更幸運的是，剛好在六歲學齡第一年，工廠員工子弟小學（明星小學）開辦，使我有機會接受嶄新的啓蒙教育。

這所小學的師資格外優秀，新時代的教育方法也是來自范旭東先生的主張。范先生的長兄范源濂先生曾任當時的教育總長，是很前進的教育家。

我的小學時代是自 1925 至 1931 年。由於家中有很多傳統的線裝小說，成爲我最喜歡的課外讀物，它們對我日後的思想與觀念影響很大，也使我學到了運用文字和成語的一些能力。在我讀五年級的時候，來了一位非常有才華的國文老師張健庭先生。這位北師大畢業的老師，對我的作文鼓勵最多。曾讓我把我的作文抄許多份，寄給其他縣市的小學去觀摩。記得其中一篇是〈天津旅行記〉，寫我們全班同學在這位老師帶領之下，坐火車到天津去參觀遊覽。春假期間，正是桃花盛開，我這篇旅行記上寫了西沽的桃花林和北洋大學，也寫了南開大學給我的印象，特別是他們校園中有那麼多的金魚缸和各式各樣的金魚。這篇作文的幾點內容，我至今記

得，足見印象深刻。我想，那實在是因爲，我這喜歡旅行的天性，首次用筆墨抒發，所以寫得特別真摯而且快樂。

　　小學畢業之後，考入天津的「河北省立女子師範」。那是民國 20 年（1931 年）。

二、春風桃李，河北女師

　　河北女師校風淳樸，在品德教育方面維護傳統，而在課業及課外活動方面鼓勵創新與自由發揮，絕不保守，並且特別重視學生個別的性向，盡量予以培植和鼓勵。

　　河北女師創始於清光緒 32 年（1906 年）。原名「北洋女子師範學堂」，1913 年改爲省立。1928 年，把「學堂」改爲「學校」，全稱爲「河北省立第一女子師範學校」，簡稱「女師」。這年增設了學院部，校長齊國梁先生升任院長。由於學院部和師範部以及附設的中學部，加上後來爲了普及和培養能夠到各鄉鎮及邊遠地區服務的師資所增設的「鄉村師範」、「簡易師範」、「勞作師範」和「幼稚師範」各部，都在同一校園的範圍之內。此外還有距離不遠的實習小學和幼稚園，可以自幼及長都在這同一學校受教，所以我們的校歌有「一爐陶冶到成人」的描述。

　　由於住讀的學生占多數，學院與師中各部使用同一餐廳、同一體育館和圖書館以及同一個運動場。學院部的老師也時常兼任師中部的課，所以全校各班與師生之間都很熟悉，互相觀摩的範圍也至爲廣闊，培養了學生們廣遠的視野和博大的胸襟。

　　學生們所受的熏陶不僅是來自課本，而更是來自日常生活與各種的課外活動。老師與學生們的經常接近，更使學生獲得了最自然的「機會教育」及生活教育。師生們在課後一起打球，一起唱歌，不分彼此的談天，是最快樂的事。在女師院校任教過的老師也都格外喜歡這所學校的自由氣氛，而樂意以校爲家。

　　女師是省立學校，河北省籍的學生都享有全公費，師範部是六年制，

分前期師範和後期師範各三年，等於初中和高中的階段。畢業以後，可以
直接考入本校的學院部，那時寧河縣尚未劃歸天津市，我得以「河北省
籍」的資格享有六年的全公費。更慶幸能有六年時間住在學校裡，和來自
外縣市而又各具特色的同學相處，學習她們的純樸熱情及用功；也享有她
們溫暖忠厚的照顧。

　　女師的校風對我一生影響非常大，它使我得到來自同學的、天然的
「勤樸、奮勉、和婉、敬信」的良好影響。學校的寬大優容的教育方式更
使我這「不拘一格，我行我素」的學生得到許多無形的諒解與栽培，給了
我在課業以外更多的回旋空間，使我在日後做小學教員的時候，也能夠不
以「平頭平等」的條件去要求學生。

　　河北女師對音樂、體育、勞作、美術等所謂「術科」教育的重視，使
我身受其惠，給了我在音樂教育上最多的啟發，使我日後能有機會使用音
樂做為培養兒童樂觀進取精神的最佳教材；也使我在製作廣播節目的時
候，能夠運用自己對音樂的愛好與了解，幫助我在廣播中的談話，使它增
加了令人感動與深思的效果。

　　女師對我經常不交作業的情形有一種無言的寬容。我知道，這並不僅
是因為我雖不交作業而考試成績經常維持甲等；也並不僅是對我一個人
「恩施格外」。因為以河北女師在畢業實習方面肯容許對「術科」擅長的同
學與其他同學交換所要實習的科目為證，這學校能在細節方面注意到學生
的個別差異而給予他們適度的自由選擇。我就是用學科交換實習音樂，而
使不想實習音樂的同學皆大歡喜。

　　辦教育，能做到因材施教，不僵化，有彈性，肯關懷，懂培育，這是
非常可貴的。師範學校所培養的是師資，由這樣的學校培養出來的師資，
也先就學到了在知識傳授之外的了解與扶植。

　　我非常慶幸，能在天津河北女師接受六年最快樂的師範教育，它使我
一生直接間接都未離開教育工作。不僅是在學校教育學生，而且在廣播中
也藉著音樂與寫作發揮了社會教育的功能。寫文章又何嘗不是廣義教育的

一種？所謂教育並不是「說教」，更不是以考試成績與分數去對學生做無理的鞭策與苛求。它所發揮的是一種由同情做出發點的了解、疏導與協助，使人覺得不孤獨，有溫暖，可以繼續以奮發有為、充滿自信的精神去迎向光明。

我帶著滿心的希望、快樂與自信，通過了當年初次舉辦的全省會考，行過了畢業典禮，拿到了六年才發一次的、有分數在上面的成績單。學校平時的成績單不登記分數和名次，為了避免同學之間為小小的分數與名次做眼光短淺、心胸狹窄的競爭，而只給我們記個「甲乙丙丁」等次，培養學生們大處著眼的寬廣容量與視野。畢業的時候，才把六年的詳細分數發下來，表示教務課並不敷衍。我的畢業成績，六年總平均是 86.71。在全班 52 位同學之中名列第 21。我很感謝我的同學，因為上課不聽講的我，數學、理化幾乎全是同學教我的。

帶著對前途的憧憬，暫時揮別校園，以為很快就可以回來參加學院部的入學考試，考進音樂系，繼續涵泳在這美麗的校園和優秀的同學、傑出的師長的培育與薰陶之中。

那是民國 26 年（1937 年），暑假。

三、抗戰時期淪陷歲月

7 月 3 日離開校園，7 月 7 日盧溝橋事變，7 月 28 日我固執地不理會家長的阻攔，搭上最後一班從塘沽開往天津的火車，去報考。校園裡已經空無一人，我被阻在交通中斷的天津。

被阻的不僅是報考，被阻的是我和那一代年輕人整個的前程。大家被迫在戰火中改道行走，目標在何處？沒人可以告訴你。

19 歲的我，跟著父親與全家一同淪陷。

父親的工作由於久大精鹽工廠遷往後方，他必須留守而不得不熬過了失業的八年。他既不能去後方，又不願給日本人做事，在天津特一區海大道（今大沽路）上開個小小的文具店，勉強靠積蓄度日。我這長女義不容

辭，放棄了可以升學的機會，當起小學教員。

　　民國 27 年年初到民國 29 年暑假，我在寧河縣漢沽鎮寨上庄的「女子完全小學」做教員。那小學是娘娘廟改的，正殿仍是娘娘廟，後院改為教室。三間教室，六班學生，採複式教學。我住在「廟裡」，全體教職員只有三人，外加一個工友。月薪 20 元，但因為戰爭，根本發不出薪水，於是學校主動為我找當地一個叫「海北春」的飯莊掛賬，每天送兩餐飯菜給我，早點燒餅油條由學校供應，茶水免費。這種無錢可花的日子反而使我過了兩年無憂無慮、不用操心柴米油鹽的生活。兩年半以後，我找到了天津女師附小的音樂教員的工作，回到天津和家人相聚，因此也把幾乎失學的年幼的弟弟妹妹，帶進了這所小學。這所小學位於現在杭州道，抗戰後期已改為市立第五十一小學，現在叫「杭州道小學」。

　　我們一家在天津度過了淪陷八年的艱苦生活。母親在抗戰前兩年就已去世，次年，繼母進門。我們兄弟姐妹一共七個，繼母年輕，不太懂得怎樣做個母親，何況她也未曾料到戰爭使我們的生活環境急轉直下，她是富家小姐出身，也不能怪她無法負起相夫教子的責任。

　　關於這淪陷時期在天津的日子，我來臺之後，用回憶的心情，寫了一本 40 萬字的小說《飄雪的春天》，於 1970 年出版。背景就是天津特一區吉林路 35 號，久大精鹽工廠總經理范旭東先生的那幢很大的德國式洋房裡。在這裡，住了很多家因為戰爭不得不離開工廠的員工，使這房子變成了一個新式的大雜院。

　　小說是小說，經過了渲染與編織，但大部分都很真實，讀者很受感動。這並不是因為我寫得好，而是我用了全部真實的感情。

　　淪陷八年，就在那「飄雪的春天」之中，一年又一年的過去。勝利時，我很興奮，因為我終於可以等待女師學院復校，去一償夙願做個音樂系的學生了。

　　首先是答應了天津廣播電臺的邀約，來負責唱片的管理，並主持音樂節目，包括「音樂欣賞」和「唱歌指導」。這樣才可以等到考取學校以後，

半工半讀，我的廣播節目是在晚上，便於配合學校上課時間；主持音樂節目又正好可以和我所讀的音樂系相輔相成。但是結果並不理想。

民國 35 年（1946 年）暑假開學，我順利考取。我成為女師學院音樂系的學生，卻沒有一點如願以償的興奮，而只有景物全非的失落。我這以高分錄取的學生，發現在這裡並沒有多少東西可學。音樂系沒有足夠的鋼琴，缺少適任的老師，我學什麼呢？背幾課國文講義，幾段英文《泰西五十軼事》（我在女師早就念過了）。冬天圍著毛毯上課，不像學生，因此，被老師看不慣，以為這學生太「大牌」，一定不滿意他的教學。

其實，我很虛心。在老師面前更是禮貌周到，但我無法避免別人在主觀上對我的看法。那人數很少的音樂系，本來就每個人都顯得很突出，何況我已是多年的職業婦女，月入比老師還要豐厚。廣播電臺在那電視尚未出現的年代，又正是如日中天的、令人羨慕的工作。投考填寫報名單的時候，就有一位老師問我：「你已經有那麼好的工作，又何必來念書呢？」

大概這不僅是這位老師一個人的觀感。

進入天津廣播電臺和考進女師學院，本來是我戰後最心想事成的雙軌並進的路。廣播電臺，尤其是我一生中重要的轉折點。這轉折點要回溯到抗戰中期，民國三十年左右。

四、鐵蹄之下，弦歌不輟

那時汪精衛政權已在南京成立，淪陷區在他的爭取之下，恢復了唱國歌和掛國旗。這在當時很令我們感動的。我在民國 29 年暑假後，離開了鄉下小學的工作，到天津的女師附小來教音樂。從一個連鋼琴都沒有的鄉下小學來到這在音樂課程方面已有良好基礎的天津市首屈一指的「女師附小」，這「附小」在體制上是和我當年就讀的河北女師一脈相承，但實際上，河北省立女師學院已隨著抗戰而遷往後方。師範、中學兩部雖未隨著遷移，卻因學校駐進日軍，院長和大部分老師都已撤退而停辦。尚未畢業的幾班學生只得被分配到聖功女中和位於杭州道附近的第一女中去借讀。

沒有了女師，卻有個附小，這是由留在淪陷區的幾位老師爭取來的。校長鄭際唐（字朝熙）先生是有名的教育家，也是我們這些老師的老師。女師附小由於安全的考慮，選在舊德租界這邊來復校，所請的老師幾乎全是當年河北女師畢業生。我回到這附小來教音樂，實在是很值得慶幸的一件事。在這裡，不但同事都有同學之誼，校長更是以循循善誘的教師身分來指導我們。我們等於是一面工作，一面進修。每周一次的校務會議等於上課，聽鄭校長用大家日常實際的教學為例來講解教育理論及校內應興應革的教學方法，使我們獲得比讀教育學院還要實際的知識，而且能夠隨時把進步的理論應用在教學上，使這所小學在艱苦的環境中而能夠朝氣蓬勃，表現出昂揚的志氣與在敵人的鐵蹄之下不屈不撓的精神。

我來到這女師附小第一件事就是組織兒童合唱團，把我未能進入音樂系的遺憾，借著教導學生而得到一份發揮。我仍用課外的時間練習，有時是清早上課以前，有時是下午放學之後。戰時艱苦的生活反而使我們更希望在各方面淬勵奮發，大家同心合力，希望當國土重光之日，我們有充足的準備和旺盛的愛國心來立刻投入國家建設。

由於校長和全體老師都把理想寄託在培植下一代的國家主人翁身上，這學校的學生和學生家長也都與學校充分合作，避開了日本的監視和高壓，一起鍛鍊身體，精修課業。連我們這小小的兒童合唱團也在歷次全市或全華北的比賽中名列前茅，因此得到天津廣播電臺的重視，要把我們這「女師附小合唱團」代用為「天津廣播兒童合唱團」，定期用短波播向全華北。那是在抗戰時期，淪陷歲月，敵人鐵蹄之下，但我所選播的歌曲卻大部分是愛國歌曲，包括〈旗正飄飄〉、〈國旗歌〉（幾種不同詞曲的）、〈大中華〉、〈我愛中華〉、〈大國民〉、〈好國民〉、〈出發〉等等。我實在不太知道為什麼在日本人高壓之下的天津廣播電臺，包括日籍臺長在內，都對我們所選的這些歌沒有異議。我們每次預演和正式播出的時候，日籍臺長、節目課長、工務課長等等負責人都是全員到齊，在控制室隔音玻璃外面督導。但他們所注意的似乎只是時間是否恰好和現場播出時麥克風距離的遠

近，對我們所選的歌並未有什麼挑剔。所以我和小學生們興高采烈，每次從舊德租界（今杭州道所在地區）到南市，來回步行。當我們播音完畢，趁著黃昏晚風，走回學校的時候，一路唱著這個愛國歌，常會吸引來兩旁住戶，從樓上推開窗子，探身出來向我們鼓掌。那是很令我們興奮的。孩子們的歌聲清純甜美，所唱的歌又早為民眾所熟悉，他們想不到在那樣的環境下，會有孩子們為大家唱出這樣的心聲。而對我來說，心情上只有對音樂的愛與一份正義感，並不覺得自己是在做著一件可能很冒險的事。

我不是那種「烈士」型的人。我非常單純，只為愛音樂而做事，並不覺得有什麼可顧慮的。

也許，凡事只要目的純正，就會得到包括敵人在內的一份激賞吧。我始終不知道真正的原因，也從來未去問過。

抗戰勝利之後，天津廣播電臺邀我去負責音樂節目，管理唱片。我欣然答應，因為那正好可以讓我在工作中多多接近音樂。同時，假使我如願考取了女師學院，我可以半工半讀，比教小學方便多了。

當時，天津廣播電臺變成朝氣蓬勃、充滿戰後新理想的地方。大家都希望發揮自己的力量，推動社會進步，使國家迅速恢復元氣，走上嶄新的、追求富強的道路。我能投身其中，真是覺得十分幸運，工作得十分起勁，結識了當時平津一帶幾乎所有的音樂界知名人士，請他們到電臺來現場播出。天津交響樂團的指揮張肖虎先生幫了我很大的忙，音樂界人士都經他介紹認識，約到我節目中來現場播出。張先生也志願每周一次，在我節目中播出「音樂欣賞」，連車馬費都不要。那種為工作而工作的精神，充分表現了戰後昂揚的民心士氣。

五、凱歌初奏，升學夢醒

但是，成功的是工作，失望的是學業。我堅持了八年的重扣大學之門的夢，在現實中被推醒了！我的女師學院不再是戰前天津那最具代表性的女子最高學府。戰爭使它殘破；戰後的混亂使它無法迅速復元，它已不能

滿足我的夢想。雖然我知道這是一種無奈，我不必抱怨環境，戰爭給人們帶來的破壞太殘酷了，豈止是這所學校？我只願自己一直活在夢裡，不曾去正視時間與現實。

對學業的失望，開始使我醒悟到，我已經 28 歲，不再是追求成為音樂家的年齡。也才開始正視，如果沒有學成音樂，我就只剩了廣播工作。我是為了要半工半讀才進廣播電臺的。如今目的已不存在，這條通往「目的」的道路也就失去了意義。

更加上由於對前途夢想的幻滅，使我格外不想再回顧那本來就早已放棄的愛情。我把那由於環境與時局而犧牲掉的一次戀愛，定位在「我遲早要讓自己有點成就，才不辜負那次不得已的放棄或犧牲」。

我是很執著的，讓我棄一件事並不容易。但是既然已經無法戰勝環境了，我總得讓自己「言出有信」。我希望即使一切都已經是過眼雲煙，也讓它能發生應有的激勵作用，使我活得有一些價值，而絕不讓那剝奪我的環境永遠在那裡對我幸災樂禍。

它是我寫作的一項重要原動力。我是「不甘認輸」的。考取女師學院本來是目標之一，現在它已經不能再是我的目標了。

女師學院的老師對我不是不好，而是誤解。在他們看來，我似乎是太不屬於他們的教室了，我無論表現得何等的虛心向學，也並不能肯定我在他們心中的「學生」身分。而日後我發現，當我離開了學校，再有機會見到我的幾位老師時，他們對我卻是那麼溫暖親切，十分友好，彷彿是說：「啊！我們終於可以做朋友而不必做師生了！」

這種挫折感是十分奇特的，大概只能說是一切命定吧！

年齡 28 歲，脫離了淪陷八年的窮困，享有著令人生羨的、收入豐富的工作。不願被老師排斥卻被排斥；不願怠忽課業卻在學期終了時發現，只因為曠課超過了規定時數，而國文和體育都要重修。

算啦！反正一切都已風飄絮飛，不必強留啦！

忍耐與等待有個極限，這一切，已經超過了我的極限。

對我來說，從 19 歲到 28 歲，付出了整個的青春在戰火裡，在食不果腹的日子裡，在室內結冰的冬天也不停止練琴的「艱苦卓絕」（電臺同事給我的形容詞）裡。我不抱怨，因為那完完全全、百分之百是我為了父親和弟弟妹妹，我心甘情願與他們共度那患難的年月。

學業夢醒時分的惆悵，是為了自己。為自己，那還不簡單？「走」就是了！學業既已成空，還有什麼可盼望的，索性去遠方追求個真正的海闊天空吧！但是你知道嗎，直到今天，我提筆寫這回憶的蕪文時，已經 75 歲，馬上就是 76 歲的我，在下意識裡所經常出現的卻仍然是：「去北大住住吧！」「去南開住住吧！」

不是為了念書，而是為了那校園的氣氛。校園才可以使我有充分的機會接近遠比書本自由又生動的書卷氣。

書，我可以自己看。而且從上學的時候，我的學業就是自己看來的，很少是聽老師講的。老師的聲音只讓我記住一些名詞。如果我想深入了解，必須是自己看書。

我自己看的書堆滿了書桌、書櫃、床頭櫃、沙發椅，我在每一本我喜歡讀透的書上，畫滿了紅線、綠線，寫著重重疊疊的眉批。我把《老子》的英譯本注回中文，寫了無數的筆記，而且把英文百科全書，用打字機打滿了一張又一張。我不是為了要做學者才用功，而是在這西方文化充斥的年代，我總想盡自己最大的力量，借重自己國家古人的智慧，針對西方的缺失，來說服這一味奔向西方式商業社會的時代。

六、海外仙山，從零起步

我到臺灣來，不是來追求商業成功的。那時候，一位和我有短暫來住的男友，不贊成我來臺灣，說這裡太簡陋，要去就去上海、廣州與香港。那是 1947 與 1948 年之間，上海、廣州與香港比臺灣商業化得多。「道不同不相為謀」，1948 年 4 月，我來臺灣，他以後大概是去了上海。

我喜歡臺灣，喜歡當年這裡的純樸自然，可以讓我腳踏實地的工作。

我赤手空拳，一個人坐船來，重新起步，創造前程。不是要來追求物質享受，我一生未受過追求物質享受的教育，我所受的教育是純中國式的——安貧樂道。

臺灣給了我初步的安定。我一登岸，立刻找到了臺灣廣播電臺的工作。我 1948 年 4 月 29 日到臺，5 月 1 日就開始工作。三個月之後，我同電臺的新聞組長朱永丹結婚。我們沒錢，兩人過最簡單的生活，好在臺灣溫暖的氣候允許這樣一份簡單。我們只要一些最起碼的衣食住就可以了，上下班走路即可，去遠一點地方，公共汽車也很便宜。

艱苦的日子比起八年抗戰時期我在天津特一區吉林路 35 號，冬天室內結冰，吃黑豆麵、豆腐渣的日子又如何？對於那些挾萬貫家財到臺灣來居住、又抱怨臺灣沒有夜總會的人，我由衷反感——你可以不要來嘛！

現在，喜歡發財的人有了充分的機會可以致富，對臺灣當然是滿意了，而我和一些不會經營而只知埋頭工作的人們，也一樣滿意。生活並不需要太多的錢，能夠不虞匱乏就行了。把心力用來做點對得起自己和社會的工作，比奔走鑽營，患得患失的經營錢財要心安理得多了。

在正常的情形之下，一個允許你盡力發揮專長的環境，就已經是給了你最基本的條件而值得感謝了，剩下的，事在人為吧！

年輕的時候艱苦一點沒有關係，勤勞節儉，認真工作就是生活的保障。我們沒有任何人事背景。他來自重慶中央廣播電臺，做新聞組長；我來自天津，播報新聞，寫廣播短劇的播稿，兼一點音樂組的工作。

1950 年以後，三個孩子陸續降臨，小家庭缺少幫手，我只得辭去工作，專心持家。直到最小的女兒已經進了幼稚園，我才在極偶然的機會，路遇以前河北女師的老同學，經她建議為了可以讓我的孩子們用教職員子女的身分，越區就讀臺北的女師附小，而接下了該校二年級級任的缺，使我得以再度走入社會。當時已經是我來臺九年之後的 1957 年了。

我並不喜歡教二年級。對我來說，做級任老師不如教音樂或唱遊能夠有所發揮。於是，一學期之後，當我和廣播界恢復來往，我就決心重回廣

播界來開拓前程了。

那時，廣播界剛剛興起了一種新的節目形式，叫做「綜合節目」。這種節目的特色是強調「主持人」，建立明星制。它一反過去大家輪流值班、不講個人色彩的成規，開始嘗試在例行的「新聞」、「評論」等節目之外，另闢一些時段，由特定的「主持人」負責，自己決定節目的性質與內容。在不違反電臺整體的規畫及規定之下，你可以自由發揮這節目的特色，用這特色來吸引聽眾，使聽眾由於知道你是誰而產生親切感和信賴感，以達到社會教育或政令宣導的目的，是「寓教於樂」的最好的方式。

七、包打包唱，從零出發

我放棄了再回臺灣廣播電臺（後改為中國廣播公司）的機會。它名義上是屬於國家，實際上改為公司之後，成為黨營，並且可以有廣告支持節目。我不喜歡節目有廣告，而且也不希望與別人共同主持一個節目，所以選擇了當時剛成立不久的「臺灣省警察廣播電臺」。這邊待遇很低，但好處是它充滿朝氣，而且答應給我充分的自由，一切由我決定，包括寫稿、播出、選擇音樂以及決定要訪問的對象或報導的方式與內容。這電臺公營色彩濃厚，完全不做廣告，主持人不必看廣告客戶的顏色，而可以放手去做。

那已經是我來臺第十年，1958 年，那年我 39 歲了，39 歲還有機會在一件有創意的工作上起步，真是天幫忙。它給了我一生事業的起點，奠定了我在廣播和寫作上雙軌並進的基礎，展開了幾乎可以說是一望無盡的光明前程。這「警察廣播電臺」是以社會教育為主，用各種方式鼓勵聽眾積極向上，樂觀勤奮，廉潔自守，捨己為人，大公無私，以便化戾氣為祥和，消弭犯罪於無形，培養良好的氣質與高尚的人格，使人們由於自尊與自信而「不屑犯罪」。這是一種寓教育於娛樂的社會教育，並不斤斤於「警察」的業務。

八、社會問題,「你怎麼辦?」

於是,我開始了這每晚一小時的廣播節目。節目名稱定為「安全島」,取其在奔勞的人生路上,能有一些小小的綠地,如同馬路間的「安全島」,使人有一點舒息的空間。

為了使聽眾容易聽懂我的名字,我開始使用「羅蘭」為筆名,以避免因大家不知道「靳」字的讀音而混淆。臺灣姓「靳」的人很少,至今有多數人不認識這個字。

為了和聽眾有相互的溝通,我除日常播放音樂、插播自己所寫的短文或短句(後來結集出版為《羅蘭小語》)之外,並設計了一個「『你怎麼辦?』有獎徵答」的單元,每周播出一次,把當前社會上所發生的問題編成五分鐘的短劇,徵求聽眾的答案。題目包羅萬象,從和警察業務直接有關的火警、盜警、交通事故、搶劫、走私、販毒、收贓、逃犯、恐嚇、綁架勒索等等,到不直接關係到警察工作而與社會風氣、生活品質有關的婚姻、戀愛、家庭、學業、事業、老闆與員工的糾紛、留學出國、購屋搬家、環保、鄰居感情等等,人間萬事都可化為題材。

「『你怎麼辦?』有獎徵答」,也是全部由我自己包辦。從寫問題到看答案,選出得獎聽眾,寫出可行的答案,一系列工作占去我每一個星期天。不問那一點象徵性的稿酬是那麼菲薄,只關心工作的績效。聽眾也和我一樣,大家為共同維持一個清潔的、品德高尚的社會而提供想法,不在意是否能得到那點少得不能稱之為獎金的獎金。

25 年沒有星期天的日子,不知不覺寫了一千多次「你怎麼辦?」。在第 500 次和第 1000 次的時候,電臺曾舉辦酒會慶祝。新聞局也為此頒獎給我這「只為工作不為錢」的廣播工作者,而我自己卻覺得「這有什麼可慶祝的?」

「你怎麼辦?」的內容逐漸從坐三輪車、住臨時木造房屋的時代走到了住高樓大廈、計程車滿街跑的時代。時間自 1959 至 1985 年。時代不同

了，所涉及的問題在內容方面也隨著商業社會的來臨而增加了「經濟犯罪」、「金錢誘惑」、「性泛濫」、「倫常敗壞」、「觀光與國民外交」等等新的問題。當然也少不了因「投機倒把」貪財破產之類的「警世」問題。

不記得做到一千幾百次的時候，我生了一場病。太累了。對這商業社會也開始心灰意冷，不想再做下去，就把這「你怎麼辦？」的單元停掉了，日常的節目還是在按時播出。

九、這樣的一萬二千天

直到 1991 年我才正式離開廣播，總共我製作播出這同一個節目、在同一時段，足足 32 年之久。這樣的一萬二千天，可以說是創紀錄的。因為無論是寫稿、播出、選音樂、寫回信，全部的「你怎麼辦？」設計與選材、寫稿、審稿與播出，除劇化問題寫好之後必須由錄音小組去錄成短劇之外，沒有一樣是假手他人的。

當然，這並不是電臺不給我找幫手，而是我從這工作中得知，我大概是一個必須自己做全部可以做到的工作的人。如果太需要別人的合作，我就覺得有困難，反而使事情不能推動。我這不擅溝通、只會埋頭做自己的事的缺點，使我一生不能做單位主管去「承上啓下」，也就因為我有這點自知之明，也情願在自己能力所及的範圍之內，盡量把握生命中這點可用的時間，做自己所喜歡做到的事，畢竟我 40 歲才正式起步，時間是太寶貴啦！

離開廣播工作是在 1991 年。只因為商業社會的聲勢太大，我那「安貧樂道」的生活哲學與這樣的社會天天「逆向行駛」，實在很累。我自己可以不發財，卻無法阻止這整個的社會希望發財。我離開，可以讓位給這潮流，讓它更洶湧一些。但我知道，眼前雖然好像是潮流銳不可擋，其實用不了多久，就會有越來越多的事實證明，為什麼孟子認為「上下交徵利，則國危矣」和為什麼要提倡「安貧樂道」。

我不贊成西方式的商業社會，並不是不贊成商業。商業是國家財富的

來源，是貨暢其流、鼓勵生產所必需。我只是不喜歡看到人人都希望或被迫不得不也投入商業。我不贊成一個人都像商人一樣用「可以賺多少錢」來衡量來到他手中的工作。如果都這樣的話，當年音樂家張肖虎先生就不會到我節目中來免費主持「音樂欣賞」；那些演奏家也一定不肯白白來演奏播出；我也早就不會用奉獻的心情，只拿一點起碼的車馬費，做 32 年的廣播節目了。

何況有些人是天生不會或不喜歡經商的，他們可以是很傑出的畫家、音樂家、作家、教育工作者或農人。如果也迫使他們為了掙錢而去經商，他們會很痛苦而且會很失敗，而社會也將由於他們的「下海」而蒙受到精神層面的損失。

就以我這不擅經營的個性來說，如果我為了金錢而投入商業節目，做起廣告，恐怕不但無法與商業合作；即使勉強合作，也將難免為了遷就廣告而無法維持節目的品質，也絕不可能延續到 32 年之久。

如今回想這 32 年的廣播生涯，它不但給了我為社會服務的機會，而且由於工作所給我的激發與信心，讓我寫出了已出版或尚未出版的許多作品。其中包括《羅蘭小語》、長短篇小說、散文以及有關中華文化的論述《詩人之國》，和反映我國民間對宗教的包容性而編寫了《濟公傳詩歌劇》等等。廣播與寫作使我得到社會的肯定而有機會應美國國務院的邀請，到美國去訪問 65 天，然後繞道歐洲八個國家，從東南亞回到臺灣。這第一次一人的出國訪問，成為我以後多次到世界各地去旅行的最好的開端，使我的眼光不致局限一隅，可以對國事世局有較廣遠的認識與了解。

而更大的收穫是由於當初不計待遇，只肯做個特約人員，而換得了長遠之後才發現的出入國門的自由。當初我為了不願受公家規定的約束，情願婉謝「納入編制」而做個「特約」的「化外」之民。雖然因此而損失了一些金錢以及退休、保險等福利，但我在公務員依照當時規定尚不能隨便出國的時候，就已經順利地去過了許多國家，不必受「公務人員」所受的嚴格限制；而且海峽兩岸開放之後，我更能毫無顧慮地在 1988 年春天就繞

道新加坡回鄉探親，以後隨時往返，不受限制。節目可以事先錄音存檔，不會有請假的困擾。

到 1993 年，我已經有十次返鄉之旅，到過了從北至南的各大城市，開會、座談、簽名售書、探親訪友，也因此得以運用歷次從各地搜集所得的家鄉資料、經驗與觀感，寫成一百多篇記敘體的散文，分別給各報副刊發表，並且即將出版，這將是我的第 28 本書。

而最高興的當然還是能回到天津，看到自己生長的地方，找到多年不見的家人親友，也結識了許多新的友人。《天津日報》並且特闢欄目「羅蘭時間」，容納我的小文。

這篇回憶簡錄是應天津市政協文史資料編輯之邀而寫。應邀時，我正因車禍傷腿療養，尚在逐步復元之中，又忙於新書的出版，但是，鄉情、友情，盛意難卻，只得勉力寫來應命。大環境的世紀滄桑，個人的一生瑣憶，實在是一言難盡，也只得希望自己其他那些不成熟的作品可以從旁補充了。

——選自姚同發編《解讀羅蘭——羅蘭作品研討會論文集》
深圳：海天出版社，1997 年 10 月

追求理想的羅蘭

◎夏祖麗[*]

　　一進巷口就看到那幢爬滿了長春藤的二層樓洋房；一棵枝葉茂盛的大樹從院子裡伸出牆外，給門前造成一片綠蔭。走進了大門，才看到這棵樹的樹幹粗壯、葉子肥大，在這初夏午後的和風中蕭蕭的響著，涼爽極了！

　　羅蘭從屋子裡走出來，笑盈盈地說：「頭一次到我們家來的人都會注意到這棵大樹。它長得真快，我們剛搬來時還是小小的，沒幾年就長得這麼大了。我曾寄了幾片葉子到東海大學生物系去問，他們告訴我這是構樹，聽說它的樹皮還能製鈔票呢！」

　　樹一直長到二樓書房的窗外，清晨常有小鳥停在枝頭上吱吱喳喳的叫著。

　　她喜歡在清晨全家人還沒醒時寫作。有時，她在五點多鐘就起床了，關著門一直寫到九、十點鐘，才打開門出來梳洗，然後出去買菜。她很喜歡走路，常常沿著她家附近的敦化南路的紅磚人行道走到菜市場去，回來時總不忘買一包芝麻糖或是橄欖，這兩樣都是她最喜歡吃的零食。

　　有時天氣好，她會突然發起雅興，請菜販幫她把菜送回家，一個人坐上計程車就到陽明山賞「樹」去了。車子在山上轉了一個圈再下來，回到家才不過十一點多鐘，她再做飯，家裡也沒有人知道她曾去了那裡。但是她在事後總是忍不住興奮地告訴丈夫和孩子。

　　她說：「沒有一個人是願意一天到晚清理打掃、煮飯燒菜或是參加宴會的。太多的俗事纏身，就會想到要逃。當你離開一個牽牽絆絆的環境，未

---

*作家，發表文章時為《婦女雜誌》編輯。

到另一個牽牽絆絆的環境之前，你是最快樂的。」

「所以妳常常在忙碌一陣子後，就要逃一次是吧！」我問。

「確是這樣。有時我坐在車上又會想：假如現在突然出了車禍怎麼辦？一個女人單獨坐車上山，應該怎麼解釋？人家一定以為我不大正常。」她又笑著說：「不過，一個人太正常了，也沒有意思是不是？」

有一天下著大雨，女兒的學校開家長會，她本來可以不用去參加的，她卻去了，因為她要理直氣壯的抓住這個機會去兜一趟雨。她邀了一個好朋友，選了一部「美國黃」色的計程車，到了外雙溪，開過了家長會，再從內湖繞回來。雨中的山景引起了她的靈感，回來後就寫了一篇文章〈兜雨〉。她說她的這次行動就是在正常久了後，找機會來瘋狂一次。

那天，她花了一筆不小的車錢。她卻很高興地解釋說：「一個人總應該有點花銷，來安慰經常奔波勞碌的自己吧！」

她也很喜歡坐公共汽車。她常找一條遠近相宜，乘客稀少的路線，上了車，選一個靠窗的座位坐下來，憑窗遠眺，一路欣賞，就可一切不管了。也許下車後，竟然不知道自己究竟到了什麼地方。

羅蘭寫的文章，有許多是在車上構想的。有一天她坐在公共汽車上，上來了一個戴鴨舌帽的瘦子，一個滿臉橫肉的胖子，這兩個人看起來都不是好人。後來又上來了一個嬌弱動人的女子。這兩個男人都不懷好意地盯著這個女人看。羅蘭就想：「如果只有他們三個人在無人的荒野上，這個女人該怎麼辦？很可能她會不管好壞，選擇其中一個男的去投靠，這個男的本來也有歪主意，看她竟然那麼無依地相信自己，他的男性優越感反而發揚起來了，他會不顧一切地打倒另外一個男人來保護她。人性本來就有善惡兩面，只是看你朝那方面去啟發他。」

她抓住了這一剎那的思想，寫下了一篇動人的故事〈潭邊之夜〉。

廣播也是她的生活中的重要一部分。她說：「十幾年來，我每天晚上都要到警察廣播電臺去主持「安全島」節目。十幾年來，我這個主婦每晚都不在家，常常不能陪丈夫參加外面的應酬，真是很委屈他了。從前年起，

我決定改在每天下午到電臺去錄音，這樣晚上有多點時間在家陪陪丈夫和孩子。」

在羅蘭看來，家庭和事業對她是同樣重要的。她常很幽默的說：「當我在家裡受了氣的時候，我會想，幸虧我有個事業；當我在外面受了氣的時候，我會想，幸虧我有個家庭。」

她的低沉柔和的聲音，透過了麥克風給人一種安全感，十幾年來，每個晚上不知溫暖了多少遊子的心。

有一天她接到了一個船員的來信。他說，他曾經很頑劣，在感化院待過一陣子。有一天，他聽到了她的聲音，看到了她的文章，得到了很大的啟示，使他悔悟過來了。

出院後，他上了船，飄泊四海，仍不忘寫封信給這位沒有見過面，只聽過聲音的人，說一聲謝謝。

談起聽眾，羅蘭總是津津樂道的。她說：「多年來，我確實交了許多未曾謀面的空中朋友。時常收到他們從天涯海角寄來的信。但也有些友情是吵出來的，這些聽眾也是很可愛的。」

聽眾常寫信和她討論各種問題。她有時在節目中答覆，有時回信。人們好像很信賴她。關於這一點，她卻笑著說：「這就是廣播的好處。只聞其聲，不見其人。人們相信一樣東西，只因為他們看不見它。」

經常看羅蘭文章的人會發覺，她的散文、小說或小品中常加入音樂，尤其是《羅蘭散文》第二輯中的青春組曲六篇，每篇都是用一首歌來代表某些時間的感情，如：〈碧天偎著海洋〉、〈那南風吹來清涼〉、〈春夜聞笛〉等篇，這是她的作品中的一種特殊風味。一首淒涼的曲子襯托出那些表面看來平淡又沒有結果的感情，其中卻隱藏著一份痛苦而狂熱的愛情。

她說：「在我一生中，音樂、寫作和廣播是我最熱愛的，但比較起來還是最喜歡音樂，也許是它最早進入我的生活中的。可惜近年來我對音樂早已荒廢了，只有聽聽女兒彈彈琴了。」

羅蘭曾在河北女子師範學院音樂系學音樂，她的文章中有許多動人的

　　題材都是在那個時候發生的事情。她的眼睛閃著光采，沉緬在回憶中說：
「我是那麼愛我的學校。我喜歡那種在大環境中自由自在的生活，那段日
子對於我以後的性格、興趣、生活以及寫作都有很大的影響。」

　　我們從廣播又談回到寫作。

　　「似乎妳寫的好幾篇作品都是以第二人稱，妳是不是認為這種方式比
較容易處理感情？」我問。

　　「事實上，用第二人稱也就是書信體，其中有些『你』是我的朋友或
虛構的人物，有些『你』則是我自己。」她說。

　　羅蘭已出版了 12 本書，其中《羅蘭散文》第二輯曾得到第四屆的中山
文藝獎。兩年前她出版了《飄雪的春天》和《綠色小屋》，這兩本書的封面
都是她的大兒子朱旭設計的。

　　她的大兒子朱旭學畫，大女兒朱麗學英文，小女兒朱華學法文。她的
丈夫朱永丹是法國新聞社駐臺灣代表，他也是第一個得到外國政府勳章的
中國記者。他曾是中國廣播公司的新聞主任，當時羅蘭也在中廣公司工
作，他們就是那時候結婚的。

　　「記得曾經看過你寫的一篇文章〈我結婚的時候〉，是不是就是描寫你
們結婚的情形呢？」

　　她又瞇起眼睛哈哈的笑了。她的笑聲就和她說話時一樣吸引人。她
說：「的確。當時我們都沒有家長在臺灣，只有一些朋友幫忙，湊湊熱鬧就
結婚了。現在回憶起來很有意思，我常常把我們結婚時的簡陋情形說給那
些沒錢鋪張結婚而難過的朋友聽，讓他們也得到安慰。」

　　常看到羅蘭，發覺她總是穿灰色、黑色或咖啡色的衣服。她不施脂
粉，打扮得比較保守，但很素雅。她的頭髮永遠是盤在頭上，光潔而整
齊。冬天時，她總是戴著一頂黑絨的或是咖啡色的小圓帽；夏天時戴著米
色或是草黃色的帽子。

　　她不講究衣著，卻講究穿鞋。如果她很喜歡一雙鞋子的式樣，穿在腳
上又很舒服的話，不管多貴，她也會買下來。這和她喜歡散步是有關的。

她說：「一個人在散步時總不免要看看自己的鞋子，好看而合腳的鞋，就會使你舒適而怡悅。」

的確，羅蘭在某些方面是很堅持自己的原則的。

記得幾年前，她曾經寫過一篇清麗動人的散文──〈寄給夢想〉，她在那裡頭說：希望有一天能在山上建造一個小屋，屋裡頭有壁爐，屋外有綠樹或枯葉，冬天來時，邀三、兩好友到屋外撿些枯枝，圍著壁爐聊天，其樂融融。

後來女作家沉櫻真的在山上建了一個別墅，她說：「羅蘭的夢想讓我實現了。」

羅蘭就是這麼一個人，自由、動人、幻想而又有理想。

──選自夏祖麗《她們的世界》

臺北：純文學出版社，1973 年 1 月

教育家的作家
羅蘭

◎鐘麗慧*

　　若以「文壇奠基者」而論，羅蘭算是「出道最晚者」。她的第一本書出版於民國 52 年，然而二十餘年來，羅蘭的文字和聲音的作品影響之大、之廣，無人能望其項背。

結合文學與音樂，傳播真善美

　　在撰寫本文之前，翻閱有關羅蘭的介紹資料，發現幾乎所有的文章，不論是訪問稿、讀後感，甚至書評，全都寫得清風明月，一如羅蘭散文；無論是記者、青年學生、作家和批評家的筆下，羅蘭都是一個面貌——酷愛自然和音樂，深諳人生哲學、瀟灑率真的老友。如此獨特且被公認的「形象」，在作家群中並不多。

　　文學批評家沈謙說得好：

　　羅蘭，這個名字是和音樂放在一起的，她每晚主持警察電臺的「安全島」節目，播音室只有幾坪大，廣播網卻無遠弗屆 。在中華民國這片可愛的土地上，因為有了她的聲音，使得社會更增添了快樂與和諧。

　　羅蘭，是生活在音樂與文學中間的，「安全島」的節目，就是她生活的縮影，也是音樂與文學的結合。她不但帶領許多朋友進入音樂世界，陶冶性靈，變化氣質；更是文壇的一枝健筆，因為有了她的文章，使許多讀

---

*作家，發表文章時為大呂出版社發行人。

者覺得這個世界更加美麗和可愛。

　　記得初中時代，學校規定寫周記，其中有一欄叫「讀書心得」，同學們不約而同地抄《羅蘭小語》，有一次兩、三個同學抄了相同的一段，我們的「抄寫祕密」穿幫了，挨了老師一頓罵。不久，又故態復萌，只是大夥兒學會「商量」輪番上陣。

《羅蘭小語》有如聖經影響深遠

　　《羅蘭小語》第一輯出版於民國 52 年 7 月，由文化圖書公司出版。其實她的寫作生涯開始於中學時代，只是「成年之後，來到臺灣，仍舊保持信筆塗鴉的習慣，偶爾被編刊物的朋友逼著寫點東西，用不同的筆名發表之後，事過也就忘了，真正自動、情願、鄭重其事的發表作品，是在《羅蘭小語》出版之後。」

　　她說：

　　《羅蘭小語》是我在廣播節目中所用的廣播稿。我為了廣播節目，天天寫下一點對人生的感悟，拿到播音室，把它念出來，與聽眾分享，從不認為這些有感而發的廣播稿也算是「寫作」。後來聽眾紛紛來信，希望我能把這些廣播稿整理出書，還有很多位聽眾自告奮勇，前來為我謄稿。我從小就愛寫，卻到 44 歲才出第一本書，朋友們開玩笑說，這也該算是「大器晚成」了。

　　此後，羅蘭從「安全島」廣播節目的主持人，兼而邁進寫作歷程，如今已是 26 本著作的名作家。其原動力可說是來自讀者，她說：

　　沒想到《羅蘭小語》相當暢銷，這使我忽然警覺，可不能只寫個小語就算完了，我還有許多更想寫的東西要寫呢！這個念頭一動，責任感就來

了，開始動筆把幾十年生活中的點點滴滴一一寫下來。

於是第二年——民國 53 年元月，一口氣出版兩本新書《生活漫談》和《給青年們》，均由文化圖書公司出版。

《生活漫談》是作者答覆聽眾問題的書信體散文，全書共收錄 66 篇，有〈野草般的堅強〉、〈霧水般的晶瑩〉、〈悲觀的流浪者〉、〈不經濟的支付〉等。

《給青年們》一書也是書信體的散文集，收有〈道是無情卻有情〉等 80 篇。

在這一年，她的筆鋒一轉，寫起短篇小說來，而且「不寫則已，一寫驚人」，一年寫了 12 個短篇，第二年二月就出書，書名《花晨集》美得像散文，原為「皇冠叢書」，目前由作者自己印行。其中〈冬暖〉一篇曾改編成電影。

往後幾年，羅蘭幾乎年年出書，分別有：民國 55 年，出版《羅蘭小語》第二輯和《羅蘭散文》第一輯；民國 56 年，出版《羅蘭小說》；民國 57 年，出版《羅蘭散文》第二輯和長篇小說《綠色小屋》。

作家桑品載曾說：「《羅蘭小語》兩集、《生活漫談》和《給青年們》，這四本書有不少人是在像讀《聖經》一樣地百看不厭著的，而且也的確發生了和《聖經》同樣的效果。」

散文獲獎‧開始寫小說

另外，《羅蘭散文》第二輯為她贏得民國 58 年的中山文藝獎。

《綠色小屋》是羅蘭的第一部長篇小說，以第一人稱敘述「我」的表哥紀憲綱，和父親思想不同、和太太感情不投契，但有個美麗脫俗的女友陳綠芬——「綠色小屋」的主人，可惜這段愛情悲劇收場。

記得當年我曾通宵讀完，淚眼迷濛地趕寫讀書報告，結果獲得破紀錄的高分——98 分。那份讀書報告早就丟了，根本記不得 18 年前自己塗鴉

些什麼，只是那一晚的感動和得高分的喜悅，刻骨銘心。

作家旻黎（鄭明娳）則認為：「此書不論在描摹的技巧或鋪陳的手法，以及主題的表達上來說，都是很夠水準的，尤其是氣氛的烘托極為成功。」

從《綠色小屋》之後，羅蘭的大多數作品都是自己印行，可說是時下流行「作家自己出書」風潮的開山鼻祖。

民國 59 年，羅蘭出版長達 40 萬字的小說《飄雪的春天》。她說這部小說「是以抗戰期間淪陷區為背景，寫戰爭對人所造成的無形但深遠的影響。」

許多人臆測《飄雪的春天》的女主角安詠絮就是羅蘭的化身。她說：

> 這些人物、情節有百分之六十是真實的，因為在戰火的摧殘下，我周圍很多朋友，他們的遭遇就是這樣，只是我加以小說化、戲劇化而已，這樣全書才有一貫性、完整性。而且如果情節全屬虛構，就缺少生命力，也比較難感動人。

其實造成安詠絮就是羅蘭的聯想，不是沒有原因的，因為她們有著太多相同的「學經歷」：河北寧河人、河北女師學院音樂系肄業、曾服務於天津電臺，抗戰勝利後不回塘沽老家或去南方，而隻身來臺灣……等等。

累積這麼多年的努力，其成績是被肯定的，除了中山文藝獎，民國 59 年還應美國國務院邀請訪問美國。

民國 61 年起又年年出書，而且一年不只一本，足見其創作力之旺盛，對於民國 8 年出生的她而言，已是半百之年了仍勤寫不輟，實令人敬佩。

民國 61 年出版了《訪美散記》，共 32 篇；《羅蘭散文》第三輯，收有 33 篇作品。

民國 62 年，又出版了兩本書——一是《西風古道斜陽》，這是部長篇小說，寫的是在西化之後，有些傳統美德仍保存於鄉間。二是《現代天倫》

（散文第四輯），全書 28 篇，有〈孩子的畫與文〉、〈寂寞童心〉、〈現代父子〉等現代家庭倫理、親情的文章。

民國 63 年，出版《羅蘭小語》第三輯，收有〈為了快樂〉、〈關於命運〉、〈反省的限度〉和〈取與捨〉等。

民國 64 年，出版羅蘭散文第五輯《夏天組曲》，收錄 40 篇作品，其中長達八千字的〈金劍已沉埋〉是為英國「溫莎公爵」而寫。

《詩人之國》嶄露古典詩修養

民國 65 年，出版《詩人之國》，這是一本最具書香味的詩論書籍。作者也是出版者羅蘭，把《詩人之國》打扮得純中國味，以線裝書面貌上市：紅色的仿絹圖紋封面、黑色題字、白線穿過四個孔；書頁上印上線裝書的頁框。

這本《詩人之國》是羅蘭編的詩選，更是羅蘭浸淫中國古典詩多年，涵蘊而成的珍珠。她喜愛的中國詩有六種境界：禪境與幽隱、漁父與江海、飄逸與豁達、悠閒的晚年、詩人與田園、詩酒樂天真等，並在每一類型詩選前附有一篇談論詩中境界的散文。此外，書前有〈我國的詩人哲學與現代人生〉序文；書後以〈詩國與詩教〉一文總結。

《詩人之國》不僅僅是羅蘭寫散文、小說之外的第三隻手──論詩，正確地說，其實是羅蘭的人生哲學的體現。她最欣賞蘇東坡、辛棄疾、陸游、朱敦儒四人的作品，因為他們的詩詞教人「成固欣然、敗亦可喜」的人生態度。

民國 67 年，羅蘭又有兩本散文集問世。其一是《淡煙疏雨》，收有「日子的素描」系列小品，及有關日本與中華文化的散文；其二是《入世生涯》，收錄的是她自民國 58 年起在《婦女雜誌》撰寫的「現代生活」專欄 32 篇。

次年，她送給自己花甲之慶的生日禮物是赴美旅遊三個月，且發表「獨遊小記」散文，這一系列即於民國 70 年，由九歌出版社出版單行本。

在 69 年中，她自己印行了兩本特別的書。一本叫《「歌」與「春及花」》，羅蘭自稱爲「有聲的散文」，因爲書中有散文，還有歌譜、歌詞。散文記錄的是她的記事、憶述文章，而做爲書名的歌曲《「歌」與「春及花」》是她就讀河北女師時愛唱的歌，因爲這首歌「如此貼切的勾繪出那容納三千人而仍然寧靜寬朗的校園景色，和我們那年輕的日子。而襯托著那日子的，卻是許多動聽的歌聲，在校園的每一個角落，自在的飄颺。」「也用這些日子的記憶，來喚醒這些歌！但當它們逐篇展開在我的記憶中，卻發現它們也代表了從民國 20 至 26 年，那動盪大時代的一串餘音。」

另一本書名叫《一千個「你怎麼辦？」》，其內容應是廣播短劇，也算是極短篇，也可稱爲散文。如果過去二十多年中，你每個星期一晚上收聽警察廣播電臺「安全島」節目，一定對這句話「『你怎麼辦？』有獎徵答」十分熟悉，這個活動的動機原本是爲了增進社會大眾預防犯罪的能力和知識，而設計的一些危急萬分的劇情，向聽眾徵求答案。第二周由羅蘭整理歸納出最佳的答案。近年來這個活動的劇情問題，擴大至生活的各個層面。

試想每周一個題目，編寫、錄製成廣播短劇，有多累人！羅蘭竟然持續不斷地編撰、整理了二十多年、一千餘次「你怎麼辦？」，其恆心、毅力和智慧有多麼驚人，太不容易了。這本四百餘頁的選集，用來代表這節目單元的百分之一。這系列，是羅蘭花了二十多年青春和心力，一頁一頁慢慢寫成的，其寫作時間之長、作品發表先後間隔之平均，實在鮮有。

民國 70 年，羅蘭仍有兩本散文新著，除了九歌版的《獨遊小記》，另外是由世界文物出版社出版的《早起看人間》。

千手觀音・又談經濟・寫詩歌劇

這一年，羅蘭又開闢一個令人吃驚的專欄，在甫創刊的經濟專業雜誌《天下》，撰寫中國式的經濟、管理之道，如：〈從不屑言利到不恥言利〉、〈從三顧茅廬到自我推銷〉等有關傳統文化與現代生活整合的新觀念。足

見羅蘭走出中國古書、古詩詞；走過現代生活之後，而走出一套現代的、中國的人生哲學，和時代脈搏一起跳動，又能凌空看透時代脈搏的律動。

羅蘭的彩筆愈來愈多樣化，簡直成了千手觀音。民國 71 年，出版新文體著作——《濟公傳詩歌劇》，她好像滿偏愛濟公的，她就曾如此說過：

> 《濟公傳》，並不現代，但很有思想，內容敘述一和尚，他家庭非常富有，又年輕，但他不願在家做個公子哥兒，他要做個又髒又不守清規又玩世不恭的和尚，這就是濟公。他常以怪異手法路見不平濟世救人，卻又不守清規，又吃狗肉，我發覺這是本很有哲學意味的書，一個和尚或道士，標榜的教義是要濟世救人，發揮博愛的精神，可是你每天坐在寺裡念經，對世界有何益處呢？所以濟公要做個真正走入社會的和尚，實際去做，這本書真正寫出了中國人心裡的話，沒去看是無法了解的。

民國 72 年，這位以「小語」著稱的作者，才出版第四輯《羅蘭小語》，與第一輯相距 20 年；和第三輯也隔了 11 年。時空的物換星移，其內容也不大相同了，早期的「《羅蘭小語》思索的問題偏重於生活的體悟，及人生的啟示；第四輯《羅蘭小語》則以討論傳統中國文化之散文與現代生活小語為主。從篇名即可窺其端倪，早年的總是〈小悲哀不必悲哀〉、〈偷閒一遊〉、〈為了快樂〉、〈關於命運〉……等等；後期則是〈答問談道家〉、〈武俠小說中的武與俠〉、〈百川匯海溯源頭〉……等等。

羅蘭曾自述：「《羅蘭小語》是在發音室裡，麥克風前，或由於當日的感觸，或由於音樂的激動，所迴盪起的心情的片段及對人生世事的了悟。」（《羅蘭散文》第四輯前言，1973 年）但是《羅蘭小語》第四輯中的力作，想必是在書桌前埋首而成的。

青年作家黃武忠在析論〈羅蘭的散文風貌〉一文中指出三點特色：

「一、白話曲折：羅蘭的散文作品，相當白話，但也多能曲折盡意，這種特色在《羅蘭小語》中，更可令人感受到。」

「二、哲理簡明：羅蘭是一個沒脂粉氣的女作家，她不喜歡把內心的感受做太多的修飾，於是從生活中所孕育出的靈思，用文字表達出來，便成了簡明的哲理，一看就懂。」

「三、平和樂觀：讀羅蘭的散文，最令我感受到的是，鮮有悲痛哀傷，也少有感歎和抱怨，有的是樂觀進取和淬礪奮發的人生觀。」

最後黃武忠的結論是：「羅蘭的散文，從白話曲折、哲理簡明、平和樂觀中，建立了特色，形成獨樹一格的散文風貌。而這種獨特的風格，在她『特立獨行』的個性中，維繫了這麼多年，實在是難能可貴。」

此外，著名作家王鼎鈞也認為：「她是一位平和開朗的作家，其散文很少傷感，更不憤激，坦坦蕩蕩，風和日麗，而情趣盎然，此一風格，似無第二人。」

其實，在她走過的一甲子的歲月中，並非天天風和日麗，而她卻能「當我靜下來仔細想的時候，卻吃驚的發現，在記憶中竟找不出什麼值得一寫的痛苦和經驗。」若想學會她這種豁達的人生態度，應該好好地讀讀她所有的 26 本著作。

近兩年仍可常在報章雜誌上看到她的散文，似乎在風格上和過去不太一樣了，隱約中可讀到物換星移的滄桑與無奈，諸如寫燈、寫剛拆毀的老屋……。這些散文集成《生命之歌》一書，於民國 74 年 9 月，由洪範書店出版。她在序文道出這本集子的內涵是：「透露了對整個生命的感懷，與種種的無奈。」

或許，羅蘭也有傷感，但她確是個現代女性的典範，除了獨立、用功、上進、觀念新等等，她的人生經歷和對寫作、音樂和廣播的執著，數十年如一日的堅持，值得年輕的職業婦女效法。她，曾經為家庭和孩子，「回家」八年；出版第一本書時，已是 44「高齡」；今年 66 歲仍勤寫不輟；……這些歷程都可教面臨工作與家庭、事業和孩子抉擇的年輕媽媽借鏡，有助尋求解決自身問題的答案。

因此，我認為羅蘭的教育家身分勝於作家，因為她的小語、散文、專

欄和「安全島」、「『你怎麼辦？』有獎徵答」，一直不著痕跡地為青少年指點迷津，而不論她磁性的京片子，或平和樂觀的文字，都深具說服力、魅力十足，深深地打動青少年的心坎。

　　羅蘭不愧是近三十年來最具影響力的作家之一。

——選自鐘麗慧《織錦的手》

臺北：九歌出版社，1987 年 1 月

不再飄雪的春天

我知道的羅蘭

◎陳銘磻[*]

從 1940 年代開始，知道她聲音的人，要多過知道她的人。

在空洞的播音室裡，對著單調的麥克風主持「安全島」節目，她的廣播曾照拂無數心靈孤寂，以及把生命看成那麼迷茫、無助的多數青年。時而悽悽悵悵、幽幽靜靜，時而濃濃郁郁的音樂，加上她低沉有韻的談話聲，許多人就這樣日復一日度過電視機還未出現時，收音機旁，充滿希望的日子。得到一個可以期許自己的未來，壯懷思飛、靜裡乾坤的心境。

她一定明白，平靜的歲月中，仍然有人夜裡撫傷嗟歎。而平息那所不見的、分散在四處的聽眾的心傷、消極、苦悶，自是倚賴她那曠然自適的談話了；所以，她仍參破名利的守著一方小小播音室，直到如今。

她原名叫靳佩芬，自己則取了個廣播名字叫羅蘭，同時也沿用這個名字，做為她日後從事文藝創作的筆名。

知道她喜歡吃花生，卻未及到超級市場找尋著名的澎湖土豆，即一腳踩進她敦化南路的住家裡，我感到有些歉疚。

這是自去年年底，她害了場急性肝炎痊癒後，我第一次到她住處看她，總覺得兩手空空，很不好看，但想想，她必不會見怪，像她那種「脫卻儒冠換羽衣，管甚人間閒是非」的人，是不會錯把友情當功利的。

十年前，初識羅蘭時，難免擺脫不了她主持廣播節目，沉沉穩穩、冷眼自信的影子，然而，日後經常性介入她飄瀟的閒聊之中，久而久之，即

[*]作家，發表文章時為號角出版社發行人、《愛書人》雜誌社社長兼總編輯，現為臺北柯林頓補習班國中國小作文老師。

感染她沉穩之外自有熱情，自信之餘也有不苛求。

於是，我開始對這個曾經用聲音伴我成長的人，產生無可偏執的迷惑，廣播的羅蘭，音樂的羅蘭，寫小語、散文和小說的羅蘭，在《天下雜誌》暢談中國式經濟、金錢觀念的羅蘭，以及把生活秩序排得那麼緊、那麼忙的羅蘭，她到底該歸屬到哪一類創作者呢？

春花，原只是秋實裡的一則預言，我的迷惑，往往比實質走進她內心，更令人喜悅；因為，她的廣播早已教會我；友情是一條清澈的小溪。我對她的友誼，來自勤讀她每一則的小語，而我的歎息，則來自我讀過她小說後的熱切。

第一次見到羅蘭，是在大約十年前，那時我正隻身來到傳言中「可以有很好發展」的臺北工作，為了替工作的雜誌社採訪羅蘭，我幾乎有好些個晚上，未曾安然闔眼，心裡所想之盡是那個讓我感到莊重，不曾謀面，廣播裡的羅蘭，她曾經用她大地之母的聲音，把我從年少時的迷茫、暴躁、失落，引領到一個平和的生命邊岸，使我重拾叛逆後的寂然，一如穿過塵埃的細雨，開始學習豁達、明朗。

我想了許多自認還算得體，又富創見的問題，準備見著她時，可以與她暢談一番；不料，坐在她座落於敦化南路那一棟獨門獨院的樓房裡時，原先想問的題目，不知怎麼地，一下子都想不起來，腦子一片空白，慌張之餘，信口告訴她，我在高中時曾經給她寫過一封信。

「寫些什麼？我怎麼都不記得了。」她笑著說。

她當然不記得了。每天要面對許多聽眾給她去信所提的複雜問題，她不記得我的名字和信裡的問題，甚至忘卻怎麼回覆我的問題，都是必然現象。

我沒有因為她記不起——我想像中她應當記得有我這麼個人——而稍稍感到納悶，反而因為她「真實的自然回答」，愈加覺得她的樸實、可愛。於是，不厭其煩地把為什麼要寫信給她，以及她回信的內容，一清二楚說給她聽。

　　她很有耐心聽我從頭說起，倒叫我感到悒悒不安，明明說著是要來採訪，卻變成閒聊，我真擔心回雜誌社後，交不出訪問稿來。

　　臨走時，她送了本親筆簽名的《飄雪的春天》。

　　果然，回到雜誌社以及那一晚，我寫不出任何有關她的訪問記，卻是和著淚水，一夜未眠把《飄雪的春天》，將近七百頁的小說，讀了三分之二。

　　我不明白，安詠絮的內心，其實也熱切愛著田宏，為什麼總要一步退讓一步？而將那份深情悄悄擴散、推遠、消逝。

　　我不明白，為什麼在經歷過那樣一個淒厲的戰事以及一段被揉碎了的青春之夢後，安詠絮原來可以重享一份雜亂之後的幸福，她偏動搖了對前途的信念，並感到自己的可笑與愚昧。

　　田宏與安詠絮是這部長篇小說的男女主角，我在那一夜之間，完全走進他們所屬的「夢的淪陷，愛的淪陷，前途的淪陷」的震撼年代裡。

　　一連好些天，我僅憑恃過去從《羅蘭散文》篇章中的認知，把安詠絮硬是聯想為羅蘭。

　　這種想法，其實是最愚蠢不過了，安詠絮是不是羅蘭的化身，實在不能單從塘沽、河北女師、天津電臺等書中出現的景象，企圖強行去印證羅蘭身分證上記載的河北寧河人，河北女師學院音樂系肄業，曾服務於天津電臺的事實，而一味在後來的日子中，有意無意的希望從跟她的談話，知曉任何她成長背景的端倪。

　　她並不忌諱談論那本書裡所描述的「在淪陷區的泥淖裡掙扎過的無辜的靈魂」，或者「安詠絮」的弟弟小建邦的種種可愛，一旦涉及到田宏與安詠絮那段淒厲的，似夢魘的愛情時，她總是慵懶的跳離悽傷時空，把「那種想像」還給我這個讀者，要我自己去思索、去胡思亂想。

　　所以，我的迷惑又多了個──感情的羅蘭。

　　她曾在一篇談感情的散文中，澈底表露了她近年來對愛情、感情的看法。她說：「為了做個像樣的現代人，總得先把感情密封起來，才可做得勇

敢些，也俐落些。」她認為，愛情是一道彩虹，是滿天繁星，是一串串華麗的豎琴上的旋律，你傾慕，極想擁有與投身其中，但是，你只好承認，最好是讓它們永遠停留在虛無飄渺，才會有那麼永恆的美麗。

她說，她不否定愛情，她只是對愛情有些悲觀而已。

我在她所寫的小說中，感受到她談論的那種「悲觀」；這也許是她個人在感情上「受傷」後的「覺醒」？

她說：感情偏就是這麼一種「什麼也捨不得」的心情。現代人要的是一揮手，不顧而去的那份決絕。為避免我那容易感動的心時常受到傷害。我學了很久，才剛剛學到一點可以保護自己的冷硬，一時真不知如何再回過頭來，打開心的防禦，重新向自己索取感情。

人間情，竟真是那樣一種不肯被擁有的東西嗎？

《飄雪的春天》裡的安詠絮，幾乎「不講」愛情，她正是羅蘭在散文集裡所說那種「獨來獨往，我行我素，感情在心中生存」的人。讀者在讀這本書時，內心都可能澎湃著一份期許她能和田宏結合的祈望，他們真是天造地設的一對，他們有的是良緣、機會。然而，安詠絮卻執著於為保存無與倫比的動心與完美，不願將愛情降落到現實，最後選擇坐船隻身到臺灣。那樣堅決，那樣毫不回顧的揚棄過去，而把震撼、災難、創傷、被剝奪的幸福的夢魘，交給羅蘭苦著、擔著。

安詠絮何其莫可奈何。

羅蘭卻在纏繞著這樣一段蛛網塵封的往事裡，一筆筆記錄著這本自傳體的小說創作後，一度深深地凍結自己的感情，且說：「我怕自己的感情早已痛恨我的自命前進，放棄原則，決心永遠離我而去。」

淡然往往比實際上的獲得，更易使羅蘭滿足。她的淚來自她的無可動情，她的心傷來自她的剛強，而她的無奈，卻來自無可挽回的歲月。

於是，你無須強求她，得老老實實的表白，田宏到底是誰？他還活著嗎？年輕時的靳佩芬曾有過愛情之美嗎？安詠絮還活在她心中嗎？

在她的小說裡，她已說明白了。

　　《飄雪的春天》裡，多情卻又剛毅的安詠絮；《綠色小屋》裡，浪漫又瀟然的陳綠芬；《西風古道斜陽》裡，善良又無辜的小七；《花晨集》裡，眼睛經常燃燒著愛情與痛苦的葉澐，無一不是羅蘭遞傳她心中情與愛的重要角色。卻是這些角色的命運，又幾乎全籠罩在羅蘭「一個人，為怕失望而不欲付出感情，固然是懦弱；但能因此而索性獨往獨來，不求任何人的關切，豈不也是一份堅強？」的強烈觀念裡。

　　安詠絮如是，靳佩芬如是，羅蘭亦如是，那麼，凡人也就不必深究現實生活中，她感情生活的一面了。

　　跟她一塊走路，是件極麻煩的事，在街市，她不善於悠遊閒逛，走起路來健步如飛，光聽她迅捷的步履聲，不由得讓人佩服她那經由獨立的生活，培育出來的積極、不眷戀的性格。

　　民國八年出生的人，竟比我這民國 40 年出生的人，腳步沉穩、超前。

　　她喜歡走路，也喜歡旅行，對鞋子的要求自然格外矜持，通常她會把鞋子當成一件件藝品那樣欣賞；因為喜歡鞋，對鞋也就有她自創的形容詞，她欣賞高跟鞋的玲瓏、平跟鞋的俏麗、黑鞋的高雅、黃鞋的別緻、白鞋的輕盈、紋皮的雋永、漆皮的鋒芒、薄底的靈便、厚底的溫柔。

　　她真能形容，至少，到目前為止，我還沒見過像她這麼喜歡鞋、在乎鞋的人，無怪乎跟她一塊走在街上，她那堅實細緻的鞋子，都會給她帶來某種程度的自信與勇敢。

　　這種一逕向前走的性格，除了應證她處事剛毅之外，是否也牽連她喜歡獨遊的成因呢？

　　她一逕獨立、獨行慣了，年輕時，北方戰事爆發，她和失業的父親、一群弟妹生活在租借區，又以大姊身分支撐家計，戰事使她荒廢學業，也淪陷了一段原本可以美好的感情；而當抗日戰事勝利後，她卻悄然的，帶著滿懷傷感，一個人從大沽口搭乘小客輪來到臺灣。

　　難道她相信自己真能夠獨立去處理包括離家、獨行等的心情嗎？她並不覺得自己是一個絕頂聰明的人，但不知怎麼，她就這樣一個人到臺灣，

主持廣播節目、寫文章，一時之間，成為知名的播音人、作家。

　　獨立的個性，獨行中沉思，豐富了她到臺灣三十多年的人生體嘗，也豐富了「安全島」、《羅蘭小語》，進而撫慰許許多多成長中的人們的心靈。

　　這是她始料未及的，但她卻依舊選擇對大自然的愛，把那些盛名沉埋到不可知的遙遠世界裡。

　　她知道，灑脫是她這一生之中必然的性格。

　　她以前很喜歡寫信，不管是寫給聽眾、朋友，往往文情並茂，現在想收到這種信就難乎其難了，「為避免我那容易感動的心時常受到傷害」，她說。

　　於是，她把大部分時間放到寫作上。

　　她說，留在資料櫃裡，未整理、可以出版的書超過五、六冊以上。

　　讀過她的書的人，都知道她寫得一手好文章。那些暢銷的小語、散文，卻也同時掩蓋了她在小說、詩詞上的才華；一部李翰祥導演，改編自《花晨集》裡，她同名的小說〈冬暖〉的電影，雖然沒讓她和那些知名的「小說劇作家」一樣受到注意，卻也讓她的讀者在那段期間，發現她在小說創作的獨特風格，尤其，《飄雪的春天》這部長篇小說在 1960 年間的《中國時報》連載時，愈加引起廣大讀者的側目，許多人這樣說著：羅蘭不止能寫勵志的小語，也會寫小說呀！

　　而今，當她從小說創作，深入到中國古典詩詞研究，出版《詩人之國》後，她創作的生命歷程，已然達到快樂境地。

　　她說：現代人已經太聰明，他們需要一種真正能夠說服他們的東西，需要一種通得過理智分析的誠服。換句話說，儘管他們需要心靈上的依歸，但這依歸在宗教之外，還必須另有屬於哲學的一份。

　　她所謂的那份哲學，即是歷來中國知識分子的生活態度。

　　由是，她愛道家的「為而不爭」；這點，跟她對名利事業的淡泊看法是接近的。譬如，她出版的書，在書市一直有相當程度的銷售量，只要她肯跟隨時下出版品的經營方式，稍稍推動，即可大獲利益；然而，抱著「並

不求其不朽」觀念的她，卻只爲自己能出版自己的書，即感到快慰，於是，她兒子的家，便成了她的書庫。

她卻說，沒關係，慢慢銷，反正要的人自然會找上門的。

她的矜持，有時是很令人擔心的。

好了，你真認爲她不識經營理念嗎？

遍讀古籍的羅蘭，竟在《天下雜誌》開起專欄，談她所謂的「中國式商業」、「中國式市場」、「中國式品質」，她的這些觀點，自是屬於「羅氏」的中國經營概念。她認爲：「商業念頭」之令人沮喪，就是因爲它在無形之中給精神品質帶來了破壞。它使美麗的理想受到譏嘲，給做事者的熱情澆下冷水，醜化了夢想，造成了懷疑，俗化了事情原有的境界，使它由純潔的追求一個崇高的目標降級爲「有利可圖就好」。

她思想理路恆常是清楚的。那麼，不論她願不願意全心投入「銷售策略」中；和她談話，會不會從過去「我醉君復樂，陶然共忘機」的詩情畫意，變成「商業品質」的聚論——這些，忽然間變得很不重要。

羅蘭原不該只是屬於「小語」的，在她縱情詩詞，放眼天下之間，她的才情與認知是多樣而凝聚的。

你只能說，她是用功的。

一場急性肝炎，絲毫不損她豪情萬丈的個性，她知道，不論那場要命的肝炎，給她的精神帶來何等重大的撼動，她仍一逕「羅蘭本色」，把每天的「工作」排得滿滿，寫作、上街、寫廣播稿、進播音室、聽音樂會、和朋友喝下午茶或晚茶……。

她把感情生活寄託到更多事物之上。

這是她唯一能滿足、信任的。

也因此，更能夠嗅到她從工作中、聊天裡散發出來的風韻與智慧。

只是，我始終懷疑，這個把同樣工作，做了近四十年歲月的人，爲什麼不停止匆忙，讓身體與精神，得到休息，然後，好好地再去看看山、探探水，追逐那老愛跟著她旅行的雲，清享匆忙後的寧靜。

每一次到她家裡做客，我總想告訴她這些話，但又怕她會回答：「你認為我老了嗎？」

其實，縱然我把這些話一五一十說出，她除了會回以微笑之外，必定我行我素如昔。她是屬於時間的勇者。

她很能播音，卻極端不喜歡演講，所以許多學校社團邀她演講，常碰個「釘子」。

她比較喜歡和年輕的朋友聚在一起談蘇東坡，說林語堂；唯獨不喜歡一個人站在臺前，面對聽講者「訓話」、說理論；她說，她的廣播談話，已經說了太多這類的「訓話」了，演講會使她渾身難受，不自在。

她最最喜歡的，還是喝點酒，或品茗，與朋友聊天。

聊天，是很花時間的，她卻樂此不疲。

如果不是她在《聯合報》副刊寫了一篇民國八年出生的人遭逢的種種經歷、浩劫，單從外表，絕無法信服，羅蘭已經 66 了。

66，代表她人生歷練的精華。

兒子任職廣告公司，也為她的書設計封面，兩個女兒分別隨夫婿定居美國、印度，敦化南路只剩下她和甫自「法新社」退休的先生。

這樣的家居，顯然冷清。

有時候想想，再如何能幹，她一定也有屬於「人」的弱點，像寂寞、感傷、莫可奈何——不知道她是如何處理的。

偶爾留心她頭髮的內層，竟也發覺泛出一片白絲，唉，歲月總是這樣，不留人的回憶，反留下一些成長的痕跡。

你若再仔細端詳她的五官、談話時的風采，必驚覺於她的風韻十分迷人。

她的臉孔，刻畫著豐盈的人生經驗。

她的儀表，顯露著中國女性特有的嫻淑、端莊。

她的聲音，如此深沉的把人帶領到一個平和的世界。

她的穿著，有一股無可名狀的魅力——透過樸實色彩，洋溢出來的高

雅。

　　她的內在，恰如詩詞般，美則美矣，卻不好解；不好解，不如不解，反覺深得其實。

　　由是，我倒深刻體會，過去的羅蘭，除了戰事、感情，給予她一次又一次的震擊，這些年來，她從音樂中得到的快樂，旅遊中獲致的生活體驗，以及涵養中國古籍裡的哲學世界，都讓她因了解人情世故，而對自己多了一點自信，也更能用寬恕的態度去看人事物了。

　　這種由豐富的內在，外鑠到她的談笑風生，形成了她吸引人的特殊風貌。

　　古人說：香令人幽，酒令人遠，茶令人爽，琴令人寂，竹令人冷，花令人韻，石令人雋，而羅蘭，令人曠達。

　　如果過度把她當成一個生活目標的指引者，或是精神領域的支柱者，對她而言，顯然並非她真正的知音。

　　她仍是人，一介女子、廣播工作者、文藝創作者；如果你能從她的聲音、文字找到任何一點知音，那也是一種友情。

　　五月初，我約她在「國聯」喝下午茶，我們像往常那樣不著邊際的閒聊，她談她的子女，談她的書，以及一些過去。我根本沒一點她所謂「我近來的無情，是因為一種現代意識」的感覺；也無所謂她「愛情與同情、與謙虛，都是落伍的」的強烈印象。

　　我知道，她在書裡的一些「感情的話」是暫時的，雖然，她的感情曾遭受那樣深的重擊，但她的明朗早已告訴我，一切都將飄然而逝。

　　我從不懷疑她在處理友情方面，深切的感性；也不懷疑 66 年來，她一直朝前而行的那一份樂觀。

　　她畢竟是個女人，每一次談到《飄雪的春天》裡的塘沽，安詠絮的父親安世祺，那個如此矜持於生命意義、剛毅人格的老人，早已去世……

　　每一次談到她的感情……，她的回顧，她強忍的淚水，彷彿不是她在文章裡強調的「無情可抒」。

當她看見她爲我證婚時的那個新娘子，抱著小孩，進入「國聯」時，忙從皮包裡取出一個「紅包」，她一時找不著紅袋子，率性的取出口紅，在白色的信封上寫著：「子平百歲」，口裡直唸著：這是我們老家的習俗，第一次見面，總要這樣的……。

然後，直逗著小孩說：「陳子平笑得多開心，笑得多有希望，多麼樂觀。」

小孩子不笑時，她又說：「陳子平，妳是不是在想上一輩子的事啊？很奇怪吧！怎麼突然跑到這個世界來？怎麼手變得那麼小啊！」

唉，唉！一輩子了，她耗去如許長久的光陰，引領許多人精神、心靈，積極的成長，她讓她的聽眾、讀者感到活著仍然充滿希望，感到天地有情。

而她的情呢？

安世祺何在？小建邦，這個戀著航海的安詠絮的小弟，不知道他的夢實現了沒有？

無涯的大海，無情的歲月，讓上一代的悲劇，流到空空洞洞、不能想不敢想的回憶裡。

春天爲什麼要飄著雪？

如果讓春天發滿綠油的新芽，那該多好！

她說，《飄雪的春天》的故事還沒結束，她打算再續。

那麼，讀者期待的安詠絮，但願不必再去重踏春雪。

臺灣的春天，和風煦人，安詠絮，請不要再苦了自己。

歲月，總是這樣。

我們眼裡的羅蘭

朱旭（羅蘭的兒子）：

小時候她常帶我們出去郊遊、唱歌，她的歌聲不錯，也很特別。

長大後，竟感覺沒法子像小時候那麼親近她，一方面她忙，一方面我

又覺得自己長大了，不能再像小時候一樣向她撒嬌，也就不很了解她；我只清楚的記得，年輕時她是個堅強的女性，現在反而膽小了些。

我曾經告訴過她，在我印象中，她只會藝術、廣播、寫作，不會做家事；我同時玩笑似地跟她說，將來長大後，我一定要找個會做菜，會算帳的老婆。

她是真能寫文章，有一段時間，我幾乎經常看見她專注的在書桌前塗塗寫寫；她書也出版很多，但我讀的有限；我要的是她當面、直接給我的觀念，她的書是寫給別人讀的。因為，如果我無法從她口中得到我想知道的，在她書裡頭也一定找不著。

在我成長過程中，她很努力的幫助我，也使我的生活得到安定；雖然不盡能了解她，她仍是很特別的母親，我非常喜歡她。

朱麗（羅蘭的長女）：

從小我就在瀰漫著藝術氣氛的家裡長大，因為我有個喜歡文學、音樂，又懂得生活情調的媽媽，記憶中，她在有了我們三個兄妹後，還會穿著洋裝、戴著草帽，帶我們去遊山玩水，酷似一個天真浪漫的大孩子。

她是個很有靈思的人，那怕一花一草，一木一石，都能觸動她的靈感，製作「安全島」時，她從不需事先做準備，只要選一段音樂，隨著樂曲，許多智言雋語就在她口中流出。

她一直很忙，忙著寫作、廣播、應酬、旅遊。有時候，在忙過一整天回到家以後，她會坐在沙發上，自言自語地說：我好像什麼都沒做。

其實，我從小就看她每天一早忙到晚，也時常聽她反覆地說著什麼都沒做。

她是個有趣的媽媽。

朱華（羅蘭的次女）：

她是個很有藝術家浪漫氣質的人，有時候很容易了解，有時候卻又不知道她想什麼。

王鼎鈞（作家）：

她是一位平和開朗的作家，其散文很少傷感，更不憤激，坦坦蕩蕩，風和日麗，而情趣盎然，此一風格，似無第二人。

王榮文（遠流出版公司負責人）：

她的理想一直在關心年輕人，關心社會。很多人在人生的道路上摸索了一段時間，通常會找幾樣東西做為定點，而在人生的過程做努力的指標；我以為，在同樣的時間內，專心的做一件事，成功一定會比別人快的，羅蘭便是這樣的一種人。

從她的談話、讀書，她的工作、待人，可以感覺到她是用功的、認真的、熱情的，她的理想且是一貫的，她的節目和談話，往往明顯的散發出她是真情地在指引人往何處去？年輕人應當如何建立自己？我們的社會要怎樣做，才能更好更進步。總之，她是一個很實際、很踏實的人。

趙紹卿（羅蘭河北女師的同學）：

我高小靳一屆，住同一間寢室，她是鄉下來的女孩，淳樸、懂事。

我們在臺灣相聚後，有一天我打電話到她家，是她先生朱永丹接的，他說她不在家，我一點也不失望；我很習慣她了，她老不在家、老愛跑、老愛吃零嘴。

今年四月（1985年），我們河北女師召開在臺同學會，大家都正襟危坐的聊著，只有她一人習慣性伸手去拿桌上的零嘴，我知道她愛吃，便喝道：別吃；她嚇著，忙放下手中的零嘴，我太了解她了，便說：「吃嘛！沒關係！」

她還有一個特長：別人都忘了的校歌，她竟然能在同學會中，把兩首校歌唱全。

黃武忠（作家、《幼獅月刊》編輯）：

她的作品給我最直接的感覺是溫馨的，也可以看出她樂觀的人生態度；相對的，讀她的作品也是一種快樂。

林文義（作家）：

她是個古典式的人，古典中又有前進的思想，可以想見她年輕時，必

定很爽朗。

她的古典則是充滿母性，這和她的文章、聲音一樣，給人安定的力量。

她不是閃爍型的人，文章也不是大談道理，她不會教人做個偉大的人，她的作品、廣播，明明白白的告訴我們，好好的做個人，做個有尊嚴的人。

小沈（教師、作家）：

那段收音機旁，「安全島」的時光不僅伴度了我的少年生涯，也播下了智慧的種子，對我日後成長的過程實有很大的影響力量。如果說我懂得享受人生之喜樂，忍受人生之痛苦，那些自小所累積的智慧是我最得力的嚮導。

吳榮斌（文經出版公司負責人）：

以傳統的中國精神與智慧，融合現代文明精神，羅蘭總不落俗套、也不過分前進地提示現代人適切的腳步。她的作品，字裡行間所透露出來的，猶如「安全島」的亮光——明晰而不刺眼，正好照亮那些需要生命亮光的行人。

羅蘭著作一覽表

1.《羅蘭小語》第一輯
2.《羅蘭小語》第二輯
3.《羅蘭小語》第三輯（成功的兩翼）
4.《羅蘭散文》第一輯
5.《羅蘭散文》第二輯
6.《羅蘭散文》第三輯
7.《羅蘭散文》第四輯（現代天倫）
8.《羅蘭散文》第五輯（夏天組曲）
9.《羅蘭小說》（短篇小說）

10.《花晨集》（短篇小說）

11.《綠色小屋》（長篇小說）

12.《西風古道斜陽》（長篇小說）

13.《給青年們》

14.《生活漫談》

15.《飄雪的春天》（長篇小說）

16.《訪美散記》

17.《詩人之國》（羅蘭詩話）

18.《羅蘭散文》第六輯（淡煙疏雨）

19.《羅蘭散文》第七輯（入世生涯）

20.《「歌」與「春及花」》（有聲的散文）

21.《一千個「你怎麼辦？」》

22.《獨遊小記》

23.《早起看人間》

24.《濟公傳詩歌劇》

25.《羅蘭小語》第四輯（為了欣賞為了愛）

——選自《新書月刊》第 21 期，1985 年 6 月

「屬於秋天」的作家
羅蘭

◎盛英[*]

　　1991 年 10 月，北京金秋日子，我和羅蘭在「海峽兩岸婦女讀物和婦女形象研討會」上相識。後來，我陸續讀到由她和她妹妹靳芳女士從臺灣、從北京寄來的書。在書裡，我發現羅蘭對秋日秋雨自有一股激情。我倆也斷斷續續通信，在信裡，我感受到羅蘭秋水般柔和的透明度。長篇小說《飄雪的春天》男主人公田宏曾稱女主人公安詠絮是個「屬於秋天」的女孩子，其實，詠絮正是羅蘭——當時情竇待開的少女靳佩芬。羅蘭不僅明淨、淡雅，自 39 歲走上文學之路起，那充滿了詩情畫意、洋溢著哲理的作品更顯露了她那「秋」一般的成熟、豐碩、安祥和灑脫。她還應是個「屬於秋天」的女作家。我敬重這樣的作家。

一

　　羅蘭首先是位願寫、善寫自傳的作家。記得英國女作家維吉妮亞‧吳爾芙（Virginia Woolf）於 1936 年曾對冰心說：「你應該寫一本自傳」，冰心回答她：「我們中國人沒有寫自傳的風習，而且關於我自己也沒有什麼可寫的」（冰心《我的故鄉》）。在中國文學裡，作家爲他人立傳的傳記文學比較發達，而作家將自己做爲「傳主」者確實不多。「五四」後，以「自敘傳」形式呈現作家自身心靈波瀾和火花的作品多起來了，但卻常常是片斷的、分散的；有的尚需研究家們細心地將他或她不同時期的篇章連綴起來，才

[*]天津作家協會研究員。

能形成他或她的生活史與心靈史。我讀到羅蘭四百餘萬字作品，包括小語、散文、小說、詩話、歌劇、遊記、信箱等，其中大部分作品也是這種情況：時而展開她對音樂的幻想，時而抒寫她對父親的戀父情結，時而描敘她舒心的中學生活，時而坦露她婚後對丈夫的不適應，時而宣揚她熱衷的道家學說，時而歌吟她偏於傳統的婚戀觀……這些自敘性文字同樣未能有序地鋪陳出她人生路途和心路歷程。然而，在我看來，恰恰是晚近才面世的長篇文學回憶錄「歲月沉沙三部曲」（1995 年）和 1970 年代初出版的長篇小說《飄雪的春天》，才較爲完整地構成了羅蘭的自傳體文學。它們既寫出羅蘭自我，又爲時代提供了可資借鑒的史料。

　　《飄雪的春天》專寫八年抗戰時期，羅蘭在天津淪陷區生活的真實情景。女主人公詠絮（即靳佩芬）原先已準備跟隨戀人田宏奔赴大後方投身抗日洪流，但妹妹詠荷（即羅蘭三妹靳芳女士）突然身患傷寒處於危險之中。爲看護奄奄一息的妹妹，在家充當「小母親」角色的詠絮毅然留下，割捨掉銘心於終生的愛情。詠絮的母親早亡，她身後有一大群弟弟妹妹。爲幫助弟弟妹妹們繼續上學，爲幫助父親挑起戰亂時期全家人的生計重擔，她又不得不放棄學業，離開已經叩開了的大學之門。詠絮先在一所小學教了八年音樂，後到廣播電臺尋到一份差使。就是在廣播電臺，她又遭遇上一場人生戲劇，一位有婦之夫企圖闖入她的生活。詠絮曾經因寂寞而迷茫，但當她發現這種有罪的「愛情」，只能給另一個女人帶來痛苦時，她嘎然停住了它。該著在主寫愛情浪漫曲的時候，也透露了當時天津淪陷區的民風民情和民心；天災（大水災）人禍（戰爭）沒有把天津人民征服，愛國歌聲通過廣播電臺傳向上空，震盪在大家心坎上。羅蘭在爲《天津文史資料選輯》撰寫的文章〈世紀滄桑──一生瑣憶〉中提到，《飄雪的春天》雖爲小說，但「大部分都很真實」，自己是「用了全部真實的感情」寫的。確實是這樣，這是一部敷衍「戰爭的災難」和「平靜的災難」如何侵擾、剝奪、消蝕一個青年青春和靈魂的自傳體小說。羅蘭自 19 到 28 歲在戰火中陷入「感情、學業、事業、家庭」四大皆空的境地，她渴望補償，

渴求實現自我。小說正是在詠絮「不怕從頭開始」期盼黎明，南行海輪飄向無涯大海中結束。

「歲月沉沙三部曲」是羅蘭用惆悵而又安恬的心情讓自己「再活了一次」後，歷時五年時間才完成的長篇回憶錄。由《薊運河畔》、《蒼茫雲海》和《風雨歸舟》三部分組成。在臺灣被譽爲「大時代的三部曲」。維吉妮亞‧吳爾芙在對冰心談寫「自傳」意義時說過：「我倒不是要你寫自己，而是要你把自己做爲線索，把當地的一些社會現象貫穿起來，即使是關於個人的一些事情，也可做爲後人參考的史料」。「歲月沉沙三部曲」雖非最傑出的自傳體文學，但這些要求倒是符合的。

第一部《薊運河畔》。作者從靳家祖輩由浙江紹興遷居北方，成爲蘆臺首富寫起，著力鋪陳父親靳東山如何在實業家范旭東先生領導下，一起開創中國工業化先鋒企業——天津塘沽「久大精鹽」和「永利純鹼」的創業實績，從而有情有致地突現中國從古老農業社會向工業化社會邁進時的幅幅景觀。當時的靳佩芬在工廠附設的員工子弟小學上學，沐浴於現代精神之中。小學畢業後，她離家去天津，在校風溫良而開明的河北女師完成中等師範教育。1919 至 1948 年的歲歲月月給靳佩芬以深刻影響。老家薊運河「天與一輪釣線，領煙波千億」的道家畫面和後花園的花木昆蟲，培育了她日後喜好大自然、不怕獨處的個性；父親和「久大精鹽」所代表的中國工業化初期的那種明朗、朝氣和樸實的風尚，爲她日後所形成的社會理想提供了雛型；而河北女師的校風以及「因才施教」的教育原則，則更使她受惠一生。

第二部《蒼茫雲海》。1948 年，靳佩芬在沒有任何背景的情況下隻身來到臺灣。作者對臺灣生活鋪排，竟然只用精約文辭點染她如何由靳佩芬變爲廣播電臺節目主持人兼作家羅蘭的經歷。她著意抒寫的是婚後的日常生活，丈夫的性格特徵，臺灣進入工商社會後的世風人情，以及她 1970 年代初訪美和西歐等十幾個國家之後對中國傳統文化更進一步的關注和傾情。丈夫幾次動員羅蘭移民，她卻因夢的啓示而堅持不變國籍。「無欲而

剛」的羅蘭跳動著一顆由中國文化凝結成的中國心。

第三部《風雨歸舟》。羅蘭真實地記錄她十次返回大陸探親和參加文化交流活動的見聞與思索。此時,千里迢迢、一路風塵的羅蘭,被故土故鄉故人激活了靈感。她先刻寫來大陸前融化幾十年冰凍感情時的傷痛,爾後,蘆臺、塘沽、天津又一次深情地湧於筆端,鄉情濃濃,作者把自己於父親在天之靈前的跪拜、對癡呆了的二弟的憐惜、同親弟弟親妹妹在北戴河的相聚、以及在大連同舅父的邂逅,都做了細緻的描敘,沉沉的滄桑感令人動容和感歎。此時,思緒綿綿、懷舊懷鄉的羅蘭還迎著過於巨大的「中國」命題,敘述了自己的夢——維護古代傳統的情義,修正頹敗了的文明,尋回一個既工業化但要避免「西方式」汙染,既現代化但同時要閃爍古老文明光輝的中國。羅蘭認為自己寫書寫自傳,是為了「讓這個世界了解我們這一世代中國人的悲劇」。她寫的正是這個尋夢不得、尋夢未遂的悲愴。

羅蘭在「歲月沉沙三部曲」裡所提的社會理想,是值得回味的。英國歷史學家湯因比在對西方工業化道路進行反思後,把世界未來的希望寄情於中國。他提出在「農業模式」基礎上發展工業,保持農工平衡的第三條道路的社會發展模式,曾轟動西方和亞洲。今天,羅蘭基於排解不開的田園情緒、天津情結,以及對臺灣工商社會新舊雜處的銘心體驗,她反對中國走「西化」道路;自走訪美國、歐洲、日本、印度等國家後,東西方文化的碰撞觸動了她;美國青年「東方熱」的潮流感染著她;她竭力推崇道家哲學、道家情調,願將其融化在自己農工平衡的理想之中。羅蘭的中國夢與湯因比的中國模式可謂英雄所見略同。不管你對羅蘭在自傳體文學中提供的這個社會理想有什麼看法,我認為她的提供是一種文化性的提供,在社會文化發展長河裡自有它存在的價值。何況,羅蘭的真誠是勿庸置疑的。

當然,自傳體文學用大散文形式營構並非易事。「歲月沉沙三部曲」在寫法上也未能充分做到形散而神不散。作者限於文化思考力低於文化想像

力的態勢，也較難將自己切身的人生體驗頗有深度地凝聚於自己的理想中去。因而，作品的社會震撼力和輻射力可能未能達到她所期待的效果。

二

　　「羅蘭熱」在大陸方興未艾。羅蘭以她獨特的方式弘揚祖國傳統文化，賦予人生熱戰中的人們以清涼和智慧。《羅蘭小語》、《羅蘭散文》、《羅蘭信箱》和《詩人之國》等作品，無不以儒道互補之論和當世之愛，調適著轉型時期人們的心緒。她溫潤流麗的語言世界慰勉著因奔逐、因競爭、因物欲主義膨脹、因金錢至上如潮而變得傾斜失態的人們，使他們的心理得以超脫、平衡和提升。

　　現在，很多人知道《羅蘭小語》是羅蘭爲一家廣播電臺主持音樂節目時，根據選播的音樂所插播的人生短句和短文。這個題名爲「安全島」的節目堅持了 32 年之久（1958～1991 年），《羅蘭小語》也從 1963～1987 年出版了五輯之多。古人說：「人性皆有悟，必工夫不斷，悟頭始出。」（陸浮亭語，轉引自錢鍾書《談藝錄》）自幼喜愛大自然、古詩詞和音樂的羅蘭，當她這方面悟性，得到勤奮工作、豐富學養的浸濡後，自然會開闢出一方天地，展示她運用古人智慧於當今現實的妙語。羅蘭在〈答問談道家〉中說過，她喜愛道家思想始於幼年，老家寧河蘆臺的河流、小舟、蘆葦、田野始終給她以遼闊浩渺之想，使她極易沉醉於道家情調的古詩、古畫、蘆笛、漁歌之中，她自喻先天就有「幾分道家色彩」。其實，只要潛入羅蘭散文類作品，一座奪目的界標就會出現在眼前，即她訪西方世界歸返後，才自覺地進入唯有中國古代文化爲歸的創作新階段。美國青年癡迷於石濤《曠達圖》、取法於詩僧寒山子隱入深山等許多社會現象，使羅蘭逐漸體悟到中國老莊思想對於化解當前西方文明所出現的危機具有特殊意義。她感受著資源枯竭、環境汙染、性解放、老人問題、核武器等文明危機對大自然和人性的破損，西方青年的「東方熱」又使她體察到，中國古代文化於緩解、補救物質主義、效率主義、功利主義、享樂主義的氾濫存在著

極大的可能性。羅蘭最近在南京舉行的「世紀之交——世界華文文學研討會」上指出,「中國的偉大是來自一種平易自然,腳踏實地與世無爭的文化,和由這種文化所展現出來的沖穆平和的民族性。」而中國文化「可以幫助世界找回人類幸福的源頭」。可以說,羅蘭的散文類文字,正是她「化」中國古代文化爲世俗人文精神,推動人們邁向和平、安寧、幸福、進步的一曲中國文化贊歌。這個特徵是令人矚目的。

羅蘭人生散文的哲理名言是「以出世的精神做入世的事業」。圍繞這個核心,輻射的人生之道爲:「成功之道」與「快樂之道」爲一「圓」,「財富之道」和「文化之道」爲一「圓」,「待人之道」和「自處之道」爲一「圓」。我國先哲論道均「以圓爲象」,羅蘭今天談人生,讓「出世」、「入世」互動互補,以圓帶圓,形成滾動向前的圓輪,正可謂有思理有情趣,無圓不成。

羅蘭視事業和友情爲人生兩大樂趣。對於事業,她本人就很「入世」,爲工作廢寢忘食,投入其全部身心,講「誠」求「勤」。爲實現某個目標,她不僅不放棄可爭取的機會,還認真地把自己發動起來。她期望將自己天性、智慧、才能全部能發揮出來以有所建樹,得到社會的承認。當然,這裡的成功之道偏勝於人生價值的實現,同求權勢、圖虛名、謀錢財可謂風馬牛不相及。羅蘭說:「對成功兩字,不只崇敬表面與有形,而更著重內在與無形。」(《詩人之國》)因而,當她疏導青年們在人生之路上寂寞、無助、失望、灰心、苦悶、抑鬱、徬徨、恐懼等失敗情緒時,她總是首先給他們以勇氣和力量:告訴他們否極泰來、峰迴路轉事物轉化的道理,不以表面成毀爲喜憂的道理,希冀他們多一份銳氣、多一份衝力、多一份耐心、多一份不肯敗退的堅持,盼望他們增強彎而不折的韌性,埋頭耕耘的勤奮,以此去擺脫來自環境和來自內心的牽絆。她還總是以關懷爲懷,施予激烈競爭時代青年有爲而不爭、欣賞人生的快樂之道,幫助失敗者適應環境,度過難關;幫助成功者學會恬淡,進入人生另一勝景。

羅蘭愛說「儒家給我們力量,道家給我們境界」。她的快樂之道正是沿

著莊子「天地與我並生，萬物與我爲一」的「天人合一」境界而展開的。「宇宙是個生生不息的大生命，個體生命和宇宙大生命同流。」（陳鼓應語）既然人與宇宙同爲一體，人類便就有「仁人愛物」之天性（〈超然的人生境界〉）；既然個人的生死都只不過「是天地萬物大生命中的一次演化」，那麼對福禍得失、善惡是非何須執著不放，對自以爲影響成敗而引起的焦慮緊張事情又何足掛齒呢？（〈人生三大問題〉）天人合一的境界，當然是個順天道、超名利、超是非、超生死的境界，它能幫助個體突破小我的束縛，而使主體精神得到非同一般的超越和提升。

爲達到這個境界，羅蘭提示在征逐奔突中的人們採取老子的「不爭」哲學。她喜歡老子以水爲例的「柔而克剛」的道理：「天下莫柔弱於水，而攻堅強者莫之能勝」；「上善若水，水善利萬物而不爭」。人倘若學習水的柔而不爭，那麼，他一可以迂迴謙退，雖不爭卻善勝；二可以順天道，以博大飄逸心態去享受人生的天然之樂。

羅蘭還認爲要達到道家人生境界，重點在於欣賞。她把老莊的逍遙說、游心論通俗化爲欣賞人生的快樂之道——欣賞大自然、欣賞藝術、欣賞生活中美好的事物，也欣賞自己的苦樂和悲愁。她常說，人要善於「隨時騰身出來，置身世界之外，來看這世界」。當你能用置身事外的、欣賞的心緒來看待你苦樂的時候，當你借著筆墨抒寫你清寂、痛苦、煩惱、凄涼的時候，你就會從切身苦樂中跳將出來，獲得旁觀者的感覺，而憂愁不再鬱結，情感得到昇華，凄涼也變成了詩文、繪畫或樂曲。這時的你，緊張悲愁的情緒在欣賞中化解，胸襟和視野拓展開去，而享受到一種藝術創造的美感。（見〈超越的人生境界〉、〈四季小語〉、《蒼茫雲海》等）羅蘭在她的《信箱》裡，也不時地建議煩悶中的年輕人寫日記，其意也是希望他們通過自我宣洩式的文字讓自己快樂起來。羅蘭的欣賞人生說，以一種超功利的藝術眼光觀照萬事萬物，遊目騁懷，閱盡「天地有大美」，豈有不快樂哉。

在工商社會的臺灣，羅蘭談人生，當然要涉及財富。《羅蘭小語》第五

輯大部分篇什，在提醒人們對「利」的戒備，爲大陸編的散文選也以《財富與人生》命名（中國婦女出版社）。羅蘭並非完全地輕商，她承認商業爲臺灣經濟奠定了小康基礎；她也不籠而統之地不喜歡商人，對腹有詩書的儒商還算敬重。但，毋庸諱言，羅蘭頑強而執著地以「中國人不以財富論英雄」的觀點同工商社會逐利熱浪相爭辯。義利之爭中，她是絕對的保「義」派。其一，她視「濁富」爲隱患，指出「濁富」必致個人和社會以深遠傷害。在不辨義利的低級社會裡，品質低劣者對「利之所在，趨之若鶩」，他們以恥辱手段獲取財富，使整個社會陷入混亂汙穢、罪惡孳生和生活品味素質低下的狀況。其二，她期盼財富「厚殖」和文化「厚殖」並舉。當代「錢等於一切」的社會，金錢的誘惑力和汙染力正如野火般蔓延開來，倘若不當即予以教育，並配之以文化厚殖的話，下一代人必被邪風所裹，跌入深淵而不拔。平頭百姓也會因爲不知道錢多了怎麼花，或變得俗不可耐，或爲錢所累而失卻安全感、安隱態。羅蘭認爲一個社會假若不鼓勵商業文化，難免導致貧窮；但只鼓勵商業文化，必將因缺少精神內涵而風氣浮薄，人們也因迷醉逐利而消減爲社會作奉獻的熱情和動力。爲防備、補救文化上的偏失，調劑社會失衡，須推行高雅的文化之道。

　　《詩人之國》是羅蘭「文化之道」的集中表達。該詩話可看作是羅蘭的古詩詞的閱讀筆記。它一邊是詩選，專揀一些她喜歡的、能提供精神上幽靜和清涼，性靈上自由而適意的古詩詞入選；一邊則是詩話，由作者對入選者如陶淵明、王維、李白、蘇東坡、陸游、辛棄疾、朱敦儒、白樸、鄭板橋等的詩詞進行分類闡釋，歸納出古代知識分子既求聞達求建樹，又安淡泊、安清靜的生活態度。對此，羅蘭稱詩人們亦儒（入世的執著）、亦道（返歸自然）、亦釋（出世與空靈）的思想和人生態度，由優美詩篇表達後，就形成了一種頗有中國特色的人生哲學，可稱之爲「詩人哲學」。羅蘭推崇這樣的哲學。《詩人之國》的姊妹篇《濟公傳詩歌劇》，也是羅蘭推行她「文化之道」的作品，以濟公這個綜合僧、道、儒，不結財、不結怨的宗教形象進一步表述她的人生向度。羅蘭以爲，中國人商人喜歡在家裡掛

上一幅古畫，寫上一首古詩，並非屬附庸風雅，而是他們想從錢財的競逐
中解脫出來，降落下來，抬頭看看天外的閒情，以增添一份審美欣賞的愉
悅和自由。「嗜欲深者天機淺」。羅蘭期待人們多學點古代詩人的「詩人哲
學」和濟公救世濟人的貧僧之道，由文化之道來引導、調劑財富之道，使
中國之風不致衰微。中國應永遠以雍容沉穩的泱泱大國之姿態屹立於世
界。

　　羅蘭的待人之道既重修養，又任憑自然。這方面，她並不熱衷於宣揚
儒家的仁愛和寬恕，而在強調「真誠」待人的時候，更多進行對「世故」
的針砭，視「世故」為人類失卻赤誠之心精神衰老的表現。她的「小語」
裡，常常蹦出這樣的短句：「修養有益，世故有害。修養鼓勵我們，世故限
制我們。修養教人誠懇，世故教人虛偽。修養使人充實，世故使人空
虛。」話語雖明白淺顯，卻可以讓人當作待人處世的格言。羅蘭愛朋友，
但覺得友情是一種彼此的吸引，不必主動去企求，也宜保持一點距離，以
使其長久。她同一些女作家的相處似乎就是這樣。對新朋友沉櫻（著名小
說家、翻譯家）剛接觸時，就被她孩子般天真無邪的樣子激發起一份「閃
爍感」，於是羅蘭一直迷戀沉櫻。對有同窗之誼的張秀亞（著名散文家、河
北女師師姊、現在臺中），羅蘭就願同她書信來往敘舊又傳情，而不一定去
臺中表示親熱。

　　同待人之道相比，羅蘭的自處之道更豐富些。入世時，她要求自我
「深耕」，自尊自強，無助自助，厚蓄積養。出世時，她則不顧別人怎樣地
批評自己而移離人間擾攘，她愛獨自去旅遊，去田野，去大自然中，避開
世俗的牽絆，獲得一份難得的安逸和靜趣。羅蘭寫了不少去外國的遊記，
但竟然看不到那裡的名勝，卻依然是她愛抒寫的花木篇、雲雨篇。只有大
自然才能使她專氣致柔，洗除玄鑒。羅蘭把大自然做為自己生命的延長，
不僅喜歡在奔波跋涉後，到大自然懷抱裡去做一刻心靈的內省或感覺的回
顧；還願把自己生活「降落」到最單純的起點，尋覓真正的安適和自由，
在靜趣裡獲得一種返回本真的深刻。羅蘭曾經想在山上蓋一所小屋，以享

天年，不知那所「綠色小屋」落成沒有？

境由心造。羅蘭的人生之道，實際上是一個文化人探索高層次精神境界的求索之道。它有信仰有信念，風景絢爛，風貌智慧。但羅蘭的人生散文給人的印象布道成分似乎重了些，乏於文學大家對歷史、文明和人性的悲喜劇意識，思考的從容性和獨創性似不及她所推崇的林語堂先生等。此外，羅蘭較多地將自己以往生活連綿地參與到讀者的閱讀之中，難免造成一定的重複感。是不是這樣呢？

三

當西方社會性解放思潮湧入臺灣，當日本觀光客稱臺灣爲「男人的樂園」時，羅蘭憤怒了，羅蘭抗議了。羅蘭在臺灣向大學生做報告的題目，一般是一散文，二人生，三性、愛與婚姻。有關性、愛情、婚姻、家庭的文字，是她創作的重要組成部分。

羅蘭很重視性文明教育。她告誡青年別以爲談貞操就是落後觀念。第一，她從整治現代社會弊病出發，主張抵制「性」解放思潮。「性」開放的後續影響太壞，社會的糜爛、性病的蔓延、家庭的解體，青少年的迷失、頹廢和衰弱，以及整個人性的墮落。第二，她從青年價值觀念混亂的實際出發，希望年輕人在性的方面千萬別盲目「新潮」、「西化」，不管不顧地「婚前性行爲」，以致最後沒有勇氣和力量去承擔責任和後果。希望年輕人像保護心靈純潔一樣保護貞操，不要讓戀愛的美景扭曲，讓婚姻的幸福斷送。第三，她還從傳統的「笑貧不笑娼」的觀念出發，視性開放爲色情和墮落的同義詞而加以鞭撻。她把那些藉口爲了改善生活而出賣色相的女子視爲「社會之瘤」，希望她們承認對社會有愧，社會也須對她們負責。羅蘭的「性」論，大多從貞操問題談起，把它看作是未婚青年人格和幸福的一項保證。她的長篇小說《西風古道斜陽》（1973 年）就形象地透露了她的貞操觀。這是一個發生在 1940 年代北方鄉鎮的故事。七十多歲的紳士何三爺，從天津搞了個年僅 17 歲的大鼓藝人「小七」納爲妾，家裡掀起了軒然

大波。小說敘述人「我」是位當地小學教員，她對這位「小七」的看法很矛盾：既同情她的身世和善良本性，又感到小七賣藝又賣身，畢竟是風塵女子。當她得悉何家孫子二少爺也戀情於她時，更感氣憤，斥之「大逆不道」、「亂倫」。何三爺死後，小七告訴「我」，何三爺並沒有破過她身，她對二少爺雖有情但絕不會同他結合。這時，「我」對準備去當尼姑的小七，頓然產生不捨之情，急劇地改變了對她的態度。「我」對小七看法的幾次變化，真實而清晰地透露了羅蘭關於貞操的傳統觀念及其局限性。羅蘭不論何種情景以貞操為測量人的品性的準繩，似乎略帶封建色彩。而小七那反封建的不澈底性也正是作者潛意識的自然流露。其實，性罪惡與性崇拜之辯一直沒有停止過，持性罪惡論者認為追求夫妻生活之外的性欲必將導致邪惡，持性崇拜論者認為性衝動乃是最強烈的生命之肯定，可不惜代價去獲取性的快樂。這實在是人類所難以解決的深刻命題。羅蘭在性文明趨於價值混亂時，在西方性和婚姻澈底分開的性潮滾滾而來時，勇敢地站出來端正視聽，以貞操問題為切入點，涉及色情業、性犯罪、傳媒中性感鏡頭等問題，公開自己的觀點，幫助人們遵循道德規範，純潔社會風氣，是勞苦功高的。然而羅蘭觀念中也確存某種守舊成分，它恐怕在同性潮抗衡中會顯得力不從心。

　　在羅蘭看來，愛情是與性無關的高格調的精神鳴奏，她的愛情篇什比起「性」章更浪漫些。她的長篇小說《飄雪的春天》、《綠色小屋》、《西風古道斜陽》和短篇小說集《花晨集》，敷衍了各種形態的戀情，都給人留下美好印象。有美麗的初戀，有婚外的閃爍之戀，有征服他人的自欺之戀，也有平民百姓的淳樸之戀，它們大多在淡淡憂傷、溫婉柔情中呈露愛的幻想和光澤，但大多數又都是沒有結果的愛。在這些篇什中，羅蘭一方面覺得由於造物主給愛情以「獨占」與「見異思遷」的雙重性，致使人間愛情舞臺永不落幕。一方面則認為唯人的自尊才能抗住愛情危機和失敗所帶來的困惑、頹傷和煩惱。

　　長篇小說《綠色小屋》是羅蘭傾心投入的作品之一。「婚外戀」情節比

《飄雪的春天》裡的顯得亮色，不那麼灰暗和壓抑。兩位主人公表哥和陳綠芬都有活潑開朗的性格和高雅的情趣，是天造地設的一對。他們倆一場「綠色的夢」竟然被現實婚姻所碾碎，告別了共同完成設計的「青舍」，告別了難捨難分的依偎。對於這幕浪漫而真摯的婚外之情，羅蘭卻沒讓陳綠芬背上「有罪愛情」的十字架，還讓她離開表哥後為此寫了部書。

羅蘭的愛情觀比較理智，以明達、灑脫、真誠、純潔、不自私做為處理感情問題的五項原則。她之所以對哀溫莎公爵「不愛江山愛美人」的浪漫史、對安娜‧卡列尼娜和渥倫斯基的私奔，抱有種種抑鬱、遺憾和懊恨，是因為她覺得愛情的理智是不宜摻雜他人的犧牲、社會的責難和自己良心的不安的。她的愛情觀也比較現實，堅持「愛」可遇不可求，得到了，須謹慎處之，慢慢付出，以策安全；得不到，則增強自信，不再追逐，不施報復。羅蘭依據自己人生閱歷，始終把愛情看作是一種複雜的、多方面的、內容豐富的現象，看作是衡量一個人社會文化修養水準的尺度，如此愛情之道對於理順人生坦途，無疑是大有裨益的。

對於婚姻，羅蘭認為它是「情節複雜的一部人生大戲」（〈眷屬何必神仙〉）。在散文第四、第六輯和回憶錄《蒼茫雲海》裡，她透露了自己這部戲的內容。羅蘭自述自己非屬家庭型婦女，更像薛弗西斯那樣推家庭、事業兩塊石頭上山，實在力不從心；當她生第二個孩子後，她只能再當爐灶之奴，當了整整七年家庭婦女；她還坦白自己婚初同丈夫彼此不相適應的尷尬局面，以及後來化解了這種不適應所取得的成功，她的家變得令人羨慕。羅蘭在講述自己故事的時候，親切坦誠，神情可掬。

針對現代婚姻的脆弱性，羅蘭提出兩個主張：1.夫婦之間互不牽絆，互給對方「放手做事的自由」。兩人一旦都從事自己的事業，對家庭也多貢獻，精神還能保持常新，當然就「相看兩不厭」了（〈攜眷參加與單獨行動〉）。2.夫婦雙方都要有「盡人事從天命」的勇氣，以寬恕之心面對變故。你丈夫若有外遇，切勿防衛過當，別說他「變」了。要以對待病人一樣，「對症下藥」地加以治療（〈當先生有外遇時，救救他〉）；你們夫妻若

為瑣事挑剔吵架，那麼要勸你克制一下自己，拿出一點對待客人的禮貌謙恭小心謹慎即可，你就會轉怒為喜，得到家人最美好的回報。羅蘭認為，「家」常是讓人忘記禮貌、付出而暴露自己自私的地方，而「家」又是一個能夠把一切無情和騷擾關在大門外的地方，只要增加美德，家也會隨之美好起來（〈家，一個可以回去的地方〉）。

我有個感覺，做為女作家的羅蘭，女權主義立場並不強烈。她以女性要珍惜自己、體諒他人的立場協調男女之情。她認為現代女性所得到的優惠與恩寵，比起過去任何時代都多，因而別傲視異性，要體惜他們的苦衷。這樣機智的男女之論，男界肯定喜歡，逐漸成熟起來的女界也是會欣然接受的。

四

羅蘭的文學，思想、藝術都給我同一個印象：她具有走在時代前面，接受古代的優雅和合理性的勇氣。就像她把一件老式服裝稍加修改，結果得到時髦女郎喝采一樣，雖源於傳統，卻走向了流行。

那麼，其中的奧妙在哪裡呢？我不懂音樂，可我覺得是音樂幫助了她。羅蘭本來只是把從事文學做為她理想於音樂的一種補償，但，從某種意義上說，恰是音樂造就了羅蘭的文學。

羅蘭長期從事音樂教育，對音樂能淨化人的心靈和提升人的精神境界體驗甚深。《羅蘭小語》正是在「淨化心靈」這個藝術目標上同音樂達成了默契。她的小語為疏導人們的人生障礙，幾乎多以排除心理障礙開道，哲理樸素，情意真切，給人以溫厚感；她的小語由朗讀傳播，語言常常抑揚頓挫，疏密相間，排比重疊，此起彼伏，如詩似樂，給人以韻律感。從整體考察《羅蘭小語》的語言世界，我們發現，她語域雖開闊，但無論闡釋古代智慧，還是敘述現實生活，均少開掘醜惡，崇尚真善美；而當她公布自己思想時，則斷語勝過過程，直奔思想內核，以簡逸為主。她詞性豐富、敏感，什麼詞置放何處很有悟性，但多採「愛的微語」，例如：「否極

泰來」、「化險爲夷」、「臘盡春回」之類的吉利話、轉換詞比比皆是，以圓
潤爲歸。在音樂家裡，羅蘭最喜歡海頓，喜歡他的明朗和能爲別人著想。
《羅蘭小語》的語詞世界如秋日秋月般溫暖和煦，颯爽淡雅，其詞性同海
頓活潑明快、灑脫暢達的交響曲格調，是否相親相通呢。

羅蘭寫散文，不再像寫小語那樣，做爲節目主持人，依據聽友讀者詢
問，有針對性地說東道西，論古道今地進行精神漫遊了，她寫日常生活多
了，寫自我感情世界多了。除少數篇什存有瑣細之嫌，大多瀟灑隨意，行
雲流水。羅蘭在音樂裡，除喜歡鋼琴外，也喜歡歌曲。1980 年出版了一本
「有聲的散文集《「歌」與「春及花」》」，該著專爲河北女師而寫，邊解釋
當時的校園歌曲，邊回憶女師的生活，每一片斷，都是歌聲，寫得很美，
是音樂與詩體的結合。羅蘭散文大多歸生活散文，但它具音樂般的自然感
和抒情感，時有美文誕生。其自然感表現在寫得很輕鬆，都是些平常人平
常事，凸出一個「閒」字，一個「逸」字，節奏也徐緩，讀起來既不費
力，還自有一種明慧和透澈。其抒情感表現在發自內心深層的情思。回憶
過去時，經常出現內省的自我，體驗的自我，夢中的親人，夢中的故園，
感情源於生命；抒寫景物時，或放歌或飲泣或傷感或悠閒，一派浪漫主義
情調。羅蘭散文以情緒爲主調，以藝術感覺爲基礎，有時還注入歌詞、音
符，其抒情性頗具音樂意味。歌曲和歌劇一樣，詞文不僅保存語言的全部
魅力，反過來使樂曲更其情沛神旺。羅蘭喜歡把生活譜成歌，散文好比帶
著聲音，輕快而自由。

羅蘭小說在藝術上比散文精緻典雅。尤其幾部長篇小說的幾位女主人
公安詠絮（《飄雪的春天》）、陳綠芬（《綠色小屋》）和小七（《西風古道斜
陽》），她們的性格和愛情都像音樂一樣，蒙上一層溫柔和繞縈人心的憂鬱
色彩；她們羅曼史的演化軌跡也像奏鳴曲般極其細膩和有層次感。羅蘭常
常把愛情喻爲音樂。她順著音樂寫愛情的震顫與纖弱，寫愛情的銘心與遺
恨，寫愛情的美麗與殘酷，我們也猶如由緩慢的樂句、歎息的音調和傾訴
般的旋律，沉醉在那愛的溫馨和悲劇之中。對於羅蘭來說，音樂是同她心

田息息相通的語言,她正是用浸濡了生命感覺的語言寫愛情,致使她的愛情小說成為她諸多藝術樣式中藝術氣息最濃郁的一種。

音樂是感情之流,它使羅蘭作品變得雅致而富古典情趣;音樂是情緒之花,它使羅蘭作品迸射出發展著的激情和理智。羅蘭熟稔中外經典音樂作品,並從中汲取養分。這樣的藝術趣味使她同現代派無緣。有意思的是,現代人愈來愈有一種回歸古典的趨勢。無論是倫理的、人性的,人們已從所遭受的殘破中發現復歸的需要;無論是藝術的、文學的,人們已從先鋒實驗的疲憊中發現藝術革新的艱澀和放棄傳統的稚拙。在這樣的背景下,羅蘭是不會寂寞的。

——選自姚同發編《解讀羅蘭——羅蘭作品研討會論文集》
深圳:海天出版社,1997 年 10 月

豁達開朗・樂享人生
女作家羅蘭訪問記

◎南川[*]

　　在臺灣的文化界，女作家羅蘭，創下兩項空前紀錄，她主持的廣播節目「安全島」，歷時 26 年，擁有最多的聽眾；她所撰寫的《羅蘭小語》行銷一百餘萬冊，在並世作家中，普及率之高，影響力之大，無出其右者。此外，她出書之勤之多（共出 25 本書），也是在文壇上數一數二的高手。

主持「安全島」・駕輕就熟

　　羅蘭籍隸河北，原名叫靳佩芬，年逾耳順，但因駐顏有術，外表看來比實際年齡年輕許多，她出身河北師範學校，原先擔任小學教師，民國 35 年進入廣播界，民國 37 年來到臺灣，本想換個較為溫暖的謀生環境，誰知一待就是 35 年。起初她加入中國廣播公司，負責播音、撰稿外加主持節目，後來她與同事朱永丹先生結成秦晉之好，遂毅然辭職，專心當起家庭主婦，時隔八年，又被警察電臺羅致，主持「安全島」（原先只有 30 分鐘，後來延長為 60 分鐘，每晚 8 時 30 分至 9 時 30 分播出），她在這個節目上的確花費不少心血，她不但是這個節目的播音員，而且也是撰稿員，她運用她的智慧與對人生的了解給聽眾們提供最悅耳動聽的音樂，用她特有的柔和而親切的聲音，曉諭聽眾如何生活，如何解決各種煩惱，如何在這個聲色犬馬的社會裡，保持你一份寧靜的心情，她所構思的「『你怎麼辦？』有獎徵答」單元，播出達一千次以上，曾獲新聞局頒獎表揚。她的

[*] 本名陳正一，發表文章時為《今日生活》月刊總編輯、實踐大學副教授兼出版組主任，現為實踐大學博雅學部退休副教授。

話語不但吸引了學生、家庭主婦，也吸引了出版社老闆為她出版她的廣播，如今她的《羅蘭小語》、《生活漫談》、《給青年們》，成了許多家庭中必備的書籍，對青少年身心之裨益，可謂至深且鉅。

她的敬業精神，確乎令人敬佩，二十多年來，她從不請導播也不請助手，由於多年的磨練，每天所需一千五百至兩千字的講詞，她可以邊寫邊播，在上一首音樂播放時，她就在構思下一段話，若非文思靈敏出口成章，曷克臻此佳境，題材不限制，她可以「上窮碧落下黃泉」地去尋找，詢以：「題材是否有窮盡的一天？」她不假思索地答以：「生活不窮盡，題材就不會窮盡。」

有時候，實在沒話可講，她就談天氣，比如說「今天是冬至，北方零下十度，正是天寒地凍之時！」再如耶誕節前後大家唱耶誕歌，買耶誕禮物，有無想過這個節日的意義，乃是為了置身寒冷地帶的窮困人家，不是為了狂歡！順便聊聊耶誕音樂、宗教音樂，一小時就可以打發過去。比如上班之前，看電視新聞，得悉好萊塢影星威廉賀頓去世，她立刻發表感想，並相機播放他所主演影片的主題曲（如《野宴》、《桂河大橋》等）；再如西德總理施密特在倫敦演奏莫札特的 D 大調鋼琴協奏曲，她就藉機談到政治家也應有藝術方面的修養，才可不僵化，不冷硬；聽到麥克阿瑟去世，她就把描述第二次世界大戰的一部影片中大兵所唱的歌曲播出，配合當時的氣氛，極具紀念作用。

羅蘭的見聞廣博，尤其對中外音樂家的傳記，更是如數家珍，耳熟能詳，她雖未設資料庫，她所需的資料，手到擒來，毫不費力，她的頭腦猶如電腦般，怎不令人折服！

平常的日子，無啥可談，她就以最安閒的心情播放韓德爾和貝多芬的音樂，然後講到韓、貝二人的不同，貝多芬一生的的遭遇，他所寫樂曲的時代背景等，都能帶領聽眾心靈上的最高享受。

她很慶幸自己遇上廣播這一行業，她的工作都安排在晚上，不必八小時上班，也不影響家務，多年來一直以特約人員受聘，而不願納入編制，

領全薪，當初她剛入電臺時每月待遇只有 500 元，但她甘之如飴。不久以前，歌林唱片公司，有意找她做 30 秒鐘廣告，酬勞 20 萬元新臺幣，她為了不願輕易出賣自己，婉轉予以回絕，其擺脫俗念淡泊名利之作風，由此可見一斑，她最服膺鄭板橋的名句：「名利竟如何，歲月磋跎，幾番風雨幾晴和，愁水愁風愁不盡，總是南柯。」

此外，古典詩詞對她的為人處世態度影響亦極深遠。

當她寂寞、憂愁，煩悶或緊張、焦慮、疲乏之時，只要翻閱幾首她所喜愛的詩，即可得到安慰與支持。

她深深覺得警察電臺的同仁對她很好，前些年，該臺準備改建，錄音時，沒趕上現場去錄，給工作人員帶來不便，也沒人嘀咕；她因事不能來，也不用請假，只消事先錄好，託人代為播放；萬一生病，她就把儲存的錄音帶播出，反正「好書不厭百回讀」，廣播節目亦復如是。

邁入寫作圈・不同凡響

羅蘭是如何與寫作結緣的呢？據她自己說，早在 14、15 歲就開始寫稿了，不過，那只不過是「捕捉心情的剎那」罷了，談不上創作。由於生長在書香門第，在滿櫃的線裝書中，使她在小學時代即翻遍了《七俠五義》、《儒林外史》、《三國演義》《今古奇觀》等古典名著。——雖說生吞活剝，卻也奠定了日後寫作的基礎。

初中時代，在天津住校，每晚就寢之前，必定花費二小時把心中的感受描繪出來，每天必寫 2,000 字才放心讀書，當時只當日記寫，並未夢想當作家。

原先，她只是為寫作而寫作，並不熱衷於發表，後來大中國文化圖書公司認為她那富於哲理而又清新雋永的文詞，可讀性頗高，再加上幾位熱心的聽眾主動幫她抄寫文稿，她才於民國 52 年，以不惑之齡出版了處女作，頓時佳評如潮，紙貴洛陽，大為風行，她才意會到，不能再不發表文章，心想：「我不能讓《羅蘭小語》當我的代表作」，於是她把多年來所寫

文章，每周一篇投寄到「中央副刊」發表，20 年來，她陸續出版過 23 本書，平均一年出一本，就中以《羅蘭小語》最暢銷，賣了一百多萬本，她只以 10,000 元賣斷，雖然養肥了出版商，自己的心力平白被剝削，她不以為忤，因為發行很普遍，到處都有她的書，等於替她作廣告，拿不到錢無所謂。她說：「你如果光計較這筆錢，腦子裡就沒功夫想別的事情，也就寫不出另外的書了！」其心胸之坦蕩，不難想見。

她的另一本暢銷書是《綠色小屋》（小說），發行達 25 版，此外，《花晨集》、《飄雪的春天》和「青春組曲」等，都是羅蘭較喜愛，讀者亦耳熟能詳的作品，它們包含不同的愛情故事，也曾有過羅蘭在抗戰的淪陷區，生命昏暗期的寫照。

看穿了出版界的醜醜的面目後，她把版權收回，自行出書，雖然受到盜印惡風的侵襲，但她幽默地說：「我情願如此做，他盜印是非法盜印，如果簽了合同而不誠實地付我版稅，那是合法的盜印，情願讓他非法盜印，心血來潮還可以告他一狀呢！」在她爽朗的笑聲中，可以窺探出她那豁達的人生觀。

她相信，有朝一日我們的出版界也會走上正軌，屆時再把所有的書，交付出版商也不遲啊！

有人說羅蘭是散文作家，其實她的小說比散文寫得還要多。她寫短篇，也曾經窮六、七年的功夫完成了一部長篇小說。

歷經 20 年的歲月，她對寫作小說與散文有了極為深刻的體認，她認為好文章的關鍵，不在於字面而在於想得好，如果對事物沒有特殊感受，沒有精闢見解，就不能寫得好。在寫作之前，必須先有工具作準備，比如平日看書得來的佳句，用哪一詞彙來表達最為貼切，大家以為散文易寫，其實很難寫好，當然，隨便亂塗，任何人都會，像兒童寫「我的志願」、「我的媽媽」每個人都可寫一篇交卷，但欲求寫得很有深度、富於哲理和感情，那就得煞費苦心去經營、擘畫了。

羅蘭從小就愛讀先秦諸子的學說，她發覺中國的哲學比西洋深刻而生

動得多。她偏愛道家「無為而無不為」的思想,「為而不爭」,並非消極或退化式的,他是以退為進,在無為的背後,存在著千古不朽的有為,正如水一樣,無聲無息,看似很卑微,很不值錢,但水能征服山谷匯聚成江海,這是形成中國人堅韌性的最大力量,數千年來經過多少異族的入侵,都不會亡國,就是由於這份根基在支撐。

羅蘭在寫作時,有著一個和一般作家不同的現象,她在寫作的過程中,固然有勇氣暢所欲言,可是當她要寄出去發表時,就會立刻產生一種「神經」的心情,她會捫心自問:這篇文章是有意義的嗎?假如這個答案是否定的,那麼即使是一篇用血寫成的作品,她也不會輕易拿出去發表。這和她過去的教書、擔任廣播以及認真做家庭主婦的生活攸關,更與她那悲天憫人的胸懷息息相關,她認真的體驗生活、關心教育、富於同情心、了解人間疾苦,這些都是她寫作素材的來源。她的每一篇作品都有一股顯明的「羅蘭氣」,散發出與眾不同的情思與意味,令人咀嚼再三,愛不忍釋。

時至今日,許多人將雜文與散文混唯一談,她分析說:雜文是與現實生活和新聞眼相配合的文章,可以說是人們每天很需要看到的,有報導性、批評性和建議。與人們的生活息息相關;而散文則不同,一篇散文,最好是千秋萬世之後還有人讀,不受時空限制,你必須從大處著眼,時間久了也不會消失他的價值。雜文則要寫得快,反應性,把很多的資料,用很好的文筆表達得很貼切,越新的東西越好,散文則無此限制,可慢慢地去寫,40年前的往事,現在才來寫,還是有人看。

羅蘭在寫作歷程中,受到已故的幽默大師林語堂的影響最大,她認為林氏把整個中國哲學的面貌與西洋相對照,他的作品對這一代有震聾啟聵的作用,她推崇林氏的學養,堪稱是真正為中國文化植根的人。

對於外國作家,羅蘭坦率地說:「對於音樂家我可以如數家珍,好像他們就在我家客廳坐過一樣,可是外國文學家卻很陌生,雖看過托爾斯泰、大仲馬、小仲馬等名家的經典之作,但只是浮光掠影一瞥而過,對於他們

的表現手法如何，並未深入研究，而音樂家，從巴洛克時代以來近代音樂家，他們的國籍、生活狀況、個性都瞭若指掌。上次美國國務院邀我訪美，臺北美國新聞處問我是否想見見美國作家可代爲安排，我說我不看作家，因爲『同行相忌』不見爲妙，我想看看音樂家。」

羅蘭現任婦女寫作協會常務理事，但並不常參與文友的聚會，她認爲作家聚會太過頻繁，會受到彼此影響，而減弱了作品的特色。不過，她倒很喜歡交朋友，喜歡和朋友面對面坐著一面喝茶一面聊天，而且能和你聊上好幾小時，老朋友是如此，新認識的朋友亦是如此。但在聊天的過程中，她聽的時間比講的要多。她的朋友一方面是由於聽她的廣播而得到的，另一方面是文藝界的朋友。凡是到過羅蘭家裡的人都會感覺到，坐在羅蘭家裡有時會比坐在自己家裡還要舒適、自然和溫馨。因此，目前有不少人幾乎把羅蘭家裡當作「文藝沙龍」，邀約一些朋友到她家裡去聊天、喝茶、吃飯，可是不管你在那裡待多久，羅蘭都是絕對由衷歡迎的。

一般作家寫作時都有特定的時間和地點，而羅蘭則不然，她構思文章時，並不靜坐在椅子上，當她漫步林蔭大道之際，或飯後洗碗之時以及收拾房子的當兒，腦子裡一片空白，總有數個念頭打動她的心，她就將其形諸筆墨。

美滿家庭・其樂也融融

提起她的夫婿——朱永丹先生，她露出滿足的笑容。她與他的結合極其自然，兩人同屬中廣同事，他先來，她後到，兩人都是北方人，因而很談得來。朱先生原先擔任中廣新聞組組長，後來出任法新社駐臺灣總代理，因爲英文好，對新聞工作的了解足夠，故而能夠得心應手，通常法新社對內用法文，對外用英文，普通新聞用電話聯繫即可，重要新聞才要出去跑，兩人同在文化界服務算是志趣相投的了。

羅蘭育有一男二女：長男出身於復興商工美工科，現任一家廣告公司副理，當初在中學就讀時，數學考不好，常被罰站，甚至體罰，羅蘭發覺

他在藝術方面興趣濃厚，就向老師請求別再苛責他，他可在他方面求發展，始能發揮所長，現在想來，如果當年他考入臺大，未必有今日的成就。

長女朱麗，出身於東海大學，在五年中念了兩個系，原先考取外文系，到了大二，東海增設音樂系，正符合她的興趣（她曾師事名鋼琴家林橋，學過四、五年的鋼琴）：她便利用外文系的空檔去選修音樂系的課程，三年後竟然留在音樂系當助教。次女朱華，出身文藻外語學校法文組，曾供職於法新社香港分社，當了乃父的衣缽傳人。

羅蘭對於教養子女別具心得，她認為當孩子念到初中之後，就要把他當成朋友對待，勿再保持父母與子女的距離，否則他太尊敬你，有事不敢跟你隨便講，尤其現今的社會如此複雜，五花八門的大染缸，難免不被汙染，如不防範於未然，隨時有出紕漏的可能。

羅蘭對兒女一向順其自然不加壓抑，值得大家仿效。

體驗人生・樂享人生

成功的作家必備的條件是敏銳的觀察力和豐富的想像力，羅蘭亦不例外，當某種顏色與視覺接觸的一剎那，她就聯想到一些生命中美好的事物和快樂的記憶。比如，在淺灰色的柏油路上，忽然駛過一輛深紅色的小轎車，那鮮豔的粉紅色，就像她小時候吃過的一個圓形糖球。

看見一種深深蒼蒼帶藍帶黑的綠，就回想到小時候用過的綠色電光紙。

見到流行的淺藍色，閃著一層珠光，晶瑩如錦緞般的淺藍，每一觸目，她就立時聯想到小時候玩過的那些珠串。

她又喜歡凝神搜索記憶中那一段嫩綠和鮮紅絲線織成的「華絲葛」衣料，由這件軟軟的、紅綠相間的「華絲葛」，她想到童年時代除夕的歡娛。

見到一種深暗的，屬於秋天的紅，她就聯想到北方秋天爬山虎的掌葉。

　　羅蘭的人生哲學是「欣賞就是快樂」，她覺得，一個人能夠安於手邊所有，眼前所見，在雜亂無章、晦澀無望的現實中，保有自己心中的天光雲影，在生活的縫隙間去抓住飄然自足的快樂，自己的價值。

　　「樂享」的心情不是來自外在的如意，而是來自內在的無私和對周圍大小事物的欣賞。

　　對日抗戰初期，她在淪陷區鄉下小學裡教書，既沒薪水可拿，又離她那升學之夢、音樂之夢無限遙遠。但她欣賞鄉下的田園美景，愛那由娘娘廟改成的校園中的靜寂，安享那自然界穩定從容的四季。紙窗竹戶，煤油燈下，外面是如銀的雪夜，她寫毛筆字，抄古唐詩，把辭源當小說看，恰似「覺得桃源好避秦」，不但從中領略到在學校所不易學到的國文的內涵，也有助於她日後的思想與運用文字的能力。

　　羅蘭在音樂與文學兩大領域中，馳騁了二十寒暑，卻謙稱自己並沒有真正學好音樂，因為當她能正式學音樂的時候已經 17 歲，而 17 歲再想學任何東西都已嫌晚，學到某一程度就會遇到心理學上所謂的「高原現象」，就不能再有所突破了，後來她教音樂，做廣播節目，都盡量把文學與音樂融於一爐，但是至今為止，她還是覺得音樂是很可愛的東西，她所寫的作品也全都與音樂有關。

　　羅蘭雖非出身文學院校，卻能憑著自己的慧心，體驗人生，樂享人生，寫出足以盪滌心靈、裨益世道人心的作品，而在文壇上崢嶸頭角克享盛名，在在都值得稱道與推崇。

——選自《今日生活》第 207 期，1983 年 12 月

心靈不曾間歇地感動
專訪羅蘭女士

　　羅蘭就像她的名字一樣，優雅地散發清香。多年來，她藉著聲音和文字，將這襲香氣吹送至聽眾和讀者的心扉，讓人們在芬芳中滌濾了彌封的俗慮。現今中生代以下的知識分子很少沒有讀過羅蘭的小語、散文、小說；或聽過她的「安全島」，受到她幾許的感動。羅蘭宛如一位曠達的搖櫓者，領著大家駛向生活的光明面。

薊運河畔童年歲月

　　在唐山和天津之間，有一個盛產鹽和蘆葦的小鎮——蘆臺，就是羅蘭的家鄉。清朝道光年間，羅蘭的先祖從浙江遷到此地落戶，同心協力經營一個夢想中的家園。在羅蘭出世前，家裡曾擁有糧店、木材店、首飾店等龐大的事業，後來家道中落，只剩了一幢古色古香的五進大宅院，上至祖父，下至父親六個兄弟的子女全部都共同生活在一起。

　　家，不但讓羅蘭實際領會了中國傳統文化和倫理道德，更培養了她恬澹的胸懷。羅蘭最念念不忘的是在那五進的宅子的最後一進，有一個大花園，園中花木娉婷，蜂蝶翩舞，幼小的她經常獨自跑進花園中，注視蜂蝶、螞蟻或蚱蜢的行徑，覺得大自然充滿了蓬勃的生機。而推開了後門，就是一條浩蕩的薊運河，船隻行駛在河上，顯得微小渺茫，這幅情景讓她在潛移默化間產生了道家「江海能為百谷王者，以其善下之」，「天地與我

並生，萬物與我爲一」的思想。羅蘭說：「我非常感謝老家，它給了我儒家傳統倫理以及道家自然開朗的正面影響。」

　　更可貴的是，這個大宅院的家長，也就是羅蘭的祖父和伯祖父，觀念開明，使他們的下一代有機會去受大學教育。羅蘭的父親從天津工業學院化工系畢業後，就跟隨實業家范旭東先生創辦了精鹽工廠，將小家庭遷居塘沽，那年，羅蘭四歲。羅蘭說：「由於父親的關係，使我能由農業社會走入工業社會，見識新東西，同時上新式的小學，在小學五年級就開始唸英文。」

　　四歲以前在老家時，羅蘭已經跟著祖母唸《三字經》、《百家姓》，搬到塘沽後，因爲還未屆學齡，便由父母親親自教導。上了小學之後，她仍然喜歡讀書，卻沒有兒童讀物可看，於是，便開始閱讀古典小說，從《濟公傳》、《彭公案》、《小五義》等通俗小說，看到《紅樓夢》、《水滸傳》、《三國演義》、《東周列國志》，或許課外書讀得多，無形間使得羅蘭遣詞造句比別的小朋友強，在她五年級時，國文老師便常替她投稿到《大公報》的兒童園地，或者重謄數篇，寄給別校的小朋友傳閱，老師的這番鼓舞，無形間也讓羅蘭對作文產生很大的信心。

　　中學六年，羅蘭就讀的是河北省立第一女子師範學校。記得剛上初中時，她還未滿 12 歲，卻必須住在宿舍裡，成天都很想家，加上當時的課本全都是白話文，羅蘭讀來覺得很沒意思，此時，父親從老家搬出來的線裝書都已被她讀完，學校的課本又淺白單調，引不起她的興趣，她索性放情玩耍，或在周末下午蹺課回家，度過了嬉戲三年。

　　上了高中後，年歲較長，懂得收心，便又開始閱讀課外書，老舍、巴金以及翻譯的作品，都是羅蘭這一時期的最愛，她說明自己比較欣賞語鋒犀利的文章，一直到現在，總覺得自己的筆調受到老舍、巴金的若干影響。

醉心音樂世界

音樂是羅蘭生命中不可或缺的藝術，而她也在師範畢業後，熬過八年的抗戰歲月，再考入音樂系，想圓成為音樂家的舊夢。

提起了學習音樂的過程，羅蘭在愉快中帶有幾分惆悵。對音樂的摯愛似乎打小就開始，樂聲總能讓幼小的她手舞足蹈或凝神傾聽，而疼愛自己的父親又是個樂迷，在家中蒐藏一些古琴、古箏、琵琶與笛、簫，讓羅蘭對這些古樸的器樂心生嚮往。而她上的是新式小學，在學校有機會接觸到鋼琴，興趣使然，她自然比別人更常在琴鍵上下功夫。進了師範學校，學校有二十多架鋼琴，每一間練琴室都可隨意進入，羅蘭常常蹺課去彈琴，在自我摸索當中，她的琴藝逐漸進步。高二時，她們正式要上器樂課，以羅蘭當時的程度來說，課堂上所教的拜爾練習曲之類都非常容易。這時，父親又斥資幫她買了一架鋼琴，更加深她往音樂路子走的決心。

羅蘭高三時，畢業自上海音專的名音樂家丁善德、勞景賢從南方到天津女師學院部任教，偶而也會到師範部上課，當時北方的樂風多半保守、嚴肅，他們兩人將南方活潑而創新的歌曲介紹給女師的學生，讓學生們眼界大開，對音樂世界有更寬廣的認識，而丁善德更有心在學生當中挑選幾名較有音樂才華的學生給予特別指導，羅蘭也是受矚目的幾位學生之一。而她也沒有辜負老師的期望，在畢業演奏會上的出色表現，令丁善德、勞景賢兩位教授對她的音樂前途充滿信心。

然而命運的捉弄，卻不是未滿 20 歲的羅蘭所預期得到。當她從女師畢業後，一心一意想投考母校的音樂系時，適逢七七抗戰爆發，學校遷往後方，而羅蘭父親的工廠被日人占據後，因為他不願替日本人做事，失去了工作，一時之間，全家的生活陷入困頓當中。

時局的變動，迫使羅蘭不得不放棄升學，尋覓一份工作以分擔家計。在戰事初起不久，她挽著簡單的行囊，踽踽投向一處偏僻的農村，在一所由古廟改成的學校裡度過了兩年半物質貧乏，心靈充實的教書生活。

　　告別了古廟生活後，羅蘭重新回到淪陷的天津，進入女師附小教音樂。這時，她才有機會重新接觸琴鍵，為了實現隱藏在內心的夢想，她克服了拮据的生活壓力，跟著一位俄國老師繼續學琴。上音樂課成為她艱苦生活當中最奢侈的享受。

　　民國 34 年，抗戰勝利，天津女師學院恢復招生，羅蘭憑著多年的毅力和努力，以第一名成績考進音樂系。然而，開學沒多久，羅蘭滿腔的熱情卻逐漸被現實冷卻。原因是當時她已經 27 歲，過了學習音樂的巔峰期，同班同學當中，多數年齡都比她小一截，有的甚至是她教過的學生，他們上起課來個個得心應手，羅蘭卻經常要花上雙倍的時間練習，才能追得上同學。逐漸地，她開始產生「時不我予」的挫折感，加上當時她一方面在天津電臺製作音樂廣播的節目，得利於工作之便，她吸收了很多音樂知識，結識了不少音樂圈的人士，從這份工作中，她得到很大的滿足。幾經思慮，她毅然中輟音樂系的課程，全心投向另一條音樂傳播的道路。羅蘭說，四十幾年來，她一直沒有停止過廣播節目，無非藉此維繫她對音樂難了的情緣。

父親是精神支柱

　　音樂家當不成，卻以寫作成名，羅蘭說在這方面，父親比她更了解自己，當她要考大學時，父親建議她念中文系，然而羅蘭當時卻嫌中文系太陳舊，沒有接受父親的意見。

　　父親一直是羅蘭成長過程的精神支柱，他喜歡傳統的東西，卻又擁有現代知識，當他從老家搬到塘沽時，什麼東西都不帶，只帶了幾箱線裝書。他還欣賞各式樂器，閒時撥弄三弦、胡琴或吹簫自娛，在燈光下讀書彈琴的景象帶給羅蘭很溫馨的感覺。

　　或許是天性使然，羅蘭從小就非常嚮往外在的世界。她最喜歡跟在父親身旁，隨他到天廣地闊的原野上散步，聆聽他從老宅子的故事說到尖端科學，在鳥叫、蟲鳴、葦浪交織成的寫意世界，感覺父女的情感、思想十

分契合。父親也經常鼓舞她要在社會上有所貢獻。

　　相形之下，母親持家、育兒的工作，令羅蘭覺得興趣索然，總覺得，母親的生活內容太過單調又艱苦。而母親對她調教又很嚴格，在她六歲時，就要她開始做針線，學習廚房的工作，羅蘭形容那種經驗是「非常可怕」。一直到她自己做了母親後，才領會了母親當年的苦心。羅蘭說起年紀小的時候，並不了解母親，等到年事漸長，逐漸明白母親的操勞，母親卻已去世，令她覺得虧欠難補。

隻身來臺從事廣播

　　在羅蘭跡近自傳性的小說《飄雪的春天》中，女主角安詠絮在抗戰勝利，父親回到塘沽的精鹽工廠復職，生活安定後，將自己的決定告訴父親說：「我一直有一個願望，想到遠處走走。或許，我可以有機會做一點有意義的事，使生命不致浪費。……我想，第一步，先到臺灣。臺灣剛剛收復，需要各方面的工作人員。我想，假如你允許，我就這樣決定。我教了八年小學，八年來，教書已經成了我的本行。我不再希望自己在音樂上有什麼成就，但我希望發掘並培植幾個有天分的學生，那也一樣是一種成就。」

　　這一番話，無疑是當年羅蘭真實的心聲，抗戰八年，她受困於家計，不能到後方去，內心不免有些惆悵。在卸下生活重擔後，她潛在嚮往廣闊天地的願望又活躍起來。在報上看到臺灣四季如春、物產豐饒的報導後，她當下認定這就是她心中的世外桃源。民國 37 年春天，她揮別了家園，孑然一身，登上一艘小客輪，從天津漂泊到臺灣。

　　上岸後，她迫切地想找工作好安頓下來，於是拿著天津電臺的服務證到當時的臺灣廣播電臺（即今中廣的前身）找到臺長，說：自己單身來臺，是否有合適的工作可以做？臺長問她會不會寫稿、播新聞、做音樂節目，羅蘭連聲答會，結果輕易地得到工作。到臺灣三天後，便開始到電臺上班。羅蘭笑稱多年後在美國遇到當年在電臺的同事，大家才告訴她：「當

初你剛到電臺時，大家對你都很不以爲然。私下批評說：『天津電臺來的那個說她什麼都會。』」

進入電臺後，羅蘭邂逅了在新聞組服務的朱永丹先生，三個月不到，他倆閃電結婚。婚後，三個孩子相繼出世，當時，家中沒有長輩照顧，羅蘭必須親自撫育小孩，在力不從心下，她辭去了中廣的工作，在家裡當一名專職的家庭主婦。一直等到八年後，也就是民國 48 年，最小的孩子上幼稚園，她才又復出，到警察廣播電臺主持「安全島」節目。

用欣賞的眼光看世界

從民國 48 年到現今，羅蘭足足做了 31 年的「安全島」，她表白凡是和音樂相關的事情，她從未曾考慮過報酬。爲此，警廣的待遇雖然菲薄，她卻做得趣味盎然，更何況，這個工作本身非常自由，沒有任何人或規定會干擾她，節目的稿子、音樂，完全由羅蘭自主支配，也符合她不願受羈絆的個性。

由當年的人力車到今日滿街跑的汽車，羅蘭的「安全島」成爲臺灣由農業社會過渡到工商社會的見證。她表示從二十幾年前開始，報上售屋廣告便不再以「滿足居住的需要」做爲訴求，而改成「挖金掘寶，買了就賺」的炒作心態，整個社會瀰漫功利的想法。羅蘭說，這樣的風氣很容易將人導入歧途，於是，她一直希望透過聲音的傳播，能發揮「中流砥柱」的效用。雖然，她知道很難挽住這股崩決的狂瀾，但她從不氣餒，覺得總有一天，這社會會開始覺醒。

多年來，不論是透過文字或聲音的傳播，羅蘭一直在有意無意之間表達「熱愛生命」的信念。在她的感受當中，鳥獸蟲魚、花草樹木、日月星辰都非常可愛，她說：「我們被差遣到這世界來，爲的是要替造物者欣賞祂所創造的美麗世界。」帶著欣賞的眼光，羅蘭在平凡中找到非凡，在枯燥中尋到生趣，帶給旁人的自然是正面、積極的訊息。

羅蘭認爲，任何人都可以擁有一顆赤忱的心，培養欣賞的眼光，要訣

在於先得擺脫名利權位的誘惑，才能帶著輕鬆的心情留心窗外的世界，不枉在世上一回。

藉著文字傳達惜福的態度

羅蘭遲至民國 51 年，才在《中央日報》發表來臺後的第一篇文章。其實早在這之前，她就經常提筆寫作，但她始終不覺得自己會成為一個作家，也從來不想要積極地去發表文章，有時候，文章被當編輯的朋友帶走準備刊登，她還會猛追將作品要回來。

主持了兩年的「安全島」後，羅蘭由於聽眾的催促，把播稿匯集出版了《羅蘭小語》，她才感覺到，她不希望自己只寫《羅蘭小語》，可是又不確定真正要寫的是什麼，於是陷入苦悶當中。

剛好，那時候徐訏先生從香港回到臺灣，羅蘭便想邀請他上節目接受訪問，徐訏表示自己一口浙江音，恐怕不適合廣播，他建議兩人隨便談談，讓羅蘭斟酌有沒有什麼重點可以寫下來。談完，他還送了一套自己的詩集給羅蘭，羅蘭用心讀完他的詩集，發現他的詩充滿了誠懇的感情，和小說集華麗、幻想的風格截然不同。於是，羅蘭便寫了一篇〈談徐訏的詩──時間的去處〉寄給《中央日報》。這篇稿子很快發表，羅蘭這才開始把早就應該寫的散文和小說陸續寫出來，在各報刊發表。直到現在，仍然勤寫不懈。

從民國 51 年到現今，羅蘭結集出版的作品有 27 種，包括小語、散文、小說、詩話等幾類，其中《羅蘭散文第二輯》於民國 58 年獲得中山文藝獎。

溫馨、和善、積極，是羅蘭作品中流露的一貫風格。讀她的作品容易令人興起生趣，充滿希望，而羅蘭也有意藉著文字傳達豁達的人生觀，並從人物素描中表露理想。她談起《綠色小屋》這部小說的女主角陳綠芬便是她用心刻畫，她一直期待一個女人可以活得踏實，愛得銘心，做起家事又是那麼自在愉快，在這個的推動下，便有陳綠芬的誕生。

多年的廣播和寫作經驗，不但對年輕朋友產生正面影響，同時也讓羅蘭從工作的過程中結交到許多好友。羅蘭喜歡朋友，但是她也醉心絕對地孤獨。在喧嘩和寂寞之間，羅蘭解釋並沒有衝突，因為她經常在紛紜的世界中，當一名冷靜的旁觀者，觀察並了解人生世相。她說：「一個人自得其樂，可以活得更加逍遙自在。」

用旁觀的眼光，熱情的態度來擁抱世界，使羅蘭的生活面貌顯得多采。她會選擇一個清晨，坐車到機場去，欣賞行色匆忙的旅人，然後在人潮聲中安靜地寫完一篇稿。或在旅行當中，隨興進入某家餐廳，享受一頓異國風味的簡餐，她還會為了聽雨賞楓而不計路程。羅蘭的想法在躍動，心靈不曾間歇地感動，轉化出來的是一種動靜怡然的氣度。

曾有朋友形容羅蘭是「計畫不如變化多」，羅蘭坦承做事一旦有計畫，她就會千方百計想去推翻它，深怕的就是受到無形的拘束。對於未來，她也有些想做的事，但是不願將之付諸計畫，只希望在自在輕鬆的心情下，能夠交出成績來。

「幸運」是羅蘭對自我的註語，她表示一個人的幸與不幸，多半繫諸於看事情的角度。如果選擇了黑暗的一面，體會到的無非是痛苦悲傷的經驗，而她所選的多半是快樂面，看到的自然都是可愛的事情，作家季季就曾形容她是個最懂得「從失中去得的人」，而羅蘭自己也認為這番說詞頗為傳神。

從蘆臺、天津到臺灣，羅蘭度過悠悠歲月，在「渡人渡己」中尋到生命的最大樂趣。

——選自《文訊》第 57 期，1990 年 7 月

歲月沉沙 90 年
專訪羅蘭女士

◎宋雅姿*

　　我習慣稱呼她「靳阿姨」。前些天特別選擇不致打擾她睡早覺或午覺的午前時分打電話請安。「靳阿姨在玩電腦接龍嗎？」「咦！你看見啦？怎麼知道我剛坐下來？」電話裡，兩人都笑了起來，就像坐在她家客廳聊天，總是充滿笑聲。有幸成為靳阿姨的忘年之交，她是我極敬愛的「老朋友」，我是她不嫌棄的「小朋友」。

　　中學時就是羅蘭的讀者。從讀者變成編者，1982 年接任《婦女》雜誌主編，迫不及待就去拜訪這位在雜誌撰寫「現代生活」專欄的名家。當時她還住在敦化南路 369 巷，四周都是高樓，一進巷口就被那幢爬滿了長春藤的兩層樓洋房所吸引，一棵繁茂的大樹從院子伸出牆外。門上有「法國新聞社」名牌，法新社駐臺代表正是男主人朱永丹。羅蘭笑盈盈從屋子裡走出來，望著一直長到二樓書房窗前的大樹說：「我曾經寄了幾片葉子到東海大學生物系去問，才知道這叫構樹，樹皮還能做鈔票呢！」

伴著小園大樹寫了 27 本書

　　當初一眼看上這房子，就決定「寫文章」買下它。其時《羅蘭小語》正暢銷，先以賣斷七本書的錢做頭款，賣掉舊屋，加上臺灣銀行剛實施的小額購屋貸款，終於擁有這獨門獨院的可愛小樓。

　　伴著「天賜的小園和大樹」，羅蘭在此度過 21 年（1964 至 1985 年）

*作家。

絢麗的歲月，寫成 27 本書。她喜歡在清晨全家人還沒醒時寫作。書房外，常有小鳥停在構樹枝頭吱喳叫著。關著門寫到九點、十點鐘才出來梳洗，然後去買菜。有時天氣好，她會突發雅興，請小販把菜送到家，一個人坐計程車上陽明山賞花看樹去了。車子在山上轉了一圈再下來，回家還來得及準備午餐，家裡也沒人知道她曾經去了哪裡，但事後自己總忍不住興奮地告訴丈夫和孩子。

在三個孩子眼裡，羅蘭是「很特別的媽媽」。兒子朱旭說：「小時候她常帶我們去郊遊、唱歌，她的歌聲不錯，也很特別。在我印象中，她只會藝術、廣播、寫作，不會做家事，所以曾經開玩笑對她說，將來一定要找個會做菜、會算帳的老婆。她是真能寫文章，常在書桌前專注地塗塗寫寫。」長女朱麗覺得「穿洋裝、戴著草帽帶我們去遊山玩水的媽媽，很像天真爛漫的大孩子。一花一草、一木一石，都能觸動她的靈感。她一直很忙，有時候忙了一整天回到家後，會坐在沙發上自言自語：我好像什麼都沒做。真是個有趣的媽媽。」小女兒朱華說：「媽媽很有藝術家的浪漫氣質。有時候很容易了解，有時候又不知道她想什麼。」

羅蘭也坦承，自己不是很適合「主內」的人。「我的興趣全在外面。和在外面什麼都會的自信比起來，我處理家事的能力實在太差。我常想，如果打理家事像寫一篇稿子那麼愉快就好了。」所幸一家之主朱永丹並不希望她做家事，始終堅持家中要有傭人，而且「他使我有絕對的自由去寫想寫的東西。我寫愛情小說，他絕不猜疑那男主角是不是我過去的男朋友；我出國開會、旅行，也不抱怨，甚至幫我辦一切手續。」當然，羅蘭也自有分寸，「我從來不會為自己的事而破壞家庭生活。孩子還小的時候，我有八年都守在家裡，沒出去工作」。

家庭和事業對她同樣重要，常幽默對人說：「當我在家裡受氣時，會想：幸虧我有個事業；在外面受了氣就想：幸虧我有個家庭。」

《羅蘭小語》傳遍海峽兩岸

　　廣播和寫作是她的事業。1959 年 8 月 1 日進警廣製作主持的「安全島」，一做就是 32 年。柔和低沉的聲音給人一種安全感，每個晚上不知溫暖了多少遊子的心；音樂和文學的薰陶，也陪伴了無數青年成長。聽眾常寫信向她請教各種問題，不論在節目中答覆或親筆回信，她的開導有時循循善誘，有時當頭棒喝。

　　廣播也開啓了她的作家生涯。人們熟悉這位作家，多半從閱讀《羅蘭小語》開始，這是她每天所寫的廣播稿，每篇千字左右，能夠出版成書，是她在重慶南路碰運氣碰來的。「緣分就是緣分。那是民國 50 年（1961 年），『安全島』節目做了兩年多，聽眾要求我出書，以便隨時閱讀，還主動幫我整理謄寫。」一切齊備後，她拿著 12 萬字的原稿，到常去買書的文化圖書公司問：「你們要不要出版我的書？」老闆回答：「我們光賣書，不出書。」她留下原稿請對方考慮一下。「好像足足有三個月，等我再去問的時候才說：好嘛！我們試試。」於是 1963 年《羅蘭小語》在臺北市重慶南路誕生了，每本十元。「書上市之後，各書攤都有，我覺得真成功，到處都看得見自己的書。」第一輯的《羅蘭小語》很快轟動全省。第二年（1964 年）出版書信體廣播作品《生活漫談》、《給青年們》。除了廣播作品，她也勤寫散文、小說，在各大報章雜誌發表。1965 年出版短篇小說集《花晨集》、《羅蘭散文》第一輯……。直到 1987 年，幾乎每年都有一至三本書出版，包括《羅蘭小語》五輯、《羅蘭散文》11 輯、長短篇小說五部，還有詩論、遊記等，創作量十分驚人。

　　1980 年代後半期，兩岸開放之後，羅蘭作品被介紹到大陸，迅即形成「羅蘭熱」。忠實讀者們捧著作品排隊等簽名，也初次領略了羅蘭的風采與親切。她笑說：「1987 年以前，我作夢也沒想到自己會有那麼多大陸讀者，而且分布得那麼廣。收到的信從深圳、上海、廣西壯族到新疆烏魯木齊，東北更多。新疆讀者還說把《羅蘭小語》抄了兩百多條分送朋友」。

　　幾次應邀去大陸訪問或參加座談，官方與民間主辦都有。朋友不免問：「你說話時採取什麼立場呢？」她的回答簡單明瞭：「站在中國人的立場，就光明正大。」

　　1991 年 11 月，羅蘭參加大陸首次邀請的兩岸「婦女讀物與婦女形象研討會」。「這主題有點不著邊際，我想『會』的意義比『研究』的意義大得多。」開幕典禮在人民大會堂舉行，從住宿的龍泉賓館出發，還有警車開道。前一晚，主辦者就通知她要在開幕典禮上發言。「我這做了 32 年廣播的人，以為發言就是說些場面話，沒什麼難的。哪知剛睡熟，竟有醫生敲門來為我量血壓，說是上面交代要好好照顧羅蘭女士的健康。」心裡抱怨著，卻忽然想到「這是歷史性的會議，也是我第一次在人民大會堂發言，不能不謹慎啊！」這一「謹慎」，睡意全消，索性起來寫大綱。她提出三點：1.寫作者和出版者都負有社會教育責任，不要商業利益掛帥。2.不是否定商人的價值，是不要被商人牽著鼻子走。3.我們要做社會的清潔劑，不要當汙染源。果然，她的開幕發言得到一致贊同。「我想，前一晚那醫生是老天爺派來提醒我的，這麼重要的會議，是應該想得周全一點。」

　　1992 年 5 月 1 日，在大陸為羅蘭出書的海天出版社招待她參觀深圳。離開前一天，安排在市立圖書館舉行座談會，快結束時，她發現一位穿制服的軍人彷彿很想講話，就出乎主持人意料地點名請他發言。那人很高興地站起來，把他們部隊裡如何愛讀《羅蘭小語》，如何人手一冊，及大家讀後的感想一一說出，同時表達非常歡迎羅蘭女士來到深圳。「原來他是附近皇崗檢查哨負責邊防的武警。沒想到大陸有這麼多不同職業的讀者在看我的書。」座談會後吃過午飯回旅館途中，主持人忽然告訴她，武警剛和單位通過電話，隊裡希望她能在隔天上午八點去「講講話」。「真意外！會有武警部隊請我去講話。」她欣然赴約，和武警們邊喝早茶邊聊天，講的是「人人都可以是作家」。大意是說：「每個人各有不同的生活經驗和感覺，把它寫下來，就會得到寫作的快樂，也有機會成為作家。」話題雖簡單，大家聽得卻很高興。「相信這些年輕人在聽的時候，腦子裡都可能開始尋找

自己的生活經驗，看是不是可以寫出一些作品來表達一下。」果然回臺北後，收到一位來自上海的年輕人作品，「說是從當天參加小型茶會的武警口中輾轉得知我的談話內容，真的開始寫起自己的經歷了」。

　　1992 年 8 月，海天出版社又邀請羅蘭至東北舉行簽書會。所到的大連、長春、哈爾濱、瀋陽四個城市，都有當地主辦單位和新華書店的人到車站迎接，長春站還有學生鼓號樂隊奏起進行曲。「那些鄭重其事來迎接的人們找了好久，才發現我這個穿著一點也不時髦的臺胞。」她笑說：「我是來旅遊，不是要來被歡迎簇擁的。還好每次座談會的內容都比我的衣服多采多姿。」因為主辦單位發了新聞，所到之處都擠來密密層層的讀者。當哈爾濱青年排隊來買書，羅蘭開玩笑說：「現在你們排隊來買書，過不了多久會去排隊買股票。」他們笑答：「不會！不會！」一路陪行的三妹還笑她到處宣揚「君子愛財，取之有道」和「德者本也，財者末也」，真迂腐。這趟東北之行後，她開始為《天津日報》不定期撰寫「羅蘭時間」等散文及小品。

　　1997 年北京新華書店新書暢銷排行榜上，《羅蘭散文》上下冊排名第六。前四名都是政治宣傳讀物，第五名是黃仁宇的《資本主義與廿一世紀》。文學作品以羅蘭居先，可見她長期在大陸受歡迎的程度。羅蘭的書在大陸授權給深圳海天出版社，那些年出版社因為賺錢蓋起了辦公大樓，員工對外開玩笑說：「海天大樓一磚一瓦都是靠羅蘭蓋起來的。」

提著兩只小箱重新起步

　　她是河北省遼河縣人，本名靳佩芬，出身蘆臺首富「靳嚮善堂」大宅院，祖上樂善好施。「我是靳家第五代的第一個孩子，出生在家道衰微和力圖振作的交替時代。」父親和三叔、四叔都在天津讀新式學校。學化工的父親響應「工業救國」，和幾位「開風氣之先」的同事，在塘沽聯手經營起中國最具規模的「久大精鹽廠」。「塘沽自久大建廠到北伐成功，十年間沒有一年不內戰。」幼小時隨父母從大宅院到塘沽，1942 年又逃難到天津法

租界的久大總公司，從此她就和天津結下不解之緣。「天津並不是我的家鄉，但事實上再沒有另一個地方比它更是我的家鄉，它寫滿了我全部人生中最難忘的歲月。我在天津讀書，在天津做事，在天津做難民，也在天津品嘗各樣的別離。」

1996 年 6 月，天津社科院臺灣研究所舉辦「羅蘭作品研討會」，有三十多位評論家探討她各類文體。喜愛羅蘭散文的大陸學者周成平說：「透過羅蘭作品，我們領略了臺灣的雨，認識了臺灣的自然和社會。她不愧是出色、真誠而且富有個性的文化使者。」

1948 年 4 月 22 日，羅蘭抱著旅行的心情揮別家人，隻身由天津登上和順輪，七天後抵達臺灣，開始了新的人生旅程。在她眼裡，臺灣真是漂亮，到處青青翠翠，天氣那麼好，物產那麼豐富。「抗戰時，我在淪陷區的北方待了八年，勝利後就發誓要找一個不冷不餓的地方。於是我看報，報上說臺灣四季如春，不冷；盛產稻米、香蕉，不餓。所以就提著兩個小箱子來了，裡面只有簡單的衣物和樂譜、詩集。」那年，她 29 歲。

離開生長的地方，等於放棄熟悉的自己。「我一口氣放棄學業（期待了八年，1947 年終於考進女師音樂學院，圓了因戰爭而中斷的大學之夢），辭掉工作（收入豐厚的天津廣播電臺），離開家庭（慈愛的父親和六個乖巧的弟妹）。但那種放棄，也許正是擺脫。」擺脫尋常的惋惜與牽戀，尤其是那段悽涼夢魘般的愛情。她並不知道當時各處內戰風雲緊急，一心只想找個遙遠的地方，重新起步。

1948 年 4 月 29 日船抵基隆港，「迎面青山壁立，很像一座翠屏。在北方，從沒看過這樣的景色」。人生地不熟，茫然中，她對這片青翠還真有閒情逸致去欣賞。

「我是很習慣孤獨的。自從 12 歲離家住校，被迫適應了遠離親人的日子之後，就很勇於面對陌生環境了。」從基隆下船搭上火車到臺北，一個女子坐著人力車「招搖過市」來到中山北路三條通的「清沅莊」，果然有位北方來的張先生（同船旅客介紹的同鄉）住在裡面，經他引介租到了房

間。「榻榻米上空無一物，我把兩只箱子疊在一起像個矮桌，再把圓形鏡子粉盒豎起來放在箱子角上，就既可當書桌又能做梳妝檯了。」

次日一早，向店東打聽到「臺灣廣播電臺」（中國廣播公司前身）離旅社不遠，決定去毛遂自薦。那時全臺灣只有一家廣播電臺，和北京、天津電臺同樣隸屬中央廣播事業處，讓她十分驚喜的是，「電臺竟然在公園裡，四周都是花木」。

這麼優美的環境加快了她求職的腳步，找到傳達室窗口說明來意，見了節目科長再去見臺長。臺長姚善輝問：「你一個人到臺灣來，沒親沒故，萬一電臺沒工作給你，怎麼辦？」她的回答很誠實：「也許臺長可以幫我介紹小學校員的工作。」完全沒考慮「萬一找不到工作」就膽敢來臺灣，「也許是因為我從來沒失業過」。戰爭使她放棄考大學的機會，依父親之意選擇六年制的河北女子師範學校（初一到高三）。「七七事變，八年抗戰開始，我剛踏出校門，連正式文憑都還沒拿到手，19 歲就去鄉下教書，自食其力而且幫助了家計。」兩年半之後，她忽然為了弟妹要進小學而寫信給在天津女師附小教書的同學，問有沒有音樂教員的職位？「同學立刻回信要我去報到，原來她父親正是校長，音樂教員又剛剛因事離職。於是我輕輕鬆鬆就從鄉下回到天津，在女師附小當起音樂老師，也把差點失學的弟弟妹妹全帶進這當地最好的小學。三妹佩華還是我的學生呢！」

苦難中的快樂格外鮮明

年輕時的順利，使羅蘭對人生的看法也是「無往不利」。當然，每個人對「順利」的定義不同，她特別知足常樂。即使到鄉下娘娘廟改成的小學去教書，又兩年發不出薪水，很少人會認為這是順利的，她卻「人在苦中不知苦」，逍遙自在地安享兩年遠離戰火的道家式無憂歲月。「學校負責住宿，並且代我向當地有名的餐館無限期賒欠伙食，都讓我很滿意。」而在熬過一個戰爭，終於有機會離開日漸混亂的環境，到臺灣親眼欣賞舊小說中所說的「四時不謝之花，八節常青之草」，慶幸之餘，覺得找工作應當也

不成問題。

　　所以，「當姚臺長問我會不會報新聞？會不會寫稿？會不會管理唱片？我一律點頭。事實上，除了報新聞，其他兩項都是我在天津電臺的工作。」通過面談，第二天就可以上班了。「真順利！星期四抵達，星期五面談，星期六上班，連一天也沒耽擱。這誤打誤撞比精心盤算還準確。」

　　1948 年 5 月 1 日，羅蘭走進臺北市新公園內的電臺，開始在臺灣的第一天工作。「我除了播報新聞，也值班和報廣告。另外寫一些播稿，接下每星期三篇的「夫婦之間」短劇。音樂組也給我一些任務，包括把效果唱片的英文翻成中文。我情願每天抱著大字典查生字，絕不表示自己有什麼為難之處。」

　　她住進一個陌生同事家，暫時隨遇而安。每天到電臺上班，接受一點考驗，剩下的時間全屬於自己。「我沒有同伴，一個人走出電臺，就和公園的花草樹木為伍。」九重葛是她的最愛，「我喜歡爬蜿的植物，喜歡它們那隨遇而安的閒逸之美。」北方沒有九重葛，那時還可以和大陸通信，「我寄九重葛給父親，寫臺灣的景色和我的工作，讓他放心」。

　　到臺灣後東住西住，才三星期就換了四個住處，最後搬去已有四位同事共住，只剩一間三疊蓆的日式舊宿舍。搬到宿舍後才知道介紹自己住進來的那位同事姓朱，北京人，東北大學土木系畢業，是新聞組的組長。「朱永丹是非常優秀的新聞記者。英文一流，搶新聞一流，抓住他所要的對象，一流。他是用搶新聞的速度和果決來處理終身大事的。」

　　回憶當初答應嫁給這位短暫交往的同事，羅蘭笑說：「我們準備結婚的消息，是他搶在我來不及逃掉的時候發布的。他告訴每一個在路上遇到的熟人說我們要結婚了。他每告訴一個人，我那想逃掉的希望就減少一分。他是如此緊鑼密鼓，唯恐我會逃掉似的，一個上午就把這決定傳遍了新聞界。」

　　那年 8 月 8 日，來臺才四個月，「狂飆迷離的 1948 還沒過完，我已經從靳佩芬變成朱靳佩芬，從一個飄泊客變成才認識不久的人的太太。」婚

後第二年，因為懷孕如臨大敵，不想挺著大肚子去上班而辭職。「我這沒經驗的家庭主婦，請得起傭人，卻繳不起電費。」既無法節流，只盼有機會開源。「還好，機會說來就來。1950 年政府為了對大陸廣播，在臺灣電臺增設大陸部，需要大量編輯人才寫稿。有人記得我寫稿很快，就找上我，每周寫三篇關於臺灣民生的戲劇化節目播稿。」給「大陸部」寫稿，不但稿費高，而且不用上班。「我一直寫到第二個孩子出世前一天，交稿以後才進醫院生產。」

　　她天性喜歡寫東西，「喜歡到不知為什麼而寫的地步」。即使在生活面臨問題時，仍「盲目地」為寫稿而寫稿，從不感覺有什麼「煮字療飢」的壓力。但隨著第二個孩子出世，也不得不放棄在家寫稿的工作，直到 1959 年進了警廣製作主持「安全島」，才又隨心提筆寫起播稿，說給自己也說給聽眾聽。

寫作是談心，讀書也是談心

　　「安全島」節目其實就是她生活的縮影，結合了音樂與文學。透過麥克風，她和聽眾分享內心感觸、音樂文學的激盪、對人生世事的了悟。「羅蘭」是她為節目所取的廣播名，「因為好記好寫又好聽」；而隨著《羅蘭小語》問世，自然成了寫作的筆名。

　　雖然 44 歲才出版第一本書，羅蘭可是「從小塗寫到如今」。「只要有紙和筆，我就不寂寞，就有談心的對象。無論上課、聽演講、開會、等人甚至無事可做的時候，或悲傷、歡樂、激忿、感動的時刻，我都找紙和筆。」所以，她的教科書上幾乎每頁都有不成格局潦草的字跡。各種簿本上、工作紀錄表背面、名片背面甚至醫院掛號單背面……，都是容納即興雜感的地方，「它們不是文章，不值得發表，更不值得出書，但在寫的時候，它們是我最好的知音。有時我把它們存著，也不想去整理」。

　　她不喜歡為了發表而寫文章，「因為那會失去想要談心的心情」。她認為寫文章應是心對心的懇談，「我的一些散文都是以給知己朋友寫信的心情

寫出來的。談心不必什麼章法，用感情把心事談出來而已。」

　　羅蘭只有兩本答覆聽眾來信的書是純為工作而寫，「雖然它們也是我的由衷之言，讀者還很厚愛，但對我來說總有點像出外的衣裳，不是家居便服那樣舒適。我比較喜歡那些散文和小說，因為是我真正想寫的時候寫的」。

　　寫文章是談心，讀書也是談心。「寫文章是我讀給別人聽，讀書是別人談給我聽。既是談心，總要志趣相投才好。」她的文字常識、成語和辭彙多半來自章回小說，至今興趣未減。小學三年級會認一些字了，就開始生吞活剝看家中書櫃的老書，包括《七劍十三俠》等舊式武俠，《五虎平西》等說部，《三國演義》、《水滸傳》、《紅樓夢》、《花月痕》等古典小說。看到《東周列國志》，實在看不懂，小學也快畢業了。中學時縱情古詩詞，「同學們愛看的那些新文學作品，對我這習慣了舊式章回的頭腦有些格格不入。」高中才勉強接受翻譯小說《雙城記》、《茶花女》、《簡愛》、《安娜卡列尼娜》等。「那些西洋名著雖然也曾感動並且影響過我，但和中國老書相比，情感上總隔了一層。」

　　19 歲到鄉下教書那兩年多，空寂的夜晚幸好有書相伴。「我看舊書，而且只有很少幾本舊書──《紅樓夢》、《花月痕》、《古文觀止》、《古唐詩合解》、《聊齋》。」這些看完了，就把三卷本的《辭源》翻開，像讀小說一樣有滋有味。

　　到了臺灣，羅蘭依然十分「古典」，幾十年真正隨身攜帶走南闖北的，也只是一兩本舊詩；平常放在枕邊的是討論詩詞和畫的論述，「能使我坐在書桌前用功研讀的，也只有《老子》和《莊子》」。這些老書一輩子翻來覆去，從未看厭，「每次翻閱，總有新的發現和領悟」。她說：「好友談心，就是百讀不厭；每次聚晤，都有新的啟發。」

人生是一趟酣暢的旅行

　　讀書偏愛古典，寫起文章卻十分現代，羅蘭的散文率真、灑脫、溫

馨、睿智，充分流露個人的特色。她極懂得生活，從不寂寞，不怕孤獨。雨中散步，聽樹語，看花笑，滿腔的詩情。她喜歡音樂會，也聽京劇，更能喝兩杯。和朋友相聚開心談笑，離開餐廳時會抬頭幽默地說：「天花板還在不在？」因為喜歡走路，喜歡旅行，對鞋子特別講究，也有自創的形容詞。她欣賞高跟鞋的玲瓏、平底鞋的俏麗、黑鞋的高雅、黃鞋的別致、白鞋的輕盈、紋皮的雋永、漆皮的鋒芒、薄底的靈便、厚底的溫柔。

　　她說：「我只是想做一個順乎天然的我。隨著心裡的聲音，做自己想做的事。」閒起來，隨便搭上一路公車，任它西東，逛看個夠。很忙很累心情緊張時，毫不遲疑出門叫部車，到遠離塵囂風景好的地方繞上一圈。「如果時間多，我會上陽明山，在無人的山坡上走一走。時間少，就去榮星花園或植物園，看看隨季節榮枯的花。」時間恰好，她喜歡去故宮博物院看青山看晨霧，看故宮的琉璃瓦，對著那仿古的屋簷，往心底流幾滴懷古與思鄉的淚。直到現在，故宮仍是羅蘭百去不厭的地方。別人的目標是古物，她的目標是山林，「其實山林也是古物，而且比古物更古老」。她發覺故宮左邊的山林格外幽深，「在那裡，可以選一棵最談得來的樹，靠著它，坐下來，冥想」。想起年輕時在天津生活，卻不屬於繁華都市，只喜歡偷閒去看樹，有時還獨自坐三小時火車到有山的地方看更多的樹，再乘晚班車回來，「像是去看一個不想引起別人議論的情人」。

　　更有趣的是，她常常不為什麼而去中正機場。在那明亮的圓山餐廳坐坐，喝杯茶或啤酒，看飛機起降，看各地商旅匆匆來往，覺得這是人生最精簡的畫面。中正機場也是羅蘭的大書房，她喜歡「在大庭廣眾之下，孤獨地創作」。只要一坐上機場巴士就興奮不已，感覺要去旅行一樣。

　　她喜歡旅行，尤其是獨自遨遊，回來還精心製作圖文並茂的旅遊相本。傻瓜相機拍出來的照片不輸專業攝影，圖片下是當時的心情註解，每一則都像散文，給自己留下許多美好的回憶。「我一生最難忘的兩次旅行，一次是美國——豪華緊湊，一次是南非——輕鬆快樂。」

　　1968 年，50 歲的羅蘭決定去徐州路語言中心學好英文。兩年屆滿，適

巧 1970 年秋季美國國務院邀請她赴美訪問 45 天，認真練好的英文馬上學以致用，不須帶翻譯隨行，一個人怡然上路，到處參觀。訪問期滿，又多待了二十多天專為欣賞紐約。南到亞特蘭大，北到明尼蘇達，東至紐約、華盛頓，西至洛杉磯、舊金山的美國之行結束後，又順路跑到歐洲暢遊八國，加上日本、泰國，單槍匹馬走了 11 個國家、25 個城市，恰巧 100 天整。羅蘭形容這次出遠門像是「開籠放鳥，樂不思蜀」。

自那以後，多次出國暢遊總是獨來獨往，無牽無絆。「旅行中的我，可以故意穿上織錦旗袍，去那只有音樂家傳記電影才看過的歌劇院，聽莫札特的《魔笛》。休息時刻也跟著別人去大廳嘗魚子醬，喝杜松子酒，覺得自己忽然走進一部翻譯小說。」

1991 年 9 月，羅蘭應邀參加華航南非首航之旅，這次並非純旅行，還有外交活動。「一路上這邊『鐘鼎』，那邊『山林』，非常有趣。」南非的風景、動物、建築、人文都讓她悟然喜悅，帶來豐富的靈感，「好像找到了自己，是我生平最輕鬆快樂的一次旅行」。

至於返鄉之旅，兩岸開放後，羅蘭用尋尋覓覓的心情，1988 年 5 月起，五年內密集回了大陸十趟。第一次回去探親，她說：「我的心和我的手都很空。」出發前的心情十分奇特，「那是把一生感情都壓縮成一片空白的心情」。闊別 40 年，「腳下踩的是鄉土，眼睛看的是滄桑」。本來只想待五天，結果待了五星期。和弟妹們相聚，「整個回到我《飄雪的春天》裡的日子」。

自由自在過日子

羅蘭的小說，最為人稱道的就是 1970 年完成的 40 萬字長篇《飄雪的春天》，以抗戰時期天津淪陷區的生活為背景，感人至深。在《中國時報》連載時，被多數人當成自傳體小說。此書由她自費出版，暢銷 17 版；2000 年 6 月又由天下文化公司重新推出上市，2006 年已印行四版。大陸簡體字版則於 1998 年由海天出版社發行。

　　1990 年 7 月，羅蘭向中央圖書館申請一個研究小間，開始沉下心來回顧自己的一生，著手寫「歲月沉沙三部曲」，「寫這樣一個渺小的我，如何走過這樣一個複雜的時代」。費時五年陸續完成《薊運河畔》、《蒼茫雲海》、《風雨歸舟》，1995 年 6 月由聯經出版，1996 年榮獲國家文藝獎。「我這趟生命的列車，已經在世界上奔馳很久了。」得獎是她記錄這長長一輩子最好的肯定和回饋。

　　真不敢相信這位充滿赤子之心，經常笑瞇了眼的「老朋友」，轉眼已經 90 歲，還堅持不和兒女同住，一個人自由自在過日子。住附近的朱旭每天來晨昏定省，送早點及水果，她也樂得「迷迷糊糊過春秋，最是不知幾月幾日星期幾」。有時還打 104 查號臺，「請問今天是幾號？」說著，她又瞇眼哈哈笑起來，「有些事情你做了就不覺得奇怪，還習慣了」。

　　傳記出版後，幾乎不再發表什麼作品，可每天仍在大筆記上塗塗寫寫，「不寫多無聊！」建議她把這些隨筆拿出來發表，她馬上笑說：「那就『隨』不起來了！」

　　晚年的羅蘭最欣慰的是「幸虧該寫的都寫了，現在就讓自己畢業吧！那三大本的「歲月沉沙」是我的畢業作。」她開心地說：「現在，我又從羅蘭變回靳佩芬了。」

——選自《文訊》第 289 期，2009 年 11 月

蒼茫雲海，歲月沉沙

論羅蘭散文

◎張瑞芬*

> 我不忍點破你山居的夢……說那空山的幽寂，雲霧的迷濛；遠望海面的
> 空靈，以及澗底流泉的淙淙。說你那即使蓋成了也無緣去住的小屋，說
> 你那即使實現也不能真正令你快樂的擺脫；說你那原不屬於女人的幽居
> 獨處的夢。
>
> ──〈寄給夢想〉

　　提到羅蘭，如果知道她與張秀亞同庚，且為河北女師同學，那麼年代地域座標就容易確定了。然而，同為來臺第一代女性外省籍作家，在臺灣當代女性散文史中，張秀亞無疑是 1950 年代秀異勃發的代表，而羅蘭則要被歸類到 1960、1970 年代散文版圖，原因是她原非以寫作為本行，她的第一本散文集《羅蘭小語》整理自廣播稿，出版於 1963 年，那年她已 44 歲了。

　　羅蘭 1948 年來臺，她和一般亂離中隨政府撤退的軍眷不同，來臺時尚且單身的她，戰後為了尋求自己的人生與前途來臺覓職。警廣「安全島」主持人與《羅蘭小語》，成為她的終生事業與最大成就。然而有多少讀者，要等到全面讀完她的作品（包括後期散文《生命之歌》）、小說和自傳這些林林總總，才知道《飄雪的春天》、薊運河畔的靳嚮善堂都是怎麼回事。原也是王謝堂前的燕子，飄零身世，卻未成就冷淡心腸，因為有富足的童年

---

*發表文章時為逢甲大學中國文學系副教授，現為逢甲大學中國文學系教授。

和雙親的愛爲她的人生打了基底。同是隔海望鄉,她不曾鬻賣回憶維生,陷溺在往事之中,這又和她隻身來臺的決絕有關。

評論家以及讀者對羅蘭的散文,多半給予「溫暖光明」、「水淨沙明」、「平和樂觀」、「心靈綠洲」的正面評價。[1]的確,她的文字白話風格、哲理簡明,在靜夜中寫給寂寞的人們、尋夢的孩子,展現出一種通情達禮的教育者/母性的風範與氣度。有誰能理解,在游魚歷歷可數的透澈背後,卻是亂離時代愛與夢的澈底淪陷。在 1966 年的第一本散文《羅蘭小語》中,〈彩色的聯想〉一文,已隱隱透著些蛛絲馬跡。她喜歡灰色的淡漠充盈,她愛它「帶著一點不侵犯別人的沉鬱去包容別人」。是怎樣的際遇,使得「一切的燈光,都讓我感到淒涼」?與她相較,琦君散文裡的回憶甜美一點,張秀亞的夢幻也至少破滅得晚一些。

出身於因經營糧行「聚泰號」而成地方首富的大家族,抗戰八年,是羅蘭一生最重大的分水嶺。在那之前,她見識過廣袤如宮殿的巨宅,祖母以一軸古畫換一個煙泡的前朝靡費,父親早期投身現代工業——久大精鹽的輝煌時光,1930 年代飛快進步的中國,和「打鈴吃飯、打鈴睡覺」的優渥師範生涯。九一八事變,位於天津的河北女師把學生集合送到法租界避難,她只記得第一次吃到的巷口美味餛飩湯;一二八事變時,住到英租界去,每天穿越法租界、日租界走到學校,看風景、吃零食,竟成美好無比的逃學之旅。這美好的青春年少結束在母親驟逝的第二年,華北淪陷,羅蘭失去了念大學的機會,父親的工廠棄守,全家逃到天津租界區勉強生活。由於與繼母不諧,羅蘭一邊在小學賺取微薄薪資,一邊升煤球爐子、一邊縫補弟妹六人衣服。[2]同在淪陷區裡,北平的張秀亞正在一個由遜清王府改成的大學校園裡,捧讀西洋文學,在湖水秋燈間沉思感動著。

這也就是爲什麼,羅蘭的散文類似林海音一路,入世、入情、入理,

---

[1] 季薇,〈水淨沙明——「羅蘭散文」的人情味〉,《徵信新聞報》,1966 年 9 月 1 日;黃武忠,〈有個性而不耍個性——羅蘭的散文風貌〉,《散文季刊》第 2 期(1984 年 4 月);沈謙,〈灌漑心靈的綠洲——評羅蘭〈綠色仙園〉〉,《幼獅少年》第 82 期(1973 年 8 月)。
[2] 詳見羅蘭,「歲月沉沙三部曲」(臺北:聯經出版公司,1995 年 6 月)。

張秀亞則學院一些、空靈一些、也唯美一些。《飄雪的春天》這部四十萬字的長篇小說，寫成於 1970 年，使女作家劉枋「不止一次下淚」，[3]堪稱羅蘭最典型的自敘傳小說。羅蘭《飄雪的春天》中，「愛與夢一起淪陷在時代中」的女主角安詠絮，正如《城南舊事》中的英子；《餘音》中的多頭；《棘心》中的杜醒秋，讀者由這些角色投射了許多對作者的想像。在亂離的時代裡，安詠絮的眼淚（或者蘭燕梅、唐琪，有什麼差別嗎？），似乎代表了千百年來女性成全所愛的美德。賢良堅忍，真是從古至今女子唯一的道路嗎？嚴格說來，從羅蘭的其他小說，如《綠色小屋》裡活潑浪漫的陳綠芬、《西風古道斜陽》裡純良的小七、《花晨集》裡為愛痛苦的葉灃，都看得出想要在傳統中掙脫桎梏，尋覓一片新天地的想望，與不肯順從命運的執著。[4]思想開放，行事保守，我們從羅蘭自稱早年讀巴金，「寧取覺新，不取覺慧」，亦稍可體會。

　　羅蘭的散文，除去詩論如《詩人之國》，另有歌曲歌詞如「歌」與「春及花」[5]之屬。《「歌」與「春及花」》集抗戰歌曲為一帙，旁及中學生活回憶，如同「有聲的散文」。此外可大別為勵志、旅遊與傳記三類。勵志類包括《羅蘭小語》系列和《給青年們》、《生活漫談》等等，包括為《天下雜誌》所寫的文章，如〈莊周夢錢〉之類，算是文人讜論的旁及延伸，是一般人最為熟知的風格；旅遊是幾次訪美行程（由於廣播工作應美國國務院之邀）與後來遊遍世界各地的產物；傳記一類，主要代表她晚近的風格，和前期的溫暖勵志明顯有著界分，情調一變而為淒涼、無奈與感懷。包括《生命之歌》與「歲月沉沙三部曲」：《薊運河畔》、《蒼茫雲海》、《風

---

[3]劉枋，〈安全島上飄春雪──記羅蘭〉，《非花之花──當代作家別傳》（臺北：采風出版社，1985年）。

[4]《綠色小屋》裡，陳綠芬與有婦之夫憲綱相戀，終憾恨分手；《西風古道斜陽》裡唱大鼓的姑娘小七從良嫁給何三爺為妾，何三爺猝死後小七仍無怨無悔為其送終；《飄雪的春天》中女學生安詠絮在戰亂與家變中毅然成全所愛，獨自遠赴臺灣尋求人生。《綠色小屋》、《飄雪的春天》封面皆由羅蘭長子朱旭設計。

[5]詳見若華，〈一本有聲的散文──評羅蘭《「歌」與「春及花」》〉，《書評書目》第 98 期（1981 年 7月）。羅蘭學音樂出身，她的小說、散文都常加入音樂，如《羅蘭散文》第二輯中的「青春組曲」六篇，即各以一首歌曲代表感情。

雨歸舟》等。

　　自稱受林語堂和徐訏影響頗大的羅蘭，喜歡看個性剛強的作品，卻喜歡溫柔敦厚的朋友，這也說明了她兼具明快與和婉的人格及散文特質。嫁了個連結婚都像搶新聞一樣俐落的記者丈夫（中廣新聞組組長朱永丹），和徐鍾珮一樣同屬不適合專主中饋的個性，卻也曾為了家庭窩在家裡八年。「結過婚的女人看沒結婚的女人，都有幾分傻氣」，羅蘭〈寄給夢想〉這篇散文，是一篇很有意思的「自己的房間」，足可代表古今中外女子渴求自我空間的迫切。一個家庭主婦，渴望在山上建一小屋，屋內有壁爐，門外有綠蔭滿院，可以寫稿，可以沉思。冬天來時，撿些枯枝，與三兩好友圍著壁爐聊天。羅蘭寫此文時，僅為自嘲娛人，還試擬邀請名單以為樂，沒想到後來好友沉櫻真的在頭份山上實現了這個夢想，算是文壇軼事外一章。[6]

　　幽居獨處，原是不屬於女人的夢嗎？在一個思想與想像力一起戒嚴了的時代，羅蘭其實是保守於外，敏感於內的。

　　中山文藝獎、金鐘獎、教育部社會教育獎、國家文藝獎、《羅蘭小語》百萬冊銷售量。羅蘭扎根臺灣數十年，遠別故鄉與家人，她致力的文學與廣播事業無疑是成功的而影響力驚人的。收入在《生命之歌》的〈燈的隨想〉一文，幾乎用「燈」的意象，貫穿一生的時空，是一篇亮眼的佳作。〈荒村的煤油燈〉，是幼年時雪夜中父親買回糖豆的溫暖回憶；〈簾內的昏黃〉寫初住校時食堂氤氳的火鍋熱氣與落寞想家的自己；〈古廟寒燈〉裡，有一個 19 歲任職小學校，不知害怕為何物的女孩。〈南方島上，燈火人家〉，初履臺灣，日式小房子簾內的橙黃令自己不知身在何處；〈藍色的街燈〉，明滅在街頭的，是酒氣和煙霧，深夜歸人的寂寞與憂傷。這種種生命的軌跡，俱是羅蘭不能磨滅的記憶，也正是同時代許多流離人生的共同體驗吧。

　　成書於 1995 年的「歲月沉沙三部曲」，齊邦媛認為是長久以來外省作

---

[6]羅蘭，〈寄給夢想〉，《羅蘭散文》第三輯，及夏祖麗編著《她們的世界》（臺北：純文學出版社，1973 年 1 月）。

家零散的懷鄉作品中較完整的大時代紀錄，可貴處正在於「不言悲情，卻處處淚痕」。[7]第一部《薊運河畔》，兒時回憶，飛揚明快。第二部《蒼茫雲海》則從初履臺灣寫起，這部散文深刻道出外省籍人士剛到臺灣時諸般不適應的心情：不知道米粉是什麼，沒見過蟑螂，「臺南」可以唸成「殺人」，第一次見到小型輕便火車，以爲置身兒童樂園之中。相形之下，第三部《風雨歸舟》是開放探親後的回鄉偶書。在三部曲之中，《風雨歸舟》風格明顯沉鬱蒼涼，如同一個無言的句點。悵望逝水滔滔，四十年來家國，當年愛情夢碎，隻身遠赴海島尋找自己未來的年輕女子，而今已是白髮翻飛的老婦。港口燈火明滅一如往昔，那個三歲時，爬不上正房的高臺階的幼兒；曾經慷慨激昂唱著「我的家在東北松花江上」的師範生；淚眼目送愛人去了大後方的心碎少女，他們都去了哪裡呢？

羅蘭 1969 年獲中山文藝獎散文創作獎，1996 年「歲月沉沙三部曲」獲國家文藝獎。出版了二十幾本書的她，認爲好文章的關鍵不在字面，而在「想得好」，[8]要有對事物的特殊感受。爲什麼寫文章？有話要說而已。「寫作作爲一種心靈的探索，絕對是一種享受。」看似那麼保守的年代和人，卻有著一點也不保守的觀念，在思考、觀察、聯想、表達之外，羅蘭說：「特立獨行的能力，也是文學創作所必須。」她解讀廣播無遠弗屆的魅力說：「人們相信一樣東西，只因爲他們看不見它。」

蒼茫雲海，歲月沉沙。感情是河流，理智是兩岸，春天的歌與詩及花，終究只能遙寄給淪陷的夢想，以及永不淪陷的人生。

——選自張瑞芬《五十年來臺灣女性散文·評論篇》

臺北：麥田出版公司，2006 年 2 月

---

[7]齊邦媛，〈歲月沉沙——羅蘭還鄉三部曲〉，《聯合報》「讀書人」，1995 年 7 月 6 日，3 版，後收入《霧漸漸散的時候——臺灣文學五十年》（臺北：九歌出版社，1998 年 10 月）。

[8]南川，〈豁達開朗·樂享人生——女作家羅蘭訪問記〉，《今日生活》第 207 期（1983 年 12 月）。

女性散文與流亡書寫
以渡海作家徐鍾珮、羅蘭為例

◎朱嘉雯*

一、緒論：拾箱與失鄉

　　狂飆迷離的 1947 至 1951 年間，國共內戰的情勢隨著和談破裂的氛圍急轉直下，戰局風捲殘雲，1949 年 2 月前後是兩岸人們決定去留的關鍵時刻，遲疑之間已改變了許多人一生的命運。數以百萬原籍大陸的軍民奔逃渡海的結果是在臺灣度過了後半生。

　　這段時期來臺的大陸女作家，諸如蘇雪林（1899～1999）、謝冰瑩（1906～2000）、沉櫻（1907～1998）、孟瑤（1919～2000）、張秀亞（1919～2001），以及聶華苓（1925～ ）等，多成長於五四至後五四時代，不僅接受過新式教育，更對於自由主義傳統的體認與嚮往，具有高度信念，在從事創作、教學、翻譯、採訪或編輯等職業多年後，渡海來臺，並於國語政策推行下，展現了高質量的文學成果，同時也造就了女作家群活躍於臺灣文壇的時代。其中將刻骨銘心的渡海經歷，以及流寓初期所思所感，娓娓細訴予廣大讀者，且斐聲於文壇的散文女作家，可以徐鍾珮與羅蘭為代表。

　　徐鍾珮（1917～2006）從 1950 年 6 月 10 日，提著一口大箱子跟著大眾登上基隆港起的四個月間，寫下了《我在臺北》[1]一書，成為其日記與自

---

*發表文章時為佛光人文社會學院文學系助理教授，現為佛光大學中國文學與應用學系副教授兼系主任。
[1]徐鍾珮，《我在臺北》（臺北：重光文藝出版社，1951 年 1 月）。

傳結合的散文集。文中歷敘船上生活的種種艱辛與慰藉，抵臺後從寄居到
建立自己家庭的周折。其間有曾深刻感受到與難友們高談闊論的暢爽，也
有失去小外甥女的哀淒痛惋，以及對於家庭主婦所承受的沉重負擔所寄予
的同情和理解。在發現了臺灣之美的同時，亦以自己曾經駐派英倫的經
歷，對於來臺後所見國際局勢之人情冷暖，感慨良深。

　　羅蘭（1919～）本名靳佩芬，於 1948 年 4 月 29 日，帶著擺脫前半生
歲月，和甩脫詭譎內戰的想望，隻身來到了基隆港，手裡提的是兩只輕若
無物的小衣箱。將近五十年後，她的腦海裡總不忘記的是：「我那有生以來
第一次的『海行』」。遂於 1995 年寫下了回憶錄「歲月沉沙」第二部《蒼茫
雲海》。[2]將畢生對父親的思念，以及立足臺灣半世紀所闡發之文化總評，
消融在生活的涓滴裡，匯聚成江水滔滔的宏觀與細述。

　　以 20 世紀世界文學史的角度審視，極權政治所帶來的壓迫，導致蔚為
可觀的流亡現象，從而引發流亡文學的興起。舉俄羅斯人為例，自 20 世紀
上半葉起，由於政治因素的割裂，蒼凝的西伯利亞大草原下的文學傳統，
儼然形成一分為二的局面：一是俄國本土境內的「蘇聯文學」；另一為匯興
於俄國本土之外的「流亡文學」。然而流亡海外的俄國作家，畢竟不是人人
都成了索忍尼辛（蘇俄作家，亞歷山大‧索忍尼辛 Aleksandr I. Solzhenitsyn,
1918～2008）。原因未必是流亡作家之缺乏自覺意識，而是在於離開祖國的
文化母土之後，這群失鄉者也同時陷入失語狀態。流亡歐美的詩人、散文
與小說家，在文學語言竭力於「西化」，甚或「美國化」的同時，他們確實
使得俄國文化漸為西方世界所了解，卻不見得對蘇聯本土文學產生影響。
然而，當蘇聯文學淪為政黨的附庸之後，這批在柏林、巴黎、布拉格寄寓
的邊緣人始終又自覺著自己才是俄國文化的真正繼承人。

　　1947 年以後，流寓臺灣之大陸文人所發展出的流亡敘述，與上述景
況，甚至於東德、北韓等國之流亡現象，可謂同中有異。首先，大陸寓臺

---

[2]羅蘭，《蒼茫雲海──歲月沉沙第二部》（臺北：聯經出版公司，1995 年 6 月）。

人士並非真正流亡國外，雖然多數作家均曾反映臺灣文化、語言、風土與大陸的差異，然終因文藝、國語政策與作家個人意識形態的契合，以致流亡作家不僅不曾失語，反而相對地容易取得發表場域。而臺灣社會的「美國化」與「西化」，又緊繫於現代化的需求，與臺海安全穩定的基本原則之上，於文藝層面，則進一步開啓了現代派思潮。現代主義之流行於臺灣，某種意義上是填補了高壓政權下，出走美國，乃至於無以為繼的自由主義思潮。[3]新生一代的作家運用意識流之文學技巧，來建構他們所承繼自父執輩之流亡生涯中的片斷，此與他國流亡者第二代之遠離祖國，及其西化的發展方向，不可同日而語。[4]

儘管如此，戰後東渡來臺的大陸作家，因政權激變，而拾起衣箱，踏上流亡的道路，從而改變了臺灣文壇的發展方向與政治格局。僑寓文人從「權作避秦」，到「收復無望」，乃至於「終老斯鄉」的輾轉創作心路，終使得「流離意識」成為重要的臺灣文學現象之一。[5]外省作家凸顯出海外孤島做為民族流亡中心的特殊意義，直到第二代作家的出現，讀者都還能夠從他們的作品中清晰地察覺到中國人退守臺灣的流放悲情，及其身處邊緣，卻又胸懷中心的文化意識。他們將個人的境遇，比附在整個國家命運的那種「憂時傷國」的態度，被白先勇斷言是：「繼承了五四時代作家的傳統。」[6]從大陸到臺灣，生於「五四」，長於「後五四」時期的女作家，因其本身才自重重束縛中解脫出來，於是將 20 世紀新文藝女性的自由、解放觀點，與臺灣現實生活中奮鬥的經驗相互結合，並落實在流寓生活書寫

---

[3]參閱朱嘉雯，〈亂離中的追求——五四自由傳統與臺灣女性渡海書寫〉，中央大學中國文學研究所博士論文，2002 年 6 月。

[4]齊邦媛曾述及眷村文學道：「五〇年代或者因為呼喊『反攻大陸』而有過短暫的自慰。那時兵尚未老，在等待反攻的那些年，筋血未衰，尚在村口樹下口沫橫飛地講述忠孝節義，講八年抗戰。這些講述留在當年幼小的聽眾心裡，成為眷村第二代創作靈感的一大根源。」齊邦媛，〈得獎「者」張啟疆——看不見的眷村〉，張啟疆《消失的□□·序》（臺北：九歌出版社，1997 年 1 月），頁9。

[5]本文使用「僑寓」一詞，出自《宋書·王玄謨傳》：「雍土多僑寓，玄謨請土斷流民，當時百姓不願屬籍，罷之。」六朝時期南北分裂，遇有州縣於戰亂中陷入敵手，則往往暫借別地重置，而仍用舊名，稱為僑置。與遷臺後市區街道之援用大陸地名狀況相類，是故本文援古以述今。

[6]白先勇，〈流浪的中國人〉，《第六隻手指》（臺北：爾雅出版社，1995 年 11 月）。

裡，進而翻新了自古以來「流亡」與「女性」相結合的概念與本質，進而
形成臺灣「五四」女學傳統與新流亡論述的合流。本文所以使用「流亡」
一詞，實亦來自所論述的對象徐鍾珮等人的自覺性之重複使用。[7]

二、海行是家的延伸

　　離開吧！在這黑暗愈來愈濃密的時候。[8]

　　當戰爭剝奪了人們理想和現實中的家鄉時，乘船渡海便成爲流亡生涯
的第一步。1948 年三、四月間，東北戰事緊急，29 歲的羅蘭感受到自己在
有形的戰爭與無形的黑暗中尋不到出路，日日所面對的是無望的歲月，她
急欲掙脫這種無奈的陷落感，於是奔向海外之島的渴望，如同生命對空氣
和陽光產生自然而然的生物趨向性一般。她登上了和順輪，離開大沽口，
駛向上海，輾轉來臺。

　　在港口等待潮水之際，彷彿船也遲疑起來：「真的要走了嗎？」她起初
的構想是：「我所要追求的是一個短暫的『海闊天空』。」[9]作者在船上乘著
晚風，將星空設想成「藍緞上灑著大把的碎鑽」，擁毯倚坐船頭，隨著船身
左右均匀地搖晃，感覺像在母親的搖籃裡。於是她在大海上漂泊的時日
裡，想起自己的母親。想到母親推動他們兄弟姊妹七人搖籃的手。如今在
漫天烽煙裡，始慶幸母親的早逝。女作家呢喃道：「我好像是很快樂。」並
非真感快樂，是因爲心繫遠方的家人。朦朧的意識裡，女性始終對於提起
皮箱、登上輪船出走一事，感到自己在戰爭中，對於家人是殘忍和麻木
的。如若沒有這份殘忍和麻木，如何斷然與「家」分手，成全自我？羅蘭
晚年回顧、剖析這樣的心情道：「你曾想念過他們嗎？在長長的歲月裡，你

---

[7]例如：徐鍾珮於〈書中情趣〉一文中提及：「輾轉來臺，我雖也割愛了一部分書籍，但是大部分還
　跟著我流亡。」又如〈羅馬不是一天造成的〉文中指出：「在大陸上最後的首都成都撤退，臺灣身
　價大跌時，我的友朋們都已經安居下來，都已經能接受和安頓自己一批流亡來臺的親友了。」收
　錄於《我在臺北》，頁 44、73。
[8]羅蘭，〈是前生註定事〉，《蒼茫雲海——歲月沉沙第二部》，頁 11。
[9]同前註，頁 19。

曾爲自己的不孝而不安過嗎？沒有，好像沒有，似乎沒有，大概沒有。……」[10]不敢肯定，不能深入追問，因爲炮火下顚沛流離的滋味，已使人們善於克制，克制自己不要悲傷、不要懷念，於是近乎沒有牽戀。

　　然而顚沛之間，女性的皮箱與輪船的故事，仍在持續中，並且隨著局勢的邊變而愈加倉促與緊急。1950 年 6 月 14 日，徐鍾珮說：「南京淪陷了，隨著也淪陷了我的家，和我旅伴們的家。」[11]她形容當初所乘的太平輪二等艙是「一個黑黝黝的大洞」[12]，人一下洞，便有一股異味撲鼻，地下又濕又黏，原來是一艘貨艙改裝船。儘管如此，她仍然十分珍視這同船渡的緣會。對於船上的旅伴，伸出溫馨的援手。與她同行的四位太太平均每人兩個小孩。當孩子們一會兒吃，一會兒吐之後，徐鍾珮說：「我滿床成了一幅五彩圖。」[13]想爬出船艙透透氣，結果「甲板上黑壓壓的都是人」，由她代爲照顧的兩個辮稍走了樣，短髮已蓬鬆的孩子們，就成了「黑洞中的天使」。[14]海風下，浮動的船身中，徐鍾珮想起的是另一位女作家，海軍將領之後——謝冰心。不暈船的冰心，自幼環繞在海隅、水兵和軍艦之間，她據此傾訴對父親的孺慕：「這證明我是我父親的女兒。」見船就暈的徐鍾珮遂又進一步聯想：「我的父親不是海軍出身，我也證明了我是我父親的女兒。」[15]

　　在女作家的皮箱與輪船故事的背後，分別隱藏著母親和父親的身影。無論已婚或未婚，[16]身爲女兒的意識使她們將船身的意象幻化、聯想爲溫暖的雙親，並藉由「母親的搖籃」與「我是父親的女兒」等想像與宣稱，使得海行成爲家的延伸。女作家透過私密的感官體驗，以及對其他女作家的

---

[10]羅蘭，〈情感化冰先是痛〉，《風雨歸舟——歲月沉沙第三部》（臺北：聯經出版公司，1995 年 6 月），頁 5。
[11]徐鍾珮，〈重逢〉，《我在臺北》，頁 25。
[12]徐鍾珮，〈地獄天使〉，《我在臺北》，頁 3。
[13]徐鍾珮，〈重逢〉，《我在臺北》，頁 5。
[14]徐鍾珮，〈重逢〉，《我在臺北》，頁 6。
[15]徐鍾珮，〈重逢〉，《我在臺北》，頁 6。
[16]渡海之際，羅蘭未婚，而徐鍾珮已婚。

認同，將其所重視的瞬間印象，諸如：星空下搖晃的船恰如母親推動的搖籃，以及暈船噁心等具體感受正說明了自己是父親的女兒等跳躍式的聯想，使意象在似連非連之間，暗示了內心的思鄉情懷，並以此直覺來縮合短暫的「流亡離散」與永恆的「思鄉懷舊」等兩大主題。

在相同議題上，相較於男性作家的直接鋪陳，[17]女性借物質世界可感之物，間接而朦朧地表達出精神狀態中的事實，均帶來了掩映於亂離處境中的情思與想像。於此思維中，徐鍾珮將倉皇亂離之間所遭遇的暈船嘔吐等難堪的窘境，以「幽默而情味的文字」[18]舉重若輕地排解了苦難中的憂愁與紛擾，於輕鬆的生活態度與認真地追尋自由之間，面對真實卻又荒謬的人生，展開自我的胸懷，笑看浮世繪裡的悲欣與種種的意外和落差。於是女作家打破了流亡生涯的固定觀點，化沉重為輕靈，進而形成女性流亡書寫的特殊風貌。

三、旅人之思

歷史以治亂相循展演出綿延的文化軌跡，古來描寫大時代中人們流離失所的「亂離文學」，往往因詩人感情噴薄，樸素幾筆便產生生動的場景與震撼人心的氣魄。從《詩‧大雅‧召旻》中所云：「民卒流亡，我居卒荒」，到漢末王粲因諸軍相互攻伐而避地荊州時以一首膾炙人口的〈七哀詩〉言明：「西京亂無象，豺虎方遘患。復棄中國去，委身適荊蠻……未知

---

[17]例如：桑品載於 2000 年寫下的乘船渡海回憶：「……俯著欄杆看海。家早已看不見，甚至連方向都亂了，母親這時候在做什麼呢？祖母和父親有沒有回家？姊姊去不成臺灣只好嫁到上海去了……」，《岸與岸》（臺北：爾雅出版社，2001 年 2 月），頁 17。又如：張系國等人曾回憶當時的情景：「那年五歲，在南京火車站的逃難人潮中，終於被人擠入開往上海的火車裡。母親卻在車外擠不上去，火車即將開走，好心的人把張系國從車窗遞給嚎啕大哭的母親，如果那時就此走散，不知道現在我在那裡，……站裡已經不賣票了，全隨人自由上下。行李塞上車後，我從窗口爬了進去，蒙頭蒙眼被車裡的人拉拔站住了，睜開眼，只見滿坑滿谷擠得不成樣的人；車頂是人，車窗是人，一地全是人……。」見余幸娟，《離開大陸的那一天》（臺北：久大文化公司，1987 年 9 月）。
[18]諸如：「……小迪吃了兩口，哇的一聲吐得我一床，毛毛心裡一慌，稀飯打翻，我滿床成了一幅五彩圖，有稀飯，有肉鬆，有燻魚，有榨菜，有……所有大肚子的太太，也全暈船輪流嘔吐。我的床鋪，又暫時做了垃圾轉運站，所有痰盂，橘子皮，瓜子殼，都由我經手……。」同註 8，頁 5。

身死處，何能兩相完？……南登霸陵岸，回首望長安……。」北宋顛覆之
際，江湖詩人劉克莊再以〈北來人〉道盡南渡流亡之士的悲慟：「老身閩地
死，不見翠鑾歸。」張元幹亦云：「雲深懷故里，春老尙他鄉。」中國古來
的放逐，最折磨人的，也正是有家難還。當代詩人，同時也是醫師的曾貴
海，曾有一首詩寫一位罹患肺癌病人的鄉愁：「暗示他／家在哪裡／太太怎
麼沒來／朋友呢／他只是沉默的搖頭／突然，一顆淚水噙的滴在／臺灣的
地圖上／蔓延」。李敏勇評述道：「許多新住民在殖民者與逃難者的混淆身
分裡，不得不從過客成爲歸人。在融入臺灣的過程，鄉愁鐫刻在心版。」[19]

　　循此脈絡重讀男性詩人的亂離之作，如兩漢樂府：「十五從軍征，八十
始得歸。」（〈十五從軍行〉）並重新觀察南朝詩人刻意模糊中原京華與江南
世界的時空座標，其「登高眺京洛」、「回首望長安」（沈約〈登高望春〉）
的熱熾，綿延七百年不滅。降及南宋辛棄疾曾經夜半狂歌：「悲風起，聽錚
錚陣馬檐間鐵。南共北，正分裂。」（〈賀新郎〉）而一部《稼軒詞》從「海
山問我幾時歸？」（〈臨江仙〉）與「看試手，補天裂。」（〈賀新郎〉）的豪
情，到「萬事雲煙忽過，百年蒲柳先衰。」的心灰與悵惘。南北宋各占一
半人生歲月的白話詞人朱敦儒，到晚年也壯志頓減：「此生老矣，除非春
夢，重到東周。」（〈雨中花〉），「有奇才，無用處，壯節飄零，受盡人間
苦。」（〈蘇幕遮〉）

　　反觀女詞人在臨安淪陷、崖山覆亡之後，被迫去鄉千里。在顛沛流離
中，我們不僅看到李清照的慨歎：「春歸秣陵樹，人老健康城。」（〈臨江
仙〉）更有被蒙人所掠奪而羈留燕地的才女，如陶明淑：「塞北江南千萬
里，別君容易見君難，何處是長安？」（〈望江南〉）、吳淑真：「塞門挂月，
蔡琰琴心切。彈到箛聲悲處，千萬恨，不能雪。」（〈望江南〉）、華清淑：
「萬里妾心愁更苦，十春和淚看嬋娟。何日是歸年？」（〈望江南〉）如此白
描的手法，敘述著經年羈留異鄉的憤恨與哀傷，以樸素之筆直抒胸臆，刻

[19]李敏勇，〈淚水滴在臺灣地圖上〉，《臺灣詩閱讀——探觸五十位臺灣詩人的心》（臺北：玉山社出版公司，2000年9月），頁150～152。

畫亂離社會的影子，又比男性遺民作家高雅典麗、悲狀堅實、詠物起興的
風格更加深刻而激越地反映出她們所肩負的苦難。這些詩詞映照在遷臺女
作家的心境上，羅蘭曾說：「多年來，我只敢看蘇、辛、陸、朱等詞家清曠
的作品。他們幫我超然，助我擺脫。」[20]在陸游筆下：「一個飄零身世，十
分冷淡心腸。」遷臺文人經歷了離別與割捨，面對飄零的身世，提煉出一
副「獨來獨往」的「冷淡心腸」。流亡女性寄情於古典詩詞，抒發故國式的
離愁，在念舊懷古的文學幽思中，暗自擁有一個屬於自我的「長安」，也在
畢生修築感情的堤防背後，借古人所云，向家人說一聲：「別來將謂不牽
情，萬轉千迴思想過。」

　　亞洲華文世界的亂離文藝論述向來隱微不顯，然而若論漂流的中心與
代表，則非臺灣莫屬。1949 年的大遷徙，是繼明末鄭成功率眾渡海來臺之
後，規模最大與流亡時間最長的大分裂。其間文藝思想頗有承續晉室東
遷、宋人南渡以降，逐臣遷客、遊子戍人的傳統，同時亦開啓了 20 世紀亂
離文學的另一章。臺靜農對此文人處境，特以「始經喪亂」陳述之；[21]而唐
君毅則形容爲中國人的「花果飄零」。無論是「喪亂」或「飄零」，臺灣做
爲中國民族的離散中心，在政治及國際社會上的意義是將海上小島轉移爲
國府中心；就文化層面而言，這一座孤島對遷臺客來說，既是逃避現實的
世外桃源，[22]又是抗敵的精神堡壘；既是異鄉又是家鄉；既是國家又是省
分……。在多重身分迷失、憂國情結蔓延與危機意識深重的遷臺作家身
上，女性借用自然物象，包括風土景緻的色彩、香氣，乃至於音調等感官
上的交錯、互用，來提升古來傳統流亡書寫的民族大義與悲憤之情，則時
而有之。

---

[20]羅蘭，〈是前生註定事〉，《蒼茫雲海——歲月沉沙第二部》，頁 7。
[21]參閱臺靜農，〈始經喪亂〉，《龍坡雜文》（臺北：洪範書店，1991 年 3 月），頁 141～148。
[22]朱天心在小說〈古都〉的結尾裡引用〈桃花源記〉來訴說移民臺灣者的心境。可視爲其繼《想我
　眷村的兄弟們》之後，對於行旅間遷移與放逐者的逃避與追尋之雙重複雜心態，所作的進一步詮
　釋。

羅蘭曾經回憶道：「因爲我喜歡旅行」，[23]於是她用「旅人的心情」來到臺灣，並且幾乎是在開始於新公園內的電臺上班的同時，便欣賞起亞熱帶翁鬱的花和藤蔓。女作家所鍾情的九重葛和牽牛花等，都是具有「隨遇而安」以及「閒適之美」的攀豌植物。她說：「那柔軟的感覺使你覺得它們是那麼自在。」[24]對於中國式的「安閒感」，羅蘭自有一番體會，她引用沈和及陸游的詞來詮釋她的心境。[25]她說：「『悠閒』的形成，有儒家的鎮定，也有道家的飄瀟。所追求的都是一種更深遠、更寬廣的精神內涵。」「中國人越是事業上有成，越是書唸得多的人，越使人覺得他悠閒。」[26]臺灣社會逐漸步向現代化與商業潮流之際，羅蘭所提出的精神內涵，實質上正是深刻的人文關懷。她強調「閒世人之所忙」的冷靜心態，因爲「閒」則能步伐穩定、放寬視野，進而讀書、交友、飲酒、著書，乃至深謀遠慮、未雨綢繆、制敵機先……。她自我期勉於眾人所盲目奔逐的事物之外，擷取爲人所忽略卻有意義的事情來從事，以求貢獻一己之力。

寫作相對於俗累所產生的「閒情」，其實是給女作家保留了工作與家事之餘的最後一點私人領域。羅蘭曾在丈夫帶著孩子去看電影的時候寫道：「我難得有段空閒的、屬於自己的時間，就坐在飯桌前，找出紙和筆，想寫點東西。」[27]「我喜歡寫東西喜歡到不知爲什麼要寫的地步。反正只要給我一支筆，一些紙，我就覺得既快樂又安全。」[28]女作家在瑣碎雜事、閒言碎語和婦職家事之餘，以「偷閒」心情遣發靜觀樂趣，寄託書興幽長，以建立自己存在的價值，設法從空虛中脫困，於是著意觀察生活，體驗臺灣的文化差異。舉凡：榻榻米、木屐、扶桑花，以及任何一種周到的待客方

[23]羅蘭，〈旅人的心情〉，《蒼茫雲海——歲月沉沙第二部》，頁45。
[24]羅蘭，〈旅人的心情〉，《蒼茫雲海——歲月沉沙第二部》，頁46。
[25]沈和：「見芳草，映萍蕪，聽松風，響寒蘆，我則見，落照漁村，水接天隅，見一簇，帆歸遠浦，他每都是，不識字的慵懶漁夫。」陸游：「輕舟八尺，低蓬三扉，占斷蘋洲煙雨，鏡湖原自屬閒人，又何必官家賜與。」引自羅蘭，《羅蘭小語第五輯（從小橋流水到經濟起飛）》（臺北：自印，1987年11月），頁118、124。
[26]羅蘭，〈中國式悠閒〉，《羅蘭小語第五輯（從小橋流水到經濟起飛）》，頁120～121。
[27]羅蘭，〈他們埋骨於此〉，《蒼茫雲海——歲月沉沙第二部》，頁141。
[28]羅蘭，〈臨時房屋風水好〉，《蒼茫雲海——歲月沉沙第二部》，頁129。

式，乃至於每隔一段時日澈底的衛生檢查等日本遺風和情調，在在使她連接起「這一代」飽經戰亂的中國人的身世。

　　而這一切在心境上所映照出的陌生與悽清，最後都化解在「旅行者」的心態中，讓離開母土的無根與脆弱的心，能夠從記憶、懷舊當中暫時抽離，以致從不同的角度，使自己成為擁有新發現的欣賞者。而羅蘭在颱風雨中欣賞花木的飄蕭，則又進而將欣賞者的視角轉變成一位「創作者」：「切身的苦樂幾乎在一瞬間都可以變成一個故事、一幕戲、一部小說、一首詩、一首歌……很值得寫下來。」[29]於是寫作成為女性跳脫與化解「當局者」苦樂的轉化劑。

　　旅人的心情也同樣地出現在徐鍾珮的〈發現了川端橋〉，她說：

> 我想我永不會忘記我對川端橋的第一眼！太陽正落在橋的那邊血紅金黃，橋邊一片平陽土地，河水清澈，有幾個穿著花裙的女孩子跪著在洗滌衣服，橋邊一輛牛車，緩緩而行。
> 我呆立不動，久久無言。……[30]

　　徐鍾珮初到臺北，於水源路旁，發現了川端橋映在遠處的一抹青山和近處閒立的幾幢房屋之間。循橋東行，聞著農家的泥土氣息，感受到靜穆與幽嫻的自然之美，比家鄉玄武湖的湖光山色，有過之而無不及。剎時間的驚異與讚歎，為日後的卜居於水源之濱，帶來了每晚太陽西墜時的橋畔閒步。作家將自我映襯於局勢不定間，隻身流寓離散的寂寞心境，使她在清晨月夜，攜書至此，踽踽獨行中遠眺遙遠的天際，在微風中遣送當時的愁緒，也盼望從這不知名的靈感裡，找回失落的東西。

　　所謂失落，是一種無以名之的惆悵，是生活中不算奢侈的寄望，它包括了對於摯愛的人的懷念，在山河變色與不斷地奔波中，遭受到折磨，因

---

[29]羅蘭，〈黃葉舞秋風〉，《蒼茫雲海——歲月沉沙第二部》，頁58。
[30]徐鍾珮，〈發現了川端橋〉，《我在臺北》，頁14。

而面對過去時，但覺不堪回首；展望未來，卻又引發生命力奄奄一息的感傷。羅蘭說道：「當初那阻擋我的，是有形的戰爭，後來這阻擋我的，是無形的環境。它不向任何人宣戰；它只讓你在四顧漆黑中無奈地陷落。那是一種沒有形貌的猙獰。」[31]失落，或曰陷落，在另一位散文家張秀亞的筆下，亦曾深有所感：「孤獨與寂寞做了我的雙翼，我是一隻愛唱卻不善唱的鳥，我永不是四月林中的新來者，能唱出歡欣的歌。」[32]

　　女性此時所找尋的，哪怕是一點莫名的靈感，即使只能為白雲畫像，為山泉錄音，也擬擷取留存。於是寫作成為一種生活態度和生存方式——為一葉浮萍的迷茫與惶惑，找到充實感，以安頓心靈的家；也是「國軍轉進，戰爭失利」之大局混亂中，收拾自我這個小殘局的途徑與慰藉。

　　旅人的心，是暫時脫離如同漂浮在和體溫一樣溫度的水中，而失去數種感覺的狀態；以追尋未知領域的探險和尋覓的精神，去擴充自我的知覺界定和意識邊界。遷臺女作家倚賴著遍布在生命中每一件事物之細膩描繪，將明亮燦爛而情感洋溢的大大小小故事碎片，拼組成有意義的生命式樣，以展現其感官知覺曾經越過多少不同時空的文化領域。羅蘭說：「小快樂才是構成人生樂趣的主要旋律。」[33]同樣地，1948 年來臺的女性小說家沉櫻。她曾經在苗栗頭份一帶，過了一段翻譯與寫作的淡泊生活，卻也是一段人生夕陽裡的光采。沉櫻喜愛描繪生活中「小的東西」，她說：

> 我對於小的東西，有著說不出的偏愛，不但日常生活中，喜歡小動物、小玩藝、小溪、小河、小城、小鎮、小樓、小屋……，就是讀物也是喜歡小詩、小詞、小品文……，特別愛那「采取秋花插滿瓶」的情趣。
>
> ——《關於〈同情的罪〉》

---

[31]羅蘭，〈是前生註定事〉，《蒼茫雲海——歲月沉沙第二部》，頁 11。
[32]張秀亞，《牧羊女》（臺中：光啓出版社，1968 年）。
[33]羅蘭，〈快樂的共鳴〉，《羅蘭小語第三輯（成功的兩翼）》（臺北：自印，1974 年 10 月），頁117。

在頭份果園中所構築的「小屋」裡，沉櫻以散文〈果園食客〉記錄生活樂趣，寫出臺灣鄉情中大自然的花鳥風雨之情，遂使其「小屋」聞名於臺灣女作家之間。掙脫戰爭與逃難的陰影，克服了離家的艱辛，女作家來到臺灣方始擁有維吉尼亞‧吳爾芙（Virginaia Woolf, 1882～1941）所說的《自己的房間》（*A Room of One's Own*），她們以領略臺灣之美的心境，轉化爲隨遇而安的文字。因爲旅行者的另一重心境正是「隨遇而安」，是以羅蘭說道：「人生遭際不是個人力量所可左右，在詭譎多變，不如意事常八九的環境中，唯一能使我們不覺其拂逆的辦法，就是使自己『隨遇而安』。」[34]

四、發現臺灣發現自我

當代作家「自我」客觀化歷程的書寫，實際上是一種主體意識的呈現。而深植閒情於小東西，同時也正寄託了女性對臺灣的歸屬與定位。徐鍾珮於新居階院栽種起玫瑰、杜鵑和康乃馨，在一番縱情盛開，花謝旋又綻露新苞的同時，另有幾株花木卻正由綠轉灰，已至於枯葉落盡，幼芽不生。生活中有希望，也有失望，徐鍾珮說：「大概他們立意不管外界春去秋來，也不管移植的是東鄰西院。我的花樹全秉有倔強個性，只是發展方向不同，一個是離開本土，絕不放青；一個是只要我放青，管它是什麼土地。」[35]臺灣對於流亡女作家而言，究竟是否能夠成爲滿懷開花結果希望的溫床？范銘如針對外省女作家的作品作出如下的歸納：

這個蕞爾小島的意義其實並不僅止於暫時歇腳的跳板。在為數可觀的女性文本中，臺灣代表一個療傷止痛的空間，沉澱洗滌過往的錯失與罪愆；更重要的是它象徵一個希望的溫床，對女性而言，尤其是再出發的起點。[36]

---

[34]羅蘭，〈隨遇而安〉，《羅蘭小語第一輯》（臺北：自印，1981 年 5 月），頁 15。
[35]徐鍾珮，〈閒情〉，《我在臺北》，頁 68。
[36]范銘如，〈臺灣新故鄉——五○年代女性小說〉，收錄於梅家玲編《性別論述與臺灣小說》（臺北：麥田出版公司，2000 年），頁 46。

臺灣成為再出發的起點，便也意味著乘船渡海是女作家生涯中重要的分水嶺。羅蘭離家時，曾誓言：「絕不願意再由於任何原因而回到我亟欲擺脫的環境裡去。」[37] 1948 年中，就在個人的成長階段需要一分為二的時刻，海峽兩岸的政體也同時在進行一場分道揚鑣的政治隔絕。羅蘭於此時和朱永丹成家，婚後幾個月內，工作上仍持續播報國軍渡江、轉進，共軍占武漢、上海等新聞。臺灣從三月限制軍公教人員及旅客入境，到五月宣布戒嚴，直至國軍完全退守臺灣，兩岸對峙乃成定局。兩岸家書一片蒼涼，女作家著眼於現實生活，仍然是在工作與家庭之間旋轉，淡漠政治的習性。在時局混亂，人們來往穿梭，無所適從，戒嚴法令人怵目驚心的時刻，羅蘭抓住當下唯一的希望，面對新成立的工作與家庭，掩不住興奮地說，那是：「我極快樂的生活片段。」[38]

孟瑤小說《浮雲白日》中，將渡海來臺，無依無靠的流亡女性在臺灣相互扶持的生活困局，巧妙地轉化為姊妹情誼下的女性理想烏托邦，用以取代傳統的父權家庭制度。同樣地，聶華苓也曾在《桑青與桃紅》裡，寫下一群難民以漠視禮教地歡樂作愛來消散流亡者的集體文化記憶。女作家一再地透露其自由追求下對家國與民族思想的解構，亦從而暗示了歷史文化與集體建構記憶出的國族想像，在女性實質生活體驗等思維模式中所占有的分量。

流亡女作家的認同取向，在韓戰爆發後，進入一波新進程的論述空間。在美方軍援和經援接踵而至的情況下，與收入懸殊的臺灣人相比，社會上文職或軍職的美國人，成為一特殊階層。此一階層雖不至於高高在上，卻將現代化和商業化的觀念，一步步深入臺灣。羅蘭省思道：「來臺之後，經常發現，本省的家庭和大陸的老式家庭十分相像，所使用的飯桌、供桌、神龕、條案等等家具，都和大陸一般無二。這裡儘管經過了 50 年的日本占據，民間所保存下來的生活型態和傳統禮俗，卻向是比來自大陸的

---

[37] 羅蘭，〈「他」是誰？〉，《蒼茫雲海——歲月沉沙第二部》，頁 71。
[38] 羅蘭，〈風雲變幻彈指間〉，《蒼茫雲海——歲月沉沙第二部》，頁 89。

我們這一代還要傳統。」[39]「我們這一代」，不斷地出現在流亡女性筆下，
用以度量兩岸及兩代之間在生活型態與思想上的鴻溝。她們接受「五四」
的洗禮，走過 1920 年代後期的北伐與 1930 年代的內戰，從中學或大專
起，國仇家恨已滲入了其學思與心靈。羅蘭說：「這一代人們，無論他是在
海峽的那一岸，在一生的歲月裡，所努力以赴的，是救國與建國；而在這
慷慨悲歌的漫長生途之中，他們所拚命圍堵的，卻是個人的感情。」[40]

　　來臺後不久，女作家便發現，臺灣長者文人的漢詩文造詣，以至於對
自己文化的一種無形的信心與堅持，遠勝於「五四」以後的大陸文人。然
而這一切在日據時代不曾喪失的文化挺拔姿態，卻在美援之前逐漸垂頭，
徐鍾珮感歎道：「年來的孤淒寂寞是難堪的，但是在孤淒寂寞裡，也最能悟
出真理。」「自從發現臺灣發現自己後……我們看盡了世態炎涼……」她因
住處鄰近機場，故而對麥帥座機的來去深具臨場感：「臺灣經緯度未變，豐
姿依舊，以前未蒙青眼，現在卻又被驚為天人。」對於流寓臺灣的抉擇，
她始終堅持自我尊嚴的維護立場：「即令美國無有第七艦隊，世上無有美
國，我們也不會替自己理想，豎起白旗。」[41]

　　正當臺灣經濟起飛，逐步邁向已開發和經濟奇蹟之際，女作家看到的
是社會潮流指向放棄儒冠，國人轉以小商人為師。在自我炫耀和標榜的社
會習氣中，她們秉持人文關懷的理性良知，以更長遠的文化教育觀點省
思，並不諱言道：「我們是失敗的。」於臺灣認同問題上，當許多人捲入中
國大陸大規模攻勢，聯合國席次難保，又或許美援不來等多重漩渦中無法
自拔時，徐鍾珮僅以簡明的一句話答覆異國友人：「任憑弱水三千，我只取
一瓢飲。」[42]這是女性流亡者強韌姿態的再度證明。

---

[39]羅蘭，〈「模範省」〉，《蒼茫雲海──歲月沉沙第二部》，頁 194。
[40]羅蘭，〈是前生註定事〉，《蒼茫雲海──歲月沉沙第二部》，頁 6。
[41]徐鍾珮，〈我只取一瓢飲〉，《我在臺北》，頁 77～80。
[42]同前註。

五、結論：信念與懷念

外省第二代女作家袁瓊瓊曾代母親如是說道：「異地的夜，只是昏昏昧昧。涼涼的夜風吹過來，也像欺生。」[43]流寓文人以地理位置所產生的距離做為開端，從遊子文學出發，帶出身分階級、社會政治、歷史文化等變動脈絡的環環相繞，將眼前的地理景觀交纏於同一代戰亂下的流亡者內在的思維裡，進而塑造出不同於在地文人的地理觀照、歷史定位和人文風物。一再纏繞著流亡者的家國想像與文化制約，終而歸結到「自我認同」的族群身分標記之中。一生中能夠抵達遙遠的彼岸，無疑是給予作家另一副眼界，和另一種心境。當文學不再只是酬酢往來的禮品或政治攻防的工具，進而昇華至對命運遭際的思考時，所謂的作家便誕生了。

中國近代的戰火，從民初延續到 1950 年代，儘管名目不一，然而人們遭遇顛沛流離的苦況，卻無不同。羅蘭說：「渡海來臺時的背景即使每人不盡相同，一個海峽的徹底隔絕，卻是沒有兩樣。」[44]此一隔絕，在所有現實意義之上者，直指「感情」。自倉皇渡海到重新立足，流亡生涯對於多位女作家而言，有著比一般人更警覺的感覺世界，和經歷多重文化所衍生之意識流動不息的印象。在不安與飄蕩的驚夢中，作家藉由書寫以尋覓變動的時代下，唯一凝住不變的一刹那。而她們的寫作，卻又始終環繞著平實親熱的人生觀。於細膩的遣詞造句中，抒發其敏銳的感官搜尋，以及各色各樣生活體驗。而此類日記與自傳體之散文最主要的形式特徵，在於寫作的意義即是一種詮釋自我的過程。女作家揀選渡海經歷、流寓生活加以描繪，實際上是在多樣生命面向中，組創出一個自我認定的版本，藉由寫作找到主體的認同。

穿過戰亂和離家的陰影，女性運用日記和回憶錄撒下了點點智慧星光，使人們於此「亂世之交」中，閱讀到雖是平淺散文，卻猶如情節離奇

---

[43]袁瓊瓊，《今生緣》（臺北：聯合文學出版社，1997 年 8 月），頁 60。
[44]羅蘭，〈是前生註定事〉，《蒼茫雲海——歲月沉沙第二部》，頁 6。

的小說；作家既深陷重重困境，卻又輕靈地於現實中超越提升。如此「詭麗」特質，使得這些篇什不再默默平蕪。透過朦朧的象徵，在是耶非耶的隱喻間，我們仍將發掘字句背後所有堅強的信念與深沉的懷念。

——選自《回顧兩岸五十年文學學術研討會論文集（上冊）》
臺北：中國文化大學出版部，2004 年 3 月

有個性而不耍個性
羅蘭的散文風貌

◎黃武忠[*]

　　羅蘭的名字，對讀者來說並不陌生，因為《羅蘭小語》曾轟動一時，即使是現在，仍然有多數讀者喜愛羅蘭的小語、小說、散文，甚至於她的廣播節目。

　　我也是羅蘭的讀者，初讀她的小語，給我的印象是——作者一定是位親切，並且是聊天的好對象。後來讀她的散文，給人的印象是——率真而充滿智慧。讀其小說，卻覺得她是一位——明淨淡雅，感情細膩且具有理性的人。這種讀者對作者一廂情願的感覺，與羅蘭在〈黃金時代〉一文中所形容的自己——「我們兩人的個性是不同的，她（指張秀亞）深沉，而我浮動，她安詳而我急躁；她喜歡研求，而我喜歡遊樂。」——不盡相同。

　　然而儘管讀者對作者有某種好奇、或者感覺，也只是留存在心中的印象而已，畢竟無法對讓我仰望的作者，作更進一步的了解。直到民國 70 年，羅蘭迷的陳銘磻在〈與世無爭的小河〉一文中，如此的說：

> 知足的羅蘭，一如淡雅的紫羅蘭，含蓄而見睿智，舉止嫻雅卻不矯情，是現代社會中，少見的——仍保有中國女人端莊的儀表，心境明澈的人，無論人世間多混淆、多險惡，都無法教她割捨對文學、音樂、舞蹈、繪畫的美，和對世間的愛的擁抱。

---

*黃武忠（1950～2005），臺南人。評論家，曾任文建會二處處長。發表文章時為《幼獅月刊》編輯。

她安於對生活超脫的瀟灑，勇於叫自己對自我坦誠；她的內在，是一棵
靜立在原野中的古松，任它苦過、累過、風雨打過，她卻深深沉沉的挺
立那兒，放開視野的擁住飄雪後的春天，安身立命於一個認份的天宇
間。

——《臺灣時報》副刊，1981 年 3 月 12 日

這兩段文字，似乎幫助我對羅蘭有更深的了解。

直到民國 72 年年底，我有幸認識羅蘭，並且有幾次的交談，使我對羅
蘭有更直接的印象，她具有典型中國婦女的溫厚，待人親切坦然而真誠，
其言談舉止，有著涵養過的典雅。

這個印象，與我讀她作品時的概略印象，有不謀而合之處。

羅蘭，原名靳佩芬，河北省寧河縣人，畢業於河北省立女師。民國 37
年隻身來臺，從事廣播工作與音樂教育多年，為一成功的作家、廣播節目
主持人及教育工作者。曾獲中山文藝獎、廣播金鐘獎，著作等身。其作品
有：

（一）、《羅蘭小語》四輯。

（二）、《羅蘭散文》七輯。

（三）、羅蘭小說五冊：

　　　　1.《羅蘭小說集》

　　　　2.《花晨集》

　　　　3.《綠色小屋》

　　　　4.《西風古道斜陽》

　　　　5.《飄雪的春天》

（四）、遊記二冊：

　　　　1.《獨遊小記》

　　　　2.《訪美散記》

（五）、羅蘭詩話一冊：

《詩人之國》

　　另外有，有聲散文《「歌」與「春及花」》、《濟公傳詩歌劇》、《早起看人間》、《一千個「你怎麼辦？」》、《給青年們》、《生活漫談》等達二十五冊之多。其對寫作的堅持與恆心，是三十年來少見的女作家；其作品的成就，影響之深遠，亦相當難得，本文擬偏重於她的散文作品，提出個人的些許看法與心得。

一、在逃難中成長

　　羅蘭生長在一個苦難的年代，戰亂頻繁，民生凋疲，還好，羅蘭家中，經濟尚可，書香門第，才不至於因時局動亂而中途輟學，她在書中說：

> 我們生於一個戰亂的時代。從懵懂無知的童年，就習慣了「逃難」。那時候，鬧不清是誰打誰，只是生活中經常有不同的軍歌和早上軍營的起床號。
>
> 小時候所逃的多是內戰，反正年紀也小，不知道國仇家恨，生活的擔子也不在我們身上。「逃難」，在我們幼稚的心裡是生活中一次又一次的「旅行」，可以坐火車到陌生的大城去，住陌生的大房子，吃公司發下來的大饅頭，給生活帶來了變化和刺激。
>
> ——《「歌」與「春及花」》，頁21、23

　　羅蘭在家族的呵護下，逃難宛如一次又一次的旅行。時局的動盪，對於稚齡的她，並無多大傷害，也沒有影響她的讀書。

　　少年時代，羅蘭興趣廣泛，武俠小說、社會言情、舊式章回、古今名著及詩詞，都是她熱衷的讀物。尤其是 19 歲那年，她到「寨上女子完全小學」教書，在空寂的夜晚總是看古書來消磨時間，她說：「我只記得我看書。看舊書，而且只有很少的幾本舊書——《紅樓夢》、《花月痕》、《古文

觀止》、《古唐詩合解》、《聊齋》。」

可以說，羅蘭有著充實的底子，因為這段日子裡，除了讀書之外，就是寫字，寫得沒什麼可寫，便抄古唐詩，也抄《紅樓夢》和《花月痕》裡的酸詩，抄抄背背，不但豐富了生活內容，也獲得不少學問。

詩與樂，都是羅蘭所酷愛的，這是使她日後寫作時，常於作品中有引詩出現，也常提到音樂的緣故。甚至於後來有《詩人之國》（詩、詞或曲的評論和選釋），及《「歌」與「春及花」》（有聲散文）等著作出版。

詩對羅蘭來說，是生活中的良伴，她說：「當我寂寞、憂愁、煩悶，或緊張、焦慮、疲乏的時候，只要翻閱幾首我所喜愛的詩，即可得到安慰或支持。」

藉此，羅蘭熟悉了古典詩詞，而使她在寫作時，常有把舊詩詞中得來的詞彙與韻律化入散文中的情形。

二、有話要說的寫作動機

羅蘭從小就喜歡塗寫，只要有一支筆，一疊紙，就可以從中找到安慰和樂趣。她 15 歲開始便有了寫日記的嗜好，把每天心中的千變萬化，留在日記裡，於是寫日記便成為她「捕捉心情剎那」的樂趣。

而這種「捕捉心情的剎那」寫下來的文字，雖然生糙，未經潤飾而不成章法，但卻往往多了一些純真和自由，而不忸怩與造作。羅蘭說：

> 我想，假如一個人一開始就為了想發表或賺稿費而寫東西，「寫作」對他就一定是一項苦差。但假如你只為了「捕捉你心情的剎那」而寫，「寫作」對你就純然是一種自己靈魂的探索，是對世間事物真理的尋覓。「寫作」的本身就是一種快樂的享受。
>
> ——《羅蘭散文》第一輯，頁 120

羅蘭所追求的是一種「自然」的寫作方式，一切隨興之所至而下筆，

並不去刻意的完成一篇文章，或者寫作只是為了發表，或賺取稿費，這些都不是。因此，寫作對她來說是一種興趣，一種快樂的享受，而不是一種痛苦的負擔。

她幾乎是以一種談心的心情來寫文章，甚至於是一種給朋友寫信的心情下完成的。而不論是「捕捉心情的剎那」，或是與朋友談心，最主要的卻是「心裡有話要說」。當心中有所感時，敏銳的作家在洞悉事理之後，總會有自己的看法，而心靈剎那的反應，化成了話語，總要有傾訴的對象。這時，假如有人讓你可以傾吐，也許說說就算了，倘若沒有，那麼寫在日記中，或寫成文章，便形成最佳途徑了。因此當有人問羅蘭，為什麼要寫文章時？她會回答：「有話要說而已。」

這種「有話要說」，自然迸現的寫作動機，深深的影響羅蘭的散文風格。

三、有特色的散文風貌

羅蘭已經有好些年沒有應邀演講了，三月底她應《臺灣日報》之邀，參加「散文的饗宴」座談。在座談會中，她提出從事文學創作必須具備七種力，即 1.思考力、2.觀察力、3.感受力、4.聯想力、5.活力、6.表達力、7.特立獨行的能力。前六種能力，是一般寫作的人會注意到，也較容易做到的事。而第七種能力，卻是羅蘭特別提出，也是較難做到的。

一個人要特立獨行，先要有獨立的性格，而後還必須肯定自己、相信自己、重視自己，再認真的發揮自己。倘能如此，才足以不顧別人怎麼說我，而只顧自己喜歡。堅毅不斷的追求，則特立獨行的能力，可能給你帶來作品的獨特風格。

羅蘭是一個有獨立性格的人，三十餘年來，在她創作的過程中，有多少文學潮流襲打著中國文壇，可是她卻未被文學潮流淘洗而擱筆，或者追求時尚，改變筆法。也因她的堅持與恆心，在 25 部作品中，樹立了她的散文特色。現分述於後：

（一）白話曲折：

　　羅蘭的散文作品，相當白話，但也多能曲折盡意，這種特色在《羅蘭小語》中，更可令人感受到。而這種特點，可能與她從事廣播多年有關。她在《現代天倫》一書的前言說：「《羅蘭小語》是在發音室裡，麥克風前，或由於當日的感觸，或由於音樂的激動，所迴蕩起的心情的片斷及對人生世事的了悟。」也就是「小語」是從廣播稿整理出書的，因此每篇皆適合朗讀，難怪會構成白話曲折的特色了。此種特色現在看起來也許沒有什麼？可是在三十年前則為鳳毛麟角。

（二）哲理簡明：

　　羅蘭是一個沒有脂粉氣的女作家，她不喜歡把內心的感受作太多的修飾，於是從生活中所孕育出的靈思，用文字表達出來，便成了簡明的哲理，一看就懂。陳銘磻說：「《羅蘭小語》和《羅蘭散文》，她用最口語化的文藻，簡單的生活哲理，道出深奧的人間至情。」（參閱《現場目擊》，臺北：遠流出版公司，頁 226）。因此，在她的書中，很容易便可挑到這種含有簡明哲思的智慧語句。如：「原來書本不僅是我寂寞時的良伴，苦悶時的知友，而且是我徬徨無主時的燈塔。」（《羅蘭散文》第一輯，頁 105）「世界上最可敬佩的人，就是那些能夠化腐朽為神奇的人。」（《羅蘭小語》第一輯，頁 32）「我們要像個內行的旅行家那樣的認真而愉快的走我們的人生旅程。」（《羅蘭小語》第一輯，頁 46）

　　這種語句在羅蘭作品中，隨處可見。其哲理之簡明，由此可窺出端倪。

（三）平和樂觀：

　　讀羅蘭的散文，最令我感受到的是，鮮有悲痛哀傷，也少有感歎和抱怨，有的是樂觀進取和淬勵奮發的人生觀。她曾在〈痛苦的經驗〉一文中說：「當我靜下來仔細想的時候，卻吃驚的發現，在記憶中竟找不出什麼值得一寫的痛苦的經驗。」

　　羅蘭果真沒有痛苦經驗嗎？恐怕不盡然。只是她在高度涵養下，從痛

苦中昇華跳脫出來而已。她有如此可貴的涵養，與她喜歡道家思想有關，她在《詩人之國》一書的前言中提到：

> 我不是消極的人，或許正因為我天性中積極的成份太濃了，才不得不隨時沉潛於一份清涼。
> 我愛道家的「為而不爭」，只因它既能滿足我渴望做事的一面，又能迎合我不欲競逐的一面。而我所喜愛的詩也正是這一類的詩。它們在無為的背後，存在著千古不朽的有為。因為這些詩人不但有不朽的詩，而且多半都曾積極有為的建立過入世的世業；而他們這千古不朽的「有為」的原動力，卻正來自一種「並不求不朽」的淡泊。

因此，我們了解，羅蘭具有淡泊觀念，於是心存寧靜，自然不憤、不悱，胸懷樂觀。王鼎鈞先生與我通信時，如此地評斷羅蘭，他說：「她是一位平和開朗的作家，其散文很少傷感，更不憤激，坦坦蕩蕩，風和日麗，而情趣盎然，此一風格，似無第二人。」

真是一針見血。當今臺灣文壇，其散文風格，如羅蘭之平和樂觀者，似乎找不出第二人。

羅蘭的散文，從白話曲折、哲理簡明、平和樂觀中，建立了特色，形成獨樹一格的散文風貌。而這種獨特的風格，在她「特立獨行」的個性中，維繫了三十餘年，實在是難能可貴。

羅蘭是個真誠、正直而有率性的人，她喜歡火車，喜愛獨自旅行。當你向她催稿時，她會寫不出來，不逼她時，她倒是寄來了，這是羅蘭別具個性的地方。西哲云：「文章風格是人格的反射。」中國人亦說：「文如其人。」羅蘭在她散文作品中，把自己的個性表露無遺。然而，她講求自然完成，「捕捉心情的剎那」的寫作方式，使她的作品親切自然而不造作，堪稱是──有個性而不耍個性。

羅蘭就是一個這樣可愛又可敬的作家。

——選自《散文季刊》第 2 期，1984 年 4 月

享受吧！一個人的旅行
羅蘭的兩度歐美旅行

◎陳昱蓉[*]

一、蒼茫雲海[1]，隨遇而遊

原名靳佩芬的羅蘭，是在國民政府大遷徙的歷史中，從遙遠的河北來到臺灣的一頁傳奇，她是在文化沙漠中播種子的廣播人，也是蒐錄時代青年心聲的書寫者；她是順應時代浪潮的漂流者，也是懂得優雅生活的旅行者。

羅蘭原本任職於廣播界，是臺灣教育節目主持的典範，她的節目充滿知性與美感，自 1948 年赴臺開始、迄於 1980 年止，她奉獻了 32 年的歲月在空中與聽眾相會。廣播是她的職業，然而在文壇上，羅蘭也是一位多產的作家。盛英在〈「屬於秋天」的作家——羅蘭〉中提及羅蘭多樣化的創作：

> 我讀到羅蘭 400 餘萬字作品，包括小語、散文、小說、詩話、歌劇、遊記、信箱等，……在我看來，恰恰是晚近才面世的長篇小說《飄雪的春天》，才較為完整的構成了羅蘭的自傳體文學。它們既寫出羅蘭自我，又為時代提供了可資借鑑的史料。[2]

---

[*]發表文章時為中央大學中國文學系碩士生，現為新北市板橋高中國文科教師。
[1]《蒼茫雲海》是羅蘭個人自傳「歲月沉沙三部曲」其中之一，另外二部曲是《薊運河畔》、《風雨歸舟》。
[2]余恆慧，〈羅蘭散文研究〉（臺北市立教育大學中國語文學系碩士論文，2008 年），頁 17。

羅蘭寫作題材豐富、形式多元，尤其在旅行書寫成為顯學的今日，重新解讀羅蘭文學史料，也是考察遷臺女作家文學發展時必要的一環。

評論者面對 1949 年的動盪，有著不同的解讀方式：臺靜農認為大多遷臺文人是「始經喪亂」，唐君毅則視之以「花果飄零」。身為「遷客騷人」的羅蘭，在如此歷史情境下，欲用一種「旅人的心情」面對未知的一切。帶著簡單的行囊，她前往臺灣的心情是既期待又喜悅的：

> 抗戰時，我在淪陷區的北方待了八年，勝利後，我就發誓要找一個不冷不餓的地方。於是我就看報，報上說臺灣四季如春，不冷，盛產稻米、香蕉，不餓。所以我就提著一個小箱子來了。[3]

這一份樂觀的精神始終伴隨著羅蘭，因此她在第二故鄉——臺灣，能夠很快地展開新生活，並且幾乎是在開始在電臺上班的同時，便欣賞亞熱帶蓊鬱的花和藤蔓。[4]

至於羅蘭的寫作歷程，是從定居臺灣正式開始的，因為跨入文壇時已年屆四十多歲，做為文壇的「新鮮人」而言，年歲較諸同時期的作家年長許多，是故在諸多作品中，常呈現出歷經磨練淘洗後的溫柔敦厚；至於真正使她聞名文壇的作品，則是在 1963 年付梓的《羅蘭小語》[5]諸集，以及結合抗戰史與生命史的自傳性作品——「歲月沉沙」。[6]如果說《羅蘭小

---

[3] 羅蘭，《蒼茫雲海——歲月沉沙第二部》（臺北：聯經出版公司，1995 年），頁 37。
[4] 朱嘉雯，《玫瑰，在她如此盛開的時候：探索女性文學的綺麗世界》（臺北：秀威資訊科技公司，2007 年），頁 149。
[5] 《羅蘭小語》的出版與廣播工作息息相關，這是一份在空中世界與眾人接觸、發聲的工作，她在警察廣播電臺擔任社會教育節目「安全島」的主持人，集合了與青少年的交流心得、體會談心的內容後編纂成書。
[6] 羅蘭個人自傳「歲月沉沙」一共分為三部曲：《薊運河畔》、《蒼茫雲海》、《風雨歸舟》。《薊運河畔》敘述她從出生到抗戰的生命史，羅蘭來自於近代中國工業的發源地——天津附近的大家族，而七七事變爆發後，全家卻只能留守在淪陷區；《蒼茫雲海》則自抗戰勝利後說起，當時她陷入感情、學業、事業、家庭「四大皆空」階段，一個人隻身來臺，在人地生疏的情況下，憑著樂觀進取的心，找到自己合適的工作，隨後結婚，成立了家庭，關於這一階段，羅蘭特別發揮了「從小故事反映大格局」的筆法，從對臺灣風土人情的適應，寫到美國商業文化，以至移民問題等等，來反映這樣的一個時代。以上作品可以用來指涉羅蘭漂泊到臺灣、旅行到歐美的遷徙過程。《風雨

語》是她在職業生涯上的總集與成就，是他人與自己的對談紀錄，那麼「歲月沉沙」則是驚心動魄的歷史故事，兩者也都各自反映了時代的大面向，於是乎，她的遊記作品《訪美散記》（1972 年）、《獨遊小記》（1981 年）就是寄託個人心志、呈現自我對話的最佳方式。

　　在當代旅行文學的研究中，評論者鮮少關注到羅蘭有兩度域外旅行的經驗，其實，在 1949～1979 年出遊的女作家中，她是少見的獨遊者。她一向擁有閒定安適的氣質，這一份淡然的情懷，她自認得之於「儒家的鎮定」以及「道家的瀟灑」。在兩岸隔絕、政治氣氛緊張的年代裡，濃重的鄉愁籠罩著遷臺世代的內在心靈，但是羅蘭淡而哀傷的相思比起其他作家要節制的多，[7]她懂得排解時代的苦難憂愁，因為歲月的憂患使她懂得知足。是故，倚賴生命中這一份從容優雅與溫柔敦厚，總讓羅蘭能用自在、自得的生命觀，從中國遷徙到臺灣、再從臺灣探索世界。

　　羅蘭的域外旅行共有兩次：第一次是 1970 年應美國國務院邀約前往考察，第二次則是在 1979 年自己安排的旅行，兩次旅行呈現了不同的觀察與體驗，而羅蘭的旅行在時代背景上也格外有意義，因為當時正是世界上資本主義盛行的年代，也是臺灣從戒嚴走向開放的前夕。

　　《訪美散記》是羅蘭首次出國的遊記作品集，對她而言，第一次旅行是一趟緊鑼密鼓的過程，因為背負著廣播工作的任務，所以較少悠閒愜意的心情。在三個月的赴美期間，她安排了四十幾天的訪問行程，造訪 11 個歐美城市，便捷的飛航網絡載著她到處「蜻蜓點水」，而此次參訪的重點在於教育、音樂、廣播電視等，羅蘭也對美國女性的生活特別的關注。研究旅行的學者夏菁提到：

歸舟》則記錄了 1987 年政府開放大陸探親後，自己如何看待返鄉的歷程，身為 40 年隔絕家鄉的「歸人」，但最後「回到故鄉仍是客」，她找不回自己多年以來所塑造的中國夢，無盡惆悵之情溢於言表。

[7]張永東、尚瑩，〈文學與歷史的契合——論羅蘭自傳「歲月沉沙三部曲」〉，《延安大學學報》第 30 卷第 5 期（2008 年 10 月），頁 32。

對跨國活動的旅人來說，他們對事物的看法不會固守一端，而是有一個雙重的視野，即是對自己文化和所在文化國作雙方比較和思考，在思考中往往有一個參照的體系，但實際上，只要存在政治、經濟而來的權利的不平等，不受影響或牽制的對話或交流只是理想化的想像。[8]

因此羅蘭本著中國文化的立場，在一百天的歐美旅行中，不斷地擷取不同層面的觀點，拼湊出一幅中西文化的對比拼圖。

第二本遊記作品《獨遊小記》是在 1981 年才出版的作品，其實這趟旅行延續了作者第一次的美國記行，時隔九年，不僅作者的生活歷練更加豐富，臺灣和世界的連結也有了不一樣的變化。[9]羅蘭在第二次赴美旅行時，常常寄宿在華人朋友家中，這些華人朋友讓羅蘭看見了在美華裔人士的生活概況，並親身體會這「世界大熔爐」萬象繽紛的社會文化，更觀察了海外華人在全球人口大遷徙的時代現象中，如何去堅持經營「中國式」的生活。

對羅蘭而言，世界充滿著無盡的寶藏，她細膩的書寫恰好反映了 1970年代臺灣遊記蛻變的過程，她不但主動拓展旅行的向度，也跨越前輩的書寫成就，並嘗試以客觀、平等的心態來比較中西文化。她用一顆隨遇而安的心，處處擷取寫作資源，旅行中所經驗的音樂、藝術、詩歌、飲食等，皆無所不寫，然而在各項主題之中，都有著她「無入而不自得」的生命情懷。

另一方面，《訪美散記》和《獨遊小記》雖是羅蘭作品中少見的遊記，這些遊記卻反映了臺灣女性旅行型態轉變的過程。她在早年曾經歷過苦厄的歷史事件，渡海來臺之後，用堅韌的生命力開創了事業、建立了家庭，

---

[8]夏菁，《欲望與思考之旅——中國現代作家的南洋與英美遊記研究》（臺北：文史哲出版社，2010年 5 月），頁 285。
[9]「十月三日，臨時決定再到美國一行。一方面是因靜極思動，再者也是因為自上次訪美之後，國事世局，都有了不少變化，很想親眼看看九年後的美國社會極多新進才在美國闖出天下的朋友。」見羅蘭，〈永遠的中國人〉，《獨遊小記》（臺北：九歌出版社，1981 年），頁 33。

因此她是事業有成之後出國，較之於同時期出版遊記的作家，多了些安然
自在的態度。此外，羅蘭兩度出遊所見視野也有不同層次：《訪美散記》多
記令她驚異的人事物，而《獨遊小記》則較多自我對話的書寫。其實，一
本好遊記的定義人人不同，「見聞記事」與「主觀感受」都是每次旅行途中
必要的成分，因此在羅蘭這兩本作品中，她除了連結「傳統中國」與「現
代臺灣」的雙重視野，更蘊含豐富的自主意識，因此開創了遊記書寫的新
向度。

二、景觀的雙重作用：反思與回憶

在傳統中國遊記文學的美學觀點中，作家往往最重視山水大地的書
寫，有的對景物客觀描摹，有的用主體意識與景物互動明心；其實新的時
代潮流不斷沖擊、洗刷舊式文體，遊記創作也會獲得更大規模的發展。

林非認為 20 世紀的遊記普遍有著以下特色：

> 既出現了種種迷人的客觀景物，又湧動著作者與其接觸和交流之間，不
> 斷閃爍出來的內心的歡樂或悲愴，從而寫出了主觀的體驗、領悟、詠歎
> 或呼號，思考著人類和大自然的關係，思考著人類歷史的命運和前途，
> 還從中充分地表達出自己的情操與人格的魅力。[10]

而羅蘭的遊記正好觸及了許多重要的問題意識，比如：旅人如何正視
自己的旅行態度、旅人如何扮演好溝通異國與本國的橋樑、旅人如何判斷
自己和居民之間的思考差異。

羅蘭於 1970 年 9 月訪美，當時正值楓紅之秋，初至異地的喜悅，讓她
時時留意著滿地的落葉、四處疏朗的建築，由於訪期長達兩個月，雖然每
天的行程都相當充實，但隨著旅行時間拉長，旅人的心境轉化成另一種觀

---

[10] 林非，〈前言〉，收錄於林非編選《百年遊記》（臺北：立緒文化出版公司，2003 年 1 月），頁 9。

看機制，因爲一切的欣賞與認識，都需要在真正的涉入之後，還得騰身出來，作有距離的旁觀。[11]在實際到達異域之前，任何旅人都會帶著部分的主觀意識出發，但在經由自己親身體驗之後，才會赫然發現自己的聽聞並非完全正確，而旅行最重要的意義正在於此——旅行讓原本刻板的印象、偏頗的觀念得到修正，這也是旅人自我成長的過程。

　　羅蘭在美國之行前，曾以爲美國在高度工業化、資本化的社會中，人們必然是冷漠匆忙的；但在實際訪美後，她不僅體驗美國人的熱情，也觀察到美國人良好的公共秩序，並欣賞他們自動內發的生活規範、從容不迫的行事態度，於是修正了原有的認知。她因此深入思考：

> 兩百年的時間，加上殖民地時期的苦幹，也足以造成這一種獨特的傳統。這傳統，勤勞向上，守法守禮，獨立自制，互助互敬；這一切，都是美國之能夠富強的根基。但以後會不會還這樣呢？能否保持這傳統呢？他們這一代的青年是靠了根深蒂固的美國傳統教育而有秩序、而從容、而安詳；但他們下一代將如何呢？[12]

　　除了欽佩美國的進步發展之外，羅蘭也嘗試探討社會教育的發展，因爲這一份議題緊扣住美國青年的未來。關心青年發展的羅蘭，除了將美國的這份隱憂提供給臺灣讀者做爲借鑑外，她提出的這些無國界公共議題，也使得她的遊記更具時代意義。

　　此外，走在曼哈頓時尚的街道上，處處熙來攘往，她看見了時代廣場永不歇止的人聲鼎沸、櫛比鱗次的高樓大廈、壯觀宏偉的遊橋建築……，「繁華」、「喧鬧」、「高大」、「緊密」是 20 世紀先進都會的一貫寫照，這些場景讓她有步行在臺北街頭的錯覺，因爲「都會叢林」的景觀已經成爲 1970 年代城市特色的重要指標。

---

[11]羅蘭，《訪美散記》（臺北：現代關係出版社，1972 年），頁 55。
[12]同前註，頁 33。

在這些體驗之下，她更擴大視野，反思「世界第一強國」的內涵。美國地大物博，在前人的拓荒開墾之下，已成爲人才濟濟的文化帝國，無論在民主政治、社會福利、或是教育體制上，一向都是臺灣所崇尙學習的標竿，但是羅蘭置身其中時，卻對所謂的「進步」有感而發：

> 「進步」的另一意義是對生存能力嚴格的要求，與更殘忍的淘汰。世界越進步，所需藉以生存的本領就越多，遭受淘汰的可能就越大。現代人的「知識狂」是激烈生存競爭下，所形成的一種無止境而可怕的追求。[13]

20 世紀的旅人在世界旅行時，途中所見所聞已不只是山水景觀、樓臺庭園了，在變動的環境中，他們甚至要面對文明所帶來的各種課題，羅蘭的問題意識也反映了她心中秉持的人文省思與關懷。

1979 年，羅蘭展開她第二次的美國旅行，這一次的旅行少了工作考察的重擔，她得以更自在地觀察當地生活的概況。美國的文化深深影響了世界各地，包含食、衣、住、行等。在這次旅行中，她對於美式生活有著深刻的體會。在飲食部分，羅蘭認爲：「單拿吃飯來說，實在使我這從『開發中國家』來的人覺得氣惱。」[14]原來是美式速食文化讓她大歎吃不消，而美式服飾風格也非羅蘭所喜，美國女性以實用性爲主的「後底粗跟鞋」就被羅蘭戲稱爲「笨鞋」，不僅不夠靈巧、也稍欠時尙感。

由於羅蘭借宿在許多華裔友人家中，於是有機會觀察美式住宅設計，她發現美式住家往往是將廚房當作家居動線的中心，與中國人傳統設計中的客廳本位不同；在交通部分，由於美國幅員廣大，在美國生活必須時時倚賴汽車，對通勤者而言，往返兩地之間耗費兩、三小時是家常便飯，因此長時間的車程就讓羅蘭不堪其憂。

雖然美國貴爲世界一強國，但那種高壓力、高效率的生活，對羅蘭來

---

[13]羅蘭，〈無止境的超越〉，《訪美散記》，頁 105。
[14]羅蘭，〈苦行僧與苦行人〉，《獨遊小記》，頁 57。

說，實在不符合人類本性。這一切的快速感，就如同紐約地鐵四通八達的交通網絡，澳洲藝術史學家 Sue Best（貝絲特）曾說：「紐約，『20 世紀的首都』，不那麼隨和友善，提供了講求速度的 20 世紀浪漫風格。」[15]羅蘭在第二度赴美時，是以過客的心情，旁觀美國生活各層面，她看到了這國家及城市進步、向上的精神，也看到了破壞與毀滅相伴而生的危機。

　　任何一趟旅行，旅行者必然帶著自己的文化背景與異地互動，羅蘭常常在旅行途中，不時地想起心中那遙遠的家鄉。當她造訪音樂之都維也納時，走在充滿濃厚城市風情的街道上，詩情畫意的氛圍使她回憶起年少光陰；悠閒的心情與謐靜的景色，也引發她思念故國家園的情緒：

　　我說那條路有親切感，是因為它是那麼讓我想到天津。這次所到的許多西方國家中有很多地方讓我想起天津，是因為它們的情調，經由租界散播到諸國大陸的幾個城市。租界本是恥辱的印記，但它卻使我們有機會不出國而認識西方的風貌。天津租界——特別是英、義租界裡，秀麗的小洋房，整齊的行道樹，寬闊平坦的街道，以及街道兩旁西式的店鋪，都充滿著異國情調。沒想到多年之後的今天，親到歐洲，在真正異國的街道上卻嗅出了熟悉與親切的故國溫情。[16]

　　姚同發在〈天津中國魂〉提到：「天津又是羅蘭創作的沃土，她的作品大多是以天津為背景展開的。」[17]維也納這一個音樂古都使羅蘭回憶起年少時期走在天津故鄉的感受，並進而聯想到中國在歐洲列強入侵之後，西方

[15]引自 Linda McDowell 著；徐苔玲、王志弘譯，《性別、認同與地方——女性主義地理學概說》（臺北：群學出版社，2006 年），頁 90。

[16]羅蘭，《訪美散記》，頁 193。

[17]姚同發，〈天津中國魂〉，《解讀羅蘭》（深圳：海天出版社，1997 年 10 月），頁 5。此外，在《風雨歸舟——歲月沉沙第三部》中羅蘭自言：「天津，並不是我的家鄉，但事實上，再沒有另外一個地方，比它更是我的家鄉。儘管那裡並沒有一個住處真正屬於我，但它卻寫滿我全部人生中最難忘的歲月。我在天津讀書，在天津做事，在天津做難民，在天津過我華麗又青春的日子，也在天津品嚐各樣的離別。」見羅蘭，〈明日水村煙岸〉，《風雨歸舟——歲月沉沙第三部》（臺北：聯經出版公司，1995 年 6 月），頁 133。

國家在 19 世紀占據中國、劃地割據的歷史。當時西方國家在租界留下了充滿異國風味的建築物，成為羅蘭記憶中的一部分，在異國遭逢與故鄉相似的場景時，旅人就會連結起特殊的記憶與經驗，正如人文地理學者 Tim Creswell（提姆‧克雷斯威爾）所說：「地方遠非只是世界裡的一件事物，它也架構了我們看待和認識世界的方式。」[18]

對羅蘭而言，臺灣有她依戀的家庭與親人，中國則是她最初的故鄉，即便已經跨越了半個地球置身海外，羅蘭總還是會因為這一份悠悠的詩意與情境，遙想起古老的中國。是故，跨越地理疆界的旅人往往能夠「兩腳踏東西文化」，[19]來觀看不同國家在世界上的立身之道。美國崇尚物力、開拓荒土的精神，以及朝氣蓬勃的生活態度，都是羅蘭推崇的，藉由觀察他國發展概況，她也更加體認到中國文化的長處：

> 我們（中國人）卻是生於斯（大自然）、長於斯，自己與土地有親切的血源關係。……因此，我們對它尊敬、崇慕、拜服、讚譽，因而產生了奉自然為宗教的道家思想；產生了奉祖先為神祇的儒家思想。……這份對大地與自然的崇慕與禮讚，表現在我們的詩、畫、以至於音樂裡，成為我們文學及藝術的一個最大的特色。[20]

最後，在羅蘭遊記中，她不只是書寫對歐美的視覺印象，還進一步提到中西之間哲學底蘊的不同；而羅蘭也在旅行過程中，嘗試將中國哲學引介給美國青年，鼓勵他們學習老、莊思想。在性別與文化的關係上，男性往往善於藉由公務政治來形塑霸權，[21]女性則比男性更能用「軟實力」來對

---

[18]Tim Creswell 著；徐苔玲、王志弘譯，《地方：記憶、想像與認同》，頁 177。
[19]語出林語堂（1895～1976），《信仰之旅》之對聯：「兩腳踏東西文化，一心評宇宙文章。」
[20]羅蘭，〈洞天豈在塵囂外〉，《訪美散記》，頁 121。
[21]「霸權」乃是深刻織縫在日常生活紋理當中的，透過教育和宣傳，它不只是會使人們在意識形態的呼喚和召喚（interpellation）中，把許多主流文化的假定、信仰和態度視為理所當然，它也同時超越於所謂的政治經濟體制（如國家或市場）之外，在常民生活中形成微妙且無所不包的力量。見廖炳惠，《關鍵字 200：文學與批評研究的通用辭彙編》（臺北：麥田出版公司，2003

待異己。因此羅蘭的作品中，她運用哲學思想連結「我者」與「異己」的關係，澈底地發揮了「人文式遊記」的精神。研究羅蘭散文的余恆慧也認為：

> 羅蘭「旅遊見聞」類型的散文，突破了一般傳統的模式，不再以自然景觀的靜態描述為主，而是突顯了人文精神的探求，不是浮光掠影的介紹，而是一個思考成熟的文化人借鑑「先進經驗」、開拓文化觀照視野之旅，深入其中思考其社會現象背後的成因。[22]

遊記雖不能完全反映客觀事實，然而讀者確實可藉由羅蘭觀看到的中國傳統、西方生活，反省各自的利弊得失，並且延伸對世界的想像。

三、遷徙世紀：觀看海外華人

由於擔任廣播主持人的原因，羅蘭本身的親和力十足，因此在不同領域皆有好人緣，在 1979 年她出發到美國半自助旅行，便是以「拜訪朋友」為主軸。藉由這些客居異地的友人身上，羅蘭觀察到 1970 年代海外華人的真實生活，在遊記中展演出華人世界不同的生活情境。

1970 年羅蘭第一次赴美旅行時，她就敏銳地感受到「在美國內看美國，和我們這裡憑一些美國籍僑民看美國，所得印象頗有差異。」[23]當旅人初次走入異國情境中，他們對於四周環境的觀察特別敏銳。首先，他們關注到與母國不同的自然景觀，以及物質世界的差異；接著是當地居民的生活氣質與文化習慣。當羅蘭首度前往歐美時，對於飄落的楓紅、路邊雄偉的建築無不驚歎連連，並對旅行的過程細細檢索；至於在第二度赴美旅行之際，她書寫的內容擴增了觀察的範疇，將視角轉移到居民的日常生活。

年），頁 130。
[22]余恆慧，〈羅蘭散文研究〉，頁 108。
[23]羅蘭，〈前言〉，《訪美散記》，頁 3。

　　在這些訪美的旅程之中，羅蘭見到了沉櫻[24]、哥倫比亞大學教授雲夢女士等好友，記錄了海外女作家的交誼與生活情況；除此之外，她也書寫了海外華人眾生相，他們離開中國家鄉前往美國打拚，有的成為有出人頭地的社會菁英，也有尚在徬徨無助的失意人士；他們都經歷了許多適應的過程，而渴望在美國落地生根。而他們的悲喜聚散，彷彿展示了一卷歷史的滄桑故事，呈現出 20 世紀華人的流離。

　　另外，無論是在洛杉磯、舊金山、紐約……等，任一美國大都會都有華人的身影。最令羅蘭驚異的是，她的這些「中國朋友」們竟然是「那麼中國」，無論是在教育、思想、生活習慣上，都對於中華文化的保存不遺餘力，他們的日常生活也沒有羅蘭想像中的西化：「他們吃中國飯，說中國話，用中國方式教育子女，家中掛中國字畫，用中國器皿，一切都比國內同胞更崇尚中國。」[25]

　　因為這些海外華人無法實際回到中國，只好在家中泡中國茶、掛中國字畫，使自己時時刻刻想像中國，並藉此重塑家鄉符碼。在海外華人的家中，這些充滿中國象徵的器物產生了一股鎮定心靈的能量，讓他們在外辛勤奮鬥後，回到家中彷彿就能夠重新得到家鄉的撫慰，不至於「無家可歸」，就如同法國哲學家 Gaston Bachelard（加斯東・巴舍拉，1884～1962）所說的：「房舍是整合人類思想記憶和夢想的最偉大力量之一……。沒有了它，人只不過是個離散的存在。」[26]

　　「全球化」[27]現象雖然並非是 20 世紀的專有名詞，「全球化」的定義也

[24]本名陳煐（1907～1988），曾任上海復旦大學教授，於 1949 年來臺，任職北一女中，1973 年退休後定居美國。除了是一名女性作家，又身兼翻譯家，尤其翻譯許多世界著名作家頗受好評，如毛姆、赫曼・赫塞、屠格涅夫、左拉等。
[25]羅蘭，《訪美散記》，頁 36。
[26]Linda McDowell 著；徐苔玲、王志弘譯，《性別、認同與地方——女性主義地理學概說》，頁 98～99。
[27]廖炳惠，《關鍵字 200——文學與批評研究的通用辭彙編》：「『全球化』這一詞彙，是晚近隨著族群、影像、科技、財經、意識形態等實體、象徵資本的流動，以及跨國的移動所形成的文化經濟現象。……『全球化』其實是和奴隸的販賣，或早期知識分子遊學旅行的行為有關。」頁 125～126。

一直處於自由、彈性的狀態之中，但伴隨著世界上愈來愈多人口的遷徙，
「人」的影響對於任何一地造成的作用都愈來愈深刻，世界上高度開發的
區域尤其如此。因此在歐美地區，常常可以看到不同國家、種族、宗教類
別的人們所型塑的特殊地景，他們群聚一起時，常常有意或無意地複製自
己原本所熟悉的生活慣性。羅蘭在紐約時，感受特別明顯：

> 在紐約，我置身在吃中國飯、說中國話、跑唐人街的同胞群中，時常忘
> 了身在異國。這些朋友似乎也沒有身在異國之感。她們天天搭地下車去
> 上班，搭地下車回來，和中國朋友一起吃飯聊天，週末假日和朋友一起
> 去看電影、逛唐人街。[28]

　　紐約是 20 世紀的民族大熔爐，也是世界的縮影，所以羅蘭在紐約街道
上，可以看到「四川館」、「江浙館」、「北方館」、「廣東館」……等，因此
海外華人生活在陌生的環境中，隨時可以在飲食當中找到熟悉的家鄉味。
　　研究人文空間學的 Linda McDowell（琳達・麥道威，1962～）就認為
「遷徙會導致緊抓著舊有的認同觀念不放，並且試圖拒絕新的經驗。」[29]無
論是海外華人家中常見的中國家具，或是街上的唐人街、中國餐館，這些
象徵中國的器具、地景，可說另一種形式的翻譯，藉由再造的物象空間，
羅蘭的遊記同時也訴說著 1949 年以降華人流離到美國群聚耕耘的故事。
　　從另一層面來看，羅蘭的旅程是短暫的「移動」，海外華人卻是常態的
「定居」，在兩者的互動之間，可以觀看到華人在 20 世紀不同的旅行狀態
及生活文化，他們的移動方式不同，但是同樣都有著遠走家國的離散記
憶，於是古老的中國文化是他們冒險、尋夢與旅行的籌碼。羅蘭不只一次
地說著：「誰說中國人安土重遷？這一代的中國人是在大遷徙呢！三十多年

---

[28]羅蘭，《訪美散記》，頁 61。
[29]Linda McDowell 著；徐苔玲、王志弘譯，《性別、認同與地方——女性主義地理學概說》，頁
　220。

前，我飄洋過海到臺灣，老同事們也是。大家從各個不同的方向，帶著不同的心情，離開故土。有人是為了理想，有人是為了生活，有人是為了尋夢。」[30]

　　中國的歷史上有幾度人口大遷徙的經驗，而這些遷徙的原因不是因為開疆闢土，而是被迫逃離家園；但對羅蘭來說，無論是 1949 年離鄉赴臺，或是 1970 年代出國遠遊，都是轉化自我的契機，她的性格平和樂觀，往往能將漂泊的心情投射到更深刻的文化情懷中，面對人生境遇坦然以待：「現代流浪的中國人，可不都是『夕陽山外山，春水渡旁渡』的尋尋覓覓，千山萬水走遍之後，卻到一個從來也未曾想到過的地方來落戶。」[31]

　　羅蘭經歷了許多苦難動盪、人事變化，她在旅行中想起中國人的流離，但是她卻懂得化解這一份缺憾，因為她認為人自出生至死亡，就是一場在人世間奔走的旅程，只要學習欣賞正向的事物、轉換心境，就可以時時用豁達的心胸來看待環境的變遷。

　　「旅行」和「流離」的差異，在於如何看待自己的移動、以及如何看待他者文化。旅行中的各種觀察是一雙敏銳的帝國之眼，[32]旅人會產生與居民不同的解讀方式；因此，旅行可以是一股潛移默化的力量，藉由遠離熟悉、接觸差異的種種過程，型塑了羅蘭獨特的旅行觀。愛好旅行的她，喜愛用雙腳步行到任何目的地，單純享受行走的自在與逍遙，她雖然也懷抱著對中國的忻慕情懷，可是卻更有「四海之內皆朋友」的廣闊胸襟；此外，她更懂得享受孤獨，因為「可以偶爾脫離軌道，奔往異鄉異地，用全新又全然孤絕的自己去接納全心與全然不必顧掠過去與將來的孤立的個體。」[33]於是她把握旅行的每一個當下，珍惜許多萍水相逢的緣分，唯有在

---

[30]羅蘭，〈一舸濁酒盡餘歡〉，《獨遊小記》，頁 191。
[31]羅蘭，〈夕陽山外山〉，《獨遊小記》，頁 183。
[32]Mary Louise Pratt（瑪麗露易絲‧普瑞特，1866～1933）的作品 *Imperial Eyes*，譯名為《帝國之眼》，本書檢視了旅行書寫做為帝國意識形態機器一環的角色。臺灣大學中國文學研究所尤靜嫻曾以之做為論文題目──〈帝國之眼：晚清旅美遊記研究（1840～1911）〉。
[33]羅蘭，〈皎皎空中孤月輪〉，《獨遊小記》，頁 165。

旅行途中懷抱著對萬事萬物的好奇，才能使自己享受單獨旅行的樂趣。

　　Edward Said（愛德華・薩依德，1935～2003）認為，即使一個人不是真正的移民或流放者，也可能具備移民或流放者思考模式，可能跨越藩籬來想像、探究，而且遠離權力中心，身處邊緣。「在邊緣，你會見到常人所不能見──那些從未跨越成規、在安逸狀態下過日子的常人。」[34]但無論是在美華人、或是羅蘭本身，他們移動的動機、歷程不同，觀看的角度也就有所差異，20 世紀的中國，是外散移動的，在羅蘭遊記中，可以看到在這些移動的主體背後永遠不變的哲學傳統與文化想像，讓他們懷鄉的時候可以隨時依附、指認，成為歸屬的座標。

　　　　　　　　　　　　──選自陳昱蓉〈遷臺女作家域外遊記研究（1949～1979）〉
　　　　　　　　　　　　中央大學中國文學系碩士論文，2013 年

---

[34]王德威、陳思和、許子東編，《一九四九以後》（香港：Oxford University Press，2010 年），頁330。

羅蘭散文的特色與成就（節錄）

◎余恆慧[*]

　　散文的特點之一是形式自由，與其他體類的文學作品相比較，更富有發展變化的空間，往往能有令人驚歎的發現，但這絕非意味著散文創作可以沒有規矩章法，暢所欲言，唯其「自由」、唯其「散」，才更需著意經營，達到隨意自如間，而有高妙的藝術表現。

　　散文的另一個特點是「文中有我」，所以是最能表現出作者的個性，及其獨特風格的文體，而風格所指陳的，不僅止於作品的內容，也包括了作者的藝術技巧。兩者交相影響下，使散文呈現靈活變化、容納眾有的特性，因此本章將針對羅蘭散文的藝術風格進行分析，從散文的各個構成部分著手探討，以期由細部的微觀而得整體的綜觀，達到對羅蘭的散文全貌的了解。

　　若將散文的構成層級區分為篇、章、段、句四個部分，各部分在藝術表現手法上各有其著重處：在「篇」方面，最值得注意的是整篇文章所呈現出的立意，意即作品的精神與核心所在，關係著作者如何選取組織材料，來表達作品的主題宗旨；於「章」來說，則側重作品結構布局上的安排，分析其架構組織的型態；在「段」方面，是以文章的敘述與描寫為主要探討的對象，分別就敘述時間的進行、描寫客體的選擇等相關問題作進一層的解析；在「句」方面，則將焦點放在作品裡語言辭采的表現，以聲音節奏、修辭技巧等表現探求作品的特色。將散文經由這四個層面分析探討後，最後再由文章整體意涵，來析論羅蘭散文所營造的獨特風格。以下

[*]發表文章時為臺北市立教育大學中國語文學系碩士生，現為國小教師。

分別就「立意取材」、「結構布局」、「描寫敘述」、「語言辭采」、「散文風格」五部分，來探討羅蘭散文的藝術表現。

第一節　立意取材

　　所謂立意，就是一篇散文的主旨，是體現作家作品藝術風格中，一個十分重要的指標。作家在一篇作品中所要表達的「情」與「志」，可以說是文章的神髓，一篇作品的精神面貌得以完整呈現，不僅標示出作家個人創作的獨特風格，也能充分展現出作品在主題、思想、情感、表現等各方面的特色，其重要性可見一斑。

　　王夫之曾說：「無論詩歌與長行文字，俱以意為主。意猶帥也。無帥之兵，謂之烏合。」[1]因此，立意是成就一篇散文最重要的一環，意不立，其思想、材料便成無帥之兵、烏合之眾，故立意居主導的地位，是文章中思想理路凝聚點，是散文形散神凝的依據根本，也是創作的起始點。

　　魏飴也對散文的主題作過詳盡的詮釋：

> 主題亦叫中心，是作者在散文裡所表現出來的對人類社會種種現象的態度和觀點，它是一篇散文形成的靈魂，任何一篇優秀散文都不可能沒有主題。沒有主題的散文，只能是一堆雜亂無章，內容空洞的語言材料。古人所謂「意在筆先」，即在寫作之前要先確定一個明確的主題，然後才好構思謀篇，「意」是作者選材、構思的依據。既然如此，那麼我們鑑賞一篇散文，就不得不弄清它的主題，將散文的「靈魂」──主題探索到了，也就等於抓住了散文作品的本質。可以說，綜觀全局，探索中心，這同樣是散文鑑賞的一個決定性的步驟。[2]

---

[1]（清）王夫之，《薑齋詩話》卷下，收入續修四庫全書編纂委員會編《續修四庫全書》（上海：上海古籍出版社，2002 年 3 月），頁 10。
[2]魏飴，《散文鑑賞入門》（臺北：萬卷樓圖書公司，1999 年 6 月），頁 162。

由此可知，「立意」在散文中占有相當重要的地位，「立意」之所以如此重要，一方面是因為它能反映作家個人的思想情感，是代表作家精神個性的重要指標，這也是了解一位作家創作風格時，應具備的基本條件。不同的作家對環境的敏銳度與事物的關懷面，都有不同的側重點，而這些不同點常由作品的「立意」顯露出來，我們可以藉由作品中的「立意」來體認作家的創作風格傾向。另一方面，它能影響整個作品的呈現，無論是題材、結構形式、表達手法、語言文字，這一切要素都要根據「立意」來統攝、酌定，因此我們唯有抓住這一中心點來看作品，才能有客觀全貌的認識。羅蘭散文中立意的表達方式，歸納出兩個特點，分別說明之。

一、生活題材中提煉

散文此一文體形式篇幅短小、文字有限，作者需在如此短小的篇幅，有限的文字中，精確而含蓄的寫出豐富有深度的內容，則必須慎選材料。然而，這並不是說，一篇好的散文所傳達的立意蘊涵，一定得透過重大的題材來表現，才能顯現其深遠不凡之處，相反的，若「從平凡、細微，常為人們所忽略之處發現作文的材料，寫的雖然似乎是『在人生裡隨處都散布著的每顆沙礫』，但是，讀之卻使人『驚歎』，使人『驚喜』，以為『不易發掘得的寶藏』。」[3]藉由周遭平常的真人真事，或真物真情來傾注感情、發揮思想，往往更能感動人心。

羅蘭在作品題材的選擇上，大多來自平凡的生活瑣事，透過作者心靈的提煉，使有限的景物涵詠出無限的新意。這樣的題材選擇，從共時性的角度而言，具有極高的親和力與共鳴性，因為它來自平凡生活的片段，對讀者而言是親切平易、容易感受的，少了生澀隱晦的內容，更能引起高度的共鳴，達到傳遞作品立意蘊涵的任務。從歷時性的角度來看，也具有恆常性，不同時空的讀者依然能感悟到生活中的美善，也能明瞭作品中的精神與意義，作品自能流傳久遠，經得起時空的考驗。

---

[3]佘樹森，《中國現當代散文研究》（北京：北京大學出版社，1993 年 4 月），頁 197～198。

　　如〈鑰匙〉一文，羅蘭從生活中的不同面向，體悟「鑰匙」一物所隱含的意義：當與另一伴吵架而負氣離家時，鑰匙「是一種自尊的保障，獨立的象徵。代表著可以我行我素的自由，和不必求助於人的快樂。」[4]當朋友或子女願意將一副鑰匙交給你隨意使用時，它「不僅是一種自由，也是一種權利和別人對你的信任。」[5]而當子女出國將家中鑰匙交還給母親時，母親會將它退還，「鑰匙，在這時，是一種無言的挽留。」[6]即使賣掉房子，交付鑰匙時，它仍是人生旅途中，最具象徵意義的代表：

　　　　當忍痛不得不把房子賣掉的時候，最後的割捨，是交出那把使用了多
　　　　年，感覺上猶有餘溫的鑰匙。使我覺得那把交出去的鑰匙上，像是綴滿
　　　　了珠鑽，而它們卻是我在這人生途上奔波時的汗滴與淚滴。[7]

　　鑰匙一物在生活中是再簡單不過的東西了，在一般人的眼中，它僅僅是一個開門的工具，可以為我們帶來許多的便利性與安全感，但在羅蘭細心的體會下，就理性面而言，它可以象徵一個人獨立自主的權利，也代表親人、朋友們的信任與託付；在感性面上，它是一種無言的牽掛，也是我們辛苦奔波一生的成果，閃爍著我們辛勤耕耘而得的亮麗成績。

　　又如〈我的動物園〉一文，羅蘭回憶起自己幼年的生活，同樣由最貼近自己的生活環境寫起，陪伴她成長的不是兩小無猜的玩伴，不是新奇有趣的玩具，而是那以天地為穹廬，田園為背景的後花園，花園裡小動物，都是她遊樂園的主角：

　　　　我的動物園裡，有隨著季節出現的各種昆蟲，夏天最好，可以看見蜻蜓
　　　　在枝葉間「點水」，蚱蜢、紡織娘、螳螂，都在草間跳躍，它們最乾淨，

---

[4]羅蘭，〈鑰匙〉，《彩繪日記》（臺北：天下遠見出版公司，2001 年 1 月），頁 79。
[5]同前註，頁 80。
[6]羅蘭，〈鑰匙〉，《彩繪日記》，頁 82。
[7]羅蘭，〈鑰匙〉，《彩繪日記》，頁 82。

也最和善。你抓住它們，仔細觀察它們淺綠的身體，細長而極富彈力的
腿，纖秀的翅膀，覺得它們是那細長清香的草葉的一部分。螞蟻們是忙
碌的小兵，排隊是它們的特長。……當然，蝴蝶、蜜蜂和馬蜂這些會飛
的小東西更使園中增加了活力。……鴿子和雞鴨當然是家中的住客，燕
雀也在簷前築巢。貓是嬌滴滴的小可愛，狗是不苟言笑的老忠僕。遼闊
的天空，秋天看雁群，冬天看歸鴉。[8]

　　文中所描述的景物，雖然與現代工商業社會的環境相去甚遠，但這卻
是作者生活中最真實、最平常的一面，因為是親身生活中的一部分，因此
觀察細膩入微，透過作者的彩筆，一幕幕生動活潑的畫面呈現在讀者眼
前，令人嚮往不已。反觀現在的動物園，劃分一處處小小的園地，將動物
局限在裡面，供人觀賞、研究，滿足人類的休閒娛樂與求知欲，但想必動
物的感受應該不太好吧！

　　〈如此溫柔〉一文，羅蘭描述在一次偶然的機緣下，買了一隻外表不
起眼的玩具熊，自小不曾擁有過玩具的她，從未想過自己到了古稀之年
時，會有這麼一個玩偶與她作伴，她將它放在沙發上，偶爾摸摸它、抱抱
它，或是與它對話，儼如是她生活中另一個家人，有時甚至比家人更能適
時給予她溫柔的撫慰。一次羅蘭做完廣播節目下班時，外面下著雨，天氣
很冷，偏偏又招不到車子回家，繞了一大圈，雖然叫到車了，但司機僅願
意載她到仁愛路口的遠東公司：

　　我從遠東公司經過黑黑的敦化南路走回來，撐著傘，踩著雨。孤獨的感
　　覺，好像連自己都不認識自己似的，從暗暗的大街，走進到處都是霓虹
　　燈綠的小巷。……終於，抵達了我的住處。掏出鑰匙，打開大門，走進
　　電梯，打開家門上的兩重鎖。

---

[8]羅蘭，〈我的動物園〉，《彩繪日記》，頁66。

客廳向來是開著燈的。我不讓自己每天下班後，所投奔的是一室黝暗。

把傘掛好，皮包放下，換上溫暖乾爽的棉拖鞋。

一回頭，我看見坐在沙發上的小玩具熊。

我用濕漉漉的心情把它抱起來，親著它軟軟的頭和小小的耳朵。它肥肥的小身軀很乖順地緊偎著我。

「小熊！」我抱緊它，「小熊！」我拍著它，「小熊！你有沒有看見，我過日子過得這副樣子！……」

我吻它小小的頭。然後把它面對著我，讓它小小的眼睛看著我。我說：「你真好！從來你都不會不理我！你隨時都樂意在我身邊，從來不會讓我擔心，也不會找我一點麻煩！」

小熊靠緊我。我覺得非常溫暖，一身的雨意與夜色都在它毛茸茸的小身體靠近我的時候，變成了明亮的感情。[9]

　　現代人奔忙於生活，人際關係漸漸疏離，於是將感情寄託於無生命的玩偶，此時玩偶儼然成為最貼心的傾聽者，靜靜的接受主人所有的喜、怒、哀、樂，在我們生活中扮演此一角色的可能不是玩具熊，而是一隻狗、一隻貓……，這是生活於現代社會中，無以避免的一種寂寞的慰藉。

　　這種來自生活中的觀察與體會，是大多數人所曾有的經驗，因此極能產生交流與共鳴，讓作品感動讀者的心。吳歡章說：「散文要平易，也要深刻；要打動感情，也要訴諸理智；要給人以美感，也要予人以教育。」[10]羅蘭總能在有限的篇幅中，揀選適合的題材，雖然大都是生活場景中的小事件，平凡而瑣細，她卻能把握住材料的豐富意涵，細緻入微、自然真切地寫出作者的情意，容深刻的意涵於平易的題材之中，表現理想與情感、教育與美感兼具的文章至境。

---

[9]羅蘭，〈如此溫柔〉，《彩繪日記》，頁134～135。
[10]吳歡章，《現代散文藝術論》（牡丹江：黑龍江朝鮮民族出版社，1986年11月），頁34。

二、多於篇末點明題旨

　　一篇作品立意蘊涵的呈顯，有的作者習慣以含藏不露的方式，讓讀者慢慢發掘，細細品味；有的則習慣以較為直接明顯的方式，讓讀者精確的掌握作者的文章目的。綜觀羅蘭的作品，她在這方面的處理態度是偏向後者的，我們常能在文章的某處找到她最想說的話，以直接的敘寫方式來闡明全文的立意蘊涵。

　　劉熙載在《藝概・文概》中云：「揭全文之旨，或在篇首，或在篇中，或在篇末。在篇首則後必顧之，在篇末則前必注之，在篇中則前注之後顧之。顧注，抑所謂文眼者也。」[11]魏飴在《散文鑑賞入門》中，闡明「文眼」是「指那些特別精煉警策的詞句，是作者精心安置的『慧眼』，也即散文主題的凝聚點。」[12]並認為散文中揭全文之旨的位置「終以在篇首和篇末者為多，尤其是篇末，古有『卒章顯其志』之說，篇末常是『文眼』所在。」[13]

　　羅蘭的作品通常起於幼時童年的回憶、生活插曲的感悟、家鄉風情的留戀，在引人入勝的敘述中，已隱約浮現作品的立意蘊涵，至文末更進一步點醒題旨，即「文眼」的所在。

　　如在〈何必中秋〉一文中，羅蘭描述自己那「怕擠、喜歡清靜」的個性：生活中她到銀行、郵局辦事時，會選擇大熱天或下雨天人少的時候，甚至寧願多走幾段路，到人少的另一家；看名家畫展時，也避開請帖上邀約的預展酒會，而在展出之後，選個清晨自己去，畫廊無人，可以清清靜靜，專心看畫；旅行喜歡獨遊，自己決定行止，選不擠的時間動身……。這樣的個性，甚至影響子女升學時的選擇，放棄了以升學率知名的學校，留個空位給喜歡擠熱門的人去擠。列舉多項自己怕擠的事例後，她在文章的結尾處說：

---

[11] （清）劉熙載，《藝概》（臺北：廣文書局，1964 年 10 月），頁 40。
[12] 魏飴，《散文鑑賞入門》，頁 164。
[13] 魏飴，《散文鑑賞入門》，頁 165。

擠的地方或許是康莊道，但為了怕擠，我寧取兩旁那不設道路的曠野。它可以允許我橫衝直撞，也可以允許我逍遙徜徉。反正天廣地闊，「路」可以由我「走出來」。這樣的路，無論通往何方，至少是自己走出來的路。它的好處即使不多，但至少是避開了親歷人與人間無情擠搶的悲哀。[14]

又如她在〈任性自如談擁有〉一文中，羅蘭和朋友多次參觀故宮或是陶瓷公司，但卻從來沒有想要買一些紀念品帶回去，不喜歡買東西，成為她性格的一部分，因為在她看來，「凡事既云擁有，就會害怕失去。」[15]「懶得擁有，是因為不想分神照顧那麼多的身外之物。」[16]因此她情願將錢慷慨的用在旅行，只換取那不必攜回的水光山色。同樣的，她在文章的末尾，點明了這篇文章的立意蘊涵：

我常覺得，真正值得歡呼的「擁有」，也只是自己這短暫的生命。我們萬幸能有一段時間，擁有一個可以聽憑自己支配的軀體與靈魂，那麼，就在能動、能想、能做的時候，多給自己一點自由，少給自己一點約束，使自己真正擁有這軀體和靈魂吧！就不要被零星物慾霸占住任意自如的自己吧！[17]

羅蘭散文的立意，多於生活題材中提煉，並將全文的「文眼」置於篇末，這樣的安排方式不僅能統攝全篇、涵蓋整體，更能加深讀者對作品立意的認識。

---

[14]羅蘭，〈何必中秋〉，《生命之歌》（臺北：洪範書店，1985年9月），頁52。
[15]羅蘭，〈任性自如談擁有〉，《羅蘭散文第五輯》（臺北：自印，1975年9月），頁100。
[16]同前註，頁101。
[17]羅蘭，〈任性自如談擁有〉，《羅蘭散文第五輯》，頁103。

第二節　結構布局

　　所謂結構布局，[18]是作者在創作時將已經選定的題材，透過巧思作適當的組織安排，以求立意的清晰呈現。所有文學作品皆重視結構布局的安排，而散文的要求更高、更帶特殊性，主要是因為散文在取材、謀篇等表現手法上都非常自由靈活，無拘無束，常常是以許多個生活片段或聯想材料來闡述一個中心主旨，相對於小說、戲劇的嚴密架構來說，散文在表現形式上的確是自由得許多，而這份千姿百態、富於變化的「散」，是散文的一大優勢，但處理不好也容易出問題，因為稍不留意就會離題，變成一盤散沙，成為真正的「散」文了，因此，散文創作實際上更需要講究謀篇布局。

　　誠如佘樹森在《散文藝術初探・自序》中說：「其結構，看來猶如散漫於砂石、草叢之間的山溪，曲、直、疾、徐、行、止、隱、現，自然賦形，似無結構可言，『只憑興感的聯絡』；然而撥沙披草觀之，亦不難現其來龍去脈，秩序、聯絡。此所謂『似連貫而未嘗有痕跡，似散漫而未嘗無伏線』，『文無定法』，而法度自在其中矣。」[19]因此，散文作者在結構行文時，也常以開合、抑揚、承轉、斷續等技巧，追求曲折變化，布局精巧，期能給讀者以不盡的回味。大凡優秀的散文，看似自由自在，隨手拈來，實則無不經過作者的慘澹經營，精心布局。

　　若將立意比喻為散文之靈魂精神，把材料比作散文的血肉，那麼結構也就是散文的骨架了。對於結構，王景科認為它「不但是撐起內容的支

---

[18]關於結構布局，劉中和《杜詩研究》中指出「章法」、「布局」、「結構」宜加分辨。所謂「章法」，乃文章的法則；精確地說：應該是文思進展的必然程序，有其一定不變之理。所謂「布局」，乃是內容資料的安排手法。通常所見之手法：增刪、賓主、輕重、先後、虛實、反正、開闔、曲直；亦即所謂布局八法。所謂「結構」，乃文章中的前後呼應，首尾交代，脈絡貫串，組織聯繫，其目的是使文章銜接嚴密，不致鬆散失去照應。他認為「章法」乃為作者而設，「布局」，乃為讀者而設，「結構」乃為文章本身而設。（臺北：益智書局，1973 年），頁 10。雖其定義有本質上的差異，但今人在談論結構、布局、章法時，三者多等同視之，不再細分。

[19]佘樹森，〈自序〉，《散文藝術初探》（福州：福建人民出版社，1984 年）。轉引自鄭明娳《現代散文構成論》（臺北：大安出版社，1998 年 4 月），頁 207。

架，而且是固定散文體表形式的外殼。」[20]有了固定形式的外殼，散文才不致雜亂無章，題材情節、語言修辭等散文內容的安排才能次第井然，使文章中的各段落間能和諧而緊密的結合聯繫，達到整體統一。誠如魏飴在《散文鑑賞入門》一書中所言：「一篇散文的內容必須得依靠結構固定並顯示出來，結構是作品思想內容的形式體現。所以，鑑賞散文，對其結構進行剖析，也就好比是對散文進行人體解剖一樣，這對於我們了解散文的內部構成與聯繫，深入到散文的骨子裡頭仔細理會其奧妙所在有著重要意義。」[21]

在對羅蘭散文結構布局安排的特色進行分析時，基本原則是以組成文章內容的各部分為一單位，每一單位的長短不拘，它通常包含幾個自然段，當然有時也可能與自然段一致，以內容意義的相仿性為分部的依據，是屬於一種內容上的段落，因而常常沒有外在的標誌。每一單位的內容可能是人物的描寫、思想的表達，也可能是景物的描繪、事件的進行，本節要分析的便是文章中各單位間，是按照什麼關係建立起整篇文章的架構，可能是各個獨立串連發展，也可能是彼此交相疊映，這些聯繫關係，便是文章結構布局安排的方式。

歸納羅蘭散文結構布局的特色如下：

一、縱貫式結構

所謂「縱貫式結構」是指以事件的進程、時空的推移與轉換、人物的活動或心理情感的流動為順序，按照縱的方式來組合材料、營造文體。[22]此種結構常應用於記敘性文體，作者企圖將千頭萬緒的現實經驗，提煉為直線式的首尾完整的生活過程，以一個事件的完整過程來表現作者的全部經驗世界，透過此種主線的布局，刪除雜蔓的支線，恰可焦點的、集中的、精煉的表現出作者的藝術構思，也有助於讀者對文章的把握。

---

[20]王景科，《中國散文創作藝術論》（濟南：山東教育出版社，1998 年 8 月），頁 278。
[21]魏飴，《散文鑑賞入門》，頁 147。
[22]曹明海，《文體鑑賞藝術論》（濟南：山東文藝出版社，1992 年 8 月），頁 149。作者稱之為「縱貫型構築形式」。

　　如〈青蔬滋味長〉一文，羅蘭寫她的一位多年不見的老同學，身分從三個「他他米」的無產階級，搖身一變成了擁有兩幢洋房的富婆，於是熱心的分享她的致富哲學之道——「大富由天，小富由儉」，並且為羅蘭檢視她的家庭開銷：

> 於是她開始為我策劃，那一筆錢可以拿去放利，那一筆錢可以上會，家用開支如何預算可以節省到最小限度，大人孩子的衣服可以拆舊改新，不必花錢去買。用錢以不破整鈔為原則，出門盡量利用最便宜的交通工具。她又替我想到那幢賣不出去而由朋友借住的木屋，說：你該把它出租，每月可收入數百，對家用不無小補。[23]

　　不僅於此，朋友也順道建議羅蘭將家中的傭人辭掉，並為那幢小木屋去領個所有權狀，以後可免產權糾紛。同學走了之後，羅蘭將這番話好好反省一遍，原本自覺對工作一向稱職的，沒想到被同學發現她在家庭方面漏洞百出，於是決心發揮知過必改的美德，向這位同學看齊。

　　首先羅蘭將傭人辭了，又翻箱倒篋，把多年不曾穿用的衣服找出來，拆拆改改；出門戒掉坐三輪車兜風的習慣，開始每天趕公共汽車；花錢不破整鈔的原則，讓她省了點開支，準備去上會；為了那幢小木屋，她開始跑機關辦產權、刊登出租廣告、帶房客看房子、談條件，在準備簽約之前，她仍開不了口告訴朋友房子已經要出租了，未料莽撞的房客自行去確認，因此羅蘭一氣之下房子不租了，此時，她才忽然覺得天地頓時寬闊起來：

> 「去他的『小富由儉』！」
> 車子開得很快。

---

[23]羅蘭，〈青蔬滋味長〉，《羅蘭散文》第一輯（臺北：文化圖書公司，1966 年 8 月），頁 155～156。

轉瞬間就離開了那些「所有權狀、杜賣證明、契約、執照」，

離開了緊張焦慮的人群。

路開始寬敞起來了。

天空好藍！

現在是幾點鐘呢？

哦！早晨九點半。

現在是什麼季節呢？

哦！秋天。

……

那個戴斗笠的少女，捧了好大一堆湛綠的青蔬，打著赤腳，

慢慢的沿著田畦，走向她的茅屋。那青蔬，綠得多麼悠然！

生活本來是何等簡單的事！

而我們偏偏因為要求太多，而把它弄得這樣複雜！[24]

　　這篇文章中，羅蘭記錄了同學來訪之後兩個多月的勤儉生活，在這一段時間的推移中，她將敘寫的焦點集中在她為「小富由儉」所做的努力，做為連貫全文的線索，按事件發生的順序依次行文，每一小事件的敘寫，都是為了凸顯她最後的頓覺——生活不應該如此複雜，不應該一切以利為前提而不顧友情。因此她更肯定自己的價值觀：「我只要生活中的一點綠意，和坦然無私的友情。」[25]作者最後對生活的體悟與她全文鋪敘的汲汲營營、緊湊的生活形成強烈的對比，提供給讀者一個思考、檢視自己生活及價值的借鏡。

　　散文以縱貫式結構行文，或寫人、或記事，在有頭有尾，有始有終的情節安排中，將事件的發展過程依次寫出，完整交代事件的始末，使讀者在清晰的線索中，逐步掌握作者表現的中心意涵。

---

[24]同前註，頁 164～166。
[25]羅蘭，〈青蔬滋味長〉，《羅蘭散文》第一輯，頁 167。

二、橫斷式結構

　　「橫斷式結構」是以內在的線索來組合貫穿各種材料，和本來不相關聯的生活場景或片段，是一種並列的橫式構思。[26]這種結構方式不受時空和事件順序的限制，以一個主題爲中心，選擇幾個生活畫面排列在一起，集中地、多面向、多層次的進行書寫。此種結構又稱爲「屏風集錦式」，「其特色是每個畫面有一定獨立性，而且畫面之間內容大致相等，眉目分明。分而觀之，自成一塊；合而思之，則從不同側面歸趨於主題，整個結構恰如一扇一扇的圖畫屏風並列在一起，顯示出一種整齊規則、均衡勻稱的美。」[27]

　　〈小畫〉一文中，羅蘭描寫了她最喜歡的三個畫面，第一個畫面是鄰居一個黑黑胖胖的小男孩，打著赤腳，成天在泥土裡玩得好野，每一根毛髮都沾著塵土，但眼睛裡卻散發著清潔純淨的光，常對作者做個鬼臉、咧著嘴笑笑。第二幅畫是揹著書包玩得一身泥土的一年級新生，差點被三輪車撞到時，車伕索性將他往旁邊攔一下，他對羅蘭扮個鬼臉，羅蘭對他微笑並招招手，而他呆了一下之後也給予同等回應，淘氣的臉卻有一雙對世界充滿了愛心與信任的眼睛。第三幅畫是穿著寬大不合身衣服的小女孩，赤著腳在打水，因爲人小，用力氣時，全身就懸在那抽水機的槓桿上，她每壓一下，還得跳下來探頭望望水桶裡的水滿了沒有，那專心打水的動作，令人會心一笑，她彷彿不屬於這個世界，而是一幅畫。

　　這三段分而觀之，都各成獨立的一部分；合而思之，可發現有一條彼此聯繫的內在線索，即是他們都屬於作者喜歡的那種未受世俗改造的純真小孩：

　　　　孩子們是屬於自然的，他們對泥土草木的感情遠比對成人社會的感情深
　　　　摯。因此，他們在泥土中打滾之後，會成為一幅動人愛憐的小畫；而他

---

[26]曹明海，《文體鑑賞藝術論》，頁153。作者稱爲「橫斷型構築形式」。
[27]魏飴，《散文鑑賞入門》，頁65。

們受到文明的照顧之後就失去天真了！該多留住幾幅小畫——在孩子們身上，在成人們心裡。……[28]

這是最樸實、最自然不造作的畫，也是大人心所響往卻無法企及的美。

〈生活的滋味〉全文也是以橫斷式結構模式安排的。羅蘭選取生活中代表不同心境的味道：剛開始建立家庭時，終日手忙腳亂的照顧孩子，還得心急如焚的趕在先生下班前做好飯菜，炸醬麵的滋味，織成了那段生活逼人的況味，象徵著忙迫與煩亂。孩提時母親常點著煤油燈縫補衣服，年幼的孩子躺在炕上，依偎在母親邊漸漸入睡，因此淡淡的煤油味是一份安心與親切。在滴水成冰的嚴冬天氣裡，孩子們喜歡窩在祖母的房間，老祖母用粗皺的手拉過細嫩的小手，在火爐上烤一烤驅寒，因此那微微的碳香，充滿著長輩的溫暖與愛護，「冬天在外面，春天在我們心裡，在祖母的愛裡，在炭火盆與素大葉的暖香裡。」[29]後來隨著父母搬離老家，來到外面獨立謀生，那燃燒蒿子帶有野性的燒草氣味，讓年紀小的羅蘭已模糊的體嚐到「重起爐灶」自立更生的艱辛。而母親一年才翻一兩次的箱子，散發出沉鬱的樟腦味，等到作者也擁有帶著樟腦味的箱子時，終於體會到身為一位母親那悵惘多於快樂，苦澀多於甘甜的心境。

作者將選取的題材以並列安排的方式，寫出了不同的生活片段，代表不同人生經驗的味道。集中的，多面向的道出各種滋味具有的多樣意涵，最後歸結出作者在嚐盡人生各種況味後的心願——渴望擁有一個沉靜的宅院，有足夠的空間容納所有的親屬，有足夠的時間安享天倫之樂，給予子孫寵愛、照顧、安全與信賴，協助他們避免因缺乏生活經驗，而帶來委屈、寂寞與過早的憂煩。

---

[28]羅蘭，〈青蔬滋味長〉，《羅蘭散文》第一輯，頁 184。
[29]羅蘭，〈生活的滋味〉，《羅蘭散文第二輯》（臺北：文化圖書公司，1968 年 1 月），頁 23。

三、今昔結構

　　羅蘭散文中另一種以時間為依據來組織篇章的「今昔」結構，多是以當下時空的心境開頭，藉由睹物興懷引領全文，最後再帶回今日追思不已的懷念。

　　如〈那豈是鄉愁〉一文，開頭由臺北濕濕冷冷的天氣寫起，這種冷，不敵北方那種呼嘯著撲來，鞭打著、撕裂著、呼喊著的那麼冷，卻勾起她近於詩意的鄉愁，想起那穿著老羊皮袍、戴舊氈帽、躬著身子，站在車站的天橋上，一位對抗著風雪呼嘯猛撲的鄉下老人——大爹。

　　大爹是父親的堂兄，皮膚黝黑、面貌樸實，說起話來斟字酌句慢吞吞的，當老家家道中落時，他照管四代同堂三十多口家族的婚喪嫁娶與日常生活，辛辛苦苦支撐家庭生計，但也因此家中各房對他頗有微辭，認為他中飽私囊。拘謹不安的氣氛與動輒得咎的擔憂，使年幼的羅蘭並不喜歡這位長輩，而傳統的大爹也不喜歡這些到城市學習新派作風的晚輩，平時互動冷漠，但在戰爭艱苦時，這份親情卻是最溫暖的後盾。當時羅蘭一家因戰爭爆發而父親失業，家庭陷入徬徨無主時，大爹來信寫到：「……小難逃城，大難逃鄉。如在外生活不易，可隨時返家團聚。家中雖清苦，然粗茶淡飯，尚可無缺。……」[30]於是 18 歲的羅蘭帶著兩個妹妹，乘著火車奔馳過凍僵的河水、凍僵的平原、凍僵的枯樹與電線，風塵僕僕到達老家的小站時，已比平常晚了半小時之餘。

　　　　我們三個提著簡單的行囊下了火車，那狂風吹得我們站不住腳。正在徬徨無主，卻見大爹從那個寫著站名的白色木牌後面跑過來。他腳下穿著大氈窩，身上穿著羊皮袍，頭上戴著老氈帽。他跑的時候，那氈窩就陷在深深的雪裡，使他舉步維艱。他跑得那樣吃力，而又那樣快，使我們幾乎不相信那就是大爹。我們從來也未見大爹跑過，他總是四平八穩的

---

[30]羅蘭，〈那豈是鄉愁〉，《羅蘭散文第二輯》，頁 7。

踱著方步的。而這次,他吃力的跑到我們面前,嘴唇「嗦嗦」的抖著,用他凍僵的手把兩個妹妹摟在他懷裡,說:「好孩子!好孩子!凍壞了吧?孩子?」[31]

大爹在那樣的風雪中等了半個小時,臉上凍得發紫,嘴上花白的短鬚,沾著白白亮亮的冰花,躬著身子走在前面和寒風抵抗,踩著天橋上凍硬溜滑的積雪,步履蹣跚的帶著三姊妹走過驚險的一段路,晚餐時大家一面吃飯,一面激動的討論著外面的風雪時,大爹只是「嗯嗯」的答應著,彷彿那是一件很平常的事。在文章末尾,羅蘭說:

> 我到了臺灣,要結婚的時候,收到大爹一封信。信裡附著一個紅包,裡面是四千萬元的匯票。信上大意說:「家中年景不好。我原為各姪女每人積存有一份妝奩,但不幸,幣值貶降,這數目大約也只能給你買雙絲襪了,伯伯不才,未能克盡家長之責,希吾姪諒之。」
> 我豈能不「諒之」?我豈能不感激零涕?我豈能忘記那年的風雪,那北方古老的家園!那淒寒中如熾火般的光與熱,那屬於中華古國傳統的含斂不露而真實無比的親情![32]

由現實生活中濕冷的天氣寫起,追憶起在北方的嚴風凍雪中,大爹不畏風寒的到車站迎接羅蘭三姊妹,尾段又回到現實生活中,作者感念大爹照顧家園及後生晚輩的用心,這份中華傳統的親情美德,是淒寒中的光與熱!

「今昔」結構常出現在羅蘭的懷舊散文中,無論懷想的對象是人、是事、是物,這種由今而昔,復由昔而今的結構模式,在開頭和結尾的相互呼應下,以羅蘭動人的回憶架構起全文的發展,點染出羅蘭撫今追昔的情

---

[31]同前註,頁 8。
[32]羅蘭,〈那豈是鄉愁〉,《羅蘭散文第二輯》,頁 11。

感，這種往返於今昔時空背景下的情感，尤以撼動人心，見其深度，更能夠彰顯結構布局的安排對文章表現的重要性。

四、詳略結構

羅蘭在「人物小品」的散文中，她常使用「詳細」結構。如〈父親的照片〉一文，羅蘭開頭指出她只有兩張父親的照片，這兩張卻足以代表父親一生中的兩個重要階段。

第一張是父親年輕時，坐在工廠的辦公室桌前拍的，一雙樂觀而又慈愛的眼睛，及那薄薄微翹的嘴唇，彷彿正要綻出一個欣慰和悅的微笑，代表著當時父親的事業鴻圖大展，家庭幸福溫馨的日子，接著羅蘭以詳細的筆調描述這段時期的父親——全家中最疼愛的是作者，每個學期將作者漂亮的成績單壓在他辦公桌的玻璃墊下，是他最驕傲的事；對子女的教育一向採取正面、積極的引導，使孩子面對不擅長的領域時，也能因父親的鼓勵和肯定而增加信心；而父親面對人生困境時，一貫樂觀的人生態度也是子女的最佳典範。

另一張照片，是大陸淪陷以前，父親由蕪湖寄來的，照片中的父親灰頹而又蒼老，羅蘭僅以略筆簡單帶過這個時期的父親：

> 父親以遲暮之年，被眼光淺短的公司經理嫉視排擠，而遠謫異地。事業的幻滅，家園的破碎，骨肉的離散，一重重的隨著那年席捲一切的風雪，凌屬無情的向他襲去。那一段日子，父親的來信中，隱約都是淚痕，但在表面上，他仍用他一貫的洒脫幽默的筆鋒，以自嘲代替嘆息，以笑語代替眼淚。[33]

〈父親的照片〉一文雖由兩張照片介紹父親人生的兩個時期，但作者明顯偏重於第一張父親事業巔峰的盛年，第二張如風飄飛絮的晚年卻不忍

---

[33]羅蘭，〈父親的照片〉，《羅蘭散文》第一輯，頁68。

多說，作者這樣的安排，細讀其文意可探究原因有三：一是父親在作者心中的地位是完美的，因此對父親年輕有為、生活順遂的這一面著墨較多；二是作者不忍父親晚年的滄桑景象，對自己未能陪侍在側而感到心中有愧，因此不願多加描述；三是父親一向以歡樂、達觀的一面教育子女，固然不希望子女為他感傷落淚，因此文末提到：「是的，不要流淚。因為父親希望我快樂。父親從未以淚的一面示我，我也將永不以淚的一面示人。真的不要流淚！為了父親，我要快樂！不管我心中有多少眼淚！……」[34]

羅蘭運用「詳略」結構於「人物小品」類型的散文中，詳寫與略寫的比例安排得當，往往使主旨更加凸出，讓讀者能很快的掌握作者所描述的人物精神，與該人物主角在作者心中的地位、形象。

作家在創作時，會選擇一種適切的結構布局來安排整篇文章的架構，沒有唯一且既定的結構布局可適用於所有的篇章，因此，在探析羅蘭散文作品的結構特色時，我們獲得多樣性的結果是必然的。

第三節　描寫敘述

構成散文的要件中，以呈現方式的明顯或隱蔽方面而論，立意取材與結構布局兩部分是屬於間接的表現，必須透過深入的賞析才能把握，而敘述與描寫是以直接的表現方式來面對讀者，讓讀者在閱讀的同時就能立即進入作者敘述描寫的創作世界，了解其表現手法和藝術風格，並讓讀者經由這一直接的途徑，得以探求出隱藏在文字背後的意涵。因此，在進行散文藝術分析的工作時，敘述與描寫是我們最能明確分析的部分，也是最具作家個人創作風格的表徵。

關於散文中的敘述與描寫，我們先做一基本的認識，在鄭明娳《現代散文構成論》中對敘述的詳盡闡釋是：「敘述，是指在正文中關於單一事件或系列事件的處理、演繹。單純的敘述僅運用在報導事件或資料的編年記

---

[34]同前註，頁69。

載中，但是成爲散文構成藝術一環的敘述，其目的在於融合情節和創作的意向，因此散文敘述論一方面提高散文裡事件呈現的趣味，另一方面又賦予情節的藝術活力，使得整體結構產生有機性。」[35]故散文中敘述的目的是將文章主旨以藝術手法呈現出來，避免平直表述所造成的枯燥無趣，以達到引人入勝的效果。

至於描寫，則爲「在正文中針對特定客體呈現出具體藝術形象思維的段落，稱爲描寫。……描寫形成敘述的基礎單位，透過描寫，作者可以再現事物、表現風格，從而印證作者的觀察思維和形象創造的能力；同時描寫也是製造、引發讀者想像力的要素。」[36]「一個片斷的、細節的描寫，雖然不能獨立呈現具體的情節，但是透過描寫對客體深入探索，可以使敘述的主題分布在各個局部，並且得以深刻化；而透過段落的描寫，以及意象系統的加入，也使得敘述本身不致變爲平板呆滯而淪爲故事大綱。」[37]王景科也認爲：「一味地敘述會使散文平淡、沉悶，運用描寫可以給讀者以生動形象的感覺，讓讀者如見其人，如覽其境，如聞其聲。」[38]可知描寫是針對文章局部客體的表現，透過這細部深刻的表現，才能造就文章整體的呈現。

由此可知，敘述與描寫在散文構成的層面上明顯不同，描寫是構成敘述的基本單元之一，唯有以豐富精緻的描寫做爲構成單元，才能有傑出的敘述表現。敘述扮演著串聯精細描寫的角色，而描寫則豐富了敘述的內涵。另外，敘述的進行有時間性，而描寫僅重視空間性，往往抹煞時序的差別，「描寫的對象常常具備空間的第一現場性格，把人和事物置入並時性的現場。」[39]因此，在實際的散文創作中，描寫和敘述雖各有其側重之處，卻又共同肩負起成就一篇散文的重要任務，兩者對散文的成功有缺一不可

---

[35]鄭明娳，《現代散文構成論》（臺北：大安出版社，1989 年 3 月），頁 175。
[36]同前註，頁 109。
[37]鄭明娳，《現代散文構成論》，頁 110。
[38]王景科，《中國散文創作藝術論》，頁 224。
[39]鄭明娳，《現代散文構成論》，頁 110。

的重要性。

以下由「敘述時間的安排」及「描寫客體的選擇」兩點探究羅蘭散文中，敘述與描寫的特色：

一、敘述時間的安排

在散文中事件的鋪展需藉著敘述來進行，而敘述的進行必然關涉到時間進行的考量，透過敘述時間脈絡的掌握，我們才能了解事件背後所蘊藏的真意。作者在創作時，因意念表達的需要，必然會對文中事件的敘述過程做最妥善的安排，或是依著時間發展順序而書寫的直線敘述，或是不按時間的先後進行，而在敘述中由現今的生活回逆至更先前過去的倒裝敘述，抑或是敘述時並未有一顯明時間做為聯繫的交錯敘述，然而這些敘述時間的安排都各有其功用與特色。[40]

在羅蘭的散文中，直線敘述多運用在短暫片刻的事件發展上，因為時間短暫，所以事件進行緊湊，如此敘述才能按照事件先後與時間順序的主線依次安排。

如〈生日快樂〉一文中，羅蘭敘述她為慶祝自己的生日，當天一早帶著 1,200 塊錢出門，先是到美容院去做按摩，享受那圓圓潤潤的感覺，像幼時母親用手指親撫著她的臉，接著由美髮師傅為她設計頭髮、修指甲、電燙、沖水、捲花、吹風……，結束後，「新來的師傅開始把我的頭髮倒著刮散，刮得像從精神病院裡逃出來的。……我看見自己腦後堆起一堆奇怪的雲。用手按了按，硬硬的，膠水使它像栗子殼。」[41]從美容院出來已經是下午一點了，接著她去餐廳，去買了一雙鞋、一件自己從來也不想買的花色的泰國綢，最後看了一場電影，電影結束已是黃昏，她用掉身上最後兩張十元搭計程車回家。回到家立刻將頭髮刷直，梳回自己原來的老樣子，用去光水洗去手上的指甲油，將花色泰國綢用包裝紙包好，打算聖誕節時可以送人，最後，在鞋盒上黏上一張小卡片，寫著：「生日快樂！給我自

---

[40]鄭明娳，《現代散文構成論》，頁 191～195。
[41]羅蘭，〈生日快樂〉，《羅蘭散文》第一輯，頁 215。

己。」「花錢是件快樂的事！」[42]

　　〈生日快樂〉一文完全按照事件發展的順序來進行，在時間的理路上相當一致，事件過程交代得明晰而完整，整篇文章的興味正由敘述中的人事物關係交織而成。從文章中，我們看到羅蘭刻意跳脫平日自己的行為模式，擺脫忙碌的俗事纏繞，讓自己享受一天花錢的樂趣，藉由一年一次的生日，好好犒賞自己終年的辛勞，生日過後又一切恢復正常的生活軌道。看似平凡單純的敘述，一方面無奈的透露現代職業如「忙針」[43]般的生活，一方面卻也慶幸在這樣壓迫的生活步調中，至少還能藉由「生日」此一名義，讓俗事一切停擺，享受一日全新的自我！

　　直線敘述的方式雖然沒有繁複的時空變化，卻能使讀者注意到事件本身所透露的意涵。這種由事物本身發展的進程作敘述時間的安排，常見於敘事散文，其敘述規律嚴謹，完整清楚，最易於被人接受與掌握。

　　在羅蘭散文中，倒裝敘述的運用常見於懷舊文章的寫作上，將回憶過往的情懷與今日時空的感觸相交接，藉由倒裝敘述的進行，才能得到緊密的結合。

　　如〈黃金時代〉一文，由羅蘭接獲中學時代的同窗學伴張秀亞的來信寫起：

> 開頭一句「佩芬！」一下子把我拉回去二十多年，恍惚又置身在天津河北女師那灰突突的後樓走廊上。[44]

於是羅蘭憶起中學時期的同伴、師長、校園：當時的張秀亞有一張清秀的瓜子臉，配上一對清如秋水的明眸，是個個性深沉喜歡研求學問的女孩，

---

[42] 同前註，頁 218。

[43] 「忙針」此一用語見羅蘭〈生日快樂〉，《羅蘭散文》第一輯，原文是「我做什麼事都一樣的沒有時間。我把自己趕得像鐘錶上的秒針——那被父親戲稱做『忙針』的東西。長針和短針都有時間歇下來看看世界，而它卻總是一刻不停的匆匆著」，頁 214。

[44] 羅蘭，〈黃金時代〉，《羅蘭散文》第一輯，頁 22。

但羅蘭性情浮動喜愛遊樂，兩人個性迥異，卻常一起玩得很開心；溫文儒雅的師長以及寧靜的校園，讓學生自然感受到淳樸的校風，達到潛移默化的效果，即使是嚴格的訓育主任「丁猴」，對頑皮的羅蘭也以循循善誘的方式導正其行為，使羅蘭覺得中學生活是她最溫馨的黃金時代。

文章末尾作者再將時空拉回當下：

> 二十年後的現在，我們經歷過數不盡的離合悲歡之後，卻在海峽外的寶島來重溫幼時的舊夢？[45]

當年的青春玩伴如今都已是飽經憂患的中年人了，在異地重聚時，也只能對逝水般的年華唏噓慨歎吧！諸如此類對往事的追憶，羅蘭常使用倒裝的敘述方法來進行，使回憶過往的情懷與今日時空的感觸得到最完美的結合。

直線敘述與倒裝敘述在時間的安排上都有一發展的主線，而交錯敘述「是時間的『失序』，時間沒有主軸，缺乏因時間而聯繫的關係。散文中的事件不但時間不同、空間也常常不同，在敘述中還時常夾以議論。」[46]

例如〈時代的節奏〉一文，第一部分先談到友人來信告知將展開為期 72 天的度假，給了羅蘭一個回信的地址，當羅蘭將信寫好要寄出時，友人已經到達下一個行程，等不及收信了。第二部分是作者發現現代的影片製作和舊影片的手法不同，以往舊影片為了交代故事時間的快速進行，字幕上會出現「次日」、「春天」、「十年之後」等字樣，現在的人看來卻覺得多餘，因為大家已經習慣新的手法：

> 大量的運用跳接，完全不交代時間，以及人物行動之迅速，對話之簡

---

[45] 同前註，頁 33。
[46] 鄭明娳，《現代散文構成論》，頁 193。

　　潔，打鬥之俐落，處理事務之乾脆，都極能滿足現代人的胃口。[47]

　　第三部分談到現在流行的是節奏強烈與快速的熱門音樂，即使新灌唱片的柔和抒情曲，節奏上也都比以前快得多。第四部分談到現代人講話速度也較上一代爲快，不但字與字之間的拍子短促，甚至將兩個字或幾個字加在一起、拼在一起，簡化成一個字來增加講話的速度。第五部分談到羅蘭才開始出刊的連載小說，原預定四個月之後才會刊完，但卻被雜誌社的朋友來電催著要改版付印了。最後，羅蘭歸結出時代是以速度在進行、在變動，若跟不上，就會被遺落，因此多往前看幾步，早做準備的安排，似乎已成爲現代的一大特色。

　　從這五個部分來看，〈時代的節奏〉一文並沒有一個規律的時間線索可循，而是採任意跳接的方式進行，全文以「速度」做聯繫，將與此事件有關的各片段組織起來。因此，在交錯敘述中時序的影響是微不足道的，因爲作者不從時間的角度做考量，也因此，讀者在閱讀時就必須多留心段落間所用以聯繫的共通性。

　　綜上所述，羅蘭在敘述時間的安排上有相當的靈活性。直線敘述多安排在片刻所觸發的領悟與感受；倒裝敘述多用在懷舊憶往的題材上，將過去與現在做妥適的連結；交錯敘述因本身有時序跳接的特性，不適於安排在具有時間連續性發展的事件上，而是由一個中心物件做爲聯繫全文的依據。

二、描寫客體的選擇

　　描寫是構成敘述的基本單元，透過精緻的描寫，才能達到豐富敘述內涵的效果，因此敘述過程中的組成要件——環境、人物、事件等，就都成爲描寫時必須注意的重點，作家在進行描寫時，會隨著自己的喜好或習慣，呈現出自己獨具的風格和特色，因此，我們將以這三方面爲主題，來

---

[47]羅蘭，〈時代的節奏〉，《羅蘭散文第三輯》（臺北：自印，1972 年 1 月），頁 101。

探討羅蘭散文描寫客體的類型。

（一）環境描寫

在環境描寫方面，羅蘭很少將重點放在詠歎名山勝水的宏偉壯麗，她常以描寫人文生活的方式，來傾注她對生活周遭環境的關心。不論是羅蘭身旁的陌生人，抑或是貓兒、狗兒等小動物，羅蘭常不吝惜給予關愛的眼神，對於不知名的花草樹木，大自然日月星辰等自然景物，也透過細微深刻的觀察，文章充滿豐富的想像，種種的描寫，大多不只是純粹的描摩，最重要的還是藉之抒發情懷、寄寓思想，構築出自己的有情世界。

如〈綠色仙園〉一文，羅蘭經過忠孝東路與敦化南路這繁忙的大十字路口，在等候紅綠燈的短短數分鐘之間，觀察周遭的環境，寫下自己的關懷點。首先，是路旁紅磚道上有個玩具熊的臨時賣場，看到那一個個蠢蠢然的大熊套在塑膠套裡等待主顧，作者興起悲憫之心：

> 為那製造玩具的、為那不會動的熊，也為那不得不與這些無生命的玩具為伍的孩子們。[48]

羅蘭從小喜愛自然，曠野的花木、昆蟲是她的最佳玩伴，她深知大自然是孩子的天堂，提供孩子探求不盡的新奇與驚喜，因此面對現代的孩子只能與無生命的玩具熊為伍，不免歎息。

接著，作者注意到一旁的鑽石地段上還沒蓋房子，卻長著一文不值的茂密青草，望過去竟有一隻真的小牛站著，立即吸引她的目光：

> 牠那樣子非常柔和。小牛和成年牛很不相同，大概一切幼年的動物都有一副溫柔的孩子氣，嫩嫩的、軟軟的，很靈活的樣子。連那日後一定會變得堅硬無比的牛皮都像毛絨似的，那麼熨貼，那麼沒有成見的覆蓋著

---

[48]羅蘭，〈綠色仙園〉，《彩繪日記》，頁173。

小牛那看來軟綿綿的軀體。連那深棕的顏色，都帶著上等絲絨似的溫厚
柔軟的美感，有那麼一層含蓄的絲光。

小牛的頭和尾巴的線條也那麼柔和。尤其牠把那細長又富彈性的尾巴大
幅度的搖著，搖著幾乎有三百六十度那麼圓活，一副調皮好玩的樣子，
令人由衷羨慕牠的快樂與天真。而當牠回過頭的時候，稚氣的臉上那一
對清亮健康的大眼睛，使牠顯得非常漂亮。那臉的輪廓是多麼方正，多
麼開朗啊！[49]

　　作者細膩的描寫這惹人憐愛的小動物，進而聯想到小牛的媽媽必定不
捨牠長大後要去做苦工、去拉車，但若不得不選擇一份工作，那還是務農
吧！雖然辛苦，至少還是農夫忠實的朋友，同甘共苦的夥伴。然而，動物
的世界是單純的，但是人類的生活卻不斷的在改變，耕耘機取代了牠們遲
緩的勞動力，牠們與人類的關係已經從「夥伴」、「幫手」的地位下降到
「食品」的地位，但是「這無邪的小牛還在用牠無限善意的大眼睛『欣
賞』著我們。」[50]對照之下，動物是多麼的純真與友善，而人類卻是如此的
自私與貪婪！

　　最後，作者觀察到一旁還有一隻白鷺，伸著細細長長的頭頸，貼近小
牛的下頦，仔細的看著小牛，像是要吻吻牠的臉，而兩隻白蝴蝶也翩翩飛
來，眼前宛如一個小小的綠色仙園，出現在馬達聲喧囂的都市中，可惜的
是人類不懂得欣賞這沁人心脾的一抹綠意，因此，她在文末寫道：

而那被利慾煎熬著的人間，也無視這神話幻境般的小小仙園。被紅燈阻
住的人們，正一心望著綠燈趕快亮起，立即向前奔赴，一秒也不遲疑。
時間，即是金錢。
我也必須趕在綠燈消失之前衝往馬路的那一邊。

---

[49]同前註，頁 174。
[50]羅蘭，〈綠色仙園〉，《彩繪日記》，頁 175。

不是我真的有事要忙。而只是為了在這狂奔的人間，不敢讓別人嘲笑
我——這麼大的人，無所事事，竟然會對著一片草地，一隻牛，駐足而
觀。[51]

　　這段描寫充分展露羅蘭愛好自然的個性，以及她從小處著眼，對現代
生活觀察入微，並提出自己的省思。
　　在散文中，環境描寫有時居於陪襯、烘托、渲染的地位，以支持主要
描寫的對象，但有時其本身已獨立成一個完整自足的段落，而成為主題的
旨趣。在上述的例子中，作者三段不同層次的環境描寫，從玩具熊、小
牛、到整個綠色仙園，都表達她內心不同的感觸，而不論是做為陪襯地位
的玩具熊，或是自成完整段落的小牛與綠色仙園的環境描寫，在文中都有
畫龍點睛與彰顯主題旨趣的效果，而這也正是羅蘭散文的特色所在。

（二）人物描寫

　　人物描寫，就是針對特定的人物進行描寫，不論是概括描寫、速寫或者
　　人物特寫，都是人物描寫中的主要描寫方法。在散文中人物描寫的地位
　　和小說的地位同樣重要；人物是藝術作品中的形象主體，也是所有審美
　　及創作藝術性的核心，所以人物描寫往往最見散文家功力之處。[52]

　　由此可見，人物描寫在散文中占有相當分量的地位，它有時是全文發
揮的重點，必須從各個側面以不同的描寫方式來進行全面的呈現，有時是
關鍵的所在，必須以最精準的描寫方式來做單一的特寫。無論是全面的呈
現或是單一的特寫，作家都必須考量文章表現的需要，選擇最足以代表人
物特色的素材做細緻的描繪，讓讀者感受到如聞其聲、如見其人的親臨
感，如此才能渲染文章的氛圍，觸發讀者心靈的感動。

---

[51]羅蘭，〈綠色仙園〉，《彩繪日記》，頁176。
[52]鄭明娳，《現代散文構成論》，頁146。

　　就外在形貌的描寫而言，「散文中人物的外在形貌很少有必要全部仔細描寫，大體而言，凡是被描寫出來的部分，並非僅用來介紹人物的外觀，它或者用來暗示人物的處境、身分，或者做為伏筆。」[53]在這方面的描寫上，羅蘭往往未有過多的鋪陳，而是擅用淡描輕勾的筆調，精簡中見其深刻，讓一個個人物的脾氣性情躍然紙上，如〈那豈是鄉愁〉一文裡，羅蘭這樣描寫她的大爹：

> 而他，總是那麼慢吞吞的，手揣在袖子裡，微躬著背，邁著一定大小的方步。他說話的時候，總是那麼把聲音拖得長長的，彷彿字斟句酌，唯恐說走了嘴似的。其實，他只是習慣那麼慢吞吞，好像任何重大的突發事件，都不會使他震驚似的。[54]

　　手揣在袖子裡，躬著背緩慢步行的人物形態，不僅暗示大爹在家中的身分地位，也顯示出他那泰山崩於前，仍舊面不改色的沉穩個性。這一段形貌描寫為大爹在家中的重要性留下伏筆：他平時對外能照管田莊，對內能掌理四代同堂的三十多口家族的婚喪嫁娶與日常生活，使當時大家族紛紛沒落的動亂時代，靳家仍可維持祖先的產業；而戰爭來臨，威脅到性命安危時，他能挺身接濟離開老家在外打拚的兄弟與晚輩。

　　由此例可知，羅蘭在人物外在形貌的描寫上並不大力著墨，描寫出來的部分並非僅用來介紹人物的外觀，有時用作暗示人物的處境、身分，有時做為伏筆，短短數語，人物的精神氣象立即展現。

　　言詞描寫也是彰顯人物形象的一個方式，這是透過言語的對談或議論，間接表達出人物的特徵，這種透過視角轉換的描寫，確實更能掌握人物的特質。

　　如在〈新派人物好老師〉一文中，羅蘭小學高年級的國文老師在第一

---

[53]同前註，頁 154。
[54]羅蘭，〈那豈是鄉愁〉，《羅蘭散文第二輯》，頁 3。

堂上課時，二話不說給了一個「桐葉秋風」的作文題目：

> 當我們全班還目瞪口呆，不知道這是不是已經上課的時候，張老師發言
> 了：
> 「這是作文題目。你們別因為這是春天，就不能寫『秋風』，也別因為這
> 是北方，你們沒見過梧桐，就不能寫桐葉。作文，不能只寫你見過的東
> 西，也不能只會寫眼前的事情。你要發揮想像力。秋天，你們總見過
> 吧？落葉，你們總是見過吧？作文不能給『範圍』啦！想想看，怎麼
> 寫？」
> 然後他又加上一句：「說你沒見過桐葉的感想也行。」[55]

　　篤定、自信的語氣，充分表現張老師神采奕奕的教學風貌，以及他對
自己專業領域的獨特見解，因此他不拘一格、不一味的跟隨潮流推行白話
文教學，反而上元曲、教對聯的教學特色留給羅蘭深刻的印象，也讓讀者
有如見其人、如聞其聲的臨場感，透過言詞的重現，讓當事者的認知完整
呈現，這樣的人物描寫更貼切入微。

　　又如〈雨伴〉一文，喜歡兜雨的羅蘭以簡短的對話描寫與她相知相惜
的知己：

> 你和我不只一次的互相笑著問：
> 「為什麼不怕雨？」
> 「為什麼要怕雨？」
> 「可不是？只要你有一件雨衣或一把雨傘。」
> 「只要你有一雙不怕糟蹋的鞋。」
> 「只要你穿的不是昂貴的衣服……」

---

[55] 羅蘭，〈新派人物好老師〉，《薊運河畔——歲月沉沙第一部》（臺北：聯經出版公司，1995 年 6
月），頁 188～189。

　　「只要你有一顆豁達的心。」

　　「是的！只要你有一顆豁達的心。」[56]

　　一件雨衣、一把雨傘、一雙不怕糟蹋的鞋、不穿昂貴的衣服……，這些都是簡單而容易達到的條件，但是擁有這些條件並非就喜歡濕漉漉的下雨天，重要的是一份欣賞雨中世界的豁達心情，由此一認知而肯定彼此是志趣相投的雨伴，這份心不會因外在條件的改變而動搖，雖然兩人的對話表達的是相同的看法，但是經由言詞描寫來傳達，可同時呈現陳述者的觀點與當事人的認知，這樣的描寫手法更切真意。

（三）事件描寫

　　散文中事件的描寫並非是對事件的完整紀錄，而是片段式的，藉由一些相關的小事件來集中表現一個主題，並表達出作者的思想情感。所以，描寫的最終目的是思想情感的抒發，描寫的內容常是有所寄寓的。另外，單純的描寫易流於枯燥乏味，也無法表現出散文的藝術性，因此常必須融合抒情、議論等技巧，加強細節的具體性，強化感人的效果，並拓展文意的深度。

　　羅蘭的散文中，對於事件的描寫，多從當下的情境或回憶中取材，進行提煉加工，並融入作者的感懷或對事件的思考，透過各種寫作技巧，使表相的單純事件呈現深而有味的意涵。

　　劉熙載《藝概・文概》中說：「敘事有寓理，有寓情，有寓氣，有寓識。無寓，則如偶人矣。」[57]由此可知「有寓」之於事件敘寫的重要性，它增加了文章的活力與生命。羅蘭的事件描寫除了寓情，有時也雜著議論，以事件的描寫為引，道出個人觀感見解。

　　如〈往日雲煙〉一文，羅蘭一次回家的路上，看見一次母親與一對兒女散步時的談話情景，回想起自己的孩子。當年她三個孩子還小的時候，

---

[56]羅蘭，〈雨伴〉，《羅蘭散文》第一輯，頁185～186。
[57]（清）劉熙載，《藝概》，頁23。

最享樂的時刻就是在夏天中午，央求母親帶他們去吃西餐、喝冷飲，然後再帶一桶冰淇淋回家；孩子穿學校的制服太硬性，羅蘭總喜歡為孩子親手縫製休閒服，無論是男孩的襯衫、褲裝、女孩的裙子、洋裝，經過母親別出心裁的巧手，使他們都能穿出獨特的韻律之美……。回憶起孩子的童年，每一件事情都還記憶猶新，但轉眼間，才驀然發現孩子不再是讓母親牽著小手去吃西餐的年紀了，他們從樣樣受母親呵護的孩子變成可以談問題的朋友，他們逐漸走出自己的世界，對自己有了期望，此時，當母親卻開始有了失落的感覺：

> 你發現，你不再是他們的一切；他們有了自己的世界，開始嘗試著要用回饋的心情來對待你，而你卻並不是很樂於接受。因為你還仍然停留在一切都攘臂而先，凡事「我來！我來！」的階段。[58]

為人父母總是習慣對子女無微不至的呵護，並且享受那份被依賴的感覺，然而孩子長大了，必須有自己的天地，靠自己獨自去開創人生，此時父母得重新學習放手，並不是一件容易的事，羅蘭有感而發：

> 我十分深切地體嚐到「退出孩子們的戰場」是多麼困難的一件事，因為你要首先承認自己對他們已經不再像以前一樣的重要。發現自己的「不再重要」是很難過的。但你必須認可，以免由於你的「非法介入」而干擾了他們。[59]

全文從看見母子三人散步時的背影開始回想，描寫一件件自己孩子幼年時的情景，他們曾是母親生活的重心，但是漸漸的母親已不再是孩子的一切，羅蘭對這樣的落差有所感慨，明知該放手讓孩子去經營他自己的人

---

[58] 羅蘭，〈往日雲煙〉，《彩繪日記》，頁 121。
[59] 同前註，頁 122。

生，但情感上卻還沒準備好抽離，理性與感性的拉鋸正考驗著她，因此全
文除了事件的描寫之外，抒情與議論的變化筆法更能引起讀者的共鳴。

從上例可知，個別事件描寫是整體事件敘述的組成單元，常能營造文
章的氣氛起落，事件的描寫融入抒情與議論的技巧，可以突破紀錄的表象
層次，進一步開拓文章的意境，這類事件描寫的安排，在羅蘭的散文中是
經常可見的。

綜上所述，羅蘭散文在描寫的類型上非常多樣化，藉由豐富的環境、
人物、事件描寫，或傾注她對人文的關懷，或烘托渲染主題，或營造文章
的氣氛，使她的散文更能吸引讀者，於此也可見其寫作功力確實不凡。

第四節　語言辭采

文學是語言表現的藝術。以散文此一文體而言，思想內容雖然是其主
要神髓，然而運用工巧的詞藻修飾，不僅有助於提升散文藝術性，更是其
表達思想的重要方法和手段。誠如黃永武說：「沒有工巧的章句，神理氣味
也是無法表現的。」[60]可知情理固然重要，章句修飾亦非末節。

鮑霽在《中國現代散文藝術鑑賞論》中，也對散文語言的主要職責提
出見解，認為透過語言可以「充分而鮮明地表現作家在文學作品中所要描
寫的各種事實、生活現象和由此所要表達的重大意義。」[61]語言如何在作品
中善盡職責，將文章的立意情致充分而鮮明的表現出來，作者遣詞造句的
工夫，以及修飾的靈活運用，即是最首要的著眼點。就讀者的角度而言，
作家語言文字的表現，更是引領讀者進入作家的創作世界的最初級層次，
因此在分析作家散文藝術表現時，語言辭采是不容忽視的一個重點。

魏飴在《散文鑑賞入門》一書中，對散文的語言藝術與小說、詩歌、
戲劇做一簡單扼要的比較和說明：「散文語言介乎詩與小說之間，它雖然不
像詩歌語言那樣整飭、凝煉，但要求有一定的節奏情韻，便於誦讀；它雖

---

[60]黃永武，《字句鍛鍊法》（臺北：洪範書店，1990 年 12 月），頁 1。
[61]鮑霽，《中國現代散文藝術鑑賞論》（北京：北京師範學院出版社，1988 年 8 月），頁 82。

然也不像小說語言那樣平易，卻是在平易的基礎上略有裝飾，語言富有文采，句式錯落有致；當然它也不像戲劇語言那樣要求個性化和富有動作性。」[62]由此可見，散文作家可以利用語言文字的表述，使文章達到親切近人又優雅悅目的境地，進而形成作家個人特有的筆調。

　　筆者在閱讀羅蘭散文作品時，認為羅蘭語言辭采的運用具有「質樸的修辭」、「和諧的節奏」兩大特色，茲論述如下：

一、辭采的質樸

　　修辭的功能在於潤飾字與句，從修辭的運用模式裡，可以觀察到作家在遣詞造句上的風格。同樣的文學體式、同樣的思想主題，卻因作家對詞句的驅使力不同，而產生迥異的作品風貌。

　　散文修辭的種類繁多，常用的有排比、譬喻、映襯、誇飾、轉化、層遞等幾種主要修辭手法。這些修辭技法的分析，若用之於單篇作品的細部觀察，往往可看出作者的精心安排，以及在文學效果彰顯上的表現度；但若將一位作家的整體創作依修辭技法作分門別類的探討，難免瑣碎，亦無法彰顯作者在創作時，修辭技巧的安排對文章氛圍的意義與作用。因此，在探討羅蘭散文作品中的修辭風格時，乃以其整體表現為觀照的對象，因此由完整的意義段落著手分析，從而歸結出其修辭呈現的風格。

　　鄭明娳將散文的風格分為繁麗和簡樸兩種：「散文語言的裝飾性在每個作家筆下呈現不同的風格。但大致可以分成兩個趨勢：一是繁文以求典麗，一是簡文以求雋永。」[63]繁文與簡文在表現手法上雖然大異其趣，但二者的修辭目的是相同的，同樣是裝飾文句烘托主旨，所以並無高下之分。羅蘭散文所呈現的是一種自然純樸的修辭風格，沒有刻意雕琢的繁複裝飾，反而更增添其作品的雋永性。

　　如〈火車〉一文中，描述火車這一新時代的產物進入淳樸的小鎮，成為父親生活中不可或缺的交通工具：

---

[62]魏飴，《散文鑑賞入門》，頁52。
[63]鄭明娳，《現代散文構成論》，頁15。

父親時常坐火車出差，時常乘夜車回來，在風裡、在雨裡、在雪裡，在寒冷淒涼的夜裡。

僻靜的小鎮，在離海不遠的地方，在夜裡，真是淒涼。加上風聲掠過電桿，拍擊著紙窗；加上遠遠的狗，悽惶的吠叫；加上火車在鐵軌上「空隆隆」的馳過；加上那汽笛淒厲的長鳴；加上小屋裡明明滅滅搖曳著的燭光。[64]

在這一段描寫中，羅蘭運用了排比、狀聲、類疊、映襯、摹寫、移覺等修辭格。以「在風裡、在雨裡、在雪裡，在寒冷淒涼的夜裡。」的排比短句，營造父親搭乘火車的反覆奔忙之感；火車「空隆隆」的狀聲，使聲音形象更加鮮明；一連五句以「加上……」類字開頭描寫聲音的句子重複出現，聲音一層一層的附加，使原本「僻靜」、「淒涼」的小鎮漸漸熱鬧起來，靜中有動，互相襯托，凸顯小鎮原本的寂靜，且將火車一步步的融入小鎮、改變小鎮生活的景象更具體化的表達出來；另外，值得探討的是，前四句的「加上……」都是聽覺的摹寫，而最後一句「加上小屋裡明明滅滅搖曳著的燭光。」突然轉為視覺的摹寫，作者將聽覺的想像轉為視覺的印象，此一感官經驗巧妙移轉，這「明明滅滅搖曳著的燭光」，象徵純樸小鎮面對工業時代來臨的惶惶不安，也象徵作者在夜裡等待父親坐夜車回家時的忐忑心境。

接著，作者將她第一次搭乘火車的經驗重現在讀者眼前：

我站在月臺上，緊張激動的等待著貨車到來。看著遠遠的「洋旗」落下，看著站臺上的站長和路警肅然的立正，看著火車從遠處突然湧現，帶著不可抗拒的威力，和驚天動地的聲音，沿著發亮的路軌進站。帶著震撼與昏眩，它一節一節的馳來，然後昂然的站住；喘息著，呼著白色

---

[64] 羅蘭，〈火車〉，《羅蘭散文》第一輯，頁 71。

的蒸汽。[65]

　　羅蘭以「追述的示現」方式將過去的事件再現，這種修辭法常出現在她的憶舊文章中，透過回想，一一憑弔故土的景物，重溫童年時的點滴生活。文中「看著……」的類疊句，呈現一幕幕火車將要進站時的景象轉換，不僅增加火車進站時的聲勢浩大，也凸顯作者屏氣凝神等待的緊張氣氛。火車以不可抗拒的威力、驚天動地的聲音，湧現在小女孩面前，它是昂然聳立的巨人，喘息著、吐著白煙，在此同樣藉由誇飾、擬人，襯托時代變動之大與個人之渺小。

　　又如〈寂寞的感覺〉一文，羅蘭認為當寂寞的情緒襲上心頭，此時需要的並不是朋友的陪伴，無以言喻的苦惱，不僅不知如何開口，即便開了口，也是無解：

　　有些事情是不能告訴別人的，有些事情是不必告訴別人的，有些事情是
　　根本沒辦法告訴別人的。而且有些事情是：即使告訴了別人，你也馬上
　　會後悔的。[66]

　　生活當中有許多事情會讓我們產生憂煩、寂寞無助之感，這些事有「不能說」的、「不必說」的、「根本沒辦法說」的，甚至「說了會後悔」的！作者以層遞的方式，傳達不同層次的煩惱與心境，筆法直接且貼切入微。「寂寞」無法與人分擔，此時只好自己獨自一人學習與寂寞共處：

　　於是，你慢慢可以感覺到，午後的日影怎樣拖著黯淡的步子西斜；屋角
　　的浮塵怎樣在溟茫裡毫無目的浮動，簷前的蜘蛛怎樣結那囚禁自己的
　　網，暮色又怎樣默默的爬上你的書桌；而那寂寞的感覺又是怎樣越來越

---

[65]同前註，頁72。
[66]羅蘭，〈寂寞的感覺〉，《羅蘭散文》第一輯，頁172。

沉重的在你心上壓下，壓下……直到你呼吸困難，心跳遲滯，像一輛超重的車，在上坡時氣力不繼的漸漸的慢，漸漸的停下……

於是，你覺得自己漲得無限的大，大得填滿了整個宇宙的空間，而這無限大的你的裡面，所漲滿的，只是寂寞，寂寞，無邊的寂寞！[67]

羅蘭細膩的觀察與精巧的構思下，「寂寞」這抽象的感覺，變得具體可感，文中多次使用類字、疊字、頂真、排比，由字形的重複到句子的重複，讀來有層層附加、步步逼近，沉悶、無以逃脫之感。運用擬人、擬物的筆法，使看似靜態的寂寞，成為一種動態的、游移不定的情感。

修辭手法種類繁多，但值得我們注意的並不僅僅是找出這些技法的安排，而是作者在運用技法時是否能表現出獨創性，是否增加了文字的表現力，羅蘭所表現出來的即是自然、質樸的風貌，她避免採用過多刻意雕琢的修辭來增添文章的華麗感，而是以文章內涵為主，再以簡單的詞句與適度的修飾來呈顯文章的雋永，這種質樸且寓有深意修辭風格，是成就羅蘭親切可感的散文風貌的要素之一。

二、節奏的和諧

文學的創作離不開語言文字，而中國文字一字一音節及聲調平仄變化的特殊性，使得語言有富於變化的音樂特質，因此古往今來，流傳久遠的文學佳作大都可以朗誦。朱光潛說：「古文的聲音節奏多少是偏於形式的，……語體文的聲音節奏就是日常語言的，自然流露，不主故常。」[68]李光連也指出散文的音樂美體現在語言上，就是「字句的搭配、音節的長短合於規矩，……讀起來上口，聽起來悅耳……使人得到美感享受。」[69]

如上述可知，散文語言自然和諧為其特色，而不必如詩歌韻文，有其聲調、押韻、字數上的嚴格要求，一切以符合口語節奏為原則。

---

[67]同前註。
[68]朱光潛，《談文學》（臺北：前衛出版社，1984 年 10 月），頁 103～104。
[69]李光連，《散文技巧》（臺北：紅葉文化公司，2001 年 9 月），頁 232。

　　「散文語言的節奏美，它的音節的多少、平仄的變化、韻律的安排，當是與內容的自然氣勢和人們說話的口語緊密結合的，節奏合乎口語呼吸停頓的自然，貴在順勢和順口，抑揚頓挫，抗墜緩急，純屬天籟。」[70]所以，我們知道散文語言的節奏，是表現在語言文字的聲韻音調，和文章氣勢的抑揚頓挫上。

　　在語言文字的聲韻音調方面，作者必須刻意精心的安排與調配，字斟句酌，才能達到顯著的效果與鮮明的可感性；在文章氣勢的抑揚頓挫方面，則依靠作者對文章氛圍的營造，以文章語氣的張弛、急緩來帶動文章的節奏，較偏向內在的情韻。

　　羅蘭散文的語言節奏，呈現出一種和諧的自然美。她以作品內在情感節奏的律動做為安排文字的首要原則，雖不刻意經營文字，但因其長久以來的音樂素養，使其散文的聲韻音調呈現自然的流動美感。其散文在聲音節奏上的表現可以從字音、音節長短及修辭法的配合運用等幾方面加以考察。如〈火車〉一文：

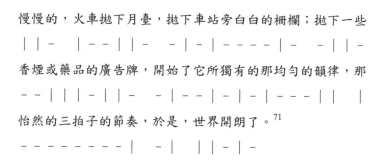

慢慢的，火車拋下月臺，拋下車站旁白白的柵欄；拋下一些
｜｜－　｜－－｜｜－　－｜－｜－－－－｜－　－｜｜－
香煙或藥品的廣告牌，開始了它所獨有的那均勻的韻律，那
－－｜｜｜－｜｜－　－｜－－｜－｜－｜－－－｜｜　｜
怡然的三拍子的節奏，於是，世界開朗了。[71]
－－－－－－－｜　－｜　｜｜－｜－

　　聲調是中國文字的特色，平聲字的音調為「揚」，聲音響亮、高亢，仄聲字的音調為「抑」，聲音低沉、短促，字音的平仄變化，能產生抑揚頓挫的聲音美感，若聲調不協調，便覺拗折不順，也會影響文氣的順暢。這一

---

[70]魏飴，《散文鑑賞入門》，頁56。
[71]羅蘭，〈火車〉，《羅蘭散文》第一輯，頁72～73。

段文字中，短句兩個字，長句 14 個字，字數差別很大，但每一句都是平仄相間，有平有仄，交錯安排，同聲調最多只連用四次，聲調有起有落，讀起來音韻鏗鏘，僅有「那怡然的三拍子的節奏」[72]這一句例外，細究其原因，作者為了配合文意，因此連用八個平聲以營造歡愉輕快之情。誠如鄭明娳所說：「文字的聲音節奏要自然、乾淨，需注意平仄之協調。……散文的平仄並非像詩般得刻意推敲，但是作者必然有自然聲響由心中醞釀，過濾而後的行諸文字。」[73]由此可知，字音的變化與文章內涵的巧妙配合，才能成就完美理想的作品。

　　除了聲調的平仄變化，羅蘭也善用雙聲疊韻詞，使文句產生迴環往復的美感。如〈河水〉一文中：

> 淺淺的船身像一彎延伸著的新月，只露一條細細的弧線在水面上，而這弧線的盡頭處，坐著戴笠的漁翁，卻襯得河水更加浩渺寬闊了。
>
> 在那樣寧靜澹遠的、水漾的夏天裏，風總帶著水的沁涼，越過種著花木的院落，輕輕的薰染著屬於夏天的怡然的朦朧。[74]

　　文中「寬闊」是雙聲，「浩渺」、「寧靜」、「澹遠」、「朦朧」是疊韻。雙聲疊韻是中國文字獨有的特色，王國維在《人間詞話》中指出：「余謂苟于詞之盪漾處，多用疊韻，促節處用雙聲，則其鏗鏘可誦。」[75]所以疊韻詞讀來和而緩，雙聲詞則快而速，共通點是音節鮮明易讀，有和諧優美、活潑流暢之感。羅蘭巧妙運用雙聲疊韻詞，造成語言聲音的迴環效果，大大的

---

[72] 傅德岷，《散文藝術論》：「漢字的讀音自古以來分為『四聲』（平、上、去、入）……四聲又分為兩類，一是音調不升不降並可延長的平聲；一是音調可升可降，不可延長的包括一、去、入三聲的仄聲。現代漢語中去掉『入』聲字，而將『平聲』分為『陰平』、『陽平』，仍為四聲（陰平、陽平、上聲、去聲）。」（重慶：重慶出版社，1988 年 2 月），頁 309。現代散文是以現代漢語的讀音來朗誦，故在此處分析時僅考慮現代漢語的四聲讀音，仄聲不列入參考，因此〈火車〉文中的「白」、「節」等仄聲字，仍以現代語音中的「陽平」音調來分析。
[73] 鄭明娳，《現代散文構成論》，頁 34。
[74] 羅蘭，〈河水〉，《羅蘭散文第五輯》（臺北：自印，1975 年 9 月），頁 17。
[75] （清）王國維，《人間詞話》（臺北：臺灣開明書店，1966 年 11 月），頁 44。

增強了語言的音樂美。

　　羅蘭對於聲韻的講究不僅止於此，她重視以聲韻的和諧，表現文章的
節奏。如〈虛空〉中：

> 我鑽進雲霧，邁向虛空，我不知橋將在何時消隱，我不知我腳步將在何
> 處留停；我不知我是否將看到那隻畫舫，讓我隱身其中，浴永恆的濕
> 雨，無垠的冷霧，越空茫的羣山，遊無窮的碧海！[76]

　　字尾中，「空」、「隱」、「停」、「中」等字或韻同或韻近，讀來音韻諧
調，一氣呵成，作者心靈虛空的情緒，奔流而出，不可止抑。在語氣的自
然停頓中，見聲音共鳴的悅耳效果，增進了聲音語言的和諧之美，並使文
章的氣勢貫通，提升了散文在美學上的表現。

　　另外，散文中對偶和排比句的出現，對於節奏感的表現也極有作用，
對偶和排比因句式較為整齊，若間或穿插在以散行文字為主的散文中，便
能於長短參差中營造出視覺和聽覺的散整錯落，形成錯落的美感。

　　以上述〈虛空〉一文為例，開頭兩句「鑽進雲霧，邁向虛空」，簡短精
煉，語氣迫促，節奏鏗鏘，接著三句以「我不知」為開頭較長的排比句，
語氣得以漸漸舒緩，「讓我隱身其中」這一散句穿插在排句、偶句中間，使
語氣稍加停頓，最後再以兩組偶句「永恆的濕雨，無垠的冷霧」、「越空茫
的羣山，遊無窮的碧海」作結，音節整齊，自然流利，氣勢連貫。「駢多散
少，適合鋪陳典麗、華美的意象。」[77]這一段文字以駢馭散，讀起來如詩一
般的韻律感，聲音的韻味貼切的傳達文章中雲霧空茫的詩意。

　　除了以音調的平仄抑揚、聲韻的諧和流暢、駢散句式的運用，來營造
文字的音樂之美，羅蘭也善用字數音節的長短變化，造成文章的節奏感，
她在接受訪談時曾說：「我往往為了增加一點韻律感或迂迴感，而往往在不

---

[76]羅蘭，〈虛空〉，《羅蘭散文》第一輯，頁192。
[77]鄭明娳，《現代散文構成論》，頁30。

需要標點的地方,加上一個標點上去。」[78]如〈火車〉一文:

> 當時,我不懂我為什麼感動。後來,我慢慢懂得,那感覺,是一種悲壯
> 而又蒼涼的感覺;是一種既有悲壯,又覺虛茫的感覺;是一種對整個人
> 生的奔波所產生的無奈而又欣悅的複雜的感覺。而這複雜的感覺之所以
> 那樣早就襲入了我的心底,是因為我從小就為父親的奔波而感動,而擔
> 憂,而感激,而對人生產生種種疑問。[79]

　　句子的長短相同,雖有齊整勻稱之美,但也易流於平板遲滯,缺乏生
氣,若能將長短句錯落安排,則可造成筆勢的迭宕變化。這段文字中,字
數呈現「2-9」、「2-5-3-12-7-7-27」、「21-16-3-3-10」的句式,句子長短變化
大,最少二個字,最多長達 27 個字,字數少者,音節短促,節奏輕快;字
數多者,音節綿長,情感得以舒展。「我慢慢懂得,那感覺」原本是一句
話,作者刻意加上逗號分成兩句,與前後文相配合,形成節奏的迭宕迴
環;而「是一種對整個人生的奔波所產生的無奈而又欣悅的複雜的感覺」
這一長句,應該可以加上逗號,成為「是一種對整個人生的奔波,所產生
的無奈而又欣悅的複雜的感覺」兩句話,但如此讀來就又少了文意中「奔
波、複雜」之感,因此捨去逗號成為長句,一氣呵成,更貼近作者藉由文
字所傳達的意涵。這樣的句式變化,使整段文字長短結合,疾徐交錯,在
張弛巧妙調度下,更顯錯落有致,節奏感鮮明。
　　另外,類疊字句的使用,使聲音重複,也會形成節奏感的複沓,如
〈山上去來〉中:

> 火車拋下密林與淺谷,掠過小河與群山。我常說,我喜歡坐火車,是因

---

[78]單小琳、譚天瑜,〈羅蘭‧音樂‧文藝及其他──羅蘭女士訪問記〉,《杏壇季刊》(1969 年 12 月
14 日)。
[79]羅蘭,〈火車〉,《羅蘭散文》第一輯,頁 71。

為它可以帶我「逃開」，逃開那忙不完的瑣事，逃開那些越纏越緊、越繫越牢的利鎖名韁；逃開對那越來越複雜越寬廣的人事關係的憂心，逃開被俗念擠得越來越狹小越拘謹的愛惡恩怨；逃開自己尋來的苦，虛幻無聊的樂；逃開悲喜得失的迴旋。衝出層層密密的煩惱迷惑的重圍，讓自己的靈心奔向澄明，讓那些煩慮慢慢沉澱。[80]

　　這一段是羅蘭描述她喜歡乘坐火車時，那份拋卻俗世纏繞，奔向自由的心境。文中「逃開……」多次出現，在重複的音節中，加重了字義的作用，形成了語言的複沓和詠歎的旋律，使情感的表達逐層加深、遞進。而字句安排雖長短相間，但在類字的聯繫下，分別形成意義完足的數個長句，節奏綿長而舒緩。

　　羅蘭以聲調平仄的變化，及雙聲疊韻的活用，表現文字的聲音之美；以對偶、排比的交錯排列，表現駢散相濟的錯落美；以句式長短的巧妙搭配，表現不同的節奏變化；以類疊反覆，表現迴環複沓的韻律美。文字靈活的調度、語言精心的錘鍊，使羅蘭散文的聲音節奏和諧而流暢，展現出高度的韻律美感，並適切的表達出那起伏盪漾於文字背後，作者心中流動的情感思緒。

——選自余恆慧〈羅蘭散文研究〉

臺北市立教育大學中國語文學系碩士論文，2008 年

---

[80]羅蘭，〈山上去來〉，《羅蘭散文第二輯》，頁 135。

鄉情、親情與詩情

讀羅蘭作品隨筆

◎張素琴*

羅蘭是一位獨特的、著名的臺灣女作家和電臺節目主持人。羅蘭著述甚豐，自 1963 年《羅蘭小語》第一輯出版迄今，已有三十餘部作品問世。小語、信箱、散文、小說（長、短篇）、長篇回憶錄，還有詩論、遊記等等，如春花秋樹，花繁葉茂，碩果累累，色彩斑斕，絢麗多姿。

「羅蘭熱」在大陸方興未艾，羅蘭以她獨特的藝術魅力弘揚中華優秀文化，給人以真善美的享受，她的小語，意深言微，教人參悟人生，奮發向上。尤其她的散文，情趣盎然，優美動人，詩情與哲理並茂，天然、質樸、含蓄、雋永，而且博大、古遠、深邃，親切溫馨，有時又激情奔放。

羅蘭自 44 歲步入創作生涯，可以說是晚產的作家而又是豐產的作家。「莫聽穿林打葉聲，何妨吟嘯且徐行。」（蘇軾〈定風波〉）羅蘭正是以這樣的心境，徐徐前行，不斷有佳作問世。難怪她被稱為「屬於秋天的作家」。且不說她對「秋日、秋雨」的偏愛，更不論她那「明淨、淡雅」如秋水般的柔情，僅她的長篇小說《飄雪的春天》，以及那些充滿詩情畫意，洋溢著人生哲理的作品，便足以展示出她那「秋」一般的豐碩成果。秋天是成熟、收穫的季節，秋天又是天高氣爽、透明如水的日子，秋天永遠屬於那些勤奮耕耘的人們。羅蘭愛秋、寫秋，並以秋一般的情懷抒寫秋天。如她的〈寫給秋天〉令人神往，抒寫她從藍天白雲間得到秋天消息以後的心情、心境，以及追憶往事中縱情馳騁的想像。她一會兒想起金色的童年，

*發表文章時為天津社會科學院文學所研究員，現已退休。

懷念那疏林野草間滿處的秋聲：「校園中野草深深的那份寧靜」；忽兒又憶起「北方那金風乍起，白露初零的神韻」；忽然又回到在僻靜的鄉村教書時的情景，「領略到寂寥中的寧靜，無望時的安閒」；又驀然想起青春「膠著沉重的煩惱和憂鬱」，而「察覺到人生中有多少幻滅、多少殘忍、多少不忍卒說的悲哀」的日子。在廣闊的聯想與連綿的思緒中，抒發她對人生的態度，「生命的過程注定是由激越到安詳，由絢爛到平淡。一切情緒上的激蕩終會過去，一切彩色喧嘩終會消隱。」闡述人生步入中年以後對秋的豁達、深沉與超然的領悟。因此，我們應該說羅蘭像秋一般的豐碩、成熟、深沉，她不愧是個「屬於秋天」的女作家。

「清水出芙蓉，天然去雕飾」。當我讀著羅蘭的小語、散文及陸續發表的新作，腦海裡驀地想起李白稱讚韋太守文章的清新、自然，如出水芙蓉的風格的千古名句。不，它還像迎著風雪開放的一束散落的梅花，「零落成泥碾作塵，只有香如故」。我覺得它卻更似一束開著淡淡小黃花的蒲公英、白丁香、紫羅蘭，深深植根於薊運河畔的鄉土田野裡，迎著風風雨雨，默默地悠然開放著淡雅而俏麗的花朵，暗自散發著陣陣沁人的幽香，點綴著絢麗多彩的春天。

讀完羅蘭的小語、散文，掩卷沉思，猶如一幅幅秀麗的畫卷，優美而明麗。當你品味著一篇篇充滿生活氣息的佳作，它就像和讀者談心一樣的逼真感人。羅蘭的作品大都取材於親身經歷的生活瑣事，隨感雜想，捕捉「心情的剎那」而賦予文學色彩，娓娓而語，親切動人。文如其人。莊子曰：「真在內者，神動於外」，羅蘭的作品，以心靈的真而達到「妙處難與君說」的高妙境界。她和她的作品是那樣質樸、逼真，那樣淳厚、天然，充滿生活氣息而有著獨特的藝術特色。讀著她的作品，仿佛把讀者帶到冀東平原薊運河畔的家鄉，回味著令人神往的童年，那裡的村莊、土地、鄉情，帶著濃濃的思戀，一幕幕展現在你的眼前。「故鄉何處是，忘了除非醉」，時刻不忘故鄉的羅蘭，近年來多次重返故里，意在實現她「歸夢如春水，悠悠繞故鄉」的熱切願望。羅蘭生於寧河縣蘆臺，長在塘沽，工作在

天津（解放前），1948 年去臺灣，多年來，她一直深深愛著生她養她的故鄉，薊運河畔的古老大宅，住過她的祖先與長輩，留有她的腳印和童趣。「故鄉安可忘」，童年的經歷，故鄉的親情給她留下深刻的印象，她對家鄉風情、河流、古老的宅院，一草一木是那樣的熟悉和熱愛，對那裡的人民有著深厚的感情，對他們的生活，對他們淳樸的語言和真摯的情感有著深切的感受。她一往深情地說：「薊運河跟母親一般秀麗又溫柔，小時候我常在河邊玩耍。」她更愛天津的海河，海河在羅蘭心中永遠奔流不息，她慨歎「我極愛這孕育我、陪伴我、滋潤我、載送我，今天又重新來呼喚我，展臂歡迎我的這條河。」在農村風光的描寫中，羅蘭更具獨到之筆：「住在冀東鄉下老家，深宅大院，後臨薊運河，園中靜靜地生長著各種植物；藤蘿、葫蘆與葡萄爬在架上；南瓜、茉莉、小蔥、韭菜長在地上。花間飛著蜂蝶與蜻蜓，地上爬著大大小小、黑黑黃黃的螞蟻，草上有蚱蜢與螳螂。這裡充滿著生機，而又十分的靜謐與安詳。有時，趁著工人挑水的機會溜出後門，去看看白亮的河水，河上有漁船，對岸有田野，依然一片寧靜與遼闊。」恬淡的鄉村，靜靜的河流，安樂的家園……啊，故鄉是多麼美麗！語言樸實無華，寫出了故鄉的風土、人情、風貌，使作品具有濃厚的地方色彩和真實感，將一幅充滿農村自然風光的畫卷，展現在讀者的眼前，字裡行間散發著鄉間泥土的氣味而別具一番情趣。

　　羅蘭的作品雖然沒有什麼重大的題材，也沒有什麼寬闊、瑰麗的場面，更沒有什麼高大完美的英雄形象，然而卻在平凡的小事中，經過作者獨具匠心巧妙的構思，透過小小的生活畫面，顯示出它的典型意義，展現著人生生活中閃光、美好的東西，以中國傳統的美德、高尚的情操陶冶著人們的靈魂。宛若開放在農家院子裡散發著陣陣幽香的槐花，充滿了活潑潑的生氣，給人一種向上的力量，從而啟迪人們走向新生，嚮往著美好的未來。她那樸素而優美，清新而自然，極富哲理的語言，蘊含著深厚的中國文化的底蘊和濃郁的詩情。如《夏天組曲》八篇散文，寫得十分動人，可以說是無韻的詩，在對夏日景物的描繪中，表現出作者讚頌生命，熱愛

生活的激情敏思。言為心聲，簡潔的語言，熱烈的情感，匯成濃濃的詩意。「夏是生機最旺盛的季節」，作者生動地描寫了夏季這個陽光濃烈的季節，萬物欣欣向榮的生命力；隨意開落的多姿多采的夏花，以極強的生命力怒放著，裝點著絢麗多彩的大地，展示出無窮的生機。夏日的南風猶如「一首無伴奏的大提琴曲，緩緩地展示出悠閒的假日情調，帶著那麼一種詩意的慵懶」，「拂過樹時，是婆娑的葉群；拂過水面時，是粼粼的波紋；而當它拂過你靜止的心上時，那就是多彩人生的回響了。」而在南風中飛揚著的夏天的主題曲——蟬聲，帶給人們濃濃的涼意，「應和著你心中對人間奔勞的了悟」，「使你從心底感到怡然」。夏夜的繁星帶給人們最多的幻想，「看星的人常常就這樣在夜風中入睡。他們的夢裡，裝飾著滿天的繁星」。夏日清晨更是美麗動人，在似醒未醒的朦朧中，令人覺得自己「就是那涼涼的、從夜的林子裡飲飽了露珠的每一枚葉子，帶著月的照臨，星的低語，和夜風悄悄的拂掠，睡醒來，迎接宇宙的曙色，與輕輕轉了一個調子的晨風。」

女性和感性乃天生有緣相合。女作家的天性使羅蘭更多地用感性的眼光來體察生活，羅蘭散文的感性美主要在於她敏思善感的情懷，逼真的心靈，無限的嚮往和時時透著音律美的詩意。這在她的思鄉憶舊和抒寫大自然的作品中頗為多見。如〈那豈是鄉愁〉是寫對故鄉和親情的深切懷念。一個灰暗、淒冷的臺北的雨天，引起她對故鄉的懷念。臺北的陰天使她回憶起大陸北方的晴朗和冰雪的日子，臺灣農民的穿著又使她想到北方農民冬天的裝束。在蒼茫的背景下，她思緒萬千：「茫茫的雪，獵獵的風和那穿老羊皮袍、戴舊氈帽、穿『老頭樂氈窩』的鄉下老人，躬著身子，對抗著呼嘯猛撲的風雪，站在『高處不勝寒』的小鎮車站的天橋上。」這是她的「大爹」（父親的堂兄），是他及時伸出援助的手，又冒著刺骨的寒風來迎接返鄉的「我」和兩個妹妹。於是在她的腦海中留下親情難忘的永久的思念，禁不住感情的傾瀉，「我豈能不感激涕零？我豈能忘記那年的風雪，那北方古老的家園！那淒寒中如爐火般的光與熱，那屬於中華古國傳統的含

斂不露而真實無比的親情！」所以作者說「那已經不是鄉愁，我早已沒有那種近於詩意的鄉愁，那只是一種很動心的回憶。」〈荒村的燈光〉在記敘了「荒村野道，海風呼嘯的雪夜，父親卻時常要提著紙燈，到一個叫『海家』的小鋪，去給我們買那紅白相間的糖球和蘭花豆或大花生」之後，而昇華爲作者永恆的記憶：「父親從風雪中回來，呵著凍手，吹熄那長圓形的手提紙燈，解下凍著冰花的粗毛圍巾，把糖糖豆豆遞給我們」的情景，表現了父親對兒女們的深沉愛憐，這已成爲搖曳著燈光的冬夜的親情的象徵，而至今使她記憶猶新。感情極爲深沉真切，使她的作品富有強烈的感染力和獨特的藝術魅力。

　　鄉情、親情、中國心是羅蘭及其作品的靈魂。在我國詩歌史上頗多歌頌故鄉親情的名篇佳句，如王維的「獨在異鄉爲異客，每逢佳節倍思親」成爲千古絕唱。「佳節思親」、「月是故鄉明」、「落葉歸根」等，是中華民族所特有的情感特徵，也是中國傳統文化的一個永恆的主題。

　　充滿詩情的羅蘭。羅蘭非常愛好中國古典詩詞，並具有深厚的詩詞功底，她的《詩人之國》充分體現出她豐厚的詩詞基礎。由於她出生於書香之家，其父又諳熟舊體詩詞，家庭環境的影響，給了羅蘭濃厚的文學、藝術的薰陶。她非常欣賞中國古代詩人的亦儒、亦道、亦釋的思想與人生態度，並稱之爲「詩人哲學」，她提倡人們多學點「詩人哲學」，以淨化人們的靈魂。羅蘭的作品時時流淌著情味、詩味和哲學，閃爍著許多詩情畫意之光的妙言雋語，來源於她的文化素養、靈感和氣質。她自幼學詩、背詩和作詩，她說，「下筆爲文離不開詩」，「中國人是從詩的環境裡成長的，詩是每個中國人生活的一部分」。她回憶「幼年時，我那古老的家宅，寧靜的氣氛，後園蔥蘢的花木，以及後門外的薊運河與家中那『四壁圖書』相輝映，那都是詩。」寂寞出佳句，她認爲「枯藤老樹昏鴉……」和張若虛的〈春江花月夜〉中的「江月何年初照人」等，刻畫出「前不見古人，後不見來者」的寂寞之情。柳宗元的〈江雪〉一詩，在隱逸中更透露出孤淒與悲涼！她還常以蘇軾詞「莫聽穿林打葉聲」（〈定風波〉）和陸游的詩句啓示

自己「抬頭看天外」，超然度人生。以「萬物靜觀皆自得」之佳句，指導人們進入「悠然忘我」，超然物外的最高境界。羅蘭還時時引用外國的詩句入文，她在〈面對現實〉一文中，以泰戈爾的「讓我不乞求我的痛苦會靜止，但求我的心能征服它」的詩句，鼓勵人們用自己的力量征服困難。特別是她的「四季小語」更充滿詩情畫意，令人耳目一新。以描寫「春之激艷」和「夏之清涼」的名詩佳句，讚美「江天一色」的春天和「綠樹陰濃」的夏日（高駢〈夏日山居〉），歌頌自然與人生。她筆下的夏天，令人陶醉：「林中聽蟬，池畔賞荷，湖上泛舟，都是夏天最美好的享受。何況還有下雨的日子，帶來無邊的清涼。再加上，如果你喜歡讀點古詩，寫寫毛筆字，在沉靜的夏季雨天，將給生命渲染上更深厚的詩情畫意。」秋天是果實累累，色彩斑斕，天高氣爽的季節，還時時伴隨秋蟲的鳴聲，秋葉的飄落，奇妙的秋景令人心醉，秋並非空寂悲涼，而是如花似錦的秀麗，難怪杜牧吟出「霜葉紅於二月花」之詩句。羅蘭以高適的〈還山吟〉讚頌「秋之詩篇」，以「天高日暮寒山深，送君還山識君心」，「桂花松子常滿地」，以及「寒煙小院轉蕭條，疏林虛窗時滴瀝」等詩句的意境點綴著那深濃的秋意和清寂的秋聲、秋色！羅蘭說：「〈還山吟〉使我神往於那份不受物欲牽累的飄逸。」提起冬天，往往給人寒冷的感覺，然而羅蘭卻賦予它「冬之溫暖」的命題，並以白居易的〈問劉十九〉這首小詩襯托出冬夜溫暖、溫馨的情調。最後以宋朝杜小山的〈寒夜〉詩：「寒夜客來茶當酒，竹爐湯沸火初紅。尋常一樣窗前月，才有梅花便不同」作結。寒夜叩門之客，使月亮與梅花都因之不同尋常了，友情的溫暖，快樂的心情躍然紙上。

羅蘭與諺語。在羅蘭小語中，常常引用民間諺語闡發人生哲理，羅蘭的作品，可以說是豐富多采的諺語世界，這也是她的作品的特色之一。她勸導人們當生活中遇到挫折，遇到拂逆的事情時，要以「不如意事常八九」來安慰自己，擺脫不良心境，在不如意事常八九的環境中，保持快樂的心情，使自己「隨遇而安」。她還用了歌曲之王舒伯特的話：「只有那能

安詳忍受命運之否泰者，才能享受到真正的快樂」。然而，這裡作者絕不是提倡消極的逆來順受，而是讓人們正確對待逆境，以樂觀的態度戰勝困難，在不如意中去開闢新的道路。她在〈人生逆境〉一文中，用「吃得苦中苦，方為人上人」這一諺語，把人生比作一次旅行，並說人們就是為經歷這次風險而來，當你戰勝辛勞，走過險境，到達風光秀麗的景點時，才能享受到「山重水複疑無路，柳暗花明又一村」的人生樂趣。這裡的「人上人」是指比一般人豁達開通，眼光遠大之意。當羅蘭談到友情的時候，又用了民諺：「在家靠父母，在外靠朋友」，它道出了人生的真諦。常言說：「多一個朋友多一條路」，人生離不開朋友，友情的力量是無窮的，「人生難得知己」，只有知心朋友，才能治癒你心靈的創傷，就連心情不好時，「也都要靠朋友一番知己話的勸導來指引一下迷津」。還如：「害人之心不可有，防人之心不可無」、「靜坐常思己過，閒談莫論人非」、「寧吃少來苦，不受老來貧」、「藝多不壓身」、「和氣可以致祥」等等，不一而足。特別是羅蘭筆下還頗多引外國諺語及名人名言入文，如：「世界上最強的人，也就是最孤獨的人」（西哲語）；「當我最孤獨的時候，也就是我最不孤獨的時候」（貝多芬）；「當困難到來的時候，有人因之一飛沖天，也有人因之倒地不起」……啟示人們不怕困難，不靠外援，要靠自己，闡明「一個人必須自助，然後才可以得到天助和人助」的人生真理。善於自如運用諺語和名言，使羅蘭筆下生輝，妙語如珠，使她的作品時時迸發出真善美的火花，處處閃爍著人生哲理的光輝。

那麼，「羅蘭小語」或許也可稱之為「羅蘭諺語」了。

——選自姚同發編《解讀羅蘭——羅蘭作品研討會論文集》
深圳：海天出版社，1997 年 10 月

一條清澄的小溪流
讀羅蘭《飄雪的春天》有感

◎林清玄[*]

一

民國 26 年到民國 34 年，八年的對日抗戰，所有的中國人都經過驚心動魄的折磨錘煉，不管在前方，在後方，在淪陷區。

在這一段悲慘的歲月裡，每一個人都有一個波瀾壯闊的故事，或者是歡笑的，或者是悲慘的，或者是在微笑中帶著眼淚的。

我相信，在那樣的時代裡，每一個人的故事都值得我們細細的品味，因為，在敵人猛烈的炮火、瘋狂的屠殺，以及無形的壓逼下，人的形貌會改變，在改變中，人性真實的一面就突現出來了。

可惜，這麼多年來，在那個大時代裡留下來的故事卻很少，竟使那一段時間在年輕人的眼中顯得模糊，從那個歲月掙扎出來的人也迷茫了。

我相信，有些東西可以被戰爭摧毀，卻有更多更珍貴的東西不是戰爭能夠毀滅的，如果從那個時代出來的人不肯把這些沒有被毀滅的東西表白出來，那就會完完全全被毀滅了。

所以，我很高興讀到羅蘭的長篇小說《飄雪的春天》。

她說：「你經過了那樣一個震憾的時代，你知道那個時代。你無權把你所知所感的東西任意埋葬。你有責任要寫出它，不管你寫得是好是壞，你要盡力而為。」

---

[*]散文家，發表文章時為《中國時報》海外版編輯。

又說：「它不止是一個故事，它是一些生命，包括我的，和我朋友的；包括我們這老大中國的一些平凡人物。」

總該有人把那一段歲月呈現在我們面前，《飄雪的春天》雖然寫的不是轟轟烈烈的戰爭，而是在戰爭中，人心裡艱苦沉悶的一角，我卻感覺到興奮，彷彿在大暑天喝到一杯水，雖無法解渴，但不無小補。

遺憾的是，這本書在民國 59 年出版後，並沒有受到重視，我是在朋友介紹下找了幾十家書店才找到的，希望大家能仔細讀這本書，明白那個時代裡，人們是怎麼生活的。

二

也許，對於飲慣烈酒的現代人，飲清純的葡萄酒反而淡而無味，可是烈酒只能澀盡，葡萄酒卻能回甘，《飄雪的春天》正像葡萄酒，不濃烈、不刺激，卻值得細細的回味。

如果說，現代許多玄玄佛佛的長篇小說是波濤洶湧、詭譎迭起的海浪，《飄雪的春天》則是一條清澄的小溪河，別有一番滋味。

正由於如此清純，這本書沒有什麼驚天動地的高潮，處理高潮的手法也很平淡，書裡僅有的高潮有：

1.丁述倫被日本憲兵逮捕，陸冷娟變得失神而絕望，她悲傷而偏執的哭泣：「他昨天還是好好的，他還應該好好的回來。不管別人怎麼說，我要去找到他，看看他。看看他……他被他們弄成了什麼樣子……」。

羅蘭寫道：夜色已經深濃，路上空寂無人。只有對面那站崗的兵士，扛著槍，走過來，又走過去。馬靴踩在水泥地上，「卡卡」的響。

2.詠絮的妹妹詠荷病發，詠絮為了照護妹妹、照護家裡，而和她生死相愛的田宏分手。

羅蘭寫道：「真的要好好休息一下才行。」她茫然的想：「即使是那凌亂的家，無情的繼母，敝舊的床單，有蒼蠅在枕上爬行，也沒有關係。」

3.傅光華把田宏給他的信讓安詠絮看，裡面田宏願意把詠絮「讓」給

傅光華，使安詠絮覺得受到侮辱，嚴重的受傷。

羅蘭寫道：詠絮推開玻璃門，冷風撲了她一身：「我要去瘋去！我要去瘋！我要做得徹底些！壞得痛快些！」

4.田宏和安詠絮分開九年後，有一個見面的機會，詠絮拒絕了。

羅蘭寫道：詠絮的眼淚流著，沾濕著雙頰，沾濕了衣襟。她在淚光中，拚命的緊緊望著田宏的背影，他那長長的步子，踩過滿院皚皚的白雪，留下兩行寂寞的足跡。慢慢的，他消失在街角的燈影下。

詠絮癡癡立在窗前，彷彿這一世紀都在這一瞬間過完了。

《飄雪的春天》的高潮不像一般小說凸出明顯，所以雖然是激越的情節也變得深沉逼人，一條溪流似的，河道雖險，仍激不起狂濤巨浪，可是河水相接，總感覺河底下有一股暗流，處處都是平淡，平淡中又皆是高潮。

小說的本身由於採取「直敘式」，從頭到尾是全知觀點寫安詠絮從戰前到戰後的經過，使情節流於灰暗的顏色。或者，人物的單純性，情節的直敘式，使這本長篇的氣勢顯得餒弱，不夠魄大。

但是，對於在抗戰時被生活緊縮的中國人，除了這種粗樸的、不矯飾的寫法，有什麼更合適、更奇巧的手法呢？

三

和現在流行的小說一樣，《飄雪的春天》是寫愛情的，只是沒有一般愛情小說離經叛道的情節，或纏綿悱惻的過程，而是冷靜的寫出了戰亂中的小兒女們平凡而馨香的情愛。

書中提到三對情侶：田宏和安詠絮，丁述倫和陸冷娟，何其昌和安詠蘭，由於戰亂，使這三對年輕人的愛情，或多或少帶著悲劇性。

田宏和安詠絮，一個爽朗一個明淨，本來可以有很好的結局，卻因時空機緣不巧，田宏到了後方，安詠絮為了對家裡的責任而留在淪陷區，田宏和表妹吳寶麗結婚生子，安詠絮則過著遊魂般飄零的生活，結果是「人

們一旦各奔前程之後，那已斷的線就不能再接起來了。距離會使一切感情褪色，褪色，褪到枯黃與蒼白……」

丁述倫和陸冷娟訂了婚後，丁述倫因參加政府的地下工作，在被日本憲兵詢問時，受酷刑致死，陸冷娟服侍著母親，相依為命過著孤孤單單的苦日子，有人要給她介紹男朋友，她說：「我覺得我的心已經死了。」「我愛過丁述倫，不想再去愛別人了！」

何其昌和安詠蘭比較幸運，在戰亂中結婚，但是他們卻不幸福，何其昌有了外遇，安詠蘭為了逃避困苦的生活而結婚，後來又走進困苦的生活，「生活的壓力和帶孩子的操勞，使她顯得很憔悴。她身上穿著一件舊旗袍，上面罩了一件短棉襖，一看就知道天一乍冷，隨手抓來禦寒的，並沒有考慮到季節和儀表。她手中拿著一個紙包，臉上帶著一種屬於婦人的世故。」

他們戀愛的情節並沒有像現在社會上的言情小說那樣轟轟烈烈，平淡中卻蘊藉一股無形的力量，讓我驚覺到，這才是典型的中國愛情，是恬靜含蓄的，是到處可見的。

愈是這些愛情故事平凡，愈是令人感覺一種說不出的親切。平凡，是中國文化的高境界，也是中國愛情的真精神，如果要看天昏地暗、神魂顛倒的洋式愛情，《飄雪的春天》沒有；它有的是中國特有的含蓄，純真而善良的愛情。

他們之所以得不到圓滿的結局，都是因為戰爭，羅蘭藉陸冷娟的口說：「我們這一代的女孩子，打仗的那年，我們十八歲，生命剛剛開始。每個人對自己的前途，都懷著美麗的夢想。妳想學音樂，我想學繪畫。有人想當文學家，有人想找個自己真正心愛的男孩子結婚……，可是，這一打仗，什麼都變了。」「如果我們恨，讓我們恨戰爭，恨發動侵略的敵人吧！」

四

《飄雪的春天》裡，不但愛情是中國的，人物也是典型中國的，不帶一點洋臊味。

書裡的主角是安詠絮，所有的故事和人物均由她產生。她生長在安逸的上等家庭中，本來想投考大學音樂系，夢想做蕭邦，可是戰爭爆發了，馬上陷進無止的悲苦中。

為了維持家裡的生活，安詠絮每天不休止的做家事，到學校教書，逆來順受一切環境所給予的壓迫。

她為了緩和繼母孟氏和妹妹詠蘭間的尖銳鬥爭，煞費苦心的陪在孟氏旁邊，和孟氏一面討論針線的用法，一面和孟氏同做了一陣。看看孟氏已經把態度緩和下來，有說有笑了，她才走出孟氏的房間。

她在談戀愛的時候，含羞帶笑，恬靜而善體人意，「是一個屬於秋天的女孩，那麼明淨，那麼淡雅，淡雅得使人直想把她抓緊一點，怕她的淡雅會使她消失。」

她拚命的忍苦撙節，希望讓弟妹們過得好一點，供給弟妹們讀書。她懂得把舊旗袍、舊沙發套改成開著「城門領」的衣服，弟妹洗一個澡，她就縫成一件衣服。

她會替別人著想，寧可自己退讓、自己吃苦，在現實的生活中又不放棄自己的夢想。

她慣於負責任，一旦失去了家庭、為別人負責任的擔子，反而茫然不知所措。她寧可用自己一生的幸福向天發誓，來換取妹妹的生命。她對事情很認真，對自己很薄待。

在放浪形骸的生活中，她仍不失去純真善良的本性。

像安詠絮這樣的女孩，粗看非常凸出、非常特別，仔細地想，卻是相當平凡，像生活在我們四周的許多中國女性一樣，只是集許多中國女性的優點於一身，因此我們在書中看到的安詠絮，是活生生的中國女性。

不只是安詠絮是活生生的中國女孩，即連失去愛侶仍堅毅平靜的陸冷娟，從活潑銳利轉向忍苦耐勞的安詠蘭，冷漠的舊式女人孟氏，都或多或少反映了中國女性的特質。

連書裡最灑脫、最不理會教條的柳維如，在她豔麗修飾的外表下，也隱藏了可愛堅強的本性。

這本書的人物是很中國的，絲毫沒有半華半洋的女人那種矯揉做作。

五

《飄雪的春天》寫的是八年抗戰，裡面沒有一點熱鬧的戰爭場面，對國家民族的大事也著墨不多，卻很能反映中國百姓在日本人統治下的卓然不群。

書中對這種固執的民性有深刻的描寫，日本人森本來請安世祺到工廠做事，有很精采的對話：

森本對安世祺那不友好的態度並不在意。他向詠絮溜了一眼，說：

「這是你的女孩？」

「嗯。」

「在上學？」

「沒有。」

「在做事？」

「沒有。」

「你們生活的不好！」森本的眼睛在簡陋凌亂的房間裏巡視。屋裡很冷，森本搓著自己的手。

安世祺看了看他，沒有回答。

「你該去做事。」森本說。

安世祺沒有正面回答，看了森本一眼，說：

「你來找我，有什麼事嗎？」

「啊！……你要回去工廠做事的可以！」森本一面做手勢，一面說。

安世祺冷冷的說：「我不想回去。」

森本的濃眉往上一聳，做了個疑問的表情，說：

「啊，……你和日本人合作的不肯？」

安世祺冷靜的說：「我不是那個意思，實在因為我身體不好。」

森本環顧了一下這房間，又看了看詠絮和安世祺說：

「你們吃飯的有？」

安世祺不答。

森本眼光閃爍的問：

「你的錢那裡裏來的有？」

「我有積蓄。」

「多少天的能用。」

「我不知道。」

森本站起來，在室內踱了一圈，才回過頭來，說：「和我們合作的好！你回去做主任，錢是大大的有。」

安世祺臉上沒有表情。把香煙放在唇邊，吸了一口，他注視著森本，森本也注視著他，兩人對看了很久，最後還是森本開口說：

「工廠裏，運銷方面的事情，你是大大的清楚。你回去幫忙我們的好。你的生活，我們是統統的知道。你沒有錢，又不回廠去做事，是大大的不好。」

安世祺用堅定的眼光注視著森本，聽森本把話說完之後，他慢慢的把煙灰彈掉，冷靜的說：

「對不起，我現在不想回去。」

　　我之所以動用如此多的筆墨來抄寫這一段，實在是因為寫得很精采，由於這種無形的淡入民間的民族意識，安世祺寧可去開文具店，和安世祺相同的人，散布在民間，報紙的主編去送貨，紗廠的總經理去賣日用百

貨。爲了國家的尊嚴，他們放棄了自尊，生活過得很艱苦，誰也不肯屈服。

日本人怎能不完？

作者借田宏口中說：「我覺得做一個和平、謙沖、博大、深沉的中國人，是很值得驕傲的。我常覺得，我們中國人在先天上就具有一種像樹木一般的高傲、自然、和平、而寧靜，我們從不侵略，但我們是久遠的。」

我們一般寫的有關戰爭的小說，常流於教條八股，羅蘭的清淡描寫就更可喜。

事實上，《飄雪的春天》這本書，從頭到尾都貫串著這個主題，在開戰前大家懷抱的希望，被占領時的忍讓，勝利後的狂歡，都在印證這種無形的民族的精神。

雖然寫到戰爭時只有：全市都蟄伏在黑暗裡，只有東北角落上，閃著火光，槍聲是由那邊來的。

「戰爭真的起來了。」

可是，整本書中無時無刻不透露出沉悶的戰時氛圍。

六

在處處都充斥著言情、暴力、武俠等不切實際的小說的社會，我很高興讀了《飄雪的春天》。

雖然結構的鬆散、情節的單純使它不是很完美的小說，卻別有一番清澄的韻味，就像看膩了波譎雲詭的波浪忽然看到一條清澈的小溪河，可以坐下來慢慢的看，看江水向東，看楊柳拂岸。

從寫作技巧上看，這本書並不是十全十美的小說，它文筆的清暢活潑遠勝於平敘的技巧多多，如果改用另一種方式，譬如：

書中著墨很多的抗戰勝利第一個新年，如果「年」這個重點來穿串戰前、戰時、勝利，可能使整個故事緊湊起來。

這本書又採取了「分段式」的寫法，通常以季節做章節，時序雖然分

明了，故事的進行卻平板了，如果章節的剪裁多用人物的蒙太奇，將會使結構更嚴密、更完整。

人物刻畫很成功，卻免不了有敗筆的地方，像 39 頁安世祺說了「先天下之溜而溜」的話，不但不俏皮、不口語，而且不合理。像孟氏本來沒有母性，只因爲抗日勝利而變成十足的賢妻良母，缺乏充分的理由。

長篇小說經營，寫作都很難，十全十美是一種奢求，只要我們讀了會感動，就成功了。

七

不管怎麼樣，安詠絮是十分可愛的中國女性，我很喜歡她，很高興讀了這本小說，好像在辦公室喝濃茶卡住了喉嚨，忽然喝到了杯冰水，整個人都舒暢了。

——選自林清玄《讀書筆記》

臺北：出版家文化公司，1978 年 2 月

關於青春歲月的回憶
評羅蘭的長篇小說《飄雪的春天》

◎牛玉秋*

　　羅蘭以她的小語和散文爲大陸的讀者所熟悉。做爲替聽眾答疑解難的電臺節目主持人，羅蘭的宗旨一是勸人向善，二是教人不走極端，以此來維護社會的安定團結。在這個意義上，羅蘭是社會的羅蘭。在勸人向善和不走極端時，羅蘭以自己深厚的中國傳統文化修養爲基礎，使她的文章充盈著通達平和的人生智慧。在這個意義上，羅蘭是文化的羅蘭。同時，由於羅蘭本身的文學修養和她自覺的文學追求，使得她筆下的一切，無論是散文小語，還是小說詩論，都自然而然地成爲了文學作品。所以，歸根結柢，羅蘭是文學的羅蘭。而《飄雪的春天》可以說是文學的羅蘭的一部純文學作品。

　　羅蘭對這部小說有這樣一個界定：「這不是一個抗戰的故事。這只是一個淪陷的故事。淒厲的災難震撼一時，不靜的災難震撼永遠。」這表明這部從 1937 年寫到 1947 年的小說，不同於大量的正面或側面反映抗戰的小說。它甚至與同是敘述淪陷故事的《四世同堂》也絕然不同。它是在那場淪陷災難中度過了青春歲月的作者，在經過了三十年時光的沉澱和過濾之後，對那段生活的回憶。小說因此具有獨特的魅力。

　　小說的獨特魅力首先在於它通過主人公安詠絮，從對人生、對前途充滿美麗憧憬到感情學業事業家庭四大皆空的悲劇性經歷，表明了作者一貫的人生態度。羅蘭的人生態度深受中國傳統文化的影響，她筆下的女主人公安詠絮最凸出的性格特徵是「利他」。中國傳統文化是以群體爲基礎的文

*發表文章時爲中國作家協會創作研究所副研究員，現已退休。

化，對這一文化而言，「利他」是一個很重要的原則。安詠絮與田宏的愛情悲劇形成的原因之一，即在於安詠絮對「利他」原則的恪守。在她心目中，她與田宏的愛情僅僅屬於她自己，因而是一己私利，而家庭的經濟需要她支撐，重病的妹妹需要她照顧，這些利他的責任和義務永遠重於一己私利。所以在兩者發生矛盾時，她能夠放棄的只有自己的愛情。安詠絮愛情悲劇形成的第二個重要原則在於她對「取義捨利」原則的實行。義利之辨是中國傳統文化的重要範疇，取義捨利是中國文化所崇尚的道德準則。安詠絮既然不能捨棄對家庭的責任，那麼保全她與田宏的愛情的唯一辦法就是阻止田宏去開封。以田宏對安詠絮的感情，只要他知道安詠絮不肯與他同行的原因，他肯定會留在安詠絮的身邊。但是，田宏去開封是關乎國家民族大義的舉動，安詠絮又怎麼能夠因一己私利而陷自己所愛的人於不義呢？為了讓田宏走得義無反顧，她甚至不讓他知道自己留下的真正原因。通過安詠絮的愛情悲劇，一個深受中國傳統文化薰陶，克己利他、捨利取義的女性形象被塑造得栩栩如生。

　　更為巧妙的是作者在安詠絮同大妹安詠蘭的對比描寫中，融入了當代社會生活的某些矛盾衝突。詠蘭的人生態度，可以用她自己的話來概括：「我不相信世上有什麼永遠不變的事。……希望和計畫和期待，會落空。只有抓到手裡的那一刻，才是真的。」她對大姐與田宏的愛情的看法則是：「假如我是田宏，而我又真的愛你，我才不去開封。我要守著你，等著娶你。」這種物質的、現實的、利己的人生態度，已經很有幾分當代商業社會青年的味道了。而安詠絮的人生態度也可以用她自己的一句話來概括：「我們總得靠了一點什麼說來好聽的意義，才活得下去。」這種「說來好聽的意義」其實就是人為自己設定的一些精神目標和規範。世間所有生物中，只有人才會問自己為什麼活著，而且有時把活著的意義放在比活著本身還重要的地位。人的這種精神需要和精神追求，竟可以在對現實物質利益的蔑視和擯棄中，表現人格的獨立與高尚；退可以在物質利益的包圍與壓迫中，保持心理的平衡與安寧。古老的義利之辨之所以延續至今，正

是因爲它具有如此巨大而靈活的包容和化解的功能。這也是中國傳統文化的生命力之源。安詠絮在連續經受了愛情、家庭、學業、事業的重大打擊之後，能夠撫平傷痛，重新振作，靠的也正是這種力量。

　　其次，做爲一部回憶青春歲月的小說，它的獨特魅力在於成功地表現出了人生的滄桑感。所謂滄桑感，其實就是對人生全部複雜性的透澈理解，也是對生活各種各樣的變化的熟識與接納。它只有在經歷了長期的生活磨練之後才能獲得。這種滄桑感從詠蘭的身上可以感受到。當初，詠蘭爲了逃避繼母的冷眼和家中困窘的生活，匆匆謀職嫁人。然而曾幾何時，她又不得不因爲貧困搬回老家。所不同的是，她多了一個家和爲妻爲母的兩重責任。想要逃避的沒能逃避了，想要掌握的也沒能掌握住。人與環境的關係的變遷原本是產生滄桑感的重要根源。而詠蘭與老家的關係在變化中蘊含著不變，在不變中又蘊含著變化。變化的是那些表面的、形式的因素，不變的則是那些根本的、實質的因素。對詠蘭而言，她想要變的沒能變得了，真正變化了的又不是她想要的。小說通過一個不甘命運擺布的主動出擊者的失敗，傳達了對命運的強大力量的人生感悟。

　　這種滄桑感從柳維如的身上也可以感受到。從表面上看，柳維如只是一個放蕩不羈的風塵女子，隨著情節的發展，小說先是通過她對安詠絮的關心和規勸揭示出她放蕩不羈背後的誠摯與善良，又通過她與「胖媽媽」的關係顯示了她性格中的不凡：一個母親，寧願跟著她這個被自己兒子拋棄的兒媳共同生活，這一事實本身就是對柳維如人品的極高評價。小說對這一人物的刻畫並未到此爲止，它進一步讓柳維如自己說出：「我卻寧願她要她的兒子，好使我心上的負擔輕一點；好使我在胡鬧的時候，真正任性一點。」這樣一層比一層深刻地揭示出人性的複雜，一方面使人物的豐滿和深刻啓人深思，另一方面則顯示了作者的人生閱歷：閱歷深，識人才能深。

　　這種滄桑感從主人公安詠絮的身上更可以感受到。安詠絮爲了困境中的家庭，爲了父親和弟妹，放棄了自己刻骨銘心的愛情，默默地經受了靈

魂撕裂的痛苦。她唯一的安慰是自己是爲了家庭、爲自己最親愛的人們做出了如此巨大的犧牲，在痛苦中還有一絲責任感和義務感的滿足。然而，當家庭狀況好轉之後，她在家庭中的地位和作用不再像過去那種重要，她因此感到深深的失落。這表明，在現實的生活中，責任和義務並不是永恆不變的，它們只存在於一定的時間中，存在於一定的條件下。羅蘭在她的一篇散文〈取與捨〉中曾對「功成身退」的精神極表欣賞，認爲「這一番『捨』更需絕大的智慧與決心」。人爲什麼要功成身退？因爲任何目標、責任和義務都具有階段性和暫時性的一面，功成之時就是其結束之時。身退就是要從對這一目標、責任和義務的執著中解脫出來，轉向其他目標、責任和義務。然而，人常常由於其精神心理的慣性，難於及時地轉向——即捨此取彼。羅蘭正是深入地洞悉了人的這種精神心理現象，所以才能準確而細緻地描摹出了安詠絮在家道好轉之後的失落的心情。

最後，小說的獨特魅力在於它塑造了一個獨特的文學形象：大姐的形象。在中外文學畫廊中，母親、父親、王子、灰姑娘的形象都已經深入人心並成爲文學創作的原型。甚至連嫂子這一兼妻性與母性於一身的形象，在中國文學中也占有了一定的地位，而大姐的形象則還很少被人注意到。在中國傳統文化話語中，女性原本是沉默者，正所謂「家有長子，國有大臣」，女人只是依附者和服從者。但另一方面，在需要的時候，女人又必須承擔社會和家庭的責任。安詠絮這一大姐形象的意義就在於，在一個母親去世、父親失業以後，又自覺自願地承擔起了本來屬於長子的經濟責任。這不禁使我們想起了〈木蘭詩〉，木蘭是在「阿爺無大兒，木蘭無長兄」的情況下替父從軍的。而安詠絮所處的境遇正好與木蘭相類同。做爲家庭中的長女對家庭的這種責任感和義務感，可以說是中國文化所特有的現象，也是大姐形象的第一層意義。

大姐形象的第二層意義是她無可依靠，必須獨立地面對一切。在男性中心文化中，男人既然是女人的主宰，同時也應該是女人的依靠。女人一生中可以依靠的男人依次是：父親、兄長、丈夫、兒子。安詠絮只有父親

可以依靠。不過，在她承擔起對家庭的感情和經濟的雙重責任之後，她已經成了父親的依靠。這就決定了她必須獨立地面對一切了。於是，她獨立地決定謀職掙錢養家，當了小學教員；獨立地決定為了家庭放棄與田宏的愛情。自己拿主意、自己處理一切的實踐反過來又進一步鍛煉了她獨立面對一切的見識和能力，使得她在處理自己與于夢循的感情關係時也毫不拖泥帶水。當她一旦發現自己與于夢循的感情遊戲已經走到危險的邊緣，立即親自到北平去見于夢循的妻子，不僅直接面對自己行為可能產生的後果，而且重新估量自己這一感情行為的性質。這一情節設計得實在精采，一個敢於、肯於而且善於對自己行動負責的女性形象躍然紙上，使得安詠絮這一長女、大姐的形象更加飽滿厚重。

　　《飄雪的春天》因其社會、文化和文學三個層面的意義在眾多的抗戰小說、言情小說中具有卓爾不群的獨立品格，它也因此值得人們重視。

——選自姚同發編《解讀羅蘭——羅蘭作品研討會論文集》
深圳：海天出版社，1997 年 10 月

時有入簾新燕子

讀羅蘭《「歌」與「春及花」》有感

◎陳銘磻

對於像羅蘭這樣一位優雅、淡泊的女性，著實令人發思古之幽情、令人看淡了這世界的名利、紛爭，只想找塊清靜的草地，躺著、坐著或臥著，向掠過眼前的一朵流雲，吹一串長長的口哨。

她不是穿迷你裙時代的摩登女性，我也非騎 BNW 的飛車黨，但吹口哨的愉悅，確實叫我想望北國，那個既樸實又陽光燦然的校園，那個讓歌聲洋溢在校園任何一個角落的、迷人的玲瓏世界。

羅蘭，原名靳佩芬，河北人，是生長在北國古意盎然的大宅第，從小就喜歡文學、藝術和大自然，在那幾重院落的大宅第裡，她得天獨厚的擁有花木扶疏、百花爭放的光景，她和螞蟻、蚱蜢為伍，也和紡織娘深交。她喜愛大自然，是緣由於那個書香門第給予達觀的老莊哲學；她酷愛藝術則又緣自於柔韌的生命力，和寧靜致遠的胸懷，促使她能夠暢懷的投身到也詩也畫也樂的古典世界裡。

她讀書求學的河北省立師範學校，就她的描述，是「避開了商業化大都市的汙染，使這學校的一花一木，都在淳樸與天然的空氣中，自由自在的生長，襯托出一片祥和寧靜的校風」。像這樣一所「樸素之中，有很多創意」的學校，並不是每一個省縣所能擁有的，也不是每個人都有機會進去的，縱然進得了，也得用貼切的心去神領意會，否則那襯托著歌聲自在飄颺的日子，也不過只是一些音符罷了。

　　她說，那個年代的學生都是快樂的歌者，由於校方對於美育的重視，所以，他們連走在校園「那步履也因為單薄的衣衫而輕快起來」、「那明快的心情，卻是一首明快的歌」。大概是民國廿來年的事吧，她說：「那種一邊走路，一邊唱歌的樂趣，來自那適合於進行的節奏，也適合於大家同聲群唱的歌，是那樣的不求艱深，只求明朗；不求自我發抒，而求同聲相應；不求自我表現，而求同調同歌。所表達的不是某一個人的歌唱技巧，而是大家步調一致時，那共同的歡樂心情」。

　　羅蘭歡樂的心情，自然可以讓人想見一斑，只是那種因某種情緒、某種情況而引發四面八方的人，不為任何目的，但求舒坦心靈的一同群唱的景況，生活在此時此地的中國學生，怕只有從書本中、想像中去神遊了。

　　那真是個不必為生活奔波、跌入匆忙的年代，樸素的校服，紮著小辮的女孩，大家共同唱歌，印證篤實與誠懇的心情，實在也非今天中國學生可觸及的；因此，難怪羅蘭會說：「這是得力於當時候學校對於美學教育格外注重，一種無形的涵泳的教育方式，使我深感學校在為學與做人方面，所給我們的『寬綽』的氣氛正是群育與美育的最佳的『教材』」。

　　經過卅多年的封塵，那些歌曲已然散失，叫人感到快慰的詞譜至今也已不復全數覓尋；可是那代表中國北方女學生情愫與快樂的——從「九一八」到「盧溝橋事件」，從民國 20 至 26 年，既壯麗，又淒涼，既振奮，又迷惘，充滿了吶喊與激動，給當代年輕人帶來最大衝激，令後來者尋覓探索不已的 1930 年代的歌聲，直到卅多年後，才又從當年靳佩芬的記憶中復甦；記錄這些封塵已久的歌聲的工作，卻是日日夜夜——那是一種情感的壓迫，一種非緬懷式的、最深的思念與信念，她把那些散失的歌集中在一本書裡，書名叫《「歌」與「春及花」》，她又喚它做「有聲的散文」。

　　她在書裡頭，記錄了每一首歌曲所代表和所欲表露的心情，她用淺顯的文字寫下她們那群愛歌的同學，如何在悠悠的湖上，用清越的口琴聲和歌聲度過屬於她們青春的時光；她又寫下她們如何一面欣賞傑出同學的風采，一面看日色西沉，聽晚飯鐘聲在遠處悠悠響起的畫意與詩情。

她說到《望妝臺》這首歌的心情時，這樣寫著：

李嫻的婚禮非常別致，她是藝術組的。新郎是學文學的。瀟瀟灑灑那麼
一付中國讀書人的風采。他在南開中學教書。

他們的戀愛是同學之間最愛談的話題之一。新郎信裡都是新詩。李嫻卻
不常寫信，只把校園中的各種樹葉夾在粉紅色的信箋裡，寄給他，當作
無言的回答和默許。

李嫻對自己的戀愛好像並不太用心思。她隨手拾幾片葉子寄去的時候，
也並不刻意選擇，有時是小小的幾枚柳葉，有時是好大的一片楊樹葉，
有時是一串藤蘿。爬山虎葉一定不少，但她決不寄菊花葉，說菊花葉很
容易變黑，又不夠挺秀，所以到秋來時，如果不寄紅葉，情願寄幾片枯
荷。再冷的時候，就寄扁柏或松針了。

這是一段可愛的愛情，羅蘭配合書裡所選錄的歌曲，一點一滴的記下
那些歌的時代背景——重要的是，你看不到九一八的煙火，也聽不見盧溝
橋的炮聲，只單純的看到一幅校園的景致，然後即有一串歌在你耳畔輕輕
低吟——那歌有慷慨激昂的「軍號」、「中國心」；有春風般柔和的「雲葉弄
輕蔭」、「願君為我泛輕舟」。

這書裡的每一篇短文，寫盡了一個女孩，跌進校園歌聲的歡笑中，卻
留下一絲愴然的回憶；那點點滴滴恰似一幀優雅的長卷，把校園的生活景
觀和著歌，潺潺細細的瀉了下去，叫生活在 1970 年代的人們，驚服於另一
個歟然的世界裡。

羅蘭說：看到今天背負著那麼沉重書包的學童，使我格外懷念 1930 年
代的校園生活，我們除了學科之外，群育和美育卻是最重要的課程了。

因此，她在構思和編輯這本書時，便很自然的用散文述說當時的校園
美景，又在每篇小文之後，配上一首當時候流行的校園歌曲，她覺得沒了
歌的世界，是個叫人感到精神枯萎的沉悶世界。

　　所以，她把 1930 年代的校園歌曲留下來。

　　要把那些已然散失的歌譜找齊，著實不易，而蒐集在這本書裡的每一支歌，唱起來都十分活潑，逸趣幽揚，不免叫人彷彿也聽到晚飯時那悠然的鐘聲；於是，更加顯得這些歌曲的珍貴。

　　這是本可愛的小書，它不同於市坊間的歌曲選集，因為，它不但可唱可讀，還可細細品味。

　　對於也寫散文，也寫小說的羅蘭來說，在她經過一個時代的大變動、大變遷之後，在她問學無門，戰爭阻攔一個少女的夢想與憧憬之後，她仍堅持自己的理想與信念。而性格上帶著擇善固執的她，確實也在她生命中記錄了那個烽火連天的時代裡，許多人的許多心情，她的《飄雪的春天》是一個景觀，《綠色小屋》又是一種色調，甚至連《花晨集》和《羅蘭小語》都帶著一份濃重的不肯順從命運的執著。

　　學音樂的她，喜愛音樂的她，《「歌」與「春及花」》似乎是不可免的創作，有情人的有情世界，羅蘭的這本「有聲的散文」從頭到末了，也像一首小歌，清清越越的唱著一段逝去的歲月──那歲月雖已老去，卻是這個時代所不及的，是工業貿易浪潮衝擊下，人們有意無意間放棄的一種享受。

　　重拾校園歡唱，夢迴課堂景致，唱讀《「歌」與「春及花」》，是超然於物質徵逐之外的快樂與安閒。

──選自《文壇》第 247 期，1981 年 1 月

「跳出三界外，不在五行中」

讀羅蘭《訪美散記》、《獨遊小記》

◎姚同發*

　　在羅蘭的 31 部作品中，有兩部頗具特色的作品，就是 1972 年出版的《訪美散記》和 1981 年出版的《獨遊小記》。前者是作者 1970 年應美國國務院之邀，赴美訪問，然後取道歐洲回國，歷時三月，到了 11 個國家、25 個城市的訪問記。後者是作者用兩個半月假期赴美作的一次真正「隨遇而安」的旅遊，題名「獨遊」，乃因覺得宇宙遼闊而個人渺小。

　　細究起來，這兩部作品還不能稱為完全意義上的遊記，因為它們實際上只是一些歸國之後回顧時的感想，並沒有多少具體的旅途見聞。因此，羅蘭在《獨遊小記》的前言中坦言：「我不想稱這些小記是『遊記』。這麼說，並非這兩部作品不夠「遊記」的檔次，而是說它獨具特色，為那些一般意義上的遊記所不及，比那些僅僅細緻入微地描摹旅途見聞的遊記要更勝一籌。這道理其實只在形與神的一字之差，猶如我國畫家的繪畫，他們不去「寫生」一幅山水，而是在看完山水之後，從自己的感性中另發展出一些屬於自己的山水。這些山水之作，有了他自己的創造和感想，雖然不是真山水，卻比真山水多著一份個人的思想與感情。羅蘭的遊記猶如這些山水之作，它不是百分之百與事實相符的遊記，而是從一些片斷發展組合，經過感情的浸潤、昇華而成，其重點自然不在那些見聞本身，但卻要比「寫生」見聞更牽動人的情感。這也是羅蘭遊記的魅力所在。

　　「跳出三界外，不在五行中」，是舊時形容一個人不受任何宗教與習

---

*發表文章時為天津社會科學院臺灣研究所所長，現已自天津社會科學院退休，任《東北亞學刊》副主編。

俗、先天和後天的約束的話。羅蘭遊記所表現的正是那跳出「欲界、色界、無色界」和不在木、火、土、金、水「五行」中的真味。讀她的兩部遊記，人們可以跟隨她「雲遊四海」，不論是一塵不染的華府，詩情畫意的維也納，還是綠草如茵的雅典，金碧輝煌的巴黎，都讓人陶醉，讓人難忘。但人們最大的感覺還是作者擺脫一切約束與牽絆，享有心靈上絕大自由的那份好心境。透過羅蘭的兩部遊記，人們看到的是一位旁觀世界、旁觀自己的冷靜的「旁觀者」，看到的是一位思考現實、思考未來的深刻的「思想者」，同時還看到了一位隨遇而安、品嚐人生的「生活者」。這「三者」，又成為我們觀察、了解作者的一個新的視角。

冷靜的「旁觀者」

常言道，旁觀者清。但要做個冷靜的旁觀者並不容易，特別是在數月的行程中，途經十多個國家、數十個城市，都以這樣一種心態來面對每時每刻每地每處所發生的每一件新鮮事，尤為難能可貴。以美國人的衣食住行這些日常生活的瑣事來看，已夠令人眼花繚亂的了，而作者卻能在那些人們熟視無睹、司空見慣、見怪不怪的地方「品」出「味」，「觀」出「清」來，可謂高人一籌。

在美國，你可以穿得破，穿得不修邊幅，甚至在新衣服上故意弄個補釘，這叫時尚；你也可以穿得怪，女扮男裝，男扮女裝，這也無傷大雅。但你不能穿錯，睡衣不出房，運動衫褲不上堂（辦公與正式社交場合），是美國人對衣著的一種無形規範。如果女人在大白天穿件鑲珠飾鑽的晚禮服出去，是會惹人恥笑的。在這形形色色、各有千秋的穿著中，作者卻發現美國女人穿的晨袍頗有特色，那就是袖子短。因為美國主婦幾乎個個要下廚房，清早起來，孩子要上學，丈夫要上班，自己說不定也要趕出去工作。做主婦的必須趕緊下廚，忙出一頓早點。梳洗打扮來不及，罩上一件晨袍，先去洗手做羹湯。袖子如果長了，不方便，七分袖正是恰到好處，既美觀，又適用。它的作用並非讓你叼上一根香煙，坐在沙發裡當晚禮服

穿。美國人不大作興從床上起來後，只穿一身睡衣褲就向室外跑。晨袍的七分袖這一細微發現，使作者對美國主婦的勤勞留下了鮮明的印象。

美國人的吃很簡單。早晨吃麵包、咖啡或牛奶，再來一杯果汁，不節食的人才吃煎蛋或是加點火腿；中午是吃三明治或牛肉餅，草草吃飽肚子；晚上才鄭重地吃上一頓。這鄭重的一頓也不過是一道湯、一碟沙拉、一盤主菜，加上麵包和甜點心。按中國人的說法，這也不過是兩菜一湯，實在也是不能再簡單的了。作者在冷眼旁觀美國人的吃之後，不免心生疑問：美國人吃得這樣馬虎，怎麼會個個長得既高且大呢？其中許多人還在拚命節食減肥呢！經過一段「旁觀」，作者發現，道理就在美國人吃東西採重點主義，大塊文章，有一樣算一樣，吃肉就專吃肉，吃青菜就專吃青菜，不講究煎炒烹炸，也不講究粗切細斬或細切粗斬。材料和作法都簡單，營養卻夠豐富。孩子們是把牛奶當水喝，肉是他們的主要食品，麵包是搭配。這和我們把飯當主食，菜當搭配相反。美國人天天奔波勞累，忙得要命，累得半死，顧不得仔細琢磨菜的花樣，只求營養能夠迅速而充分地補充，所以他們吃下去的大塊肉食能夠發揮作用。勞動所需的熱能多，所以能吃；吃了以後有地方去使能量發揮作用，所以才能繼續維持對營養品的需求，不會想到清粥小菜。作者評價說，這是一個完整的循環，缺一不可。美國人是世界上數一數二的大個子，卻是世界公認最不懂吃的國家之一。

美國人住有華屋，室內布置得雅緻而又富麗，室外花木扶疏，襯著大大的草坪和晴美的藍天，簡直如天堂一般。美國人住所之講究，從廚房設計之精緻、便利可見一斑。它簡直成了美國人須臾不可離開之所在。白天，坐在門鈴和電話之間的硬木藤座椅子上，右手聽電話，左手司閽。渴了，起身走一走，就是咖啡壺，隨時燒熱，即可飲用；餓了，起身走三步，即是冰箱，要煮要烤，都不出半步之遙。弄好之後，坐在吧檯旁邊一吃，吃完把碗盤放進洗碗器，一切都只是舉手邁步之勞。整個廚房一共不過 8～10 平米，卻就整個包含了日常生活全部活動之所需。晚上，先生下

班回來，3×1.5 尺的「面壁小桌」就成了他的空間。開著壁燈，飯前看報，飯後休息或記帳、寫信，都在這個「面壁小桌」的範圍之內。當先生「面壁」的時候，太太就坐在吧檯旁邊，或看書報，或聊天、喝茶。以前以為只有美國人才如此的不貪圖安逸，後來才發現，原來中國人只要到了美國，也都變成以廚房為家庭的活動中心。但這要感謝設計家們，把這象徵「民以食為天」的小環境設計得如此的美麗不凡，使得不僅是主婦們在裡面如魚得水；也能使一向「遠庖廚」的家中「君子」樂於紆尊降貴來奉陪；並且連客人也一並延入，不致為空間狹小而感到抱歉。結果，使廚房變成了客廳。〈廚房變客廳〉是《獨遊小記》中的一個題目，可見作者對此一問題觀察之深入。

美國之「行」也頗獨特，而紐約地下車更是獨一無二。作者以非常人的眼光這樣描述：「初看地下車會覺得人們過的是『螞蟻』生活，大家把地下打成四通八達的洞，活動、打食是在地上；東奔西走卻是在地下。大家匆匆忙忙，在地下車洞口湧進湧出，如果天外有一雙無形的巨眼，當會為人類這種看似毫無目的而又無法自止的奔忙感到好奇。」這真是絕了，人類跟「螞蟻」一樣。紐約人靠這些四通八達的地下火車，不分晝夜，轟轟烈烈地奔馳。當夏天烈日當空，或冬天寒風凜冽之時，地下道尤其是人們避熱或取暖的最佳選擇，更別提當雨雪紛紛之時，進入地下道，一道階梯之隔，就躲開了風雪。所以，坐地下火車，就好像在室內行路，整個大紐約，地上是高樓，地下是車道，不但快捷而且遮風避雨，當初設計這套交通的人可以說是眼光非常遠大。

從晨袍七分袖而發現美國主婦的勤勞，從飯食採重點主義而發現美國人奔波勞累的辛苦，從「廚房變客廳」看出美國人的實際，從紐約的地下車看出美國人的創造，這真是作者冷靜「旁觀」、慧眼獨具之處。

深刻的「思想者」

做為「旁觀者」，《訪美散記》、《獨遊小記》對美國衣食住行日常生活

之觀察，是十分冷靜的；而做爲「思想者」，作者對其生活方式、倫理道德及思維模式等等的思考，則可謂深刻精當。

赴美訪問之前，作者在向接待單位開出訪問重點之中，便有所謂「家」的一項。這裡所謂的「家」，並不只是家庭的家，而更包括他們的養老院。美國一般人把養老院 Senior citizen's home 簡稱 home。曾有不少的美國朋友問：「爲什麼要去看那令人難過的地方？」回答是：「我要看看你們年輕國家的人老了怎麼辦？」

在美國看養老院是件令人難忘的經驗。除舊金山附近拉剛那村的療養院之外，還有亞特蘭大的衛斯理森林養老及療養院，波士頓的猶太老人療養中心，以及紐約曼哈頓 190 街的依莎貝拉養老院，條件都非常好。有漂亮的鋪著地毯的房間，附有浴室，有些還有小小的廚房。房間和浴室都有叫人鈴。有專門的營養學家爲他們調配伙食，有醫生和護士隨時對他們加以照護，有隨洗隨乾的極大的洗衣間，寬敞雅緻的餐廳。還有閱覽室、理髮及美容室。另外還有工作室，讓這些老年人去畫圖畫，做手工，做木工……。

按理說，社會爲老年人設想得不可謂不周到。他們在這樣的養老院裡，所得的照顧實在遠比在家中妥善而安全。特別是那些有病的老年人，在家庭中幾乎絕無可能受到應有的照顧。但是，當你看到院中那些老年人失落的表情時，你卻難免覺得這些有魄力的安排仍是徒勞。他們給了老年人一切物質與身體上的所需，但是他們沒有辦法填滿老年人心靈上的空茫。這份心靈上的空茫，表現在他們的臉上，他們的眼中，表現在他們對訪客與同院老年人不友好的神情上，令人覺得十分難過。以前，人們說起美國老太太們注意化妝，以爲那也未嘗不是一種朝氣。但在作者看過了四五所養老院那些老人之後，反覺得她們在濃濃的化妝和鮮豔的衣服背後，隱藏著的卻是一份恐懼。恐懼自己到了不得不認老的一天，將遭到必然而無情的遺棄。爲怕老來失去一切人們對他的敬意而喬裝年輕，因此給人的感覺不是欣賞而是悲憫。無疑是作者對美國老人心靈的一種深刻的解剖。

在美國，四十歲以上的人想找工作就很困難，除非他自己有很好的基礎。普通一般人四十多歲就退休了，他必須被追趕著快點退位，好把位子讓給年輕人。一個要求進步與常新的社會，不允許人們在有了成就，盡了力量之後，再去慢吞吞地戀棧。你已經盡其所用了，所以該被丟棄。人只相當於一架機器，老早就報廢，給你個養老院養老就算盡到感謝之心了。無人去重視老年人在世上所可能發出的溫暖光輝，也無人願去領會老年人的人生經驗，以做為他們的參考或指南。這和中國幾千年來敬老尊賢的傳統美德相去甚遠，卻正是整個現代工業社會老人們的人生寫照。這樣地認識美國老人的遭遇，已說到這個社會的「根」上去了。

美國老年人的失落是如此無可挽回，如日中天的美國青年人又怎樣呢？這是作者殫精竭慮加以思考的另一焦點。

1970 年代，越戰使美國陷入泥淖，青年們厭戰，尤其痛感前途茫茫。他們先是模仿反對物質文明最前衛的嬉皮，不顧一切地實行著「歸返自然」的生活方式。他們那不洗不梳的頭髮，不剃不修的鬍子，赤腳不穿鞋，表示對原始生活的嚮往，有心回到「石器時代」。毛邊長褲不但毛邊，而且還故意打個補釘，表示他們反物質、反財富。再加上「麻袋片」式的墨西哥披肩，印地安式的髮箍，在在顯示對他們父祖時代自命優越的「文明」的一種輕蔑，顯示他們對前幾代美國人辛勤建立的那個富庶的國家是何等厭倦。他們不感謝物質文明，認為空氣與水源的汙染及新式武器的毀滅力，是物質文明最顯著的罪孽。儘管長一輩的美國人對他們子孫目前這種想法一方面感到大惑不解，一方面嘲笑地說：「他們只知道口頭上亂喊厭棄物質，但事實上，他們離開了冰淇淋就不知道怎麼活著！」很顯然，他們誰也無法把誰說服。作者尖銳地指出，這已經不是平常所說的「兩代人之間的隔膜」，而是一種整個潮流的物極必反。

我們不能說他們父祖那一代的人不對，但美國青年之有今日這種令他們上一代人失望而大惑不解的想法，卻正是他們上一代所造成。他們努力發展工業的結果是：有了種種人為的方便，卻破壞了自然界足以保衛人類

生存的和諧與平衡；他們熱心競爭的結果是精神病患者的增加、孩子童年的寂寞和老來一無所有的孤獨。因此，青年們想要尋求另一條途徑，尋求一種簡易而親切的，更合乎人性自然要求的生活方式。於是他們把眼光投向了東方，佛教禪宗與道家思想遂成了他們上下求索的良方。作者「在史丹佛大學胡佛圖書館、在匹茨堡大學圖書館、加州大學圖書館，以及密歇根大學圖書館，到處都可看到有關美國學生在埋頭研究中國的典範及畫冊。」可惜由於生存空間和思想源流的整個不同，他們所了解的實在只是一點皮毛。當然更談不到把這種思想哲學真正地融入人生，而對他們引爲不滿的現實生活發生作用了。

作者認爲，美國青年的苦悶，除對物質文明懷疑，對各種競爭厭倦外，更由於人們太過自作聰明，以致對宗教信仰發生了動搖。宗教的力量已不足像過去那樣維繫人們心境的平和與寧靜。特別是知識分子，在人事紛紜、角逐激烈的生存競爭之餘，人們找不到地方去祈禱。沒有一個對象可以容納人們精神的倦乏，並給他們鼓勵和安慰。因此，他們在對自己失望之餘，寄望於東方——特別是文化最久、影響最廣的中國。他們希望中國的哲學也能如同他們的宗教，能讓他們簡單直接的皈依，即可得到祝福。但他們未曾理解，那是一種思想，一種感情，一種在理智上對人生苦樂的認可，和認可之後的超脫。他們非常喜歡看中國畫，非常嚮往和尙或道士的出世生活，因此，憑一幅《達摩面壁圖》就也鶉衣百結的去面壁，憑一幅《曠懷圖》就也隱入深山。而他們不知道，那些畫是中國文士們寄託情懷的一種「隨筆」；他們把自己所思所感所嚮往描寫在紙上，神遊於擺脫名利的超然之境。但等畫完之後，他們了解自己仍在世間，於是題詩其上，說明自己繪寫此畫的心情是對與世無爭的純樸生活的一種嚮往，但也是對人生另一面入世的事實的一種認可。如石濤的《曠懷圖》，寫離群索居的意境，但題詩卻是：「世莫能逃，偶作遐想，聊與曠懷者共之，抑知實有此境否。」

「能了解『世莫能逃』，而在不脫離現實的原則下，寄情於詩畫琴棋與

大自然，一方面把田園生活做爲晚年最理想的歸宿；另一方面則仍不妨順應人類天賦的積極性（特別是在年輕的時候），過入世的生活。這樣，人生有絢爛，有平淡；有動，有靜；有時介入，有時旁觀；順應自然，才合乎『道』。」這是作者爲苦悶的美國青年開出的一張「祕方」，是否「利於病」不得而知，但其良苦用心卻令人讚佩不已。更進一步的是，作者又用了五年的時間，寫下了具有博大中華文化內涵的《詩人之國》，希望把表現在詩中的精深而優美的哲思介紹給西方，以補對宗教所感的不足。

熱情的「生活者」

羅蘭說：「我們是這樣的生來就會讓自己同時做個生活者，也做個旁觀者，體嘗並欣賞也評判著自己的痴迷顛倒、苦樂悲歡。」（〈夕陽山外山〉，《獨遊小記》）讀罷《訪美散記》和《獨遊小記》，我們不能不歎服作者不僅是冷靜的「旁觀者」、深刻的「思想者」，也是一位熱情的「生活者」。

獨遊爲作者最愛，並爲此而總結出「步步爲營」的守則，否則不是到不了目的地，就是回不了出發點，兩者都會使你陷入許多困難之中。獨遊沒有嚮導，要先從認路做起。如果是住旅館，那麼，爲怕忘了旅館的名稱和地點，不能不隨身帶著它的卡片。如果是住朋友家，那麼，朋友家的地址、電話，朋友辦公處所的地址、電話，以及朋友的朋友的電話，都要小心仔細地記在隨身攜帶的記事本上，以備萬一。然後是外出的地圖、地下車及巴士路線圖，以及打電話用的零用錢，買車票用的零錢……，瑣細而繁雜，但卻一樣也不能少。爲了達成「步步爲營」的目的，作者還特別備有三宗寶。其一是號稱「萬寶囊」的小提包，裝著迷你錄音機、迷你照相機、旅行支票、零錢、護照、地圖、記事本……；其二是水陸兩用、早晚咸宜、四季皆可、且能「跑天下」的「萬用鞋」；其三是體積小、容量大、輕巧耐用的「萬寶箱」。這使她能輕鬆地行於當行，止於當止，萬無一失，所向披靡。

朋友是生命譜表上最嘹亮的音符。當電話鈴響，接聽之下，是一聲興

奮的「我來了！」那真是最動聽的樂句。於是，迫不及待地排時間、定約會、敘別情、論古今。能遠道跑來相聚，證明大家都還過得不錯，都很健康，當然，都增加了年齡，卻也增加了對人生的了悟。這了悟，就都成為最好的談話資料，以前執著的，現在放開了；以前常覺不足的，現在覺得豐富了；以前怯弱的，現在開朗了；以前覺得人生無限的，現在知道，它並非無限，因而生活的每一分鐘都值得頌讚。

無疑，會朋友是人生樂事。新交最振奮，舊友最溫馨。天外來客有博聞廣識的豐富；近在咫尺，卻至今才有緣相會的朋友有一見如故的熟稔。本國朋友最融洽，「人不親土親」正是這種無需介紹、即可相知的友誼的寫照。異國訪客最新奇，相互探索，相互仰慕，卻又總是隔著一層，那麼一種霧裡看花的澀澀的清新。說不盡中西夾纏不清的笑話，不消兩三天，就幫他們戒掉了滿口番話，喚回了先天的中文。

安排各式各樣的會面最顯「生活者」的匠意，也見出待朋友的誠心。這裡有豔陽高照下，互約相見的興奮；有颱風呼嘯中，品茗談心的溫暖；有豪雨不歇時，在咖啡座臨窗賞雨、互道離情的詩意；有廣東飲茶以待舊友的平易；有臺灣小調以殃洋人的趣味；有粗茶淡飯，家中小敘的怡然；有平劇臺前，共享傳統清音的融洽；有音樂廳裡，品賞現代新聲的喜悅。更有博物院、畫廊中，同賞古今傑作的感動；還有乘火車、去鄉間，看看瓜棚豆架，帶回幾莖蔦蘿、一串葫蘆的歡欣。

旅行時候的心情，是擺脫一切環境牽絆的、逍遙自在的心情，更是遠離了所有熟悉的人們的自由放任的心情，也是拋開了一切屬於自己的事物的、輕鬆與全新的心情。熱情的「生活者」可以隨意住進一所鄉間的舊式旅邸，也可以住進城市新式旅館，也可以偶爾投宿從未謀面的文字之交的朋友寓所；可以穿上一件從來也不會在熟人面前出現的衣裳，梳上一個自己隨手挽起的髮髻，覺得那才是真正的自我，而不必顧慮有誰會投來訝異或不贊同的眼色，說：「哎呀，你怎麼這樣！」因而驚奇自己平時竟然是如此的習而不察，反而聽任環境與熟人的觀念把自己塑造。

　　旅行的心情就是這樣一種「隨時都可放開」,「不必有何執著」的心情。偶爾想到家中那些捨不得扔的,等待維護的,需要保養的日常什物;以及要買的、要存的、要送人的、人送己的;或偶爾想到日常生活裡,認為可氣的、可惱的、可恨的……真是傻!真是愚蠢!真是奇怪!奇怪自己怎麼會曾經鑽入了那樣牛角尖裡,而覺得每一粒塵埃那麼重要!旅行猶如過濾劑,使人們的心靈變得清純、透亮、美麗。

　　當然,旅行也不全然都是陽光燦爛,風和日麗。淒風慘雨,陰冷酷暑的日子也時有發生,這對熱情的「生活者」無疑是一個考驗。有時就在「家」門口,卻找不到「家」;有時地下車坐到一半忽然停開,被拋在了車站……。有時上街辦事,氣惱便不打一處來,累了,叫不到計程車;餓了,發現餐廳或咖啡座門外彷彿排著等待布施的長龍;想找個地方坐坐,卻看見長椅上早已七零八落地坐著一些累得不成人形的「難民」;即使是賣漢堡與熱狗的小店,高櫃檯配高腳凳,連個放手提包的地方都沒有,還不如我們的燒餅油條豆漿攤。恰好似:萬佛城裡的苦行僧,眾生界裡的苦行人。生活有時也會開點小玩笑的。

　　著名美學家宗白華先生在看了羅丹雕刻以後說:「我們知道我們一生生命的迷途中,往往會忽然遇到一剎那的電光,破開雲霧,照矚前途黑暗的道路。一照之後,我們才確定了方向,直往前趨,不復遲疑。縱使本來已經是走著了這條道路,但是今後才確有把握,更增了一番信仰。」旅行猶如那電光,旅行歸來,羅蘭便有了一種十分怡然地接受一切,也安享一切苦樂的心情。自此深知,一動一靜,乃是自然的韻律;忘我無私,乃是幸福的泉源。生活彷彿又提升到了一個全新境界。

——選自姚同發編《解讀羅蘭——羅蘭作品研討會論文集》
深圳:海天出版社,1997 年 10 月

人生美麗的箴言
讀《羅蘭小語》和《羅蘭信箱》

◎王淑秧[*]

一

厚厚的這兩本書，向我們展示著萬花筒似的人生世界。圍繞著人，特別是青年人，這兩本書的話題可以說涉及到廣泛的側面與層面，從現實到理想，從友誼到愛情，從性情到處世，從婚姻到因緣，從金錢到物欲，從貪婪到罪惡，從稚嫩到成熟，從學習到修養，從生死到宇宙，從信仰到宗教，如此等等，不一而足。給我的感覺是，作者有出不完的題，說不完的話。人生話題之於羅蘭，就像甘甜的泉水，噴湧不斷，汩汩流出，去填補人們的胸懷，去溫暖人們的心靈。

所謂小語，所謂短簡，應視為作者的一種自謙，實際上，所談問題，不論大小，對人生都有著一定積極的意義，比如教人如何去克服惰性，如何對待失敗和寄人籬下，以至如何在日常生活中化敵為友等等。總之是教人應該通過自己的努力，去不斷追求，這追求的方向，就是去爭取達到真善美的生活境界。

這兩本書雖是依據臺灣社會有感而發，但其中所講的道理，很多對臺灣之外的讀者，都是有現實意義的。比如〈從「衣食足」到「知榮辱」〉一文，雖是以臺灣社會為議論對象，但對大陸今天的發展，實在也是一種提醒和診斷。文中所講的問題，我們大多數人可說都感覺到了，作者據理所

---

[*]王淑秧（1932～2000），陝西富平人。文學研究者。發表文章時為中國社會科學院文學研究所研究員。

作的分析、議論，也很切合我們的要求。比如文中說：「衣食足而後知榮辱」這句話，在臺灣並未兌現，「錢多的結果，理髮廳不專爲理髮，浴室不專爲沐浴，賓館不專爲住宿，茶室不專爲喝茶，球房不專爲打球。這些讓你在原來不必花錢，或只需花少量的錢即可做到的事情上去花大量錢，其基本動力是色情的誘惑。」這雖然僅是臺灣社會「衣食足」而後「不知榮辱」的某些方面，但它所概括的人生領域，所給予人們的生活啓示絕不限於臺灣。在今天的大陸，「人欲橫流」難道不也是隨處可見，在某些地方且有愈演愈烈的趨勢嗎！作者在文末指出，什麼是真正的進步社會：「一個真正進步的社會，人們生活富裕，而心境平和，生活的步調沉穩而堅定，人與人之間有較好的、互相尊重的關係，擺脫了競爭的險惡，而產生了智慧與仁慈。大凡一個有悠久文化歷史的國家，必定不會使民眾一直在財富的競逐上做無止境的攀援，而能有新的政策，廣攬人才，把物質的財富用來創造精神上的財富。」這裡關於物質財富和精神財富的關係，是深有見地的。作者認爲「物質財富不是人生的目的，而是創造美好人生的手段」。我感到這說法很深刻，在時下，不少人就是認爲創造物質財富就是創造美好人生，給二者之間劃了等號，所以才造成「衣食足」而「不知榮辱」的後果。實際上，美好人生是絕對離不開崇高的精神境界的。羅蘭還疾呼，需要一種教育，這教育「是要用來給民眾建立人生的理想境界，使大眾能認識財富之外的快樂，財富之外的自由，以及財富之外的尊貴，不再只以爲『錢最多就最快樂』或『只有花錢去買』才能得到快樂，而使人能從物欲的徵逐與壓迫中得到釋放」，從而建立我們民族「超越財富之上的儉約沉穩、恢宏大度的民風來代表『國格』」。這些話，在我看來，對發展民族國家大業，都是極有分量的、至關重要的見解。

二

這兩本書，作者大多採取書信的形式。這顯然是作者精心營造的一種表達形式。

　　羅蘭之所以採用這個形式，從文中我們知道，和她的職業——廣播專業很有關係，因為這對她是最方便的一種形式。

　　羅蘭的書信體散文又有兩類：一是有特定對象的，一是非特定對象的。

　　特定對象的文學書簡，《羅蘭信箱》中的許多篇章都是，《羅蘭小語》中答xx或xxx聽友之類的也是。

　　非特定對象的書信文學，受信對象不是某一個人，但也不是所有的人，乃泛指某一部分人。閱讀它的人，往往就位於受信人，受信人與讀者合一。《羅蘭小語》中的許多篇章，如〈給失戀的朋友〉、〈出路問題：行行出狀元——給不想讀書的朋友〉就是。還有許多篇章，雖未說是給哪一部分閱讀者，但實際上給哪一部分人是很清楚的，比如〈談談寂寞〉、〈何必輕生〉、〈不要浪費生命〉、〈不要為瑣事分心〉等等。從文學的價值看，它們與非特定對象的書信文學沒有太大區別。話說到此，必須提醒一句，這樣講絕不等於它們只能給部分人看，或部分之外的人就不能看，書信體文學作品是文學大家族中之一種族類，做為文學作品，它當然可以面向任何讀者。

　　羅蘭書信體散文有值得注意的一些特點：

　　一是現實性。有的放矢，對症下藥，作者對所談問題的看法，多帶有某種現實的迫切感和需要性，是社會上確實存在的問題。

　　二是集中性。所談問題都很集中。文章雖小巧玲瓏，卻能令人小中見大，有一定的普遍性、代表性。且讀來既省時，又易領會。

　　三是親切性。讀文章就好似作者在和自己親密談心，充滿溫馨。這種親切感使讀者對作者的觀點看法，極易接受。從教誨青年人來說，比講大道理的文章容易達到目的。

　　四是質樸性。談論事理和表情達意都比較質樸自然，親切溫馨，這既保持了書信的一般風格，又顯示自己獨具的風采。因為一般書信都質樸簡明，而羅蘭的書信在質樸簡明的基礎上，又多了文學筆法的緣故。

三

　　羅蘭的書信體讀來有新穎之感，這是爲作者對書信體本身有所開拓所決定的。比如在每封回信之前（即文章的開首），都以來信者的第一人稱把自己的情況和希求加以簡要介紹，然後針對來信者所求回答的問題，闡述自己的看法和建議。這樣讀者就容易迅速進入和關注作者所說明的問題。

　　更令人感到新奇的是，在以「一千個『你怎麼辦？』」的欄目下，共寫了整整一百個問題，而這一百個問題，又主要集中發生在一個人身上，此人名叫白友誠。每個問題又單獨成章，共計一百篇文章。具體寫法也像一百篇之外的文章一樣，先以白友誠的口氣敘述將發生的事，對關鍵時刻又以對話的方式和對當時情景的具體模擬，交待某事和某人使白友誠產生內心矛盾的癥結，這樣就把白友誠逼到十字路口上，不知怎麼辦？然後作者以正文來解決這個怎麼辦。比如第一篇文章〈捉賊〉，開首白友誠自白，說自己高中畢業，沒考上大學，成天閒逛、睡大覺，這一天他和小干、阿九、小太妹在家玩麻將，忽聽外面有人叫捉小偷，還有從遠處傳來捉小偷的呼叫聲，小太妹叫大家去看看，文中另起一行，並以△標明：「白友誠怎麼辦？」作者的正文就寫白友誠面對捉小偷的現實，應該怎麼辦，文中的主要觀點是「看當時的情形主要是得見義勇爲，負起國民一分子的責任，對公眾的事情，不能袖手旁觀。」還認爲這樣做，對白友誠的成長有好處，能增加他生活的信心，可以重新估計自己，「心情上的轉變，會挽救他自己的頹廢」，作者希望他能夠由於這件維護正義的行爲而「改變自己的人生觀」，另創一番事業，人生的路是多方面的，不上學也可找到自己的價值等。就這樣，讀者眼見白友誠在生活中所遇到的許許多多問題，也眼見作者緊追不捨，爲這許許多多的問題尋求答案。就這樣，跟隨著白友誠在生活中的衝撞，也跟隨著作者生花妙筆的剖析和設想，不僅白友誠這個人物在讀者的腦中逐漸成長起來，而且由於作者的循循善誘，讀者從中也明白了許多生活道理，比如應該怎樣去賺錢，怎樣騎摩托車，怎樣對待洋顧

客，怎樣對待失火，怎樣對待不耐煩的店員，怎樣對待曆書，怎樣對待學歷，怎樣對待考場作弊，怎樣對待被情人誤解等等。看了這樣的書信體散文，就像看了一部小說一樣。一般來說，書信體散文不同於小說，但在羅蘭這裡，似乎有了小說的意味。她的書信體不但主要在說明某種道理，而由於著重說明白友誠應該怎麼辦，白友誠這個人物形象在讀者心目中漸漸活起來，就像小說中的人物一樣吸引讀者的關心，從而羅蘭筆下的書信體散文就有了某種小說的因素和效果。這應該是她對書信體散文的一種開拓。

此外，羅蘭還經常很注意運用比喻的手法，使自己的說理文字更加生動、形象、曉暢而富有某種韻味。這方面最具代表性的恐後要算〈鑿井〉一文了。文中以鑿井的深淺來說明一個人在事業上是否專一、是否精益求精、是否具有執著不懈的精神。文章開首就指出，貪多、求全或太急反而會顧此失彼，並舉例說明之。然後引西哲的話提出自己的觀點：「與其花許多時間和精力去鑿許多淺井，不如花同樣的時間和精力去鑿一口深井。」隨即具體分析「亂忙的人是在鑿淺井」，而「對事業專一，並非不求上進，也非懶惰。它是一種鍥而不捨、全神貫注的追求」。它需要自己「能抗拒潮流的衝激」。又以梭羅的《湖濱散記》和日本作家川端康成爲實例，進一步說明自己以上應鑿深井的主張。這與一般只從道理上講不應見異思遷，應該掌握自己的方向，才能作出巨大成績相比，就要具體、生動、感人得多，也能給人留下頗深的印象。

四

做爲一個讀者，我還很迷戀羅蘭筆下那些談論人生經驗，指點人生迷津的篇章，自感從其中能受到許多莫大的啓示，能激起某種美好的情緒。以〈取與捨〉一文爲例來說，我感到它對自己目前的生活處境，對今後的生活道路都有幫助。全文都在講「取」與「捨」的辯證關係，其主旨在於說明人生「苦惱的最大來源是患得患失，人們常參不透，你要有所取，必

須有所捨。」文中怎樣論述的呢？開首講人生「取」固費力，「捨」亦大
南。這裡沒有離開個人的主觀努力和條件去談「取」和「捨」。然後講
「取」「捨」的辯證關係：有「取」，必有付出，這便是「捨」。從反面講，
無法「取」到的東西，絕不能強求，否則對自己有害，要明智地「捨」
去。無論「取」與「捨」都需要大智大勇，患得患失是對「取」「捨」的疑
慮不決。進一步分析「捨」，有有形與無形之分，但無論有形還是無形，
「魚與熊掌不可兼得」。所謂「後悔」，其實「是一種不能毅然捨棄的心情
所造成」，並從日常生活中舉例說明之，是為「小取小捨」。進而論述人生
更有「大取大捨」，「是整個人生事功的取與捨，最大的取捨是對成功與榮
譽的取捨」。作者認為，「人生追求成功猶如爬山，一個又一個山頭的征服
過程雖艱苦，但成功在望的鼓勵使你有勇氣繼續攀援，這是『取』的過
程。但當你到達峰頂，備享殊榮之時，也就是你準備功成身退之日。這一
番『捨』更需絕大的智慧與決心。」從字裡行間，我們能感到作者是很欣
賞這種「大取大捨」的征服精神的，認為這就達到了一種人生境界，而這
方面我國古代一些詩人是深知其味的，陶淵明、朱希真、辛稼軒等的詩文
中就表現了他們對功名捨棄的瀟灑和飄逸，從而也換來了「另一永恆不朽
的大『取得』」。關於這一點，作者在〈盡力而為〉一篇中說得更為透徹。

> 人們在年輕時希求自己有為，也最好讓自己有為。希求絢爛，也最好讓
> 自己絢爛。但在另一方面，人們也希望自己不僅有為，而且開朗；不僅
> 會爭取，而且會放開；不只有己，而且有人。由對小我的重視，擴大為
> 對大我的欣賞。所謂「退隱」，是退出小我的狹窄樊籠，投入大我的遼闊
> 天地。
> 我國古人對退隱生涯積極歌頌，因為他們了解，絢爛之後的恬淡實在是
> 人生的另一勝境。那勝境，視野開闊，境界廣遠。拋開了人間得失榮
> 利，真正與天地自然同在，是前半生一切努力辛勞的另一碩大成果。這
> 成果，唯真正有智慧、有胸襟者，才可得而享有；也唯真正曾辛勤跋涉

過來，到達過峰頂的人才可得而享有。

不難看出，這裡的「大取」比之〈取與捨〉一文中又有不同，這裡的「大取」實際是指拋棄功名榮利，投入到天地自然之中，這種「大取」是爲另一永恆不朽的大「取得」。

也不難看出，這種人生勝境中包涵著多麼濃重的中華傳統文化的色澤！相信讀過這些篇章的成年人，特別是老年人，都不會不爲其所感染。這感染的力量，一方面來自作者對傳統文化、對傳統智慧的深厚感情和欣賞態度，同時也來自作者說理的條析分明、深入淺出、令人信服。

羅蘭筆下這類「小語」，最能顯示她文學風格的另一方面，即不僅質樸自然，親切溫馨，而且博大、古遠、深邃、雋永。這種成績的取得，當然與作者的生活經歷和文學、思想的修養分不開。

五

從羅蘭的這兩本書，我們對小品的認識應該寬泛起來。過去一講小品，總偏於犀利的「匕首」、「投槍」之類，這方面當然不應否定，因爲現在社會上的假醜惡並不少見。但只這一面，也不夠全。羅蘭的小品大多應歸入美麗的生活箴言，它實在也是讀者所需要的。不知道我把她的這些作品歸入小品是否合適。現在我們許多刊物也發表一些生活小品，所以我以爲我們的小品實際上也寬泛起來了。我祝願小品的發展更爲繁榮，它能給讀者提供短小精悍的精神食糧。

——選自姚同發編《解讀羅蘭——羅蘭作品研討會論文集》
深圳：海天出版社，1997 年 10 月

輯五◎
研究評論資料目錄

作家生平、作品評論專書與學位論文

專書

1. 羅　蘭　　薊運河畔──歲月沉沙第一部　臺北　聯經出版公司　1995 年 6 月　303 頁

本書為羅蘭對自己生命的長程所作的一次感性回顧，分三部出版，本書為第一部，敘述記載出生到抗戰之事。全書共 51 章：1.大宅巡禮；2.我是誰；3.皇上的家當；4.皇上家當的下場；5.羅漢會與赤兔馬；6.白馬傳奇；7.花園、童年與狐仙；8.五大仙；9.點秋江，白鷺沙鷗；10.危機與轉機；11.跨出一個時代；12.母親；13.地平線；14.記憶；15.拓荒；16.父母；17.硬體彩色玩具；18.北方與南方；19.兩廠的傑出成就；20.貝殼、童戲；21.地址與門牌；22.明星小學貴族化；23.嶄新的日子；24.鍾瑪利；25.久大員工逃內戰；26.父親講故事；27.老家逃難；28.衣冠不改舊家風；29.屬靈的故事；30.我們走路去；31.世紀的省思；32.書生之見格調高；33.新派人物好老師；34.分道揚鑣；35.中學裡的小學生；36.愉快的校風；37.平穩的物價；38.小記九一八；39.那邊一二八，這邊英租界；40.談談租界；41.我的課外讀物；42.文明與野蠻；43.音樂；44.我們的校園歌曲；45.各盡所能各取所需；46.山雨欲來風滿樓；47.面對噩夢不知愁；48.一懷愁緒，幾年離索；49.槍在我們的肩膀；50.空間與時間；51.偷渡。正文後附錄〈著作年表〉。

2. 羅　蘭　　薊運河畔──歲月沉沙第一部　深圳　海天出版社　1998 年 9 月　277 頁

本書為《薊運河畔──歲月沉沙第一部》簡體版，章節目次見前書。

3. 羅　蘭　　蒼茫雲海──歲月沉沙第二部　臺北　聯經出版公司　1995 年 6 月　239 頁

本書為羅蘭回憶錄第二部，記作者抗戰勝利來臺之生活。全書共 37 章：1.是前生注定事；2.海行；3.唯一的上海；4.抵臺──青翠基隆港；5.你什麼都會；6.學臺語；7.旅人的心情；8.睡也安然，走也方便；9.黃葉舞秋風；10.日本遺風；11.擦肩而過了無痕；12.他是誰；13.來不及逃掉；14.我比總統先到總統府；15.風雲變幻談指間；16.父親來信談時局；17.阿方；18.思想有問題；19.他這無冕之王；20.君王沒錢繳電費；21.臨時房屋風水好；22.他們埋骨於此；23.看電影的日子；24.劉姥姥在大觀園；25.美國郎君不擦皮鞋；26.洋包子；27.從書店街走到羅蘭小語；28.幸運的一分鐘；29.代書朋友鍾先生；30.醫生朋友鄭大夫；31.搬家，搬掉了一個時代；32.模範

省；33.訪美散記外一章；34.文化傭兵；35.移民小插曲；36.漸行漸遠陶淵明；37.神遊故國訪故宮。正文後附錄〈著作年表〉。

4. 羅　蘭　蒼茫雲海——歲月沉沙第二部　深圳　海天出版社　1998 年 9 月 226 頁

本書爲《蒼茫雲海——歲月沉沙第二部》簡體版，章節目次見前書。

5. 羅　蘭　風雨歸舟——歲月沉沙第三部　臺北　聯經出版公司　1995 年 6 月 259 頁

本書爲羅蘭回憶錄第三部，從民國 76 年政府開放大陸探親說起。全書共 34 章：1.感情化冰先是痛；2.問君能有幾多愁；3.天才中國；4.寧要安定不要錢；5.大陸的熱門話題；6.咬文嚼字看大陸；7.四十年來家國；8.故土夢重歸；9.爲何不回家；10.坎坷歲月，一世浮沉；11.雜亂生途長短調；12.海河的水，慢慢流；13.你看那樹；14.長風萬里，一睹關山；15.我這臺胞；16.北戴河的日子；17.萍蹤偶聚，長幼有序；18.明日水村煙岸；19.螞蟻愛國；20.人民大會堂開會小記；21.海闊天空出版社；22.海內存知己；23.野風呼嘯過關東；24.東北行；25.我的舅父；26.不甘認輸；27.一拐彎就到；28.這樣一種徒勞；29.這樣一種揮霍；30.時光隧道小時候；31.一生的李伯大夢；32.萬里關山；33.不朽的薊運河；34.歲月沉沙。正文後附錄〈著作年表〉。

6. 羅　蘭　風雨歸舟——歲月沉沙第三部　深圳　海天出版社　1998 年 9 月 249 頁

本書爲《風雨歸舟——歲月沉沙第三部》簡體版，章節目次見前書。

7. 姚同發主編　解讀羅蘭——羅蘭作品研討會論文集　深圳　海天出版社 1997 年 10 月　221 頁

本書爲 1996 年 6 月 6 日至 8 日在羅蘭家鄉蘆臺賓館舉行的研討會論文集。全書收錄：姚同發〈天津情・中國魂——臺灣女作家羅蘭及其作品〉、盛英〈「屬於秋天」的作家——羅蘭〉、寧宗一〈心靈良知和社會良知的融合〉、莊若江〈羅蘭的中國傳統文化情結〉、潘亞暾〈羅蘭佳作評要〉、陸士清〈歷史、人生、家國——讀羅蘭的《歲月沉沙》〉、白舒榮〈望鄉的雲——《歲月沉沙》三部曲讀後〉、顧蘭英〈羅蘭的親情意識和故土情節——讀《風雨歸舟》有感〉、陳慧娟〈讀《歲月沉沙》隨想〉、牛玉秋〈關於青春歲月的回憶——評羅蘭的長篇小說《飄雨的春天》〉、古繼堂〈清新的文筆，動人的哲思——漫話《羅蘭小語》〉、王淑秧〈人生美麗的箴言——讀《羅蘭小語》和《羅蘭信箱》〉、張春生〈人間距離被真誠拉近——讀《羅蘭信箱》〉、王之望〈羅蘭——恆存的「小語」〉、邢廣域〈文化的

力量不可低估——讀《羅蘭小語》第五輯〉、王振科〈「傳統」與「現代」的契合——讀《現代天倫》〉、鮑震培〈理精語雋的羅蘭散文——《財富與人生》讀後〉、門巋〈一部獨特的詩歌選本——評羅蘭的《詩人之國》〉、張素琴〈鄉情、親情與詩情——讀羅蘭作品隨筆〉、姚同發〈「跳出三界外，不在五行中」——讀羅蘭《訪美散記》、姚同發〈獨游小記〉〉、徐玫〈愉快、難忘的合作〉、津辰〈文化鄉情鑄國魂——羅蘭作品研討會紀要〉、堯輯〈羅蘭「人生倒帶」備受兩岸青睞〉，共 23 篇。正文後附錄羅蘭〈世紀滄桑——一生瑣憶〉、堯輯〈羅蘭創作年表〉。

8. 羅　蘭　歲月沉沙三部曲——羅蘭自傳　深圳　海天出版社　1998 年 9 月　752 頁

本書為羅蘭對自己生命的長程所作的一次感性回顧。全書共三部：1.由「大宅巡禮」到「偷渡」，共 51 章；2.由「是前生注定事」到「神游故國訪故宮」，共 37 章；3.由「感情化冰先是痛」到「歲月沉沙」共 36 章。

學位論文

9. 張永東　羅蘭文學研究　華僑大學中國現當代文學所　碩士論文　倪金華教授指導　2005 年　66 頁

本論文以社會歷史批評和美學批評為方法，並輔以距離美學、敘述學、接受美學觀察羅蘭創作文本，進而觀照羅蘭的生命歷程和創作經歷，最後歸結羅蘭的創作特色與風格。全文共 6 章：1.羅蘭小語：清新的智者雋語；2.羅蘭散文：淡雅的審美情趣；3.羅蘭小說：「愛」的母題建構；4.羅蘭與詩歌：情詩的自由表達；5.羅蘭自傳：徜徉在文學與歷史之間；6.羅蘭文學風格與成就。

10. 余恆慧　羅蘭散文研究　臺北市立教育大學中國語文學系　碩士論文　陳光憲教授指導　2008 年　180 頁

本論文聚焦 1950—1960 年代廣受歡迎的散文家羅蘭，透過作家生平、創作題材層層剖析，有系統性地整理作家散文作品，最終歸結其散文的特色與成就。全文共 5 章：1.緒論；2.羅蘭的生平與散文創作；3.羅蘭散文題材的類型；4.羅蘭散文的特色與成就；5.結論。正文後附錄〈羅蘭著作年表〉。

11. 楊舒婷　羅蘭抒情七輯散文研究　銘傳大學應用中國文學系在職專班　碩士論文　江惜美教授指導　2008 年　256 頁

本論文旨在探討羅蘭創作散文的題材類型、思想風格及藝術筆法，先從剖析作家生

平，再透過其生平背景，進一步分析作家散文創作，最後，整理前人的研究資料，從中歸納各家歧異之處，釐清抒情散文的定義。本文共 6 章：1.緒論；2.羅蘭生平與抒情七輯散文創作；3.羅蘭抒情七輯散文的題材類型；4.羅蘭抒情七輯散文的思想風格；5.羅蘭抒情七輯散文的藝術筆法；6.結論。

作家生平資料篇目

自述

12. 羅　蘭　後記[1]　羅蘭小語第一輯　臺北　文化圖書公司　1963 年 12 月　頁 208—209

13. 羅　蘭　後記　羅蘭小語第一輯　臺北　文化圖書公司　1983 年 11 月 5 日　頁 208—209

14. 羅　蘭　初版前言　給寂寞的人們　北京　人民文學出版社　2005 年 5 月　頁 7—8

15. 羅　蘭　淺談寫作　大華晚報　1967 年 6 月 19 日　5 版

16. 羅　蘭　淺談寫作　中國一周　第 898 期　1967 年 7 月 10 日　頁 23

17. 羅　蘭　小序　羅蘭小說　臺北　文化圖書公司　1967 年 11 月　〔1〕頁

18. 羅　蘭　後記　綠色小屋　臺北　純文學月刊社　1968 年 3 月　〔1〕頁

19. 羅　蘭　後記　綠色小屋　臺北　現代關係出版社　1981 年 10 月　〔1〕頁

20. 羅　蘭　後記　綠色小屋　深圳　海天出版社　1998 年 7 月　頁 133

21. 羅　蘭　前言　飄雪的春天　臺北　純文學出版社　1970 年 4 月　頁 1—4

22. 羅　蘭　前言　飄雪的春天　臺北　現代關係出版社　1982 年 3 月　頁 1—4

23. 羅　蘭　前言　飄雪的春天　深圳　海天出版社　1998 年 7 月　頁 1—3

24. 羅　蘭　前言　飄雪的春天　臺北　天下遠見出版公司　2000 年 6 月　頁 1—3

25. 羅　蘭　我對寫作的認識（上、下）　大華晚報　1970 年 5 月 18，25 日　8 版

---

[1]本文後為《羅蘭小語全本・給寂寞的人們》的〈初版前言〉。

26.　羅　　蘭　　我們對文學的意見——文化趨向　文壇　第 120 期　1970 年 6 月
　　　　　　　　　頁 12—13

27.　羅　　蘭　　前言　訪美散記　臺北　現代關係出版社　1972 年 1 月　頁 1—5

28.　羅　　蘭　　自己的話（前言）　羅蘭散文第四輯——現代天倫　臺北　現代關
　　　　　　　　　係出版社　1973 年 6 月　頁 1—3

29.　羅　　蘭　　後記　羅蘭散文第四輯——現代天倫　臺北　現代關係出版社
　　　　　　　　　1973 年 6 月　頁 205—206

30.　羅　　蘭　　我的讀與寫　書評書目　第 12 期　1974 年 4 月　頁 15—17

31.　羅　　蘭　　我的讀與寫　羅蘭散文第五輯——夏天組曲　臺北　現代關係出版
　　　　　　　　　社　1981 年 8 月　頁 203—206

32.　羅　　蘭　　我的讀與寫　讀書樂——書評書目選集　臺北　財團法人洪健全教
　　　　　　　　　育文化基金會　1986 年 3 月　頁 63—68

33.　羅　　蘭　　似忙碌，也悠閒　中國時報　1974 年 6 月 25 日　9 版

34.　羅　　蘭　　前言　羅蘭小語第三輯——成功的兩翼　臺北　〔自行出版〕
　　　　　　　　　1974 年 10 月　頁 1—2

35.　羅　　蘭　　前言　成功的兩翼　北京　人民文學出版社　2005 年 5 月　頁 1—
　　　　　　　　　2

36.　羅　　蘭　　前言　詩人之國　臺北　現代關係出版社　1976 年 11 月　頁 1—3

37.　羅　　蘭　　前言　詩人之國　臺北　〔自行出版〕　1978 年 11 月　頁 1—6

38.　羅　　蘭　　前言　詩人之國　臺北　現代關係出版社　1979 年 4 月　頁 1—6

39.　羅　　蘭　　前言　詩人之國——羅蘭隨筆　深圳　海天出版社　1998 年 8 月
　　　　　　　　　頁 3—6

40.　羅　　蘭　　選詩的話（代後記）　詩人之國　臺北　現代關係出版社　1976 年
　　　　　　　　　11 月　頁 116—117

41.　羅　　蘭　　選詩的話——代後記　詩人之國　臺北　〔自行出版〕　1978 年
　　　　　　　　　11 月　頁 235—239

42.　羅　　蘭　　選詩的話——代後記　詩人之國　臺北　現代關係出版社　1979 年

4 月　頁 235—239

43. 羅　蘭　選詩的話　羅蘭散文（下）　深圳　海天出版社　1996 年 5 月　頁 1229—1231

44. 羅　蘭　選詩的話　詩人之國——羅蘭隨筆　深圳　海天出版社　1998 年 8 月　頁 235—238

45. 羅　蘭　有聲的散文——我如何做廣播節目「安全島」　中華日報　1977 年 8 月 30 日　11 版

46. 羅　蘭　花木蔥蘢歌聲揚　臺灣新生報　1978 年 1 月 3 日　11 版

47. 羅　蘭　扭轉乾坤的一步——我與廣播的再生緣　中國時報　1978 年 9 月 23 日　12 版

48. 羅　蘭　扭轉乾坤的一步——我與廣播的「再生緣」　我的第一步（下）臺北　時報文化出版公司　1979 年 12 月　頁 227—237

49. 羅　蘭　我的第一本書《羅蘭小語》　愛書人　第 121 期　1979 年 10 月 11 日　4 版

50. 羅　蘭　羅蘭小語　青澀歲月　臺北　爾雅出版社　1980 年 7 月　頁 259—263

51. 羅　蘭　書情　書與我（一）　臺北　中華日報社　1980 年 6 月　頁 97—102

52. 羅　蘭　《「歌」與「春」及「花」》——代序　「歌」與「春及花」　臺北〔自行出版〕　1980 年 8 月　頁 7—13

53. 羅　蘭　小序　花晨集　臺北　現代關係出版社　1980 年 11 月　頁 2

54. 羅　蘭　小序　花晨集　深圳　海天出版社　1998 年 7 月　〔1〕頁

55. 羅　蘭　前言　一千個「你怎麼辦？」——萬象人間　臺北　現代關係出版社　1980 年 12 月　頁 1—5

56. 羅　蘭　寫作投稿話從頭　中央日報　1981 年 3 月 3 日　12 版

57. 羅　蘭　通過了一道輪迴——《獨遊小記》前言　中央日報　1981 年 3 月 3 日　12 版

58. 羅　蘭　前言　獨遊小記　臺北　九歌出版社　1981 年 3 月　頁 3—5

59. 羅　蘭　前言　獨遊小記　臺北　九歌出版社　1981 年 7 月　頁 3—5

60. 羅　蘭　《獨遊小記》——前言（節錄）　人間福報　2006 年 7 月 30 日　14 版

61. 羅　蘭　前言　早起看人間　臺北　世界文物出版社　1981 年 4 月　頁 3

62. 羅　蘭　前言　羅蘭散文第五輯——夏天組曲　臺北　現代關係出版社　1981 年 8 月　頁 1—2

63. 羅　蘭　話來生　我的下輩子　臺北　愛書人雜誌社　1981 年 11 月　頁 203—207

64. 羅　蘭　小序　羅蘭散文第六輯——淡煙疏雨　臺北　現代關係出版社　1982 年 3 月　頁 1

65. 羅　蘭　前言　西風古道斜陽　臺北　〔自行出版〕　1982 年 3 月　頁 1

66. 羅　蘭　前言　羅蘭散文第七輯——入世生涯　臺北　現代關係出版社　1982 年 3 月　頁 1

67. 羅　蘭　前言　濟公傳詩歌劇　臺北　現代關係出版社　1982 年 8 月　頁 1—14

68. 羅　蘭　前言　濟公傳詩歌劇　臺北　〔自行出版〕　1982 年 8 月　頁 1—11

69. 羅　蘭　前言　羅蘭小語第四輯——為了欣賞為了愛　臺北　〔自行出版〕　1983 年 1 月　頁 1—2

70. 羅　蘭　前言　羅蘭小語第四輯——為了欣賞為了愛　臺北　〔自行出版〕　1991 年 12 月　頁 1—2

71. 羅　蘭　前言　為了欣賞為了愛　北京　人民文學出版社　2005 年 5 月　頁 1—2

72. 羅　蘭　床頭書　閒情　臺北　號角出版社　1983 年 3 月 15 日　頁 197—200

73. 羅　蘭　重相逢，猶如在夢中　臺灣新生報　1983 年 3 月 17 日　14 版

74. 羅　蘭　　再版序言——獻給讀者　羅蘭小語第一輯　臺北　文化圖書公司
　　　　　　　1983 年 11 月 5 日　〔1〕頁

75. 羅　蘭　　小序　生命之歌　臺北　洪範書店　1985 年 9 月　頁 1—2

76. 羅　蘭　　前言　羅蘭小語第五輯——從小橋流水到經濟起飛　臺北　〔自行
　　　　　　　出版〕　1987 年 11 月　頁 1—2

77. 羅　蘭　　前言　從小橋流水說起　北京　人民文學出版社　2005 年 5 月　頁
　　　　　　　1—2

78. 羅　蘭　　我結婚的時候　文訊雜誌　第 39 期　1988 年 12 月　頁 13—15

79. 羅　蘭　　我結婚的時候　結婚照　臺北　文訊雜誌社　1991 年 5 月　頁 25
　　　　　　　—31

80. 羅　蘭　　面對五四，面對五四人物——五四，創世紀的列車　文訊雜誌　第
　　　　　　　43 期　1989 年 5 月　頁 45—46

81. 羅　蘭　　別有天地非人間——我的廣播生涯　文訊雜誌　第 65 期　1991 年
　　　　　　　3 月　頁 14—16

82. 羅　蘭　　從書店街走到《羅蘭小語》　中華日報　1994 年 11 月 7 日　11 版

83. 羅　蘭　　沒有目的，只有動力　精湛　第 28 期　1996 年 5 月　頁 45—46

84. 羅　蘭　　前言——獻給讀者　薊運河畔——歲月沉沙第一部　臺北　聯經出
　　　　　　　版公司　1995 年 6 月　頁 1—3

85. 羅　蘭　　前言——獻給讀者　薊運河畔——歲月沉沙第一部　深圳　海天出
　　　　　　　版社　1998 年 9 月　頁 1—3

86. 羅　蘭　　前言——獻給讀者　蒼茫雲海——歲月沉沙第二部　臺北　聯經出
　　　　　　　版公司　1995 年 6 月　頁 1—3

87. 羅　蘭　　前言——獻給讀者　蒼茫雲海——歲月沉沙第二部　深圳　海天出
　　　　　　　版社　1998 年 9 月　頁 1—3

88. 羅　蘭　　前言——獻給讀者　風雨歸舟——歲月沉沙第三部　臺北　聯經出
　　　　　　　版公司　1995 年 6 月　頁 1—3

89. 羅　蘭　　前言——獻給讀者　風雨歸舟——歲月沉沙第三部　深圳　海天出

版社　1998 年 9 月　頁 1—3

90. 羅　蘭　戰前、戰後、戰時歌　回憶常在歌聲裡　臺北　爾雅出版社　1995
年 7 月　頁 13—17

91. 羅　蘭　懦弱的我——作者自白　羅蘭信箱　深圳　海天出版社　1995 年
12 月　頁 179—181

92. 羅　蘭　懦弱的我——作者自白　生活漫談——羅蘭隨筆　深圳　海天出版
社　1998 年 8 月　頁 211—213

93. 羅　蘭　世紀滄桑——一生瑣憶　解讀羅蘭——羅蘭作品研討會論文集　深
圳　海天出版社　1997 年 10 月　頁 199—218

94. 羅　蘭　《飄雪的春天》重印（十八版）小序　飄雪的春天　臺北　天下遠
見出版公司　2000 年 6 月　〔2〕頁

95. 羅　蘭　羅蘭小序　彩繪日記　臺北　天下遠見出版公司　2001 年 1 月　頁
1—3

96. 羅　蘭　文學啟蒙——我和濟公做朋友　中華日報　2002 年 3 月 28 日　19
版

97. 羅　蘭　時間的密度　中華日報　2003 年 1 月 7 日　19 版

98. 羅　蘭　自行其是到如今　文訊雜誌　第 225 期　2004 年 7 月　頁 104

99. 羅　蘭　《羅蘭小語》全本總序　給寂寞的人們　北京　人民文學出版社
2005 年 5 月　頁 1—5

100. 羅　蘭　《羅蘭小語》全本總序　推動自己　北京　人民文學出版社
2005 年 5 月　頁 1—5

101. 羅　蘭　《羅蘭小語》全本總序　成功的兩翼　北京　人民文學出版社
2005 年 5 月　頁 1—5

102. 羅　蘭　《羅蘭小語》全本總序　為了欣賞為了愛　北京　人民文學出版
社　2005 年 5 月　頁 1—5

103. 羅　蘭　《羅蘭小語》全本總序　從小橋流水說起　北京　人民文學出版
社　2005 年 5 月　頁 1—5

104. 羅　　蘭　《羅蘭小語》全本總序　留住你的春天　北京　人民文學出版社　2005 年 5 月　頁 1—5

105. 羅　　蘭　重印序　給寂寞的人們　北京　人民文學出版社　2005 年 5 月　頁 6

106. 羅　　蘭　美好世界，快樂人間　文訊雜誌　第 235 期　2005 年 5 月　頁 77

107. 羅　　蘭　夢的變體——從抗戰勝利到渡海來臺　走過烽火歲月——紀念抗戰勝利暨臺灣光復一甲子文集　臺北　黎明文化公司　2006 年 2 月　頁 40—44

108. 羅　　蘭　塑造人物的重要性與樂趣　文訊雜誌　第 247 期　2006 年 5 月　頁 34—37

他述

109. 桑品載　羅蘭的世界　自由青年　第 34 卷第 12 期　1965 年 12 月 16 日　頁 17—18

110. 桑品載　羅蘭的世界　作家群像　臺北　大江出版社　1968 年 10 月　頁 539—541

111. 邱秀文　生活在愛情裡的羅蘭　中國時報　1972 年 5 月 21 日　11 版

112. 程榕寧　羅蘭的悠閒生活　大華晚報　1972 年 12 月 16 日　8 版

113. 應未遲　「羅蘭」小語　藝文人物　臺北　空中雜誌社　1972 年 12 月　頁 59—60

114. 夏祖麗　追求理想的羅蘭　她們的世界　臺北　純文學出版社　1973 年 1 月　頁 321—326

115. 林淑蘭　羅蘭——徜徉在寫作的天地裡　中央日報　1978 年 7 月 5 日　11 版

116. 朱　麗　空中母女會　一脈相傳　臺北　愛書人雜誌社　1980 年 4 月　頁 76—80

117. 鄭泰周　收聽「安全島」有感　大華晚報　1981 年 11 月 29 日　3 版

118. 靳佩華　我的大姐——羅蘭　臺灣新生報　1983 年 3 月 17 日　14 版

119. 靳佩華　　我的大姐──羅蘭　臺港與海外華文文學評論和研究　1993 年第
　　　　　　　1 期　1993 年 3 月　頁 72─73

120. 林海音　　借來的「腿」　聯合報　1983 年 7 月 22 日　8 版

121.〔文訊雜誌〕　　文苑短波──羅蘭赴印美探視親友　文訊雜誌　第 3 期
　　　　　　　1983 年 9 月　頁 11─12

122. 編輯部　　羅蘭重遊美國只為看雲　聯合文學　第 3 期　1985 年 1 月　頁
　　　　　　　250

123. 陳銘磻　　不再飄雪的春天──我知道的羅蘭　新書月刊　第 21 期　1985 年
　　　　　　　6 月　頁 30─37

124. 陳銘磻　　不再飄雪的春天──我知道的羅蘭　當代作家對話錄　臺北　傳
　　　　　　　記文學出版社　1986 年 10 月　頁 288─304

125. 陳銘磻　　不再飄雪的春天　跟朋友說　臺北　號角出版社　1989 年 2 月
　　　　　　　頁 139─155

126. 朱旭等[2]　我們眼裡的羅蘭　新書月刊　第 21 期　1985 年 6 月　頁 37─38

127. 劉　枋　　安全島上飄春雪──記羅蘭　非花之花　臺北　采風出版社
　　　　　　　1985 年 9 月　頁 43─49

128.〔九歌雜誌〕　　書緣‧書香〔羅蘭部分〕　九歌雜誌　第 59 期　1986 年 1
　　　　　　　月　4 版

129. 小　民　　羅蘭之歌　洪範雜誌　第 26 期　1986 年 4 月 5 日　3 版

130.〔九歌雜誌〕　　書緣‧書香〔羅蘭部分〕　九歌雜誌　第 62 期　1986 年 4
　　　　　　　月　4 版

131. 鐘麗慧　　實踐身教的作家──羅蘭[3]　文藝月刊　第 202 期　1986 年 4 月
　　　　　　　頁 20─28

132. 鐘麗慧　　教育家的作家──羅蘭　織錦的手　臺北　九歌出版社　1987 年
　　　　　　　1 月　頁 193─206

---

[2]合著者：朱旭、朱麗、朱華、王鼎鈞、王榮文、趙紹卿、黃武忠、林文義、小沈、吳榮斌。
[3]本文後改篇名為〈教育家的作家──羅蘭〉。

133. 陳銘磻　她不在軌跡上　文訊雜誌　第 28 期　1987 年 2 月　頁 1

134. 陳銘磻　她不在軌跡上　跟朋友說　臺北　號角出版社　1989 年 2 月　頁 137—138

135. 陳銘磻　看山看水道盡人生快意——寫影響我文學生命的羅蘭　九歌雜誌　第 74 期　1987 年 4 月　2 版

136. 〔九歌雜誌〕　書緣‧書香〔羅蘭部分〕　九歌雜誌　第 74 期　1987 年 4 月　4 版

137. 樂嘉樂　她愛唐詩宋詞——記臺灣女作家羅蘭　文學報　1987 年 7 月 2 日　3 版

138. 〔九歌雜誌〕　書緣‧書香〔羅蘭部分〕　九歌雜誌　第 79 期　1987 年 9 月　4 版

139. 〔九歌雜誌〕　書緣‧書香〔羅蘭部分〕　九歌雜誌　第 110 期　1990 年 4 月　4 版

140. 〔九歌雜誌〕　書緣‧書香〔羅蘭部分〕　九歌雜誌　第 115 期　1990 年 9 月　4 版

141. 翠　園　與廣播結緣的女作家羅蘭　緣在山中　馬來西亞　心鏡出版社　1991 年 4 月　頁 66—77

142. 王晉民主編　羅蘭　臺灣文學家辭典　南寧　廣西教育出版社　1991 年 7 月　頁 378—379

143. 傳　旭　愛，心中流淌的小溪——臺灣女作家羅蘭印象　人民日報（海外版）　1991 年 12 月 14 日　2 版

144. 歐銀釧　羅蘭喜歡到中正機場寫文章　臺灣日報　1995 年 4 月 2 日　15 版

145. 鄧美玲　羅蘭淅瀝中國滄桑歲月　中國時報　1995 年 7 月 13 日　42 版

146. 靳　芳　羅蘭我想你　時代潮　1995 年第 8 期　1995 年 8 月　頁 68—69

147. 〔編輯部〕　編者的話　羅蘭信箱　深圳　海天出版社　1995 年 12 月　頁 1—3

148. 〔編輯部〕　編者的話　羅蘭散文（上）　深圳　海天出版社　1996 年 5

月　頁 1—3

149.〔編輯部〕　　編者的話　羅蘭小語第一輯・給寂寞的人們　深圳　海天出
　　　　　　　　版社　1998 年 4 月　頁 1—4

150.〔編輯部〕　　編者的話　羅蘭小語第三輯・成功的兩翼　深圳　海天出版
　　　　　　　　社　1998 年 4 月　頁 1—4

151.〔編輯部〕　　編者的話　羅蘭小語第四輯・爲了欣賞爲了愛　深圳　海天
　　　　　　　　出版社　1998 年 4 月　頁 1—4

152.〔編輯部〕　　編者的話　羅蘭小語第二輯・生活的滋味　深圳　海天出版
　　　　　　　　社　1998 年 8 月　頁 1—4

153.〔編輯部〕　　編者的話　羅蘭小語五輯・夏天組曲　深圳　海天出版社
　　　　　　　　1998 年 8 月　頁 1—4

154. 祝　勇　　人生安全島——記羅蘭　新青年　1996 年第 3 期　1996 年 3 月
　　　　　　　頁 39

155. 楊大中　　走近羅蘭　臺港與海外華文文學　1996 年第 3 期　1996 年 9 月
　　　　　　　頁 18—20

156. 陸　備　　羅蘭:「我有話要說」　今日中國　1996 年第 10 期　1996 年 10
　　　　　　　月　頁 29

157. 樊國安　　歲月沉沙總是情——記臺灣女作家羅蘭　書與人　1996 年第 6 期
　　　　　　　1996 年 11 月　頁 32—34

158. 徐　玫　　愉快、難忘的合作　解讀羅蘭——羅蘭作品研討會論文集　深圳
　　　　　　　海天出版社　1997 年 10 月　頁 185—192

159.〔中央日報〕　　一九九七作家的成績單——羅蘭上大陸暢銷書排行榜　中
　　　　　　　央日報　1997 年 12 月 31 日　18 版

160. 唐潤鈿　　走過人生關卡——記羅蘭女士遭車禍及其它　彩色人生　臺北
　　　　　　　文史哲出版社　1998 年 5 月　頁 29—34

161. 許　雲　　秋之韻——小語羅蘭　臺聲　1998 年第 8 期　1998 年 8 月　頁 48

162.〔編輯部〕　　會員動態報導（之二）——羅蘭　世界女記者與作家協會中

華民國分會會訊　第 7 期　1999 年 10 月　頁 51—52

163. 林少雯　　羅蘭的《羅蘭小語》　中央日報　1999 年 11 月 20 日　22 版

164. 楊永英　　《羅蘭小語》言微深重　中央日報　2000 年 6 月 4 日　18 版

165. 〔自立晚報〕　　羅蘭的春天重新飄雪　自立晚報　2000 年 7 月 12 日　17
　　　　　　　　版

166. 陳紅旭　　永遠的羅蘭　中華日報　2000 年 8 月 11 日　19 版

167. 陳紅旭　　人生是一場大旅行──羅蘭「玩」味十足的生活觀　中華日報
　　　　　　　2000 年 9 月 25 日　19 版

168. 耕　雨　　羅蘭的文章能朗誦　臺灣新聞報　2000 年 10 月 5 日　B8 版

169. 王昭慶　　閱讀羅蘭　青年日報　2000 年 11 月 2 日　13 版

170. 馬　明　　羅蘭故鄉行　臺聲　2000 年第 12 期　2000 年 12 月　頁 39—40

171. 黃少輝　　在臺北聽「羅蘭小語」　臺聲　2001 年第 10 期　2001 年 10 月
　　　　　　　頁 27—29

172. 王景山　　羅蘭　臺港澳暨海外華文作家辭典　北京　人民文學出版社
　　　　　　　2003 年 7 月　頁 396—398

173. 〔封德屏主編〕　　羅蘭　2007 臺灣作家作品目錄　臺南　國立臺灣文學館
　　　　　　　2008 年 7 月　頁 1433

174. 吳疏潭　　交通節目權威警廣安全島主持人──羅蘭：親切純真服務有成
　　　　　　　廣播巨星的成功路　臺北　民族文化交流協會　2008 年 8 月　頁
　　　　　　　179—183

175. 朱雙一　　臺灣文學中的中國北方地域文化色彩──林海音、羅蘭與燕趙、
　　　　　　　北京文化　臺灣文學與中華地域文化　廈門　鷺江出版社　2008
　　　　　　　年 9 月　頁 370—375

176. 〔鹽分地帶文學〕　　前輩作家寫真簿──羅蘭　鹽分地帶文學　第 19 期
　　　　　　　2008 年 12 月　頁 12

177. 姚同發　　中華文化的守護者──羅蘭　黃埔　2010 年第 6 期　2010 年 12
　　　　　　　月　頁 52—54

178. 宋雅姿　歲月沉沙總是情——羅蘭　誰領風騷一百年——女作家　臺北
　　　天下遠見出版公司　2011 年 9 月　頁 86—90

179. 唐潤鈿　羅蘭的笑談　中華日報　2012 年 1 月 30 日　B4 版

180. 唐潤鈿　羅蘭的笑談　九歌 101 年散文選　臺北　九歌出版社　2013 年 3
　　　月　頁 57—60

181. 古繼堂　羅蘭——以出世的思想做入世的事業　古繼堂論著集　臺北　文
　　　史哲出版社　2013 年 7 月　頁 255—260

182. 劉靜娟　仿如一首牧歌　文訊雜誌　第 339 期　2014 年 1 月　頁 189—191

訪談、對談

183. 陳長華　屬於羅蘭的七彩王國　中國一周　第 923 期　1968 年 1 月 1 日
　　　頁 24

184. 羽　清　訪問女作家——羅蘭　婦女雜誌　第 21 期　1970 年 6 月　頁 32
　　　—37

185. 朱麗葉　崇尚自然的羅蘭　摩登家庭　第 1 期　1974 年 3 月　頁 62—63

186. 李美慧，陳俊彥，江文達　與羅蘭女士——一席話　財稅文采　第 40 期
　　　1978 年 6 月　頁 22—28

187. 童美玉，辛蘭春　訪《綠色小屋》作者——羅蘭夫人　堊商月刊　第 24 期
　　　1978 年 11 月　頁 36—37

188. 羅　蘭　羅蘭談寫作——答通訊訪問　明道文藝　第 38 期　1979 年 5 月
　　　頁 140—145

189. 羅蘭等[4]　《中華文藝》、《明道文藝》、《新文藝》「文藝與心理建設」座談會
　　　明道文藝　第 39 期　1979 年 6 月　頁 91—92

190. 程榕寧　羅蘭嘗到了老莊思想的美味　大華晚報　1981 年 3 月 1 日　11 版

191. 江稚玲　良師益友——羅蘭女士　婦女先鋒報　1982 年 5 月 6 日　4 版

192. 林　芝　生活在音樂與文學中——訪問羅蘭　幼獅少年　第 82 期　1983 年

---

[4]主持人：程石泉；與會者：羅蘭、洛夫、魯稚子、小野、吳東權、邵幼軒、陳克環、汪廣平、劉
德義、程國強、陳憲仁、張秀亞、王璞、尹雪曼。

8 月　頁 54—58

193. 林　芝　　生活在音樂與文學中——訪羅蘭　望向高峯——速寫現代散文作
　　　　　　　家　臺北　幼獅文化公司　1992 年 12 月　頁 8—13

194. 林　芝　　生活在音樂與文學中的羅蘭　妙筆生花——伴你我成長的現代作
　　　　　　　家　臺北　正中書局　2005 年 2 月　頁 17—28

195. 羅蘭；方梓訪　　不計損益，隨遇而安　人生金言（下）　臺北　自立晚報
　　　　　　　社　1983 年 9 月　頁 288—291

196. 南　川　　豁達開朗‧樂享人生——女作家羅蘭訪問記　今日生活　第 207
　　　　　　　期　1983 年 12 月　頁 27—30

197. 羅蘭講；盧謀全記　　酒徒——取封侯，獨去做江邊漁父　幼獅文藝　第 378
　　　　　　　期　1985 年 6 月　頁 161—164

198. 大　由　　歲暮作家談如何過年——異鄉守歲情意長‧除舊佈新春來到　幼
　　　　　　　獅文藝　第 433 期　1990 年 1 月　頁 10—11

199. 楊錦郁　　心靈不曾間歇地感動——專訪羅蘭女士　文訊雜誌　第 57 期
　　　　　　　1990 年 7 月　頁 88—93

200. 楊錦郁　　心靈不曾間歇地感動——專訪羅蘭女士　用心演出人生　彰化
　　　　　　　彰化縣立文化中心　1995 年 6 月　頁 68—78

201. 姚儀敏　　一套文辭‧兩種舞臺——羅蘭訪問記　中央月刊　第 25 卷第 3 期
　　　　　　　1992 年 3 月　頁 117—120

202. 雪　柔　　魂夢繞天涯——訪羅蘭女士談返回中土之旅印象　臺灣日報
　　　　　　　1992 年 11 月 19 日　9 版

203.〔精湛〕　　小檔案　精湛　第 28 期　1996 年 5 月　頁 46—47

204. 羅蘭等[5]　中副與我　中央日報　1999 年 3 月 12 日　22 版

205. 劉芳助　　羅蘭越活越自由　中國時報　2000 年 7 月 28 日　35 版

206. 陳素芳　　羅蘭——把一切歸零　文訊雜誌　第 209 期　2003 年 3 月　頁 32
　　　　　　　—33

---

[5] 與會者：孫如陵、段彩華、羅蘭、陳幸蕙、衣若芬；主持人：林黛嫚；紀錄：胡影萍。

207. 王蘭芬　　羅蘭廣播私房帶，心思錄音說最愛　民生報　2003 年 4 月 17 日　A13 版

208. 張永東　　對中華文化的守護與執著──羅蘭訪談錄　世界華文文學論壇　2004 年第 3 期　2004 年 9 月　頁 74─78

209. 林麗如　　一起走遍千山萬水──資深作家談書寫與閱讀──羅蘭：隨意書寫，順心閱讀　文訊雜誌　第 264 期　2007 年 10 月　頁 86

210. 宋雅姿　　歲月沉沙 90 年──專訪羅蘭女士　文訊雜誌　第 289 期　2009 年 11 月　頁 35─45

211. 吳疏潭　　訪名作家羅蘭・細說她一生工作游於藝的快樂人生　孔學與人生　第 64 期　2013 年 6 月　頁 40─41

212. 李宗慈　　陪行走在酣暢人生中的羅蘭唱歌　文訊雜誌　第 336 期　2013 年 10 月　頁 67─69

年表

213. 羅　蘭　　著作年表　歲月沉沙〔全三部〕　臺北　聯經出版公司　1995 年 6 月　〔1〕頁

214. 堯　輯　　羅蘭創作年表　解讀羅蘭──羅蘭作品研討會論文集　深圳　海天出版社　1997 年 10 月　頁 219─220

215.〔張曼，薛亮主編〕　羅蘭著作年表　生活漫談──羅蘭隨筆　深圳　海天出版社　1998 年 8 月　頁 215─224

216. 林　芝　　作家小傳──羅蘭〔年表〕　妙筆生花──伴你我成長的現代作家　臺北　正中書局　2005 年 2 月　頁 24─28

217. 張永東　　羅蘭著作年表　羅蘭文學研究　華僑大學中國現當代文學所　碩士學位　倪金華教授指導　2005 年　頁 60─66

218. 余恆慧　　羅蘭著作年表　羅蘭散文研究　臺北市立教育大學中國語文學系碩士論文　陳光憲教授指導　2008 年　頁 174─180

其他

219. 陳銘磻　　羅蘭的媚力──「安全島」的品味境地　掌燈人　臺北　行政院

文建會　1977 年 6 月　頁 125—133

220. 賴素鈴　頒發終生成就獎——阿扁總統也是讀《羅蘭小語》長大的　民生報　2003 年 3 月 18 日　A12 版

221. 游文宓　羅蘭、蓉子獲亞洲作家終身成就獎　文訊雜誌　第 317 期　2012 年 3 月　頁 151

222. 楊宗翰　亞洲華文作家基金會向羅蘭、蓉子致敬　文訊雜誌　第 318 期 2012 年 4 月　頁 159

作品評論篇目

綜論

223. 張枝鮮　女作家談「女性文學」〔羅蘭部分〕　臺灣新聞報　1968 年 5 月 13 日　2 版

224. 張雪茵　細語羅蘭散文（1—2）　青年戰士報　1975 年 11 月 20—21 日 11 版

225. 楊昌年　羅蘭　近代小說研究　臺北　蘭臺書局　1976 年 1 月　頁 580

226. 季　季　當代八位女作家——羅蘭　文藝月刊　第 105 期　1978 年 3 月 頁 24—26

227. 〔愛書人〕　寫作層面廣的羅蘭女士　愛書人　第 171 期　1982 年 3 月 15 日　4 版

228. 黃武忠　有個性而不要個性——羅蘭的散文風貌（1—2）　臺灣日報 1984 年 4 月 29—30 日　8 版

229. 黃武忠　有個性而不要個性——羅蘭的散文風貌　散文季刊　第 2 期 1984 年 4 月　頁 16—24

230. 黃武忠　有個性而不要個性——羅蘭的散文風貌　親近臺灣文學　臺北 九歌出版社　1995 年 3 月　頁 152—163

231. 陳銘磻　與世無爭的小河[6]　現場目擊　臺北　遠流出版公司　1982 年 4 月

[6]本文綜論羅蘭的小說。全文共 2 小節：1.羅蘭的內在、生活與創作世界；2.羅蘭小說中的生命形態。

頁 219—242

232. 林貞羊　　在淡煙疏雨中──評羅蘭散文　中華日報　1984 年 5 月 3 日　10
　　　　　　　版

233. 張　健　　六十年代的散文──民國五十年到五十九年──女作家（下）
　　　　　　　〔羅蘭部分〕　文訊雜誌　第 13 期　1984 年 8 月　頁 81

234. 徐　學　　散文創作（上）──梁實秋、張秀亞與 50 年代的散文創作〔羅蘭
　　　　　　　部分〕　臺灣文學史（下）　福州　海峽文藝出版社　1993 年 1
　　　　　　　月　頁 451—452

235. 秦家琪　　多彩人生多樣情──羅蘭長篇小說巡禮　臺港與海外華文文學評
　　　　　　　論和研究　1993 年第 1 期　1993 年 3 月　頁 67—69

236. 秦家琪　　多彩人生多樣情──羅蘭長篇小說巡禮　福建學刊　1994 年第 1
　　　　　　　期　1994 年 2 月　頁 57—60

237. 張超主編　　羅蘭　臺港澳及海外華人作家辭典　江蘇　南京大學出版社
　　　　　　　1994 年 12 月　頁 330—331

238. 方　忠　　桃源依舊在，初日照高林──羅蘭散文　臺港散文四十家　鄭州
　　　　　　　中原農民出版社　1995 年 9 月　頁 140—144

239. 盛　英　　「屬於秋天」的作家──羅蘭　臺港與海外華文文學評論和研究
　　　　　　　1996 年第 3 期　1996 年 9 月　頁 3—7

240. 盛　英　　「屬於秋天」的作家──羅蘭　解讀羅蘭──羅蘭作品研討會論
　　　　　　　文集　深圳　海天出版社　1997 年 10 月　頁 16—32

241. 莊若江　　羅蘭的中國傳統文化情結　臺港與海外華文文學評論和研究
　　　　　　　1996 年第 3 期　1996 年 9 月　頁 13—16

242. 莊若江　　羅蘭的中國傳統文化情結　解讀羅蘭──羅蘭作品研討會論文集
　　　　　　　深圳　海天出版社　1997 年 10 月　頁 38—47

243. 小　薇　　薊運河畔話羅蘭──羅蘭作品研討會紀實　臺港與海外華文文學
　　　　　　　評論和研究　1996 年第 3 期　1996 年 9 月　頁 17

244. 津　辰　　文心鄉情鑄國魂──羅蘭作品研討會紀要　臺港與海外華文文學

評論和研究　1996 年第 3 期　1996 年 9 月　頁 21—22

245. 津　辰　文心鄉情鑄國魂——羅蘭作品研討會紀要　解讀羅蘭——羅蘭作品研討會論文集　深圳　海天出版社　1997 年 10 月　頁 193—195

246. 姚同發　天津情・中國魂——臺灣女作家羅蘭及其作品　解讀羅蘭——羅蘭作品研討會論文集　深圳　海天出版社　1997 年 10 月　頁 1—15

247. 寧宗一　心靈良知和社會良知的融合　解讀羅蘭——羅蘭作品研討會論文集　深圳　海天出版社　1997 年 10 月　頁 33—37

248. 張素琴　鄉情、親情與詩情——讀羅蘭作品隨筆　解讀羅蘭——羅蘭作品研討會論文集　深圳　海天出版社　1997 年 10 月　頁 165—172

249. 周成平　羅蘭散文與臺灣風情　世界華文文學論壇　1999 年第 4 期　1999 年 12 月　頁 67—71

250. 莊若江　羅蘭——揉理性與情感為一體　臺港澳文學教程　上海　漢語大辭典出版社　2000 年 10 月　頁 146—148

251. 莊若江　臺灣女性作家的創作——羅蘭——揉理性與情感為一體　臺港澳文學教程新編　上海　復旦大學出版社　2013 年 1 月　頁 102—104

252. 倪金華　飄逸豁達・明靜淡雅——羅蘭散文創作論　華僑大學學報　2002 年第 2 期　2002 年 6 月　頁 99—103

253. 朱嘉雯　臺灣女性散文家的流亡書寫——以徐鍾珮、羅蘭為例[7]　回顧兩岸五十年文學學術研討會　臺北　中國文化大學中文系，財團法人善同文教基金會主辦　2003 年 11 月 28—29 日

254. 朱嘉雯　臺灣女性散文家的流亡書寫——以徐鍾珮、羅蘭為例　回顧兩岸五十年文學學術研討會論文集（上）　臺北　中國文化大學出版

---

[7] 本文探討徐鍾珮、羅蘭作品中，流亡與女性結合的寫作內涵及思想意識。全文共 5 小節：1.緒論：拾箱與失鄉；2.海行是家的延伸；3.旅人之思；4.發現臺灣發現自我；5.結論：信念與懷念。

部 2004 年 3 月 頁 389—413

255. 朱嘉雯 臺灣女性散文與流亡書寫——以徐鐘佩、羅蘭為個案分析 文學
前沿 2004 年第 1 期 2004 年 8 月 頁 129—143

256. 張 羽 音樂與繪畫：解讀羅蘭小說 臺灣研究集刊 2004 年第 1 期
2004 年 3 月 頁 102—107

257. 黎保榮 城市「逃離」與「回歸」——論羅蘭散文的城市取向 世界華文
文學論壇 2005 年第 1 期 2005 年 3 月 頁 29—32

258. 來華強 人生旅途中的良師益友——試論羅蘭的散文創作 現代語文
2005 年第 6 期 2005 年 6 月 頁 26—27

259. 古遠清 走出閨怨的女性文學——羅蘭 分裂的臺灣文學 臺北 海峽學
術出版社 2005 年 7 月 頁 92

260. 程國君 「用哲學的態度面對人生」——論羅蘭散文的哲思品格 世界華
文文學論壇 2005 年第 4 期 2005 年 12 月 頁 30—34

261. 樊洛平 生命與歲月的懷想之歌——走進羅蘭的小說世界 鄭州輕工業學
院學報 第 7 卷第 1 期 2006 年 2 月 頁 58—62

262. 張瑞芬 蒼茫雲海，歲月沉沙——論羅蘭散文 五十年來臺灣女性散文‧
評論篇 臺北 麥田出版公司 2006 年 2 月 頁 64 –69

263. 張永東 羅蘭創作藝術風格探析 延安大學學報 第 28 卷第 5 期 2006 年
10 月 頁 67—69

264. 朱嘉雯 亂離中的追求——女作家渡海〔羅蘭部分〕 玫瑰，在她如此盛
開的時候——探索女性文學的綺麗世界 臺北 秀威資訊科技公
司 2007 年 2 月 頁 139—161

265. 張永東 音樂、繪畫與詩美的交響——羅蘭文學創作風格之一 世界華文
文學論壇 2007 年第 1 期 2007 年 3 月 頁 55—58

266. 李姝嫻 五○年代女性懷舊散文作家的書寫風格與審美內涵——羅蘭——
質樸深情 五○年代女性懷舊散文研究 玄奘大學中國語文學系
碩士論文 何淑貞教授指導 2007 年 6 月 頁 116—123

267. 李姝嫻　五〇年代女性懷舊散文作家作品及其題材（下）——風雨故人來
　　　——羅蘭　五〇年代女性懷舊散文研究　玄奘大學中國語文學系
　　　碩士論文　何淑貞教授指導　2007 年 6 月　頁 72—97

268. 范培松　臺灣散文——人文小品：王鼎鈞、張曉風和亮軒〔羅蘭部分〕
　　　中國散文史（下）　南京　江蘇教育出版社　2008 年 8 月　頁
　　　664

269. 王心美　羅蘭與「現代生活專欄」：也是「新女性」的工作認知與婚姻理解[8]
　　　一九七〇—八〇年代臺灣知識婦女的家庭、工作與性別——以
　　　《婦女雜誌》（The Woman）爲分析實例　清華大學歷史研究所
　　　碩士論文　林維紅，陳華教授指導　2009 年 7 月　頁 155—207

270. 陳昱蓉　尋找美麗國度——享受吧！一個人的旅行：羅蘭的兩度歐美旅行[9]
　　　遷臺女作家域外遊記研究（1949—1979）　中央大學中國文學系
　　　碩士論文　李瑞騰教授指導　2013 年　頁 82—94

分論
◆單行本作品
論述
《詩人之國》

271. 唐潤鈿　評介《詩人之國》　出版與研究　第 20 期　1978 年 4 月　頁 5

272. 子　敏　有韻的人生哲學——讀《詩人之國》　國語日報　1978 年 7 月 3
　　　日　7 版

273. 鮑曉暉　羅蘭選詩——讀《詩人之國》有感　中央日報　1979 年 1 月 24 日
　　　11 版

274. 溫曼英　今世的桃花源——《詩人之國》　天下雜誌　第 6 期　1981 年 11
　　　月　頁 62—63

275. 楊永英　三讀《詩人之國》　中國語文　第 50 卷第 6 期　1982 年 6 月　頁

---

[8]本文探討羅蘭的寫作專欄。全文共 3 小節：1.成長時代及養成環境；2.「新女性」的家庭與工作：
　得兼或別擇？；3.「新女性」的婚姻理解。
[9]本文以羅蘭的遊記創作爲經、臺灣政治、經濟、文化、外交環境爲緯，分析其域外遊記作品。

53—59

276. 門　嵩　　一部獨特的的詩歌選本——評羅蘭的《詩人之國》　解讀羅蘭—
　　　　　　　—羅蘭作品研討會論文集　深圳　海天出版社　1997 年 10 月　頁
　　　　　　　156—164

277. 向　明　　遁走《詩人之國》　走在詩國邊緣　臺北　爾雅出版社　2002 年
　　　　　　　11 月　頁 161—168

散文

《羅蘭小語》

278. 憶　雲　　《羅蘭小語》讀後感　大華晚報　1974 年 3 月 12 日　7 版

279. 孫希宗　　《羅蘭小語》　青年戰士報　1974 年 5 月 31 日　8 版

280. 李珮菁　　《羅蘭小語》、《杏林小記》教我樂觀堅強　臺灣新聞報　1983 年
　　　　　　　11 月 24 日　5 版

281. 劉麗華　　言微意深重　讀書　1990 第 6 期　1990 年 12 月　頁 95—97

282. 陳青松　　一切迂迴的路，都絕不白費　中央日報　2000 年 7 月 29 日　22
　　　　　　　版

283. 張夢瑞　　《羅蘭小語》入人心　中華日報　2005 年 6 月 7 日　23 版

284. 茂　堂　　歷久彌新的《羅蘭小語》　青年日報　2011 年 4 月 14 日　10 版

285. 鐘麗慧　　羅蘭／《羅蘭小語》　人間福報　2012 年 3 月 26 日　15 版

《羅蘭小語第二輯》

286. 柳　青　　評介《羅蘭小語》　亞洲文學　第 77 期　1967 年 3 月 20 日　頁
　　　　　　　8—9

《羅蘭小語散文》

287. 季　薇　　水淨沙明——《羅蘭散文》的人情味　徵信新聞報　1966 年 9 月
　　　　　　　1 日　6 版

《羅蘭散文第四輯——現代天倫》

288. 夜兒一，傳潔　　《現代天倫》讀後感　實踐家專校訊　1973 年 8 月 15 日
　　　　　　　4 版

289. 陳　瀚　　《現代天倫》　現代學苑　第 10 卷第 10 期　1973 年 10 月　頁
　　　44

290. 王振科　　「傳統」與「現代」的契合——讀《現代天倫》　解讀羅蘭——
　　　羅蘭作品研討會論文集　深圳　海天出版社　1997 年 10 月　頁
　　　140—146

《羅蘭散文第五輯——夏天組曲》

291. 陳學廣　　人與自然的交響——談羅蘭散文《夏天組曲》　臺港與海外華文
　　　文學評論和研究　1996 年第 3 期　1996 年 9 月　頁 18—19

《入世生涯》

292. 唐潤鈿　　《入世生涯》　書僮書話　臺北　文史哲出版社　1983 年 2 月
　　　頁 269

《「歌」與「花及春」》

293. 俞　卿　　有聲的散文——介紹《「歌」與「花及春」》　中央日報　1980 年
　　　11 月 12 日　10 版

294. 陳銘磻　　時有入簾新燕子——讀羅蘭《「歌」與「花及春」》有感　文壇
　　　第 247 期　1981 年 1 月　頁 48—51

295. 若　華　　一本有聲的散文——評羅蘭著《「歌」與「花及春」》　書評書目
　　　第 98 期　1981 年 7 月　頁 108—109

《一千個「你怎麼辦？」》

296. 段承愈　　《一千個「你怎麼辦？」》序　一千個「你怎麼辦？」——萬象人
　　　間　臺北　現代關係出版社　1980 年 12 月　頁 1—3

《生命之歌》

297. 〔民生報〕　　生命感懷有多少無奈——評介《生命之歌》　民生報　1985
　　　年 10 月 28 日　9 版

298. 〔洪範雜誌〕　　生命感懷有多少無奈　洪範雜誌　第 24 期　1985 年 12 月
　　　31 日　4 版

299. 陳信元　　七十四年八月—九月文學出版——散文類〔《生命之歌》部分〕

文訊雜誌　第 20 期　1985 年 10 月　頁 294—295，308

300. 唐潤鈿　《生命之歌》　洪範雜誌　第 27 期　1986 年 7 月 15 日　2 版

《羅蘭小語第五輯——從小橋流水到經濟起飛》

301. 蕭　蔓　理性的刹車　天下雜誌　第 84 期　1988 年 5 月　頁 137

302. 張曉瑜　羅蘭和她的《羅蘭小語》　博覽群書　1989 年第 5 期　1989 年 5 月　頁 34—35

303. 邢廣域　文化的力量不可低估——讀《羅蘭小語第五輯》　解讀羅蘭——羅蘭作品研討會論文集　深圳　海天出版社　1997 年 10 月　頁 134—139

《財富與人生》

304. 鮑震培　理精語雋的羅蘭散文——《財富與人生》讀後　解讀羅蘭——羅蘭作品研討會論文集　深圳　海天出版社　1997 年 10 月　頁 147—155

《薊運河畔——歲月沉沙第一部》

305. 王小琳　青春與家國記憶——論五〇年代大陸遷臺女作家的憶舊散文〔《薊運河畔——歲月沉沙第一部》部分〕　霜後的燦爛——林海音及其同輩女作家學術研討會論文集　臺南　國立文化資產保存研究中心籌備處　2003 年 5 月　頁 322—331

《風雨歸舟——歲月沉沙第三部》

306. 頤蘭英　羅蘭的親情意識和故土情結——讀《風雨歸舟》有感　解讀羅蘭——羅蘭作品研討會論文集　深圳　海天出版社　1997 年 10 月　頁 84—92

《羅蘭信箱》

307. 張春生　人間距離被真誠拉近——讀《羅蘭信箱》　解讀羅蘭——羅蘭作品研討會論文集　深圳　海天出版社　1997 年 10 月　頁 122—127

《彩繪日記》

308. 保　真　溫暖與寂寞共容的情懷——羅蘭的《彩繪日記》[10]　青年日報
　　　2001 年 2 月 23 日　13 版

309. 陳宛蓉　羅蘭新書《彩繪生命》出版　文訊雜誌　第 185 期　2001 年 3 月
　　　頁 79

小說
《花晨集》

310. 思　悠　詩情、樂感、人性美——簡論羅蘭短篇小說《花晨集》　臺港與
　　　海外華文文學評論和研究　1993 年第 1 期　1993 年 3 月　頁 70—
　　　72

《羅蘭小說》

311. 李　恕　一本好書——《羅蘭小說》　文壇　第 150 期　1972 年 12 月　頁
　　　14—22

《飄雪的春天》

312. 林清玄　一條清澄的小溪流——讀羅蘭《飄雪的春天》有感　讀書筆記
　　　臺北　出版家文化公司　1978 年 2 月　頁 231—242

313. 雪　柔　堅貞、純情的中國人形象——《飄雪的春天》裡所暗喻的境界
　　　愛書人　第 118 期　1979 年 9 月 11 日　2 版

314. 陳銘磻等採訪[11]　雪地一聲驚雷——探索羅蘭著《飄雪的春天》　愛書人
　　　第 118 期　1979 年 9 月 11 日　2 版

315. 雪　柔　為在戰亂、變故中遭受磨難的中國人所寫的作品（1—2）〔《飄
　　　雪的春天》部分〕　臺灣日報　1980 年 9 月 1—2 日　12 版

316. 陳銘磻　《飄雪的春天》　婦女雜誌　第 170 期　1982 年 11 月　頁 50

317. 郭明福　戰爭下的碎夢　琳瑯書滿目　臺北　爾雅出版社　1985 年 7 月
　　　頁 131—134

318. 陳銘磻　不肯被擁有的——《飄雪的春天》　名家為你選好書——四十八

---

[10]《彩繪日記》又名《彩繪生命》。
[11]採訪者：陳銘磻、雪柔、游淑靜、陳瑞中、羅綑綸。

位現代作家對青少年的獻禮　臺北　國語日報社　1986 年 7 月
頁 123—126

319. 牛玉秋　關於青春歲月的回憶——評羅蘭的長篇小說《飄雪的春天》　解
讀羅蘭——羅蘭作品研討會論文集　深圳　海天出版社　1997 年
10 月　頁 102—107

320. 張夢瑞　羅蘭《飄雪的春天》迎接夏日的讀者　民生報　2000 年 6 月 29 日
6 版

321. 陳宛蓉　羅蘭《飄雪的春天》重新出版　文訊雜誌　第 178 期　2000 年 8
月　頁 80

322. 周昭翡　《飄雪的春天》——抗戰淪陷區的故事　文訊雜誌　第 221 期
2004 年 4 月　頁 60

多部作品

《羅蘭小語第一輯》、《羅蘭小語第二輯》

323. 羅紺綸　聆聽羅蘭的《羅蘭小語》　愛書人　第 128 期　1979 年 12 月 21
日　4 版

「歲月沉沙三部曲」——《薊運河畔》、《蒼茫雲海》、《風雨歸舟》

324. 邱　婷　「歲月沉沙」，羅蘭的生命三部曲　民生報　1995 年 6 月 28 日
15 版

325. 齊邦媛　「歲月沉沙」——羅蘭還鄉三部曲　聯合報　1995 年 7 月 6 日
33 版

326. 齊邦媛　「歲月沉沙」——羅蘭還鄉三部曲　霧漸漸散的時候——臺灣文
學五十年　臺北　九歌出版社　1998 年 10 月　頁 267—269

327. 黃碧端　見證時代的自傳——簡介「歲月沉沙」　聯合文學　第 130 期
1995 年 8 月　頁 150

328. 鮑曉暉　羅蘭‧「歲月沉沙」[12]　青年日報　1995 年 10 月 5 日　15 版

329. 鮑曉暉　跨時代的巨作——我讀「歲月沉沙」　文訊雜誌　第 177 期

---

[12]本文後改篇名為〈跨時代的巨作——我讀「歲月沉沙」〉。

2000 年 7 月　頁 48—49

330. 曹　明　　羅蘭新作「歲月沉沙」獲獎　臺港與海外華文文學評論和研究　1996 年第 3 期　1996 年 8 月　頁 16

331. 白舒榮　　望鄉的雲——「歲月沉沙」三部曲讀後感　臺港與海外華文文學評論和研究　1996 年第 3 期　1996 年 9 月　頁 8—12

332. 白舒榮　　望鄉的雲——「歲月沉沙」三部曲讀後　解讀羅蘭——羅蘭作品研討會論文集　深圳　海天出版社　1997 年 10 月　頁 72—83

333. 白舒榮　　望鄉的雲——羅蘭「歲月沉沙」三部曲讀後　回眸——我與世界華文文學的緣分　香港　香港文學報出版社　2010 年　頁 269—276

334. 陸士清　　歷史、人生、家園——讀羅蘭的「歲月沉沙」　解讀羅蘭——羅蘭作品研討會論文集　深圳　海天出版社　1997 年 10 月　頁 59—71

335. 陳慧娟　　讀「歲月沉沙」隨想　解讀羅蘭——羅蘭作品研討會論文集　深圳　海天出版社　1997 年 10 月　頁 93—101

336. 童　發　　羅蘭「人生倒帶」備受兩岸青睞　解讀羅蘭——羅蘭作品研討會論文集　深圳　海天出版社　1997 年 10 月　頁 196—198

337. 張永東，尚瑩　　文學與歷史的契合——論羅蘭自傳「歲月沉沙三部曲」　延安大學學報　第 30 卷第 5 期　2008 年 10 月　頁 31—34

《羅蘭小語》、《羅蘭信箱》、《羅蘭散文》

338. 潘亞暾　　羅蘭佳作評要　解讀羅蘭——羅蘭作品研討會論文集　深圳　海天出版社　1997 年 10 月　頁 48—58

《羅蘭小語》（全五輯）

339. 古繼堂　　清新的文筆，動人的哲思——漫話《羅蘭小語》　解讀羅蘭——羅蘭作品研討會論文集　深圳　海天出版社　1997 年 10 月　頁 108—113

340. 王之望　　羅蘭——恆存的「小語」〔全五輯〕　解讀羅蘭——羅蘭作品研

討會論文集　深圳　海天出版社　1997 年 10 月　頁 128—133

341. 郭明紅　　再評羅蘭的《羅蘭小語》　伊犁教育學院學報　第 19 卷第 1 期
　　　　　　　2006 年 3 月　頁 60—62

342. 鄭新安　　每一個現代人的必讀之書——讀臺灣女作家羅蘭的散文集《羅蘭
　　　　　　　小語》　美與時代　2006 年第 6 期　2006 年 6 月　頁 81—83

《羅蘭小語》、《羅蘭信箱》

343. 王淑秧　　人生美麗的箴言——讀《羅蘭小語》和《羅蘭信箱》　解讀羅蘭
　　　　　　　——羅蘭作品研討會論文集　深圳　海天出版社　1997 年 10 月
　　　　　　　頁 114—121

《訪美散記》、《獨遊小記》

344. 姚同發　　「跳出三界外，不在五行中」——讀羅蘭《訪美散記》、《獨遊小
　　　　　　　記》　解讀羅蘭——羅蘭作品研討會論文集　深圳　海天出版社
　　　　　　　1997 年 10 月　頁 173—184

單篇作品

345. 撫萱閣主　〈寫給秋天〉按語　你喜愛的文章　臺北　史地教育出版社
　　　　　　　1969 年 11 月　頁 151

346. 朱常柏　　生存的哲理感悟——羅蘭散文〈寫給秋天〉賞析　名作欣賞
　　　　　　　1996 年第 2 期　1996 年 3 月　頁 101—102

347. 沈　謙　　灌溉心靈的綠洲——評羅蘭〈綠色仙園〉　幼獅少年　第 82 期
　　　　　　　1973 年 8 月　頁 59—61

348. 沈　謙　　灌溉心靈的綠洲——評羅蘭〈綠色仙園〉　獨步，散文國——現
　　　　　　　代散文評析　臺北　讀冊文化公司　2002 年 10 月　頁 19—25

349. 林錫嘉　　中國現代散文理論簡介——單篇部分——〈散文的話〉　文訊雜
　　　　　　　誌　第 14 期　1984 年 10 月　頁 96

350. 林錫嘉　　〈那豈是鄉愁〉　濃濃的鄉情　臺北　希代書版公司　1986 年 1
　　　　　　　月　頁 77—88

351. 陳幸蕙　　〈鑰匙〉編者註　七十五年散文選　臺北　九歌出版社　1987 年

2 月　頁 22

352.〔鄭明娳，林燿德選註〕　　〈女人的衣服〉　乾坤雙璧／女人　臺北　正
中書局　1991 年 9 月　頁 52

353. 趙　朕　〈寄給夢想〉賞析　臺灣散文鑑賞辭典　太原　北岳文藝出版社
1991 年 12 月　頁 258—259

354. 林錫嘉　搬掉一個時代〔〈搬家，搬掉了一個時代〉部分〕　八十三年散
文選　臺北　九歌出版社　1995 年 4 月　頁 5—6

355. 胡小寧　都市與田園的痛苦樂章——〈聲音的聯想〉賞析　語文月刊
1996 年第 5 期　1996 年 5 月　頁 15

356. 胡小寧　都市與田園的痛苦樂章——〈聲音的聯想〉賞析　閱讀與寫作
1996 年第 8 期　1996 年 8 月　頁 1—2

357. 蔡孟樺　〈聲音的聯想〉編者的話　人間不漫不漫　臺北　香海文化公司
2006 年 9 月　頁 272—273

358. 施修蓉　醇厚香甜的鄉情訴說——羅蘭〈北戴河的日子〉賞析　廣西教育
學院學報　1996 年第 2 期　1996 年 6 月　頁 63—65

359. 黃　梅　〈四季小語〉編者的話　人間不漫不漫　臺北　香海文化公司
2006 年 9 月　頁 110—111

360. 蔡孟樺　〈回首金剛橋〉編者的話　穿越生命長流　臺北　香海文化公司
2006 年 9 月　頁 90—91

361.〔李瑞騰主編〕　　〈八月十五月正明〉——手稿／九歌出版社蔡文甫捐贈
神與物遊——國立臺灣文學館典藏精選集（三）　臺南　國立臺
灣文學館　2012 年 12 月　頁 30

作品評論目錄、索引

362.〔封德屏主編〕　　羅蘭　臺灣現當代作家評論資料目錄（七）　臺南　國
立臺灣文學館　2010 年 11 月　頁 4894—4908

國家圖書館出版品預行編目資料

臺灣現當代作家研究資料彙編. 63, 羅蘭 / 張瑞芬編選.
-- 初版. -- 臺南市：臺灣文學館, 2014.12
　面；　公分
ISBN 978-986-04-3268-8(平裝)

1.靳佩芬 2.傳記 3.文學評論

863.4　　　　　　　　　　　　　　　103024277

【臺灣現當代作家研究資料彙編】63
羅蘭

發 行 人　翁誌聰
指導單位　行政院文化部
出版單位　國立臺灣文學館
　　　　　地　　址／70041 臺南市中西區中正路 1 號
　　　　　電　　話／06-2217201　　　　　傳　　真／06-2218952
　　　　　網　　址／www.nmtl.gov.tw　　　電子信箱／pba@nmtl.gov.tw

總 策 畫　封德屏
顧　　問　林淇瀁　張恆豪　許俊雅　陳信元　陳義芝　須文蔚　應鳳凰
工作小組　汪黛姝　陳欣怡　陳鈺翔　張傳欣　莊雅晴　黃寁婷　詹宇霈　蘇琬鈞
編　　選　張瑞芬
責任編輯　黃寁婷
校　　對　杜秀卿　陳欣怡　黃寁婷　蘇琬鈞
計畫團隊　財團法人台灣文學發展基金會
美術設計　翁國鈞・不倒翁視覺創意
印　　刷　松霖彩色印刷事業有限公司

著作財產權人　國立臺灣文學館
　　　　本書保留所有權利。欲利用本書全部或部分內容者，須徵求著作財產權人
　　　　同意或書面授權。請洽國立臺灣文學館研究典藏組（電話：06-2217201）

經銷展售　國家書店松江門市（02-25180207）
　　　　　國立臺灣文學館—雪芙瑞文學咖啡坊（06-2214632）
　　　　　三民書局（02-23617511）　　　　五南文化廣場（04-22260330）
　　　　　台灣的店（02-23625799）　　　　府城舊冊店（06-2763093）
　　　　　南天書局（02-23620190）　　　　唐山出版社（02-23633072）
　　　　　草祭二手書店（06-2216872）

初版一刷　2014 年 12 月
定　　價　新臺幣 410 元整
　　　　　第一階段 15 冊新臺幣 5500 元整　第二階段 12 冊新臺幣 4500 元整
　　　　　第三階段 23 冊新臺幣 8500 元整　全套 50 冊新臺幣 18500 元整
　　　　　全套 50 冊合購特惠新臺幣 16500 元整
　　　　　第四階段 14 冊新臺幣 5000 元整

GPN　1010303063（單本）　ISBN　978-986-04-3268-8（單本）
　　　1010000407（套）　　　　　　978-986-02-7266-6（套）

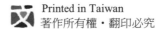

Printed in Taiwan
著作所有權・翻印必究